Sete Santos sem Rosto

M. K. LOBB

SETE SANTOS SEM ROSTO

Tradução de Ulisses Teixeira

ROCCO

Título original
SEVEN FACELESS SAINTS

Copyright © 2023 *by* M. K. Lobb
Arte da capa © 2023 *by* Sasha Vinogradova
Design da capa: Karina Granda
Copyright da capa © 2023 *by* Hachette Book Group, Inc.

Todos os direitos reservados.
Nenhuma parte desta obra pode ser reproduzida
no todo ou em parte sob qualquer forma.

Direitos para a língua portuguesa reservados
com exclusividade para o Brasil à
EDITORA ROCCO LTDA.
Rua Evaristo da Veiga, 65 – 11º andar
Passeio Corporate – Torre 1
20031-040 – Rio de Janeiro – RJ
Tel.: (21) 3525-2000 - Fax: (21) 3525-2001
rocco@rocco.com.br
www.rocco.com.br

Printed in Brazil/Impresso no Brasil

preparação de originais
RODRIGO AUSTREGÉSILO

CIP-BRASIL. CATALOGAÇÃO NA PUBLICAÇÃO
SINDICATO NACIONAL DOS EDITORES DE LIVROS, RJ

L78s

    Lobb, M.K.
       Sete santos sem rosto / M.K. Lobb ; tradução Ulisses Teixeira. - 1. ed. - Rio de Janeiro : Rocco, 2024.
                    (Sete santos sem rosto ; 1)

       Tradução de: Seven faceless saints
       ISBN 978-65-5532-417-4
       ISBN 978-65-5595-242-1 (recurso eletrônico)

       1. Ficção canadense. I. Teixeira, Ulisses. II. Título. III. Série.

24-88070
                        CDD: 819.13
                        CDU: 82-3(71)

Meri Gleice Rodrigues de Souza - Bibliotecária - CRB-7/6439

O texto deste livro obedece às normas do
Acordo Ortográfico da Língua Portuguesa.

Esta é uma obra de ficção. Nomes, personagens, lugares
e incidentes são produtos da imaginação da autora.
Qualquer semelhança com acontecimentos reais,
locais, pessoas, vivas ou não, é mera coincidência.

*Para aqueles que se sentiram pequenos demais
para conter a sua ira
e cansados demais para suportar
a sua mágoa*

✶

Dizem que choveu no dia em que Caos caiu do céu.

Não um sereno com uma brisa leve, mas uma tempestade. Ele caiu porque seus filhos caíram: seus corpos mortais subjugados pisoteados na lama do norte. Quando ele recuou, lançou um grito que fez as montanhas estremecerem. Um grito que transcendeu mundos e se estabeleceu nas fendas de cada cidade, em vigília nos espaços entre a luz.

Sua amante, Paciência, observou a queda com tristeza. E embora seu coração, como o dele, estivesse tomado pela vingança, ela não lhe estendeu a mão. Simplesmente esperou, ciente de que toda guerra tem um fim e de que todo pecado requer punição.

Caos é impetuoso. Mas Paciência...

Ah, Paciência sabe exatamente quando atacar.

— *Santos e sacrifício, salmo 266*

Leonzio

Era pouco depois da meia-noite quando a paranoia começou.

Leonzio andava pelo quarto, o coração batendo com tanta força que dava uma sensação estranha no peito. Estava bastante ciente do ar frio na pele. Da maneira como a língua — seca demais, *seca demais* — se assentava por trás da gaiola formada pelos dentes.

Incapaz de aguentar por mais um instante, foi até a porta, abriu-a e espiou o corredor, que se alongava diante dele como uma passagem infinita; toda a sua extensão, tirando os primeiros passos, mergulhada numa sombra opressiva.

O guarda que deveria estar ali havia desaparecido.

E, ainda assim, o discípulo não conseguia sair do quarto, relutante em percorrer o Palazzo escuro.

A construção tinha olhos. Sentira o peso deles durante toda a semana: primeiro no lugar onde rezava para os santos, depois nas câmaras de assembleia, onde se encontrava com representantes de outras guildas abençoadas. Eles acompanhavam cada um dos seus passos, e nem a luz do firmamento era capaz de afastá-los.

Conforme voltava para o quarto, a frustração surgia nos limites da sua mente. O que estava fazendo antes de o medo tomar conta? Procurava o magistrado-chefe — era isso. Precisava contar ao homem algo de importância crucial. Mas *o quê?*

Leonzio passou a mão pela testa suada. A vela que acendera formava sombras oblíquas nas paredes, linhas suaves que se moviam conforme a chama estremecia com a brisa que vinha da janela entreaberta. Indo com dificuldade até o outro lado do quarto, ele abriu o painel de vidro, deixando o vento acariciar o seu rosto enquanto encarava os jardins abaixo, encobertos pela noite.

Algo o encarou de volta.

Com a pulsação ricocheteando, o discípulo se atrapalhou na pressa de fechar a cortina. Havia algo *lá fora*. Algo horrendo e inumano que percorria o terreno do Palazzo. Não podia vê-lo, mas conseguia sentir o desatino, o peso inconstante e viscoso com uma pressão na garganta.

Cruzou os dedos molhados de suor e murmurou uma prece para o santo patrono de Morte. *Seu* santo. O santo do qual a sua família descendia e que a abençoava com o dom da magia. Mesmo assim, naquela noite, seus sussurros não lhe confortaram muito, pois, quanto mais questionava o poder de Morte, menos sentia a presença do santo.

Socorro era o principal pedido da sua súplica atual, embora só tenha sentido mais calor e mais enjoo. Talvez não fosse o suficiente, pensou o discípulo, pedir proteção com meras palavras. A compulsão o dominou de forma tão repentina quanto a náusea, firme e implacável. Ele se deixou ser levado. Era um espectador distante, dois olhos numa prisão de carne.

Com a visão começando a embaçar, ele se arrastou até o cômodo adjacente, usando a parede como apoio. Imaginou que deixava marcas das mãos na tinta dourada, toques de vermelho cor de ferrugem que levariam os santos até ele. Como se não fossem mais deidades, e sim bestas salivantes procurando uma carcaça fresca.

Os santos eram misericordiosos. Todas as histórias diziam isso.

No entanto, as histórias também diziam que eles ansiavam por sangue.

Leonzio caiu de joelhos ao lado de uma pilha bagunçada de detritos que coletara dos terrenos do Palazzo. Não sabia exatamente quando ou por que começara a encher os bolsos de pedras e arrancar ramos de arbustos como se fosse um jardineiro compulsivo. O processo simplesmente parecera… necessário.

Suas mãos tremiam conforme se ajoelhava, redistribuindo os detritos num formato diferente. A pedra abaixo dos seus joelhos o ancorou um pouco. Enquanto o discípulo alinhava os galhos, sussurrou não apenas para Morte, mas para todos os santos sem rosto.

Então pegou a faca.

Foi um alívio quando as primeiras gotas de sangue se derramaram. O medo gritante deu lugar a uma inércia bem-vinda.

Já era tarde demais quando percebeu que estava morrendo.

Damian

Damian Venturi estava cansado da morte.

Verdade seja dita, ele estava cansado em geral. A noite havia muito já estava mais próxima do amanhecer do que do crepúsculo, e ficava cada vez mais difícil se concentrar no discípulo morto diante dele. Damian ajustou o colarinho do casaco do uniforme do Palazzo, torcendo para que aliviasse um pouco da pressão crescendo em sua garganta.

Leonzio Bianchi, antigo discípulo de Morte, mostrava todos os sinais de envenenamento. Os lábios pálidos estavam cobertos por uma camada horrível de espuma, e as veias que se entrelaçavam nos antebraços ficaram aparentes, formando um relevo rígido e arroxeado. Apesar de tudo, sua expressão era pacífica, com uma leve curva na boca, como se estivesse firmemente resignado à morte.

Damian se afastou do cadáver de Leonzio, reprimindo um calafrio. O quarto do discípulo estava frio, e a luz fraca das velas lançava sombras nas paredes douradas. Talvez fosse a situação, mas havia algo de opressor na escuridão mordiscando as beiradas daquele brilho alaranjado. Algo enervante na maneira como o rosto de Leonzio estava refletido no espelho do outro lado do cômodo.

— *E então?*

A voz do magistrado-chefe interrompeu o exame que Damian fazia do corpo, assustando-o de tal forma que deu uma guinada para longe da cama. Sua testa suava. A morte sempre o fazia se lembrar do seu tempo na guerra. Fazia o peito apertar, o sangue correr, e os seus pés pareciam cobertos de lama.

— Não sei — respondeu Damian, voltando-se para o magistrado-chefe. Manteve a resposta afiada, mas educada. A fúria do magistrado-chefe era uma presença própria; Damian a sentiu no momento em que o homem entrou no quarto. — É possível que tenha sido suicídio?

O magistrado-chefe Forte, um discípulo alto de Graça com cabelo impecavelmente penteado e um bigode fino, observou Damian por cima dos óculos. Forte ocupava aquele cargo havia pouco mais de um ano, tendo sido selecionado pelos representantes das guildas para substituir o seu predecessor. Não era comum que um dos discípulos de Graça assumisse aquele papel, e Damian se perguntou se saber disso tinha moldado Forte no homem inflexível que pairava diante dele.

— Suicídio? — Forte repetiu a sugestão com ironia, as mãos passando pelas roupas e pelos lençóis do homem morto em busca de qualquer informação que pudessem revelar. Discípulos de Graça tinham uma conexão com esse tipo de coisa: era o que os tornava tecelões maravilhosos, capazes de manipular tecido de calças a tapeçarias sem nem mesmo tocar em agulha e linha. — Como isso seria conveniente para você, *signor* Venturi.

— Como é? — A resposta escapou antes mesmo de Damian conseguir se segurar. Como magistrado-chefe, acreditava-se que Forte fosse a voz terrena dos santos, mas isso não o tornava nem um pouco diplomático. Já fazia quase um ano que Damian retornara a Ombrazia, e sabia muito bem daquilo.

— Caso isso tenha sido autoinfligido — começou Forte —, significaria que a segurança do Palazzo não falhou em proteger um importante oficial do governo. — Ele não olhou para Damian enquanto falava e afastou-se da cama, o cenho de sobrancelhas grossas franzido. — Leonzio com certeza morreu nestas roupas, mas não há nada estranho em relação a elas. — Com um gesto da sua mão, os lençóis se contorceram e se alongaram para cobrir o corpo do discípulo.

Damian ficou feliz por não ter que olhar mais para o corpo do falecido, mas o alívio desapareceu com as palavras seguintes de Forte.

— Falando na segurança do Palazzo, onde estava na noite passada, Venturi? Não é seu trabalho garantir que coisas assim não aconteçam?

A frustração pulsou pelas veias de Damian, mas ele trincou os dentes para impedir a si mesmo de dar a resposta que gostaria.

— Peço desculpas, *mio signore*. Estava no Mercato.

O mercado noturno semanal da cidade era uma chance para os discípulos de vender e trocar as suas mercadorias. As quatro guildas que lidavam com artesanato — Força, Graça, Paciência e Astúcia — eram a base da economia de Ombrazia, e a razão disso era o centro de comércio. A afinidade de Graça com tecidos era comparável à afinidade de Força por pedra, à de Paciência por metal e à de Astúcia por substâncias químicas. Assim, sua maior função era produzir armas, produtos têxteis, cantaria e diversos tipos de poções em larga escala para serem vendidos a outras terras.

Todos os discípulos eram descendentes dos santos originais, mas nem todos os descendentes tinham magia. O pai de Damian tinha dito a ele que, às vezes, as veneradas habilidades dos discípulos pulavam uma geração ou desapareciam por completo quando a linhagem se diluía demais.

Descendentes sem magia — pessoas como Damian — não eram discípulos. Estavam pouco acima do restante dos cidadãos desfavorecidos.

Assim, a função de segurança era a única forma de Damian poder ir ao Mercato. Itens artesanais não eram para pessoas como ele. Misturar-se com os discípulos não era uma opção para aqueles que não tinham nada a oferecer à sociedade. Se os desfavorecidos se esquecessem desse fato, era o dever dos seguranças mantê-los à distância. O trabalho de Damian era o mais próximo que chegaria a experimentar a vida que poderia ter tido.

No entanto, ele sabia tão bem quanto Forte que, como era o líder da segurança do Palazzo, aquela era uma função que deveria ter delegado. A não ser que estivesse fazendo a ronda nos templos, seu dever era estar *aqui*, no próprio Palazzo. Sua prioridade é proteger os discípulos selecionados para representarem as guildas.

— Estava no Mercato. — A voz de Forte era insossa ao ecoar a afirmação de Damian. — Não fez as rondas nos templos ontem?

— Fiz. — Ele estremeceu ao admitir. — Pensei...

— Não, Venturi — interrompeu o magistrado-chefe. — Você *não* pensou. Isso está absurdamente claro. — A cada palavra, ele dava um passo na direção de Damian, batendo o dedo no peito dele. — As guildas confiam em nós para proteger os seus representantes. Eu confio em *você* para assegurar que o Palazzo seja a construção mais segura de Ombrazia. E, ainda assim, na noite em que um dos discípulos aparece morto, você estava se divertindo no Mercato?

Damian engoliu em seco, os protestos surgindo em sua língua. Ele queria argumentar, dizer que de forma alguma estava *se divertindo*, mas meses de experiência o ensinaram que não faria diferença.

— *Mio signore*, asseguro-lhe de que ninguém poderia entrar no quarto do discípulo sem que os meus oficiais soubessem. Além disso — ele indicou o corpo com a cabeça —, não há ferimentos no cadáver. Ou ele teve algum tipo de aneurisma repentino, ou foi envenenado. Garanto que prestamos muita atenção em todos que entram e saem do Palazzo.

As narinas do magistrado-chefe se alargaram.

— Decerto, não atenção o suficiente.

Damian não tinha resposta para aquilo. Num curto período, duas mortes inexplicáveis ocorreram em Ombrazia: a primeira havia sido uma menina; a segunda, um rapaz mais ou menos da idade de Damian. Os corpos foram levados para o necrotério da cidade, e Forte não se incomodara em colocar oficiais para investigar. Os desfavorecidos brigavam entre si o tempo todo, dissera ele. E daí que dois tinham morrido?

Mas aquilo era diferente. Os discípulos de Morte haviam escolhido Leonzio Bianchi para representá-los no Palazzo. Seu falecimento súbito deixaria as pessoas assustadas e iradas.

— É conveniente demais — resmungou Forte. — Ter como alvo o representante de Morte para que não haja ninguém aqui para ler o corpo?

Apesar de tudo, Damian assentiu. Pensara a mesma coisa. Abençoados com a habilidade de fazer contato com os mortos antes que as suas almas escapassem, um discípulo de Morte poderia ter sido capaz de perceber o que acontecera com Leonzio.

Claro que, visto que Leonzio *era* o discípulo de Morte do Palazzo, eles estavam sem sorte. As almas não costumavam se demorar muito.

—Vou pedir para que alguém venha até aqui — assegurou Damian ao magistrado-chefe. — Só por precaução.

Forte passou a mão na testa, insatisfeito.

— Resolva as coisas, Venturi. Não seremos capazes de manter isso escondido do público, então é melhor termos respostas logo. Estou começando a me perguntar se o meu general cometeu um erro ao indicar o filho como chefe de segurança. — Ele pegou um relógio de prata do bolso, como se tivesse que estar num lugar de grande importância no meio da madrugada. — Deixei Battista trazê-lo do norte, mas posso mandar você de volta com a mesma facilidade.

As palavras eram mordazes. Damian não achava que conseguiria aguentar ser mandado de volta à guerra. Seus nervos já estavam em frangalhos na situação atual.

—Vou descobrir o que aconteceu — murmurou ele. — Não vou decepcioná-lo.

Forte o encarou francamente com um olhar furioso.

— É melhor mesmo. Volte a falar comigo amanhã. Se tem suspeitas de envenenamento, imagino que saiba por onde começar.

As bochechas de Damian queimavam, mas ele fez uma mesura para Forte quando o homem saiu do cômodo, a silhueta larga engolida pelo corredor escuro. Outra noite insone, então. Às vezes, ele desejava que o pai não o tivesse promovido após o seu retorno.

É para manter você ocupado, Battista Venturi dissera a Damian na ocasião. *Porque eu sei como é ficar sozinho com pensamentos sombrios.*

Damian esperava que esses pensamentos fossem embora. Como poderia pôr fim a eles quando sabia que a guerra ainda estava acontecendo? A Segunda Guerra dos Santos chegava ao seu vigésimo ano. Homens e mulheres batalharam no norte por muito mais tempo do que os dois anos que Damian passara lá, mas, pelo visto, isso não significava nada. A morte ainda o acompanhava a cada momento de vigília. Passava os dedos frios e malevolentes pela sua espinha e sussurrava murmúrios ininteligíveis no seu ouvido.

No passado, ele poderia ter se distraído com memórias. Teria imaginado a garota que amava e usado o sorriso dela para espantar o medo. Hoje, no entanto, após três anos, não conseguia imaginar Rossana Lacertosa com nada além de ira no semblante.

Era por isso que Damian ficava longe do setor de Paciência sempre que possível. Vira Roz de passagem, mas não se falavam desde que voltara a Ombrazia. A Roz do seu subconsciente já sabia dos pecados que ele havia cometido; a realidade ao contar a ela seria muito, muito pior. Além disso, sua mágica se revelara, o que significava que tinha se tornado uma discípula. E Damian? Era apenas um rapaz acabado, brincando de soldado.

Ele balançou a cabeça para se livrar daqueles pensamentos, então ergueu a voz para que pudesse ser ouvido do lado de fora do cômodo.

— Enzo?

Um pajem magricela mais ou menos da idade de Damian apareceu sob a soleira da porta, usando o uniforme cinza-ardósia da equipe do Palazzo. Ele estivera do lado de fora do cômodo quando Damian chegou, e claramente não havia se movido. Sua expressão se retesou quando viu o corpo coberto de Leonzio.

— *Signore?*

Damian suspirou.

— Forte já foi embora. Não precisa me chamar assim.

Na mesma hora, Enzo relaxou, passando a mão no cabelo preto brilhoso. Estava no Palazzo fazia menos de um mês, mas ele e Damian logo se tornaram amigos.

— *Merda* — disse ele, a atenção ainda fixa na cama. — Ele está morto mesmo, não está?

— Aparentemente, sim. — A voz de Damian pareceu engasgar-se. Enzo ainda não passara tempo nenhum no norte e provavelmente nunca tinha visto um homem morto. Era estranho, na idade dele, Enzo ainda não ter sido convocado, mas era apenas uma questão de tempo. Todo mundo, se fosse saudável e desfavorecido, acabava parando lá.

— E Forte quer que você descubra o que aconteceu?

Damian olhou de soslaio para Enzo.

— Não vai nem *fingir* que não estava ouvindo tudo?

Enzo não sentia remorso.

— Foi difícil não ouvir. Como posso ajudar?

A pergunta fez a cabeça de Damian girar, e ele ficou quieto por um momento conforme começava a formular um plano.

— Pode chamar a *signora* De Luca para mim?

— Claro. — Mas Enzo não saiu de imediato, fitando Damian com uma expressão curiosa. — Você está bem? Parece um pouco… estranho.

Damian deixou os ombros caírem, sem se incomodar em manter um ar de confiança. Ele apontou para a cama.

— Isso é *minha* culpa. Deveria ter estado aqui.

— Você não sabia que isso ia acontecer. Não é como se fosse o único em serviço.

— Não é essa a questão.

Ele hesitou, parecendo incomodado.

— Enzo, por favor. Não há nada que você possa fazer.

— Tá bom. — As palavras saíram pesadas. — Já volto.

Damian se afundou na cadeira do discípulo morto conforme os passos de Enzo se afastavam. Seus ouvidos zumbiam, o som se transformando no eco de tiros. Na sua cabeça, eles se multiplicaram por mil, e o suor frio que se seguiu não tinha nada a ver com a situação no Palazzo. Por um instante, ele estava com lama até os tornozelos, aterrorizado, a cabeça girando, arrastando o corpo enrijecido pela morte de um irmão para longe da linha de frente. Quantas vezes aqueles momentos surgiam em seus pesadelos?

Você é um soldado. O líder da segurança do Palazzo. Controle-se ou…

— Por aqui, *signora*.

Enzo reapareceu na porta, acompanhado pela discípula residente de Astúcia. Damian se remexeu, levantando-se para saudar Giada de Luca.

— Obrigado por vir. Enzo, pode ir até o templo de Morte? Peça à guilda que mande um dos seus discípulos para o Palazzo. Não importa quem. Preciso que alguém leia o corpo.

Damian sempre se sentia um pouco estranho ao dar ordens para o amigo, mas Enzo assentiu. Com outro olhar expressivo para Damian, ele se afundou nas sombras do corredor.

Giada engoliu o choro seco assim que viu o corpo de Leonzio. Era mais velha do que Damian — provavelmente na casa dos vinte —, mas era pequenina, com cabelo preto e olhos ainda mais escuros.

— É verdade, então. Ele está mesmo morto. — Giada tocou as pálpebras e depois o coração, fazendo o sinal dos santos patronos.

— É o que parece. Sinto muito por ter chamado você tão cedo, mas necessito do seu conhecimento. Preciso saber que tipo de veneno o matou. — Como discípula de Astúcia, Giada conhecia venenos melhor do que ninguém. Ela seria capaz de sentir os produtos químicos nas veias de Leonzio: uma autópsia parcial em que não eram necessárias incisões.

— Como isso aconteceu? — perguntou Giada, a voz rouca. — Você tem guardas em todas as alas do Palazzo, não tem?

Ela não falou aquilo com um tom acusatório, mas Damian sentiu como se falasse.

— Algumas coisas estão fora de meu controle, *signora*. Será que poderia…? — Damian apontou para o corpo, e Giada foi até a lateral da cama, o rosto pálido na luz fraca.

Suas mãos se moveram feito mariposas brancas sobre o peito do falecido. Colocou o tecido vermelho do traje dele de lado, os lábios formando palavras que Damian não conseguia entender. Ele observou quando a mulher inclinou a cabeça de Leonzio para trás, abrindo a boca. Os dentes do morto brilharam com a luz das velas.

— Tendo como base a cor dos lábios, eu diria que ele passou os últimos momentos da vida lutando para respirar — disse Giada. — Embora a aparência da pele sugira que o veneno fosse de coagulação sanguínea, e não um asfixiante… Com certeza há algo cruel no seu corpo, mas é difícil dizer o quê. Parece um pouco com alguns tipos de erva daninha: mata rápido uma vez que entra no sistema circulatório, mas, quando tomada sem ser dissolvida, pode causar asfixia.

Damian franziu o cenho.

—Você não sabe com certeza?

— *Espere*. — A interrupção de Giada foi como um estalo de chicote. Ela subiu a manga do robe de Leonzio, revelando a pele delicada da parte interna do bíceps. Havia uma marca ali, Damian viu: uma mancha escura como tinta fresca com tentáculos ao redor. Giada tocou a pele gentilmente com o dedo, mas logo o afastou, como se tivesse sido queimada.

— Não, não. Não foi erva daninha.

Os dentes de Damian se juntaram com um som audível.

— É mesmo?

— Erva daninha deixa um padrão em grelha e quase nenhum vestígio no local de aplicação. Mas essa marca segue as veias no lugar da inserção. — Giada se inclinou e, sem tocar dessa vez, usou o indicador para mostrar as linhas no braço do homem morto. — Isso é outra coisa. Não reconheço a aparência ou a sensação desse veneno. E é tarde demais para retirá-lo.

O coração de Damian se apertou. Se Giada não sabia o que tinha matado Leonzio, seria mais difícil criar uma lista de suspeitos.

Embora, é claro, ele já tivesse uma.

— Os sinais indicam que ele morreu há cinco horas — informou Giada, alheia ao desconforto do outro.

— Certo.

Damian sabia o que precisava fazer. Apagou a vela e pegou as algemas no seu cinto.

— Giada de Luca — disse ele, com a voz pesada. — Você está presa por suspeita do assassinato de Leonzio Bianchi. Se tentar resistir, pagará com a vida. Prestará interrogatório imediatamente e ao decorrer da investigação, conforme eu achar necessário.

A culpa o perturbou conforme Giada empalidecia, colocando os pulsos para a frente. Ele duvidava que a mulher de voz baixa fosse responsável, mas precisava saber com certeza. Prendeu as mãos dela antes de levá-la escada abaixo. Giada se mexia devagar, trêmula, sem dizer uma palavra. Era como se não estivesse surpresa pelo desenrolar dos eventos, e sim desapontada.

As masmorras abaixo do Palazzo eram silenciosas como uma tumba, naquele momento sem criminosos ou desertores. Damian conduziu Giada até uma sala de interrogatório, toda pedra fria e sombras sinistras. Ela se sentou, analisando-o com um misto de medo e apreensão. Damian continuou de pé.

Giada juntou as mãos algemadas em cima da mesa, os dedos entrelaçados, os nós brancos. Seus olhos escuros não se desviaram dos dele.

— É conveniente, não acha? — perguntou Damian. — Que Leonzio tenha aparecido envenenado poucos dias depois de vocês dois brigarem sobre uma nova iniciativa política?

Não era um motivo tão bom; os discípulos do Palazzo discordavam o tempo inteiro. Era necessário, para tomarem as decisões políticas que melhor beneficiassem a cidade. E, apesar da habilidade de Giada com substâncias químicas, ela não seria tola o bastante para matar Leonzio daquela maneira. Não quando sabia que aquilo a tornaria a principal suspeita.

Mas não importava o que Damian pensava. As instruções de Forte tinham sido claras.

Se tem suspeitas de envenenamento, imagino que saiba por onde começar.

Como o mais alto oficial do Palazzo, tanto no sentido simbólico como no prático, o magistrado-chefe Forte não seria contrariado. Os discípulos confiavam nele, o veneravam. Acreditavam que ele falava com os santos todos os dias para compreender a sua vontade. Era uma aranha imensa, posicionada no centro da teia política.

Giada era a primeira pessoa que Damian interrogaria, mas não seria a última. O Palazzo — a *cidade* — fervilhava de pessoas cujas motivações ele não conseguia entender.

A discípula umedeceu os lábios, um brilho surgindo nos olhos.

— Oficial Venturi, juro que não estou por trás disso. Não reconheci o veneno e duvido que a morte de Leonzio tenha sido autoimposta. Acho que… — A voz se transformou num sussurro. — Já ouvi rumores, sabe? De outros discípulos. Acho que uma escuridão se enraizou no Palazzo.

Damian apertou o topo do nariz com a ponta dos dedos, a confusão pulsando por sua mente.

— O que isso significa?

Um instante de silêncio se instaurou, gelando o ar antes de Giada enfim responder.

— Alguém... ou alguma coisa... conseguiu se infiltrar no Palazzo e matar um representante sem levantar qualquer suspeita. Sem deixar nenhuma pista para trás. — As palavras travavam e havia um tom desesperado nelas. Ela se inclinou sobre a mesa, encarando Damian com um olhar de pânico. — Com todo o respeito, *mio signore*, não deveria estar me acusando de assassinato. Deveria estar se preocupando se serei a próxima vítima.

Roz

Rossana Lacertosa odiava multidões.

Odiava a sensação desconcertante de puro anonimato conforme atravessava montes de pessoas, dando-lhes um empurrão forte quando elas não saíam da frente rápido o suficiente. Multidões eram irritantes de tão *lentas*, e Roz não fazia nada a uma velocidade lânguida.

Ela analisou o mercado noturno cheio de cores que transbordava da *piazza* e ia até as ruas laterais. Discípulos se moviam em grupos entre as barracas, suas vozes animadas permeando o ar noturno. O Mercato, que acontecia todo fim de semana do poente à aurora, era uma das muitas coisas de Ombrazia que atendia somente aos discípulos. Lá, uma variedade de mercadorias mágicas estaria à venda: robes encantados para repelir chamas, facas que nunca precisavam ser amoladas, cadeados que só abriam ao toque de uma pessoa específica. A própria Roz estava trabalhando em cadeados do tipo há semanas. Dada a atividade rebelde recente, eles estavam em alta demanda, então ela e outros discípulos de Paciência diminuíram a criação de artigos de guerra para atendê-la.

Na opinião de Roz, essa era a pior parte de ser um discípulo: a expectativa de que uma pessoa deve passar muito tempo criando itens mágicos. Ela não tinha interesse em usar sua afinidade com o metal para apoiar a economia crescente de Ombrazia. Na verdade, ela mal se importava com a economia. Não quando apenas uma parte da população se beneficiava dela.

Roz trincou os dentes, abrindo caminho por outro grupo de pessoas. O Mercato não continha apenas itens mágicos. Havia também produtos comuns: armas e tapetes caros, estatuetas feitas à mão e elixires herbais. Coisas que os discípulos conseguiam criar em menos da metade do tempo exigido por alguém sem afinidade mágica. Coisas que alcançavam preços altos quando exportadas.

Essa área de Ombrazia era linda, o luar brilhando nas lajotas em que a luz dos lampiões não chegava. Onde aqueles que descendiam dos santos podiam fingir que as partes não tão boas da cidade não existiam.

Do outro lado, Roz avistou uma discípula de Astúcia atrás de diversos frascos com um líquido preto e opaco rodopiando dentro deles. O aroma a alcançou, um cheiro forte de açúcar e ferro. Ela se deixou guiar pelo perfume, os saltos das botas batendo nos paralelepípedos, e abriu um sorriso para a vendedora.

— O de sempre.

Os olhos da discípula ruiva atrás do balcão foram até o homem de cenho franzido por quem Roz tinha passado — ele devia ser o próximo da fila. Mas a mulher não falou nada e esticou a mão para debaixo da mesa de mercadorias para procurar um frasco de líquido reluzente. Roz o pegou e entregou o pagamento.

— Obrigada. — Ao homem que fumegava em silêncio atrás dela, Roz deu uma piscadinha e disse: — Minhas desculpas, *signore*. Estou com pressa.

Não estava com pressa, mas ele se aprumou com a fala dela, parecendo satisfeito.

— Não tem problema.

Ele parecia esperar que ela falasse mais, mas Roz apenas lhe lançou outro sorriso vago antes de dar meia-volta. Enfiou o frasco no bolso do casaco, o dedão esfregando a rolha de cera.

O fogo dançou perto dela quando Roz passou por uma barraca administrada por alguns outros discípulos de Paciência. Ao redor deles, havia a fragrância metálica familiar de sua mágica, e Roz apertou o passo, não querendo ser reconhecida. Diminuiu a velocidade ao notar dois seguranças no limite da *piazza* e fingiu estar interessada em vestidos de seda. Conforme se esticava para ouvir a conversa deles, um terceiro oficial se juntou à dupla, trazendo um jovem consigo. O garoto tinha mais ou menos a idade de Roz, com cabelos muito ruivos e um nariz arrebitado. Suas roupas estavam tão sujas que pareciam cinzentas. Os seguranças ignoravam seus palavrões enquanto ele lutava e tentava se libertar das algemas feitas por discípulos de Paciência.

Tolo, pensou Roz. Ele devia saber, como todo mundo, que as algemas não iam se abrir para ninguém, com exceção do oficial a quem foram confiadas.

— Vou lhe dar cinco segundos para responder à minha pergunta — falou o terceiro oficial, explodindo de raiva, e Roz arriscou lançar um olhar furtivo. Era um homem alto, que não sorria, com cabelos pretos. Um ex-soldado, sem dúvida. A maior parte da equipe de segurança do Palazzo era.

Não era *ele*, no entanto, e algo dentro de Roz se acalmou.

Ela sabia que Damian Venturi estava no Palazzo — Roz o vira de longe durante o último ano —, mas a ideia de encontrá-lo por acaso sempre fazia seu coração acelerar. Ela se perguntou o que os outros oficiais achavam de Damian como seu comandante. Se o temiam como as pessoas temiam o pai dele. Roz não tinha dúvidas de que sua paixão da infância estava seguindo os passos sangrentos de Battista Venturi.

O garoto coberto de sujeira afastou as mãos algemadas dos guardas.

— O quê? Não vão fazer teatrinho de policial bonzinho e policial malvado?

Roz sorriu para os vestidos enquanto os oficiais franziam o cenho, sem nem responder.

— Por que estava à espreita pelo Mercato?

— Eu não estava à espreita!

— Foi o que me pareceu. — O oficial parou para baixar a cabeça a um discípulo de Misericórdia que passava. — Sem anel, você não pode entrar.

Roz automaticamente olhou para a faixa fina no dedo indicador que a marcava como discípula. Como sempre, a visão do anel a fazia sorrir. Ele descobriu sua afinidade com a mágica mais tarde do que a maioria das pessoas — quando ela e Damian foram testados juntos aos treze anos, nenhum deles demonstrou sinal de magia. Sua conexão com o metal só se tornou notável três anos depois. Àquela altura, Damian tinha ido para as linhas de frente, e o pai dela havia sido morto por deserção. Roz poderia ter sido capaz de esconder o que era, mas sem o soldo miserável de Jacopo Lacertosa, a guilda de Paciência era sua única opção. Podia odiar o que era, mas pelo menos era uma forma de sustentar a si mesma e à mãe. Quando você era um discípulo — com pai traidor ou não —, nunca a deixavam passar fome.

A voz do oficial capturou novamente a sua atenção ao perguntar para o garoto:

— O que sabe sobre a rebelião?

Agora, *aquilo* era novidade. Roz ficou mortalmente imóvel, a adrenalina correndo pelas veias. Até onde sabia, o magistrado-chefe e o Palazzo não levavam a ameaça da rebelião a sério.

— Não sei de nada — respondeu o garoto.

O oficial encarou o rapaz por muito tempo, os olhos se apertando até se tornarem frestas.

— Hum. — Por fim, cedeu. — Pague a multa e pode ir.

Em vez de ficar aliviado, o garoto pareceu ainda mais tenso.

— Eu… eu não tenho dinheiro.

Antes que o oficial pudesse responder, Roz se virou e foi até eles, baixando o capuz do casaco. Seu rabo de cavalo ficou livre, caindo sobre o peito. Sorriu para os três guardas de uma forma que sabia ser encantadora.

— Não pude deixar de ouvir. Fico feliz em pagar a multa se isso significa que vai se livrar dele. — Ela enrugou o nariz de forma bem aparente, esperando que o garoto não levasse para o lado pessoal. Como se não tivesse feito isso antes. — Quanto é?

Um sorriso insosso substituiu o cenho franzido do guarda, e ele se afastou do garoto conforme seu olhar ia para a mão de Roz.

— Ora, *signora*. Não precisa se preocupar com isso.

A intenção era soar educado, mas pareceu condescendente de uma forma que Roz não gostou. Ela inclinou a cabeça, observando o homem com desdém.

— Ele disse que não tem dinheiro. Ou aceita a minha oferta, ou deixa ele ir.

Algo no seu tom de voz deve ter soado convincente, porque o oficial libertou o garoto e praticamente o empurrou para longe da *piazza*.

Roz sorriu de novo, menos gentil dessa vez.

— A misericórdia é uma grande virtude, devo dizer. — Ela não mencionou que tinha muito pouco daquela qualidade.

Enquanto os guardas ficavam de boca aberta, ela se escondeu sob o capuz e escapou pela escuridão.

Conforme caminhava, os pilares habilmente construídos com detalhes de ferro fundido deram espaço a uma arquitetura sombria e portões frágeis de madeira. O ar ficou acre nas suas narinas. Não havia luzes ali, e a escuridão se prolongava para ocupar cada espaço que o luar não conseguia alcançar. Ombrazia era dividida em seis setores, um para cada um dos santos originais remanescentes, deixando que os desfavorecidos construíssem as suas vidas nos espaços entre eles. Assim, eles decidiram tomar o setor abandonado que uma vez pertenceu ao sétimo santo.

Todo discípulo era descendente de um dos santos originais: Força, Paciência, Astúcia, Graça, Misericórdia, Morte e Caos. Mas, de vez em quando, nascia um discípulo cujo poder rivalizava com o do seu respectivo santo original. Quando isso acontecia, eles eram considerados uma reencarnação — uma deidade por direito próprio.

A história, Roz sabia, mostrava que era perigosa a existência de um santo na terra. Setenta anos atrás, duas reencarnações existiram ao mesmo tempo: Força e Caos. Disputando o poder, os dois acabaram dividindo o país. O lado norte — hoje uma cidade-estado independente chamada Brechaat — sofrera uma perda terrível. Eles se uniram a Caos, que caíra, como cada um dos seus predecessores desde a criação do mundo. Tinha sido melhor assim, todos disseram: discípulos de Caos eram ilusionistas com afinidade pela mente, poderosos demais. Não podiam arriscar o nascimento de outra reencarnação do santo. Assim, seus discípulos sobreviventes foram destruídos, sua imagem retirada de todas as reproduções do panteão. Em Ombrazia — o lado sul, o lado ganhador — a simples menção do santo caído era considerada heresia.

Aquela fora a Primeira Guerra dos Santos.

Agora, estavam envolvidos na segunda.

Apesar do cenário menos agradável do território desfavorecido, Roz sentiu a sua tensão diminuir. Seus passos ecoavam na pedra, atraindo os olhares furtivos de dois jovens que passavam. As roupas estavam puídas, as expressões, cheias de medo. Roz se perguntou se eles haviam conseguido evitar o recrutamento da guerra ou se a hora deles ainda não havia chegado. Acenou com a cabeça, mas nenhum dos dois respondeu ao gesto.

— Eu não ficaria na rua até tão tarde, se fosse vocês. — Roz tentou não transformar as suas palavras sussurradas em uma ameaça, embora não tivesse certeza de ter conseguido. — Imagino que saibam o que aconteceu com Amélie Villeneuve.

Um dos jovens empalideceu, apertando o colarinho do casaco. O mais ousado dos dois, no entanto, olhou para ela de forma acusadora.

— *Você* está na rua a essa hora. — Ele devia ter treze anos, a mesma idade de Amélie. A risada que Roz ofereceu como resposta fez o menino dar um passo para trás.

— É verdade. Mas eu sou muito mais difícil de matar do que a maioria das pessoas.

O rosto do menino se contorceu, e seu companheiro o puxou pelo braço sem falar nada. É claro que tinham ouvido falar de Amélie, quem não tinha? A maneira como o corpo dela foi encontrado dois meses depois, frio e abandonado, num beco escuro na rua da sua casa.

E ninguém tinha feito uma única *porcaria santificada* sobre o assunto.

— Saiam daqui — falou Roz aos dois, agora completamente horrorizados. — Vão para casa.

Eles obedeceram, se afastando dela, e Roz observou até que os meninos desapareceram ao virar uma esquina na rua. Seu estômago era um poço vazio.

Tolos. Amélie havia acabado de ser enterrada, e as pessoas já estavam deixando a precaução de lado. Ela também não era a única vítima — outro dia, um garoto tinha sido encontrado morto às margens do rio nos arredores do setor de Paciência, sua identidade desconhecida. Não havia razão para acreditar que os dois incidentes estivessem conectados, mas Roz não podia deixar de notar o pouco esforço feito para encontrar o culpado. Na verdade, o Palazzo ainda não falara sobre as mortes publicamente.

Não eram discípulos, então não importam, pensou Roz, e cuspiu na rua. Se fosse a próxima vítima, como seria tratada? A morte dela sairia nas manchetes e colocaria Ombrazia num frenesi? Ou o Palazzo saberia que ela era a filha de um traidor e ficaria feliz com seu desaparecimento?

Diminuiu a velocidade ao se aproximar da taverna de Bartolo, uma hospedagem dilapidada sem placas que indicassem o seu nome. Havia três crianças sentadas na frente — meninos de rua cujos pais tinham sido recrutados à guerra, sem dúvida —, na esperança de que o dono da taverna lhes desse alguma comida. Eles encararam Roz enquanto ela entrava, os olhos enormes nos rostos sofridos.

Vozes emanavam de dentro da taverna, arrastadas e barulhentas. Roz esticou a mão para a maçaneta, preparando-se para o barulho que a receberia, mas quase levou um encontrão com um bêbado que saía.

O homem deixou escapar um assobio conforme seus olhos vidrados de bebida a analisavam.

— Ora, ora. Boa noite.

Sua mão se esticou para enlaçar o quadril dela, mas Roz agarrou o punho do bêbado antes que ele fizesse contato. Ele era mais baixo do que Roz — o que não era incomum — e magro demais para representar uma ameaça real.

— Olhar é de graça — disse ela com um tom frio, puxando sua faca num movimento suave. — Mas tocar custa um dedo.

O homem recuou, o rosto corado ficando ainda mais vermelho, e quase tropeçou.

— Puta maldita — rosnou com a voz arrastada.

Roz fez um *tisc*.

— Será que devo arrancar a língua, então?

Quando o bêbado pegou a própria faca, foi com tão pouca finesse que Roz não conseguiu evitar uma risada. Será que não conseguiria ir a lugar nenhum naquela cidade esquecida pelos santos sem encontrar um homem que se achasse no direito de tê-la?

Mas ele estava bêbado demais para incomodar Roz com uma luta de verdade. Então ela o arrastou pelo colarinho até a rua e lhe deu um chute na barriga. O homem cuspiu o ar dos pulmões e deu um passo para trás antes de cair de bunda no chão.

Roz o deixou lá, fechando a porta da taverna ao passar.

Ela entrou e foi tomada de assalto pela luz e pelo som. O ar turvo estava pesado com a fumaça e o fedor de várias bebidas. A taverna de Bartolo costumava ficar cheia, em especial nos fins de semana. Roz piscou enquanto seus olhos se acostumavam, abrindo caminho entre os clientes até o bar, onde uma moça de cabelos escuros esperava.

— Nasim. — Roz ergueu a voz para ser ouvida acima da confusão. Sincera e sempre leal, Nasim Kadera era uma das poucas pessoas que ela considerava sua amiga. — Onde está Dev?

Nasim deixou escapar um suspiro baixo e inclinou a cabeça para os fundos, onde um rapaz loiro estava sentado sozinho.

Devereux Villeneuve, o enlutado irmão mais velho de Amélie, estava jogado numa cadeira. A mesa diante dele estava cheia de copos vazios, e Roz sentiu uma pontada desconfortável no peito. Com certeza ele passara o dia ali, e o dia anterior e o outro também. Sentia dor ao olhar para ele. Dev tinha encontrado Amélie caída e fria no chão, e ninguém o vira sorrir uma vez sequer desde aquilo.

— Porra. — Roz apoiou os cotovelos no balcão, fazendo um gesto para que o atendente lhe trouxesse uma bebida. Ele o fez sem precisar ouvir o que Roz queria.

— É — concordou Nasim, encostando a borda do seu copo no copo de Roz. — *Salute*, acho.

Roz tomou um gole. O vinho tinha um gosto mais amargo do que o normal.

— A que horas ele começou a beber hoje?

— Cedo demais.

— Pouco antes do meio-dia — falou o bartender, interrompendo-as rispidamente, escutando a conversa das duas enquanto passava um pano sujo no balcão. — Está acumulando uma boa conta, esse aí.

Dessa vez, foi Roz quem suspirou. Os olhos de Nasim haviam se voltado para Dev, o lábio inferior preso entre os dentes.

— Ele ainda não está se esforçando para falar com ninguém.

— E dá para colocar a culpa nele? — perguntou Roz. Ela se lembrou da noite em que conheceu Dev. Como ele se deparou com ela atirando facas na lateral da taverna depois do anoitecer e se encostou na parede com uma expressão perversa, dando um sorrisinho de canto. Roz teve medo de que ele estivesse prestes a pedi-la em casamento, mas Dev disse o seguinte: *Se quer que essas facas fiquem presas, pode ser melhor mirar em algo mais mole.* Então ele inclinou a cabeça para um homem que saía da taverna. *Que tal ele?*

Suas palavras fizeram Roz cair na risada, para sua surpresa, e os dois se tornaram amigos desde então. O despreocupado e travesso Dev, que não reconheceria uma solenidade nem que ela batesse na cara dele.

Até agora.

Dev pedira um tempo para chorar pela perda, e Roz concordara. Mas ele não melhorava, e ela não ficaria sentada ali observando o amigo beber até ficar inconsciente todo dia.

Ela pegou a própria bebida com mais agressividade do que o necessário.

— Vamos — falou para Nasim, que riu sem humor.

— Talvez seja melhor você falar com ele sozinha. — Nasim passou o copo de uma das mãos para a outra, sem encarar Roz. — Ele não estava muito a fim de papo comigo mais cedo.

— Tenho certeza de que não é verdade.

Nasim fitou Roz por sob os cílios.

— Sei quando não me querem por perto, Roz. Está tudo bem.

Mas não estava. Roz vira como Nasim e Dev pareciam ficar mais próximos de uma maneira que ela não conseguia alcançar. Aquilo deixava a parte egoísta e mesquinha dela inquieta. Afinal, quem ela tinha além deles dois?

Ultimamente, no entanto, a tristeza de Dev parecia estar se tornando algo contagioso. Seus relacionamentos estavam sendo destruídos, e Nasim ficava contente em deixá-lo se afastar.

Roz pensava diferente.

Passar entre as mesas e pelos clientes exigia uma destreza considerável, e ela pisou em mais de um pé a caminho dos fundos da taverna. Apesar do barulho estridente e do fedor sempre presente, o lugar era reconfortante. Roz memorizara cada mancha das mesas de madeira e notara toda vez que Piera substituíra a arte das paredes.

— Dev — falou como saudação quando enfim o alcançou. — Posso me juntar a você?

Dev deu de ombros de forma pouco polida.

Foi o suficiente para Roz. Ela se jogou na cadeira em frente, empurrando os copos vazios para o lado e colocando o seu na mesa com um *tum* úmido.

— Não pode continuar assim.

Dev ignorou as palavras dela. Seu cabelo estava desarrumado, o que não era comum, e as pálpebras estavam pesadas.

— Nasim mandou você vir aqui me encher?

— Nasim não me manda fazer nada. — Roz cruzou os braços sobre a mesa, indo direto ao ponto. — Nenhuma quantidade de álcool vai trazer Amélie de volta, sabe?

— Não me diga — falou Dev, com a voz arrastada, levando o copo aos lábios antes de perceber que estava vazio. — Nesse caso, suponho que devo parar de beber por propósitos necromantes. De agora em diante, é só por diversão. Com licença! — Ele ergueu o dedo numa tentativa de chamar a atenção do bartender. Roz baixou a mão do amigo.

— Sei o que está fazendo.

Ele piscou tristemente para ela.

— O que quer dizer?

— Acha que, se continuar bêbado, não vai ter que encarar o que aconteceu. — Roz sabia que estava sendo dura, mas não via o amigo sóbrio há semanas. — Acha que é culpa sua porque não estava lá para protegê-la. Diga que estou errada.

— Não — falou Dev com a voz séria e baixa. — Você não entende...

— Eu não *entendo*? — Roz deu uma gargalhada descrente. Bateu com o punho na mesa, fazendo Dev encará-la. — Você sabe o que aconteceu com meu pai. Não acha que eu queria afogar as mágoas quando a cabeça dele apareceu numa caixa à nossa porta? Ou quando a minha mãe quase enlouqueceu depois disso? — A voz dela era um sibilo, e Roz se concentrou para controlar a frustração.

Dev pareceu ficar mais corcunda, os ombros magros se curvando para a frente. Quando falou, as palavras carregavam uma raiva muito familiar para Roz.

— Eles não fizeram *nada*, Roz. Sei que a legista a examinou, mas os meus pais e eu não pudemos nem ver o laudo. Ainda não sabemos como ela morreu. — Ele flexionou os dedos, as veias aparecendo sob a pele translúcida. — O Palazzo não designou oficiais de segurança para esse caso. Ninguém falou com testemunhas em potencial. Amélie não era discípula, então… — Dev engoliu em seco. — É como se ela não fosse *nada*. Pelo menos você sabe quem matou o seu pai.

Roz suspirou, expulsando a raiva com o fôlego.

— Tem razão. Eu sei mesmo. Mas que diferença faz? Ele se pavoneia pelo Palazzo, sempre protegido, sem nunca precisar enfrentar as consequências.

O general Battista Venturi — o pai de Damian — dera a ordem para Jacopo ser perseguido e morto feito um animal quando abandonou as linhas de frente.

Uma sombra passou pelos olhos verde-água de Dev. Uma expressão severa, enquanto passava o indicador pela borda do copo mais próximo.

— Qual é o sentido de qualquer coisa, Roz, se não podemos garantir justiça para aqueles mais próximos de nós?

Foi nesse momento que ele desmoronou. Escondeu o rosto nas mãos, e os ombros tremeram conforme a respiração ficava entrecortada. Roz não tentou confortá-lo com palavras fúteis; sabia que Dev não ia querer ouvi-las. Apenas ficou sentada lá, esperando que terminasse.

— Vamos conseguir justiça — falou Roz com a voz baixa. — Para meu pai. Para Amélie.

Quando os seus olhares se encontraram, ela percebeu que os olhos de Dev estavam secos. Ainda não o havia perdido, então. Eles eram os dois lados da mesma moeda: ambos tinham transformado a dor em algo perverso. Ela só precisava lembrá-lo de que a vingança era mais doce que a bebida.

Damian

No fim, Damian liberou Giada.

Seu pai o teria advertido por isso. Battista não acreditava em confiar nos próprios instintos. Agia de acordo com as evidências e fazia perguntas depois.

Também não tinha misericórdia. Ele teria olhado para Giada, pálida de medo, e não teria sentido nada.

Temos um trabalho a fazer, era o que Battista sempre dizia. *Quando nos deixamos envolver pelas emoções, é mais provável que o façamos errado.*

Damian sabia que era verdade. Tinha visto em primeira mão o que poderia acontecer caso você hesitasse ou desse o benefício da dúvida a alguém. Porém, não importava quanto tentasse se lembrar das palavras do pai, elas eram sempre derrubadas pela memória da mãe.

Você sente algo em relação às pessoas, disse ela, com pesar, meros dias antes de morrer. *Essa é uma habilidade tão poderosa quanto aprender a atirar. O mundo pode ser duro, Damian, mas não deixe que ele tire isso de você. Me promete que não vai deixar isso acontecer?*

É claro que ele prometeu. Como não prometeria? Não ficaria lá parado, dando tapinhas na mão moribunda dela, sem lhe dar a sua palavra.

Mas, às vezes, Damian ponderava se tinha feito um voto que não era capaz de cumprir. Ele sempre achou que o pai era rude, insensível, mas como não poderia ser? Quando uma pessoa tinha visto tanta morte e miséria quanto Battista, como poderia esperar que ainda mantivesse a ternura? Houvera momentos durante a guerra em que Damian desejou arrancar as emoções do peito e lançá-las no mar frio do Norte.

Não tinha liberado Giada porque sentiu pena dela, no entanto. Ele a liberara porque achava que ela não era a culpada. Não havia motivo real. E, embora odiasse admitir, ficou com o que ela disse na cabeça.

Deveria estar se preocupando se serei a próxima vítima.

Damian não tinha nenhuma prova de que alguém estava fazendo os discípulos eleitos de alvo, mas essa ideia era quase tão assustadora quanto a noção de que estava falhando em seu trabalho.

Atravessou a entrada principal do Palazzo, perdido em pensamentos. O prédio estava silencioso, o saguão cavernoso assolado por sombras. Em manhãs como aquela, dava para sentir no ar o gosto dos segredos do Palazzo. Eram tão tangíveis que uma pessoa poderia se sentir tentada a esticar a mão e agarrá-los, apenas para vê-los escapar como fumaça por entre os dedos. Pilares arqueados separavam o teto aberto de uma passarela coberta, com ladrilhos de cores desbotadas. No meio, uma pequena fonte jorrava alegremente, e, em sua plataforma, os santos sem rosto formavam um círculo de mãos unidas. De vez em quando, davam um passo no sentido anti-horário: um sinal claro de que haviam sido criados por um discípulo de Força.

— Para onde vai, Venturi?

Damian não tinha ouvido Kiran Prakash aparecer ao seu lado. Um brasão com uma espada em chamas era visível no ombro do casaco do seu colega oficial, o que o marcava como segurança do Palazzo. Apesar de ser mais alto até do que Damian, ele era conhecido pelos movimentos silenciosos. O cabelo despenteado caía em cachos na altura das sobrancelhas, e o rosto demonstrava a sua boa índole. Kiran estava acompanhado de Siena Schiavone, uma garota de sorriso fácil que usava os cabelos escuros presos em tranças intrincadas. Siena fizera parte do pelotão de Damian lá no norte. Com frequência, ele tenta não pensar no fato de que ela aparentava estar superando o trauma bem melhor do que ele.

No entanto, talvez as pessoas também o vissem dessa maneira. Ele não sabia quanto Siena sofria por dentro.

— Oi — respondeu Damian, diminuindo a velocidade para que eles pudessem acompanhá-lo. — Estou a caminho da cripta.

Siena fez uma careta de quem sabia o que aquilo queria dizer, descansando uma das mãos no cinto.

— Ouvimos dizer que Forte pegou pesado com você em relação à morte de Leonzio. — Antes que Damian pudesse perguntar, completou: — Enzo.

Damian resmungou. Ele devia saber que Enzo contaria aos amigos deles.

— Para ser justo, Forte agiu mais ou menos como o esperado. Além disso, ele está certo: eu estraguei tudo.

Kiran olhou para o céu conforme saíam. Lá de cima, a chuva ameaçava cair.

— Você poderia ter me mandado para o Mercato com Siena, sabe?

— Sei. Mas não fiquei muito tempo lá. Saí assim que Matteo começou a deter alguns desfavorecidos que vadiavam no local. — Damian suspirou. — Precisava sair. Quando você passa muito tempo no Palazzo, ele começa a parecer...

— Claustrofóbico? — sugeriu Siena.

Exatamente, pensou Damian. Como se, quanto mais tempo passasse atrás das paredes douradas da construção mais opulenta da cidade, mais difícil ficasse de respirar.

— É.

Ela lhe lançou um olhar desconfiado. O que quer que tenha visto no rosto de Damian deve ter sido preocupante, porque falou:

— Você parece brutal, Venturi.

— Pelos Santos, Siena. — Kiran se engasgou com uma risada, balançando a cabeça. Uma mecha caiu e roçou na sua bochecha, e ele ergueu a mão para refazer o nó que prendia os cabelos, mantendo-os para trás.

— O que foi? É verdade.

A observação dela não surpreendeu Damian nem um pouco. Ele suspeitava de que parecesse brutal na maior parte do tempo. Desde que retornara do norte, ele evitava olhar com muita atenção para o próprio reflexo, temendo o que poderia ver ali. Temendo que, se tivesse mudado das maneiras como imaginava, não fosse mais capaz de ignorar. Ele via como as outras pessoas o encaravam — como se os seus pecados estivessem escritos na cara.

E poderiam muito bem estar. Todos conheciam a história de como ele vira o melhor amigo morrer na linha de frente. Como, numa retaliação irracional, ele derrubou três soldados inimigos de uma vez. *Heroico*, diziam algumas pessoas. Mas também: *assustador*.

Percebendo que Siena esperava uma resposta, Damian deu de ombros.

— Isso é o que acontece quando você fica acordado por dois dias, suponho.

—Você precisa dormir ou vai pifar.

— Acho que já pifou — falou Kiran. — Pisque duas vezes se não estiver totalmente consciente, Damian.

Damian fez questão de olhar para Kiran sem fechar os olhos uma vez sequer.

Eles desceram os degraus da frente do Palazzo e seguiram pelo jardim. Acima do trabalho de alvenaria meticuloso do prédio, uma gárgula no telhado girou para acompanhar o seu progresso. Outra criação dos discípulos de Força.

— Acha que os rebeldes tiveram alguma coisa a ver com isso? — perguntou Kiran, mudando de assunto.

Damian não precisava perguntar do que ele estava falando. Já tinha se feito a mesma pergunta: matar Leonzio havia sido uma maneira de os rebeldes expressarem seu desdém pelo sistema?

— Não consigo imaginar que eles sejam tão organizados — disse Damian com honestidade. — Quem quer que tenha matado Leonzio foi esperto. Ninguém nem sabia que ele estava no Palazzo. Os rebeldes são… desorganizados.

Siena ergueu as sobrancelhas feitas.

— Está falando isso porque dois deles foram pegos tentando invadir a prisão da cidade? Não tenho certeza de que isso significa que sejam desorganizados. Foi a primeira vez que conseguimos identificar qualquer um deles.

— Eles vão ficar cada vez piores conforme mais desfavorecidos forem mandados para o norte — disse Kiran. — Já que são contra a guerra e tudo mais.

Um arrepio rastejou pela pele de Damian com o vento. Por que as pessoas não entendiam que o Palazzo existia para protegê-las? Para representá-las? Nos últimos tempos, a principal reclamação dos rebeldes era que os desfavorecidos estavam sendo recrutados para lutar na Segunda Guerra dos Santos, enquanto os discípulos não tinham essa obrigação. Como poderiam? Suas habilidades eram o alicerce da economia de Ombrazia. Até mesmo Damian entendia a diferença.

— Como podem pensar que a guerra seja um desperdício? — A pergunta era mais para si do que para Kiran e Siena. — Brechaat está tentando invadir o nosso território. Estão promovendo *heresias*.

A cidade-estado inimiga ainda cultuava o santo patrono de Caos. Depois de perder a Primeira Guerra dos Santos e se separar de Ombrazia, Brechaat sofreu terrivelmente. Seus cidadãos eram, na maioria, desfavorecidos, e, sem poder contar com os bens de Ombrazia, eles caíram na pobreza. Mas, dezenove anos atrás — apenas cinquenta anos depois da primeira guerra, pouco antes de Damian nascer —, Brechaat lançou um ataque. Um general desfavorecido despertou cidadãos, tirando-os do torpor miserável, incitando a sua raiva e convencendo o restante da cidade-estado de que poderiam tomar de volta o poder se capturassem terras suficientes de Ombrazia para ganhar o controle de rotas comerciais importantes.

Mas, ao que parecia, não era tão fácil. As duas regiões estavam num impasse desde então, do qual nenhuma delas recuava. Brechaat tinha conquistado algumas terras, mas nem de perto a quantidade que queriam. E, se Ombrazia não as tomassem de volta, o magistrado-chefe tinha certeza de que o inimigo espalharia os seus ideais heréticos. Então, a guerra continuava, fazendo Damian temer que nunca acabasse.

— Não sei se os rebeldes apreciam a quantidade de dinheiro e influência que Ombrazia tem a perder — falou Siena, tirando Damian dos próprios pensamentos. Ele assentiu, concordando.

Kiran deu um chute com a bota no chão duro.

— O que não entendo é por que Brechaat não se concentra na própria economia. Vale a pena mesmo atacar Ombrazia, causando a guerra, quando eles podiam se concentrar no próprio estado? — Ele levantou as mãos de forma defensiva quando Siena e Damian o encararam sem acreditar. — Só estou perguntando!

— Discípulos não são comuns em Brechaat — falou Damian, relembrando-o. — Eles podem tentar, mas nunca terão tanto poder quanto Ombrazia. A melhor chance é nos dominar.

— E não vão recuar agora — disse Siena. — Não enquanto não conseguirem aquilo pelo que estão lutando.

A conversa morreu quando eles chegaram na entrada da cripta do Palazzo, onde os três pararam.

— Ei — disse Kiran, dando uma olhada no local e parecendo deduzir o que se passava na cabeça de Damian. — Não foi culpa sua, não importa o que Forte diz. Sabe disso, não é? E pode examinar o corpo quanto quiser, mas não vai saber nada até fazer uma autópsia apropriada.

Era provável que Kiran tivesse razão. Mas só sobre a última coisa. Damian soltou um suspiro pesado.

— Meu trabalho é garantir a segurança dos discípulos.

— Mas não estar em todos os lugares ao mesmo tempo — falou Siena. — Forte sabe disso. Ele só está preocupado com a reação da cidade quando descobrirem, e precisa de alguém para culpar.

— Ele falou que vai me mandar de volta ao norte se eu não encontrar o culpado.

Os amigos ficaram sérios com aquilo. Kiran disse devagar:

— Ele não faria isso. Seu pai não permitiria.

Damian quase riu. Ele sabia, pelas histórias que Kiran compartilhava, que ele tinha uma família que o adorava, e não só porque a sua posição no Palazzo era a maior fonte de renda deles. Choraram lágrimas de alívio quando o filho retornou inteiro da guerra.

Battista Venturi não era assim. Damian vira o pai orgulhoso dele apenas uma vez, e tinha sido no pior dia da sua vida.

Ele fez um ruído evasivo com o fundo da garganta.

— Meu pai precisou se esforçar muito para persuadir Forte a me dar esse emprego. Se ele me quiser fora daqui, não sei quem poderá fazê-lo mudar de ideia.

— Siena e eu tentaríamos. — Kiran deu um sorriso torto, cutucando Damian de leve no braço. — Olha, não entre em pânico ainda, tudo bem?

Forte é rígido, mas é razoável. Sabe que coisas assim levam tempo. — Ele fez um gesto em direção à porta da cripta. — Quer que a gente vá com você?

— Não. Mas obrigado. — Damian precisava ficar sozinho para *pensar*. Examinar o corpo sem o magistrado-chefe Forte no seu cangote. Olhou para o céu sombrio. — O turno de vocês está quase acabando, e precisamos interrogar o restante da equipe mais tarde. Vão dormir um pouco.

— Sujo, mal lavado — disse Siena baixinho, mas já estava começando a se afastar, puxando Kiran consigo.

Damian olhou uma última vez para o céu, que permanecia encoberto por nuvens. Ele estivera nublado a semana inteira, escondendo o sol e as estrelas. Damian estremeceu. A tradição dizia que as estrelas eram os olhos dos santos, e, quando você não podia vê-las, significava que os santos não estavam observando.

Seu corpo parecia mais pesado conforme descia a escada para a cripta, apoiando uma das mãos na parede de pedra fria. Ao chegar ao último degrau, o ar gelado o cercou. O pé-direito era baixo, dando a sensação de que as paredes eram mais apertadas do que a realidade. O único cadáver no cômodo era o do discípulo — o resto do espaço estava vazio. Aquilo deveria ter aliviado Damian, mas, em vez disso, o deixou levemente incomodado.

Havia somente uma arandela acesa, e uma luz frágil iluminava as paredes de marfim de cima para baixo. Damian reprimiu um arrepio quando viu o corpo de Leonzio novamente. De alguma forma, era pior na segunda vez: o tom cinza na pele do discípulo era pouco natural. Damian tocou nas pálpebras, esquerda e direita, e depois no peito, na direção do coração. Fechou as mãos frias em punhos. Respirou fundo. E então, como se estivesse lidando com um paciente adormecido, levantou a manga da roupa do morto como Giada fizera antes.

Examinou as tênues linhas cinzentas que envolviam os pulsos de Leonzio, formando uma treliça preta que ia escurecendo conforme subia pelo braço. Esperava que um olhar mais atento pudesse ajudá-lo a descobrir alguma coisa, mas apenas se sentiu mais desesperado do que nunca. Alguém tinha conseguido envenenar um discípulo na sua cama, em um lugar fortemente protegido. *Como?*

Damian confiava completamente nos seus oficiais de segurança, e, ainda assim, algo devia ter passado por eles.

Ele se inclinou, colocando os cotovelos no altar de pedra. Era como descansar em um bloco de gelo, mas Damian mal notou, encarando o nada enquanto os pensamentos giravam em sua mente. Jurava que podia sentir Morte ali, admirando o mais novo membro dos seus eternos seguidores.

Quando vai ficar acostumado à minha presença, Damian Venturi? Os sussurros de Morte pareciam afagar sua nuca, tirando o ar dos pulmões com seus dedos frios. *Você me carrega consigo há muito tempo.*

Ele afastou aqueles pensamentos. Não era descendente de Morte: não tinha nada a ver com ela. Como a vida era cruel por fazer com que ela o seguisse. E, ainda assim, quando Damian buscava Força, não encontrava nada.

Com um suspiro, tocou nas pálpebras de Leonzio, imitando os gestos que fizera pouco tempo atrás.

Afastou a mão rápido.

O que quer que estivesse abaixo daquela pele fina e cheia de veias roxas, com certeza não eram olhos. A carne não parecia natural. Era sólida demais. Damian respirou fundo, limpando a camada de suor da testa. Hesitante, levantou uma das pálpebras do discípulo.

O choque o atravessou, deixando-o enjoado. Em vez de íris pálidas, havia apenas esferas pretas. Algum tipo de metal, ou talvez vidro. Pareciam terrivelmente *erradas*, colocadas ali nas órbitas pálidas.

Quem quer que tivesse matado Leonzio Bianchi, levara os seus olhos consigo.

5

Roz

Já era quase meio-dia quando Roz retornou ao templo de Paciência. Ela dormira por algumas horas no sofá do pequeno apartamento de Piera, que ficava no último andar da taverna, embora a própria Piera estivesse curiosamente ausente. Os restos de vinho ainda corriam devagar pelas veias de Roz, embora tivesse tomado menos do que de costume. Era difícil apreciar a bebida com o rosto angustiado de Dev à sua frente. A personalidade dele se alterara completamente desde a morte da irmã, e Roz sabia o que era aquilo: seu amigo entrara em modo de sobrevivência. Estava apenas tentando seguir, um dia após o outro. Era um estado que Roz conhecia bem, porque passara pela mesma experiência após a morte do pai. Como era possível se mexer, ou lutar, quando o luto pesava tanto em seus ossos?

Dev, junto a Piera e Nasim, ajudara a tirar Roz do seu desespero. Ela apenas desejava saber como fazer o mesmo por ele.

Seu peito convulsionava sempre que se lembrava da menininha loura acenando da janela da casa dos Villeneuve. Amélie era uma criança tão feliz, tão inocente. Será que Roz já tinha sido daquele jeito? Achava que não. Amélie era um ponto de luz numa paisagem escura. Alguém que encontrava alegria em lugares onde as outras pessoas não viam nada.

Parecia a Roz algo bastante cruel que o mundo apagasse aquela luz tão cedo.

O templo de Paciência era um colosso de pedra escura no centro do setor, fortemente adornado com grades curvadas de ferro fundido. Roz sempre achara que parecia o covil de um vilão. Era bonito, supunha, da mesma forma que lâminas afiadas com precisão eram bonitas. Um grande arco se erguia sobre a sua cabeça, emoldurando o céu por uma fração de segundo antes que ela entrasse.

Não ficou surpresa ao encontrar a passagem ocupada. Alguns discípulos mais novos correram ao seu lado, provavelmente indo para aulas em que aprenderiam a transformar a sua vontade em armas, ferramentas e ornamentos de todas as formas. Por desenvolver as habilidades tão tarde, Roz foi forçada a fazer a mesma coisa por alguns meses. Foi terrivelmente monótono, e ela ficou aliviada quando acabou — não que a sua posição atual fosse muito melhor. Ela não tinha a mínima intenção de passar a vida como um ferreiro esnobe.

— Roz!

Alguém gritou o seu nome, e Roz girou, ficando cara a cara com Vittoria Delvecchio.

— Ah. Oi.

Vittoria ergueu a sobrancelha. Ela era de uma beleza dura e bem do tipo de Roz: alta, musculosa e sempre carrancuda. O cabelo era de um louro tão claro que quase chegava a ser branco, caindo de forma elegante até a altura das costelas. Roz ficou aliviada por descobrir que não doía tanto olhar para ela. Alguns meses depois de entrar na guilda, e dois anos depois da partida de Damian, ela e Vittoria tiveram uma espécie de relacionamento. Beijos roubados em corredores vazios, mãos dadas no jardim florido do templo. Vittoria era a única pessoa que Roz tinha beijado além de Damian e a garota tinha uma paixão confiante e arrebatadora enquanto ele era todo inexperiência e hesitação adolescente.

Cada momento passado com Vittoria era uma perfeição física. Roz ainda conseguia se lembrar das curvas do seu corpo, o cheiro de açúcar e canela do cabelo macio. No entanto, era no resto que sempre tinham problemas.

— Não achei que estaria aqui — falou Vittoria. Seus olhos cinzentos a analisavam. — Não foi ao Mercato ontem à noite?

Roz deu de ombros, sem querer admitir que havia acabado de voltar, ou que a maioria das horas não fora passada nem perto do Mercato.

— O sol me acordou.

Vittoria saberia que ela estava mentindo. Não importava. *Aquele* era o problema no relacionamento delas: Roz nunca falava a verdade. Como poderia? Vittoria acreditava na importância do papel delas como discípulas. Usava o anel com orgulho e rezava para os santos com sinceridade. Roz, por outro lado, não ligava para nada daquilo. No fundo, não se entendiam. Então se contentaram com uma espécie de amizade, quase nunca mencionando o que havia surgido antes.

— Certo — disse Vittoria, limpando poeira invisível da frente do seu casaco cinza. — Bem, já que está aqui, pode pensar em contribuir para o Mercato em vez de apenas visitá-lo. Não posso estar sempre cobrindo para você.

As palavras eram bondosas, mas também firmes. Roz revirou os olhos, mas sabia que Vittoria tinha razão. Dependia dos pagamentos periódicos que recebia do templo para cuidar da mãe. Se continuasse a ignorar suas tarefas, poderia ter problemas.

— Ok, ok. — Roz apertou a ponte do nariz. — Vamos.

Vittoria a levou pela larga escadaria em curva perto da entrada do templo. Seus balaústres eram um trabalho elegante em ferro fundido e os degraus, de mármore. Roz observou a curvatura do pescoço de Vittoria quando a outra fez um rabo de cavalo com os cabelos, então se repreendeu mentalmente por isso.

Conforme desciam a escadaria, o calor as atingiu. Roz sentiu o rosto se fechar numa careta familiar e tirou o casaco. *Odiava* ficar ali embaixo. Forjas não eram indispensáveis para o trabalho dos discípulos de Paciência com o metal, mas eles precisavam começar de algum lugar, e não era possível transformar minério e pólvora em nada útil.

As folhas de metal pré-derretido, Roz tinha que admitir, eram lindas. Prateadas e cheias de possibilidade, elas ficavam no centro do lugar que mais parecia uma catedral, prontas para serem usadas pelos discípulos de Paciência que trabalhavam ao redor. O ar quente era acre, com o cheiro de cinzas e algo estranhamente doce.

Vittoria segurou o braço de Roz e a arrastou até um grupo de garotas perto da parede. O ar faiscava ao redor delas, nebuloso e denso com magia.

Roz não conhecia nenhuma delas particularmente bem, e seria a primeira a admitir que era por falta de esforço. Cada discípulo queria ser o melhor, o mais produtivo, o mais respeitado. Isso lhes daria uma chance de ser escolhido para representar a guilda no Palazzo. Roz, é claro, nunca desejou tal coisa, e, portanto, não conseguia se identificar nem um pouco com as outras. Tentou, em vão, se afastar de Vittoria.

—Vou trabalhar sozinha.

Aquela era uma variação da conversa que já tinham vivido antes, e Vittoria voltou ao seu argumento de sempre.

— Não posso ser a sua única amiga, Roz.

— Claro que pode. — Como sempre, Roz não mencionou que *tinha* outros amigos, eles apenas não eram discípulos. — Além do mais, é só uma questão de tempo até me expulsarem. Sabe muito bem que nada que eu crio tem qualidade suficiente para ser vendido.

— Porque você não se esforça.

Um lado da boca de Vittoria se curvou.

— Nem todo mundo pode ser perfeito.

Vittoria revirou os olhos, mas fez a vontade de Roz e não disse mais nada.

Mas era verdade. Roz *não* tentava. O restante dos discípulos pensava nela como um fenômeno estranho: abençoada por um santo patrono, mas inútil no trabalho. Roz ficava feliz em deixá-los acreditar nisso contanto que não fosse incomodada pela falta de participação. Não gostava de forjar. Trabalhar com metal era chato. De todos os discípulos de Paciência, ela era a que tinha menos paciência, e todos sabiam disso.

O problema era que Roz era *boa* no trabalho. Se quisesse, poderia criar itens impecáveis. De alguma forma, sabia que mal tinha explorado o seu potencial. A parte dela que era descendente de Paciência queria fazer mais — muito mais —, mas o restante se recusava a ceder à euforia que seus colegas discípulos sentiam quando usavam magia. Não era justo que ela levasse uma vida confortável simplesmente porque havia nascido assim. Não era justo que recebesse um pagamento por entregar ao templo o trabalho que lhe fosse solicitado, mesmo que de qualidade inferior. Não enquanto as famílias de Dev e de Nasim mal conseguiam sobreviver.

E também havia o fato de que os discípulos de Paciência recebiam, em sua maioria, a função de criar armas para a guerra. Aquilo deixava Roz enojada. O pai dela tinha *morrido* por causa daquela guerra infinita e sem sentido.

— Está tudo bem? — questionou Vittoria, soltando o braço de Roz. O cenho dela estava franzido, e Roz se perguntou como o próprio rosto estava. Nem tentou fingir um sorriso.

—Vou trabalhar aqui.

Dessa vez Vittoria nem se incomodou em argumentar. Apenas assentiu de leve com a cabeça antes de ir se juntar às outras amigas. Roz deveria ter sentido culpa, mas a emoção não vinha. Limpou o suor da testa, depois colocou o casaco no chão. O teto, muito alto, era pintado com representações de Paciência — uma mulher sem rosto usando armadura e brandindo uma espada —, fazendo diversos atos divinos. Perto da sanca havia o contorno esmaecido da silhueta musculosa de um santo: Caos, Roz sabia, fora apagado da cena sem muito cuidado. Tudo que restava era a sua mão, ainda entrelaçada à de Paciência, com o fogo surgindo ao redor. Palavras surgiram de forma espontânea na mente de Roz.

No coração das montanhas de Força, Paciência pediu por calor. Foi ela quem criou o fogo, e Caos que lhe deu o seu movimento.

Caos e Paciência, os amantes originais. Opostos e iguais que traziam equilíbrio um ao outro. Roz duvidava muito de que eles realmente tivessem ajudado a criar o mundo, mas, mesmo assim, achava bastante rude o fato de seus colegas discípulos terem apagado sem cerimônia o parceiro da sua santa. Talvez um dia, Paciência descesse dos céus para destruir todos eles.

Roz arregaçou as mangas e se recolheu para o canto mais distante da sala. Uma vara de metal esperava por ela, encostada na parede. Estavam criando canos para armas, e Roz conseguia ver na sua mente a forma exata como deveria dobrar a barra de acordo com a sua vontade. Como seus dedos dariam forma ao metal como se fosse argila, e como, quando terminasse, só a pessoa que fosse dona da arma por direito conseguiria atirar com ela.

Suas mãos foram ficando cada vez mais quentes, e o sangue pareceu fervilhar em suas veias. O poder correu por ela, ansiando pela liberdade, mas Roz o deteve. Recusou-se a libertar mais do que um fio vagaroso.

Quando Vittoria foi vê-la depois de um tempo, não havia muita coisa para mostrar.

— Estão horríveis — falou Vittoria, as bochechas com o brilho saudável que os discípulos sempre pareciam ter ao fazer o trabalho que amavam.

Os discípulos que não eram Roz, pelo menos.

—Verdade — disse Roz, baixinho, chutando os canos inúteis numa pilha bagunçada. — Fazer o quê, não é mesmo? Vamos embora?

✶

Depois de se despedir de Vittoria, Roz caminhou pelo pátio do templo, seguindo o caminho que circundava o lugar. Flores e hera subiam pela balaustrada de cada lado, e o ar cheirava a uma chuva distante. O pátio fornecia um atalho para casa, mas, quando emergiu do outro lado, Roz se arrependeu de ter ido por ali. Se estivesse prestando atenção, poderia ter reconhecido os passos pesados. O leve tilintar de chaves batendo na ponta de um cassetete pendurado num cinto do exército.

Havia poucas coisas que Roz odiava mais do que os oficiais de segurança, e não pôde evitar o rosnado que escapou dos lábios. Eram ex-militares promovidos a um posto mais alto, e todo oficial que ela já encontrara tinha um complexo de superioridade. Não eram discípulos, mas poderiam muito bem ser, doutrinados para acreditar que sua existência era servir aos descendentes dos santos. Os oficiais estavam sempre realizando incursões em partes da cidade ocupadas pelos desfavorecidos, ansiosos por pegá-los em atos de transgressão ou então procurando evidências da rebelião. Durante essas "investigações", Roz tinha ouvido falar que roubavam as casas dos cidadãos desfavorecidos.

No entanto, não foi por nenhum desses motivos que o ar de repente abandonou seus pulmões.

Dos dois oficiais que vinham na direção dela, Roz reconheceu um. E foi *ele* a razão para a sua abrupta incapacidade de respirar.

Damian Venturi.

Era a primeira vez que chegava perto dele desde o seu retorno do norte, e ela o analisou com um misto de choque e desdém. Ele estava completamente diferente do que Roz se lembrava. Para começar, estava mais alto e muito mais musculoso sob o uniforme escuro. As insígnias douradas brilhavam sob a luz do entardecer, assim como o arcabuz preso às costas, e o casaco azul-marinho estava abotoado até o queixo. O cabelo rebelde da infância desaparecera, agora em uma versão um pouco crescida do corte militar típico. E, embora a suavidade da juventude ainda fosse visível por baixo das maçãs do rosto bem marcadas, havia algo diferente nos olhos dele. Não eram mais brilhantes e felizes, mas vigilantes. Cautelosos. Como se estivessem eternamente se protegendo de algo que pudesse sair das sombras de repente.

Roz se perguntou se o mundo o castigara da mesma forma que fizera com ela. Torcia para que sim.

Os santos sabiam que ele merecia.

Depois que o pai de Damian foi nomeado comandante militar três anos atrás, ele levou a família para o norte, para o seu novo posto na fronteira, onde Damian começou a treinar como soldado. Àquela altura, o próprio pai de Roz já servia na fronteira há algum tempo, e aos quinze anos ela foi tola o bastante para esperar que os dois homens pudessem ser capazes de confortar um ao outro. Afinal, Jacopo Lacertosa era cálido onde Battista Venturi era frio. Certa vez, Damian confessara a Roz que ele se sentia mais próximo do pai dela do que do próprio.

Fazia sentido, agora que ela sabia que o pai de Damian era a maior cobra de toda Ombrazia. Jacopo e Battista eram amigos desde a infância, e nem mesmo Battista se tornar um discípulo poderia quebrar esse laço. Quando Jacopo tentou desertar das linhas de frente, porém, Battista Venturi caçou o antigo amigo e mandou a cabeça dele para casa dentro de uma caixa.

Roz tinha dezesseis anos na época. Lembrava-se de ter ânsias de vômito com a visão, mas o corpo não a traíra daquela maneira. Em vez disso, conforme o choque se espalhava por seus ossos em uma onda gelada e formigante, ela simplesmente encarou a caixa em silêncio absoluto. Esse silêncio então se tornou um ribombar incessante nos seus ouvidos, exigindo justiça. A morte do pai não destruíra o seu espírito, pelo menos não por muito tempo. Em vez disso, a transformou em algo sedento por vingança.

No entanto, aquilo acabara com a mãe dela, e Caprice Lacertosa nunca mais foi a mesma.

Damian nem mesmo escrevera para ela depois disso. Escolhera o seu lado, isso estava muito claro. Lá se foram todas as coisas que ele lhe dissera na juventude. Era como se tivesse cuspido no túmulo de Jacopo.

Roz conseguira evitar Damian por quase um ano, mas, agora que ele estava a apenas alguns passos de distância, queria confrontá-lo. Talvez jogar na cara dele a força da sua traição. Antes que pudesse organizar os pensamentos, porém, a companheira de Damian falou. Era uma oficial mais ou menos da mesma idade que Roz, de pele marrom e traços suaves, o cabelo trançado caindo pelas costas.

— ... não vão ficar felizes — dizia ela. — As pessoas vão ficar sabendo da morte do discípulo logo, Damian. Ainda mais com o substituto sendo escolhido depois de amanhã.

Roz inclinou a cabeça, de repente mais intrigada do que qualquer outra coisa.

— Eu sei. — A resposta de Damian foi curta. — O magistrado-chefe deixou claro que isso é prioridade. Já interroguei Giada, mas nada faz sentido. Tenho que falar com meu pai. Ele vai saber o que fazer.

— Pessoalmente, ainda não estou convencida de que não foi suicídio.

Roz mordeu a língua, com as engrenagens do seu cérebro girando. Um discípulo do Palazzo tinha morrido? A revelação foi como um tapa na cara. Não por causa da morte em si — não estava tão preocupada com isso —, mas por causa do que Damian tinha dito.

O magistrado-chefe deixou claro que isso é prioridade.

A raiva que a tomou foi feroz, repentina e avassaladora. Amélie e o garoto não identificado estavam no necrotério da cidade, os assassinatos ainda sem solução. O Palazzo não se incomodara em designar oficiais para os casos *deles*. Mas agora que um único discípulo tinha morrido, o assunto se tornara prioridade?

Roz deixou que eles passassem sem fazer nada. Que pensassem que ela era apenas outra discípula andando pela rua. Mas, como o mundo tinha um senso de humor doentio, Damian ergueu o olhar quando os seus caminhos se cruzaram.

E olhou direto para ela.

— Rossana — ele falou, usando a versão formal do seu nome como uma acusação. Sua voz estava mais grossa. Mais firme. Tinha uma nota de autoridade que não existia antes. Quando parou, a outra oficial fez o mesmo, as sobrancelhas se franzindo em confusão.

Roz trincou os dentes com força. Não sabia por quê, mas de repente se sentia como uma obra em exposição. Talvez fosse a perplexidade de Damian, tão familiar. Talvez fosse o fato de que conseguia imaginá-lo sentado à mesa na antiga casa da família dela, um sorriso intrigado brincando nos lábios enquanto ele a observava tentar recriar, sem sucesso, uma das receitas da mãe. Ele comeria a refeição mesmo assim. Sempre comia, não importava o que Roz apresentasse a ele.

O que vale é a intenção, dizia o rapaz, erguendo o garfo. *E não há nada que sal não possa consertar.*

Isso foi antes de Roz saber que, na verdade, havia *infinitas* coisas que o sal não podia consertar. Não podia consertar um assassinato. Não podia consertar uma traição. Não podia consertar um coração partido ou preencher um poço sem fundo de raiva.

Ela levou um instante para reparar que não tinha falado nada. Talvez para interromper o silêncio, Damian perguntou:

— O que está fazendo aqui?

Roz manteve o olhar firme enquanto encarava aqueles olhos familiares: de um castanho profundo, emoldurados por cílios pretos. A cicatriz pálida que ia da curva da bochecha até a mandíbula, no entanto… aquilo era novo.

— Estou andando. Não é contra a lei, é?

Ele franziu o cenho, surpreendido pela hostilidade dela.

— Eu… Não, não é. Acho que só estou surpreso por ver você aqui.

— E acho que *você* sabe que sou discípula de Paciência — falou Roz, um alívio presunçoso a dominando quando as palavras saíram sem vacilar. Ela indicou o prédio grandioso às suas costas. — Este é o templo de Paciência, se não percebeu.

Damian cerrou os dentes.

— Realmente.

Sua expressão era indecifrável, o que pegou Roz de surpresa. Não conseguia se lembrar de uma época em que o rosto de Damian não fosse um livro aberto, ao menos para ela. Foi então que entendeu: essa criatura — com os seus músculos, seu uniforme elegante e expressão impenetrável — não era Damian Venturi. Era um homem que ela não conhecia. Um homem que fora para a guerra e voltara uma cópia do pai traidor.

Roz ainda conseguia se lembrar da última vez que o pai retornara de batalha. Como ele se largou no sofá, a exaustão em cada traço do rosto envelhecido, e pegou a bebida que Caprice lhe oferecia com a mão tremendo. *Battista foi promovido de novo*, dissera ele. As palavras pareciam ocas. Roz conhecia o pai bem o suficiente para saber que aquilo significava que estava furioso. *É comandante da nossa unidade. Não se importa com nada além de subir na hierarquia. Não o reconheço mais.*

Na época, Roz não compreendera. Agora, no entanto, entendia o sentimento perfeitamente.

Não havia nada digno de nota a ser dito com a oficial presente. A mulher olhou de Roz para Damian, tentando entender a dinâmica.

— Vocês dois se conhecem?

— Conhecíamos — falou Roz antes que Damian pudesse responder. — No passado.

O olhar fixo dele a atravessava como uma das suas ferramentas mal forjadas. Havia uma rigidez na postura de Damian, como se temesse que a discípula pudesse revelar algo para a oficial. Roz apertou os lábios com desprezo. Como se quisesse que qualquer pessoa soubesse da conexão entre os dois.

Damian a surpreendeu, porém, quando explicou:

— Nossas famílias eram amigas quando éramos mais jovens.

A oficial assentiu, mas manteve os lábios em uma linha fina.

Roz deu um sorriso doce.

— Eram, sim. Até o pai de Damian matar o meu.

Houve um silêncio prolongado. O rosto de Damian era uma máscara, os tendões do pescoço claramente tensos. O treinamento da oficial ficou evidente, porque ela digeriu aquela informação com calma, dizendo apenas:

— Entendo.

— Battista Venturi — esclareceu Roz, como se a garota não soubesse. Valeu a pena pela reação de Damian. — Tenho certeza de que o conhece.

O olhar de Damian não se afastou dela quando falou:

— O pai de Roz era um desertor.

Era um fato, claro, mas parecia uma forma de retaliação das mais agressivas. Roz fechou os punhos, impressionada por ver que sua raiva podia alcançar patamares ainda mais altos. Deixou escapar uma risada rouca.

— É verdade. Mas pelo menos não era um traiçoeiro de merda.

As sobrancelhas da oficial se ergueram tanto que quase saíram da testa. Damian parecia ter levado um tapa. Seus lábios se abriram, mas nenhuma palavra saiu deles. Talvez tenha sido capaz de deduzir que ela não estava só falando sobre Battista.

Roz quase caiu na risada, mas se forçou a ir embora, deixando nada além de silêncio às suas costas. Precisava sair logo dali antes que fizesse algo de que se arrependeria.

As pernas a levaram para casa sem que Roz estivesse consciente do movimento. Sentia-se trêmula, um pouco enjoada e mais furiosa do que nunca. Era por *isso* que evitava Damian. Por *isso* que se esforçava para não lembrar.

Ainda assim, conseguia imaginar a conversa que poderiam ter tido se as coisas tivessem sido um pouco diferentes. Como Damian teria perguntado o que ela estava aprontando, andando sozinha pela rua. Um dos lados da sua boca se levantaria — só um pouquinho — da maneira que fazia quando ele se sentia ao mesmo tempo preocupado e divertido.

Estou andando, Roz teria dito, mas de bom humor dessa vez. *Não é contra a lei, é?*

Só perguntei porque você parecia triste, responderia Damian, porque teria notado. Ele sempre notava. *Você nunca leva nada a sério?*

Roz estremeceu, o rancor correndo pelas veias. Aquela versão de Damian — de si mesma — não existia mais. Estava morta. Como o seu pai.

Eu não *levo nada a sério*, pensou para ninguém em particular conforme se esgueirava pela esquina. *Não de verdade.*

E então, numa reflexão tardia: *Exceto vingança.*

6

Roz

Roz estava quase em casa quando enfim se acalmou o suficiente para pensar direito. Como Damian se atrevia*? Era risível pensar que já houvera um tempo em que ela pensava que não podia viver sem ele. Uma época em que ia todo dia ver a lista de nomes que colocavam na Basílica e rezava para que o dele não estivesse lá com tal força que achava que não suportaria.*

Mas ela sobreviveu e meses se passaram, e a única notícia que vinha do norte era de mortes que não eram de Damian. Nunca a dele. Os santos, pensou Roz, deviam estar ouvindo, apesar dos sentimentos do seu pai em relação a eles agora.

Certa manhã, no entanto, ela e a mãe receberam um tipo diferente de notícia.

E um pacote na porta.

Aquela foi a última vez que Roz pediu qualquer coisa aos santos. Na opinião dela, havia duas opções. A primeira: os santos ouviram as suas preces, mas não tinham capacidade de intervir. Sendo assim, qual era o sentido de rezar para eles? Ou a segunda: os santos *tinham* o poder para mudar as coisas, mas escolhiam não fazê-lo.

De qualquer forma, não importava. Porque, enquanto o mundo desabava ao seu redor, ela sabia muito bem a quem culpar. Viu a cidade natal com novos olhos, como se um véu cintilante tivesse sido arrancado para revelar um interior apodrecido. Ela abandonou os santos, com seus truques e seus favoritos, e nunca mais pediu ajuda a eles de novo.

Mas se houvesse um santo patrono de Fúria, Roz com certeza teria rezado para ele.

✷

O apartamento que Roz dividia com a mãe ficava afastado das principais vias do setor e, embora pequeno e discreto, era bonito, como os alojamentos de discípulos costumavam ser. Seus braços tremiam enquanto ela escalava a lateral da construção ao lado, pulando a janela que usava para acessar sua casa. Roz preferia não permitir que ninguém a visse entrando e saindo do prédio. A mãe era vulnerável e não se dava bem com estranhos. Apenas Piera, que com frequência entregava comida, era uma convidada aceitável.

— Mamma — chamou Roz ao entrar. Caprice Lacertosa ainda estava acordada, sentada à mesa redonda da cozinha com o olhar distante.

Caprice era uma mulher pequena, com os cabelos pretos presos num coque bagunçado na nuca. Tinha um rosto anguloso e solene, com a mesma pele bronzeada e olhos azuis da filha. Porém, se um dia os olhos de Caprice tinham sido aguçados e espertos, hoje aparentavam estar vazios.

Ela também era discípula de Paciência, mas deixara o templo quando Jacopo foi para a guerra e não retornou quando ele voltou da guerra convencido de que o sistema era corrupto. Roz nunca vira evidência alguma da magia da mãe, e uma parte horrível dela ficava feliz por Caprice não estar racional o suficiente para saber que a filha vivia a mesma vida que ela abandonara.

— Rossana — disse Caprice, passando a ponta do dedo na mesa. Não havia comida à sua frente; ela estava simplesmente ali sentada, com os ombros curvados. — Onde você estava?

Roz soltou o cabelo do nó apertado.

— Precisei trabalhar — respondeu para a mãe, que torceu a boca em uma expressão de tristeza.

— Procurei você por toda parte. Achei que tivesse morrido.

Meus Santos. Caprice parecia pensar que Roz estava morta sempre que ela saía do seu campo de visão por mais do que alguns momentos. Talvez fosse resultado do acontecido com Jacopo, ou talvez fosse a memória de Caprice piorando.

Ela não era a mesma desde a morte do marido. Roz não conseguia encontrar outra explicação para o declínio da saúde da mãe desde o fatídico dia que aquela caixa apareceu na porta delas. Da noite para o dia, Caprice se tornou uma pessoa diferente. Não se lembrava das coisas. Recusava-se a sair do apartamento. Às vezes, falava com pessoas que não estavam lá e ria de piadas que não haviam sido contadas.

Conforme a sanidade de Caprice se esvaía, Roz percebeu que a mãe não conseguiria sustentá-las. E, como Jacopo tinha desertado, elas não tinham direito à magra pensão que outras famílias recebiam quando os seus entes queridos morriam na linha de frente. Então Roz aceitara um trabalho na taverna de Bartolo, aceitando o minguado pagamento que a dona, Piera, podia oferecer. Não era nem de perto o suficiente, porque morar em Ombrazia era caro. Mas por um tempo, pelo menos, Piera estava lá para escutar. A mulher lavava os copos e deixava Roz falar tudo que precisava, sempre dando uma resposta inteligente. Levava comida para Caprice e não esperava nada em pagamento. Não havia como Roz pedir mais dinheiro para Piera, então ela se resignou à dificuldade.

Então, um dia, ela sentiu.

Um calor na palma das mãos, quase desconfortável de tão intenso. Conforme ficava cada vez mais quente, o pânico entalou sua garganta, e Roz correu da cozinha para o beco ao lado da taverna. Quando o calor deu lugar a uma sensação de formigamento, ela percebeu o que estava acontecendo.

Você tem alguma habilidade extraordinária?, perguntara um representante do Palazzo para Roz e Damian mais ou menos cinco anos antes, dando uma olhada sorrateira nas suas anotações. *Coisas ao seu redor já se moveram sem você encostar nelas? É particularmente habilidosa com as mãos? Sente uma conexão forte com as outras pessoas?*

Essas foram apenas algumas do que pareceram infinitas perguntas, e ela respondeu com honestidade na época. Não — não tinha nenhuma magia. Sabia que não era uma discípula e que não fora abençoada por nenhum santo.

Não sabia que aquilo podia mudar.

Naquele beco, com as lágrimas ardendo nos olhos, Roz pressionara a parede de pedra fria com as mãos, tentando diminuir a ardência. Ela puxara o pai, que era um desfavorecido orgulhoso. Ser qualquer outra coisa parecia uma traição à memória dele. Afinal, qual era a outra opção? Paciência. Paciência, a santa da antítese, do comedimento. Uma santa que era inexplicavelmente conectada à forja — um trabalho que nunca despertara o interesse de Roz.

Ela pegou a faca, pedindo aos santos nos quais não acreditava mais para que nada acontecesse.

Mas a lâmina se deformou na sua palma.

Para alguém que decidira há muito tempo que odiava discípulos e o sistema que os beneficiava, aquilo parecia uma maldição. No entanto, quando Roz usava seu dom para vantagem própria, sentia uma culpa terrível.

Ela era uma anomalia, decretara o homem que a testara anos atrás. Uma criança impossivelmente sortuda que fora abençoada mais tarde que a maioria. A sensação que Roz teve ao apresentar-se no templo de Paciência foi a de ser um espécime interessante sob os holofotes.

Mas a taverna lhe dera uma válvula de escape para a sua raiva: um lugar em que poderia estar com pessoas que eram como ela *de verdade*. Pessoas cujos entes queridos não retornaram da guerra, ou que voltaram mudados para sempre. Pessoas cujos pais enlouqueceram com a perda de um filho ou parceiro. Pessoas que sofriam com a injustiça do sistema atual. Não era justo que os discípulos mais poderosos controlassem a cidade. Não era justo que escapassem do serviço militar enquanto todo o restante lutava contra Brechaat por teorias religiosas e recursos que o povo mal tinha o privilégio de usar.

— Sinto muito por não ter vindo na noite passada — falou Roz, tarde demais, ignorando a sensação de aperto no peito. — Fiquei na casa de Piera depois do trabalho.

Ela se encolheu ao ver o rosto da mãe relaxar. Caprice achava que ela ainda trabalhava na taverna de Bartolo, e Roz não conseguia ver a vantagem de lhe contar a verdade. Só faria com que ela ficasse confusa e chateada. Além disso, sua mãe nunca saía do apartamento; não havia como ela descobrir sozinha.

—Você sempre trabalha demais. — O rosto de Caprice se iluminou. — O que nós faríamos sem você, *tesoro*?

Roz não fazia ideia a que "nós" Caprice estava se referindo dessa vez, mas não perguntou, conseguindo dar um sorrisinho forçado. A resposta era clara: sem Roz, a mãe iria definhar até a morte naquele apartamento. Era por isso que ela se forçava a interpretar o papel de uma boa discípula. De certa forma, tudo que fazia era por Caprice. Roz precisava de uma compensação para o sofrimento da família como precisava de ar para respirar.

— Não vejo Damian há um tempo — comentou Caprice, fazendo Roz congelar. — O que ele anda fazendo?

Como ela *sabia*? Para alguém que quase nunca parecia viver no mundo real, Caprice era perceptiva de uma forma assustadora. Sempre conseguia trazer à tona precisamente o que Roz estava pensando, fizesse sentido ou não.

— Damian não vem mais aqui — falou Roz, em um tom mais grosseiro do que pretendia. Sabia que não devia se ressentir com a tendência da mãe de remexer o passado, mas aquilo sempre doía.

Caprice fez um beicinho.

—Você sorri mais quando está com ele.

Roz se absteve de dizer à mãe que tinha mais chances de dar um chute em Damian do que de sorrir para ele. Em vez disso, se forçou a abrir um sorriso que mais parecia uma careta.

—Você me faz sorrir tanto quanto ele. Quer comer alguma coisa?

Ela contornou a mesa redonda de mogno a caminho da cozinha. O apartamento inteiro era praticamente estéril de tão imaculado. Sua mãe não fazia muita coisa além de arrumar, varrer e tirar o pó, cantarolando ou murmurando sozinha.

Caprice balançou a cabeça.

— Não estou com fome. Ah, fiquei morta de preocupação com você ontem à noite, *tesoro*.

Mesmo assim, Roz pegou uma panela do armário. Elas tinham voltado para o início da conversa.

— Eu avisei que não viria para casa.

— Não avisou, não!

— Avisei. Logo depois do jantar, lembra? Estávamos sentadas aqui — ela apontou para o sofá verde-musgo —, e falei para não me esperar acordada.

A confusão cruzou o rosto de Caprice, e Roz recuou, engolindo um palavrão. A mãe dela tinha a tendência de ficar chateada quando se confundia.

— Esquece — murmurou Roz. — Talvez você tenha razão. Talvez eu tenha esquecido de avisar.

Ela começou a preparar uma xícara de chá para a mãe, procurando o frasco que comprara no Mercato e jogando o conteúdo junto das folhas aromáticas. A poção tinha o objetivo de ajudar com os nervos de Caprice, e Roz precisava admitir que funcionava muito bem.

Rezou em silêncio para a mãe mudar de assunto, depois se arrependeu. O que Caprice disse a seguir fez o estômago de Roz se revirar.

— Recebemos uma carta do seu pai.

Roz congelou onde estava, quebrando ovos, e o olhar foi de repente para a folha de pergaminho nas mãos da mãe. Caprice com frequência mencionava Jacopo Lacertosa no presente, mas nunca alegou ter recebido uma carta dele antes. Era ainda mais raro que ela descesse até a entrada do prédio, onde ficava a caixa de correspondência.

— Que bom — disse Roz, seguindo com cautela. — O que ela diz?

Os olhos de Caprice se arregalaram. Os dedos que seguravam a carta (ou o que quer que fosse o papel) tremeram, e, por um instante, Roz não soube se ela ia responder. Mas esperou, sem fazer movimentos súbitos, como se lidasse com um animal assustado.

Por fim, Caprice falou:

— Foi um aviso.

Roz relaxou. Era melhor do que, digamos, uma promessa de que Jacopo estaria de volta até o fim da semana. Já tinha visto como a mãe reagia ao perceber de novo que o marido não ia voltar.

— Ele quer que a gente saia da cidade — sussurrou Caprice, e a pele de Roz se arrepiou. — Há algo sombrio rondando as ruas.

— O quê?

— Escute! — implorou a mãe, lendo as palavras. — *Para as minhas queridas Caprice e Rossana: sinto muita saudade das duas. Escrevo para lhes dar um aviso, pois precisam sair de Ombrazia imediatamente.*

Roz voltou a ficar tensa, a inquietação se espalhando pelo corpo.

— Posso ver a carta? — perguntou, mas Caprice não tinha a menor intenção de permitir aquela aproximação. Deu um pulo e ficou de pé, a voz se erguendo até um uivo desesperado.

—Vai matar você! Vai matar todos nós!

— Ei. — Roz transformou aquela palavra numa ameaça. Agarrou os ombros da mãe e a forçou a se sentar de volta na cadeira. Não foi difícil; Roz era forte, e Caprice era delicada. — Acalme-se. Vamos descansar um pouco, ok? Vou pegar o seu chá.

Ela precisou de uma discussão e convencimento, mas, no fim, ficaram lado a lado na cama, Roz esperando a respiração de Caprice se alongar. Somente então ela saiu de debaixo dos lençóis e foi de mansinho até a mesa.

A carta, como ela suspeitava, estava em branco.

Mas aquilo a surpreendeu mesmo assim.

7

Damian

Damian atravessava o Palazzo em um transe. Seus aposentos ficavam no outro lado do prédio, e, depois dos eventos daquele dia, tudo que Damian queria era apagar até a manhã seguinte. Até a semana seguinte, se fosse possível. Seus pensamentos, as batidas do coração, tudo estava alto demais. Estava consciente demais do seu corpo, como se o encontro com Roz Lacertosa o tivesse despertado de um torpor em que estivera preso sem perceber.

Quando Damian estava no norte, achava difícil de imaginar uma versão de Roz diferente da garota travessa de cabelos escuros com quem ele brincava nas ruas da cidade. Mas ela não era mais aquela garota. Não — havia se tornado algo severo e enérgico, alta o suficiente para encará-lo sem piscar.

Tinha feito exatamente isso, e isso quase o transformou em cinzas. Ela estava furiosa. Damian sabia que estaria, da mesma maneira que sabia que ele merecia. Era por isso que ultimamente a evitava. Ele era um covarde amaldiçoado pelos santos.

Ainda assim, ele só percebeu como sentira falta dela quando ficaram cara a cara. Era como se a dor constante e abafada que pulsava em seu centro tivesse sido abruptamente colocada em destaque. Ele nunca quis tanto fingir que nada havia mudado. Queria abraçá-la da maneira que faziam quando eram crianças e se perder no aroma veranil da pele dela.

Infelizmente, havia a pequena questão de que Roz o odiava.

Sim, Battista matara Jacopo Lacertosa. E, sim, fora horrível. Damian sabia que Roz ficara arrasada, mas não tinha percebido — talvez de maneira inocente — o quanto ela se sentia apunhalada até as suas últimas palavras.

Mas pelo menos não era um traiçoeiro de merda.

Damian não era idiota. Sabia que Roz não estava falando só de Battista. Mas o que podia fazer? Como corrigir aquilo?

Impossível. Sabia disso no momento em que acontecera. De alguma forma, ambos se tornaram as pessoas que juraram nunca ser.

Damian ainda conseguia se lembrar do dia em que representantes de todos os templos vieram para testar os dois. Roz e ele tinham acabado de fazer treze anos. Depois, ele se deitara na cama dela, e Roz se sentou perto da janela, a luz do sol parecendo mel brincando nos fios soltos dos seus cabelos. Damian achara que ela era a coisa mais linda que já havia visto.

Não me importo de não ser uma discípula, falou Roz, a voz firme. *Contanto que você também não seja.*

Damian não era. Aquilo o decepcionara por uma fração de segundo, até ver Roz sorrindo. Contanto que os resultados deles fossem o mesmo — era o que importava.

Você sabe que teremos que ir para o norte, se for o caso, respondeu ele. Naquela época, não parecia uma possibilidade real. Era tão distante e insondável quanto a própria guerra.

Roz deu de ombros. *Então iremos juntos. Melhor do que ter que treinar num desses templos metidos a besta, onde todo mundo se acha tão importante.*

Pessoas morrem na guerra. Daquilo, ao menos, Damian já sabia.

Não nós. Não vamos morrer e não vamos matar. Vamos apenas sobreviver.

Foram as palavras tolas de uma criança que não sabia nada do mundo, mas confortaram Damian na época. Então, Roz se juntou a ele na cama, descansando a bochecha no ombro dele. O contato fez as terminações nervosas de Damian despertarem, e ele desejou com afinco que pudessem ficar assim para sempre.

No fim, ele matou pessoas. Roz se tornou uma discípula. E aquele momento de felicidade nunca parecera tão distante.

Damian passou a mão pelos cabelos suados e soltou um suspiro trêmulo. Precisava parar de pensar no passado. Tentara se distrair pelo resto do dia, interrogando a equipe do Palazzo sobre a morte de Leonzio até a escuridão tomar o céu. Todos repetiam mais ou menos a mesma história: não viram o discípulo de Morte naquela noite. Se um intruso era o culpado, ninguém sabia como ele havia entrado.

Noemi, a oficial de segurança que estivera em patrulha no andar de Leonzio naquela noite, sentia mais raiva do que culpa.

— Isso é um *insulto* — afirmou ela, com tanta violência que Damian se surpreendeu. — É claro que nada passaria por mim. Não sou uma *amadora*, Venturi. Faço esse trabalho há mais tempo do que você. Se Leonzio foi envenenado, deve ter acontecido mais cedo. Agora, você me pergunta se ele estava se comportando de maneira estranha… Não sei se notou, mas Leonzio era um homem estranho. Parecia ficar mais paranoico a cada dia. É só isso que você quer saber?

Damian, com a cabeça ainda em Roz, não cedeu, e a coisa só piorou a partir daí. No fim, sabia pouco mais do que ao começar os interrogatórios.

Tudo isso para dizer que ele se sentia *cansado*. Exausto de uma maneira que não sabia que uma pessoa poderia se sentir. Os olhos não pareciam estar funcionando direito, e toda ação parecia estranha, como se ele estivesse se movendo por um sonho.

Subiu a escada de pedra até o segundo andar, então atravessou o corredor. A noite se esgueirara até os cantos do prédio, encobrindo o teto abobadado nas sombras de forma que os detalhes em gesso ficaram imperscrutáveis. O quarto de Damian era o último à esquerda, e a visão da sua porta o deixou aliviado. Com os dedos trêmulos por conta da coordenação diminuída, tentou girar a maçaneta com cuidado.

Estava aberta. A apreensão dominou o corpo de Damian como se ele tivesse tomado um banho de água fria. Não porque temia a pessoa que tinha entrado, mas porque sabia de imediato quem seria.

Entrou no cômodo. O quarto estava escuro, mas Damian conseguia discernir o contorno de alguém sentado sem se mover na beirada da cama.

— Pai.

Battista Venturi parecia desperto e imperturbável, como sempre. Tinha os mesmos olhos e cabelos escuros de Damian, embora não fosse tão alto quanto o filho. Não que fizesse diferença: sua presença era dominante. Exigia atenção e respeito aonde quer que fosse, e a parte frontal do uniforme era revestida de pequenas medalhas representando todas as suas conquistas durante a guerra.

—Você voltou — disse Battista. O general era famoso por esconder bem os sentimentos, embora houvesse uma torção na boca do pai que Damian reconhecia.

— Sim.

Damian pendurou o arcabuz, acendeu o lampião e colocou o casaco na cadeira ao lado da cama. Seus aposentos, embora simples, imitavam a ornamentação do Palazzo. Os lençóis eram luxuosos, as sancas, intrincadas. Podia ser um pensamento mórbido, mas Damian desejou que a mãe tivesse vivido o suficiente para morrer ali, em vez de um quarto gelado de madeira lá no norte.

— Fiquei esperando um bom tempo. Como foi?

Damian liberou a tensão com um único suspiro longo.

—Você ouviu falar da morte de Leonzio.

— Claro que ouvi — disse Battista, uma ruga surgindo entre as sobrancelhas. — O magistrado-chefe me procurou. Ele não está satisfeito. Diga que pelo menos passou o dia fazendo algo produtivo.

Merda. Aquela conversa não poderia esperar até a manhã seguinte? Damian mal conseguia ficar de pé. Ou talvez fosse a vergonha que estivesse minando suas forças conforme admitia as falhas do dia.

Ele se afundou na cadeira de espaldar reto ao lado da cama, sem se preocupar mais com profissionalismo.

— Aparentemente, Leonzio foi envenenado, mas Giada disse não reconhecer os efeitos. Eu a levei para prestar depoimento, mas não consegui tirar nada de útil dela. Siena e eu informamos aos templos que haverá uma cerimônia para escolher o substituto de Leonzio, e então passei o dia interrogando a equipe.

— Compreendo.

Damian prendeu a respiração, à espera. Achava que o pai ficaria incomodado. Em vez disso, Battista parecia... quieto. Reflexivo.

Depois que a esposa perdeu a batalha contra a doença, Battista mergulhou de cabeça no trabalho. Fora promovido rapidamente de comandante para general e retornara para supervisionar os oficiais de segurança. Agora, ele viajava entre a cidade e o front de batalha, mas era em Ombrazia que trabalhava mais. Foi apenas por conta da posição de Battista como discípulo de Força — e da sua relação com o magistrado-chefe — que Damian recebeu autorização para assumir a segurança do Palazzo. Não importava que Battista quase nunca usasse as próprias habilidades. Ele era um discípulo, sua magia era poderosa, e aquilo era suficiente para que fosse respeitado. Se Damian não conseguisse provar o seu valor, aquilo não seria bom para a imagem do pai. Ele já era uma decepção por não ter sido abençoado com magia própria.

— Damian — disse Battista, enfim, com a voz grave —, estive tentando ajudá-lo. Dei conselhos sobre como estabelecer as patrulhas e aproveitar os pontos positivos dos seus oficiais. Com frequência peço paciência a Forte, digo que você precisa de mais tempo para pegar o ritmo. Mas tenho as minhas próprias funções, e só posso resolver alguns dos seus problemas. Forte está preocupado. Com a atividade rebelde, quer que o assassinato de Leonzio seja resolvido rapidamente. Vou segurá-lo enquanto posso, mas precisamos de respostas rápido, ou você será substituído.

Damian engoliu em seco. Forte já tinha deixado o ultimato claro, mas era igualmente desagradável ouvi-lo uma segunda vez.

— Não posso voltar. Não posso voltar para a guerra.

Ele sabia que era importante que Ombrazia mantivesse Brechaat e os hereges sob controle. Ele *sabia* disso. Mas também sabia da realidade da guerra e como não demorava nada para que todos os sonhos de glória se tornassem uma grande decepção.

— Não quero que você volte também — disse Battista gentilmente. — Mas a morte de Leonzio aconteceu durante o seu turno.

— Foi um acidente.

— Foi um *assassinato* — corrigiu o pai. — Um assassinato que você não previu. Um assassinato que deveria ter sido capaz de impedir.

A vergonha invadiu Damian. Queria argumentar, mas como?

— Eu entendo — admitiu com dificuldade. — Peço desculpas. Acha que vou conseguir dormir sabendo que deveria ter salvado a vida dele? Não posso… — Sua voz foi morrendo, enquanto esfregava o rosto cansado. — Não sei como prever essas coisas. Não sei como podem esperar isso de mim.

Battista suspirou, a expressão ficando menos dura. Ficou de pé e colocou as mãos nos ombros do filho, que ergueu o rosto. Encarar os olhos escuros do pai era como olhar para um espelho do seu futuro.

— Não podemos perder tempo se perguntando como fazer o nosso trabalho — disse Battista, com gentileza. — Simplesmente temos que *fazê-lo*. Sei que você é capaz. É o meu filho.

Damian sentiu um peso no estômago. Embora seu pai nunca tivesse dito isso, Damian suspeitava de que a decepção dele ficasse mais tangível a cada dia. O orgulho que Battista exibira depois de aprender sobre o *heroísmo* do filho durante a guerra — santos, ficava enjoado só de pensar na palavra — tinha desaparecido. Ele queria que Damian provasse o seu valor. E, que inferno, ele tentou, mas ultimamente o mundo estava dando tantas rasteiras em Damian que já não conseguia ficar de pé.

Ele não era como Battista. Não era capaz de colocar sem pestanejar o país e a honra acima de tudo. Sabia que deveria ser — sabia que era algo que a sua posição demandava —, mas as coisas que fizera continuavam a assombrar os seus pensamentos.

— E quanto às outras mortes recentes? — perguntou Damian, incapaz de se controlar. — Acha que estão conectadas? O garoto encontrado às margens do rio e a menina…

— Esqueça isso — falou Battista. — Forte não considerou que fossem prioridade, e a última coisa de que você precisa é se distrair. Concentre-se no assassinato de Leonzio e só.

Damian parou, pego de surpresa. Com certeza o pai via por que ele queria investigar todas as possibilidades, não? Três possíveis assassinatos tão próximos um do outro era algo inédito em Ombrazia. Se a mesma pessoa fosse responsável por todos eles, talvez tivesse deixado evidências na cena dos outros crimes. Mas Damian não ia discutir.

—Tem que ser alguém de dentro do Palazzo — falou, voltando ao assunto em pauta. — Ou isso, ou um intruso teve ajuda para entrar.

Leonzio era político — sem dúvida alguma havia pessoas que se beneficiariam de sua morte. Porém, ali, na segurança do Palazzo, era difícil imaginar que alguém teria tido a oportunidade.

Battista ajustou o colarinho já impecável do casaco, os ombros tensionando por baixo do tecido. Seu anel de discípulo brilhou na luz baixa.

— Quem quer que você determine como suspeito, vai precisar de provas. Sugiro que consiga outro par de olhos no Palazzo.

Damian não entendeu de imediato o que o pai quis dizer. Aquilo deve ter ficado claro na sua expressão, porque Battista adicionou:

— Estou falando de informantes. Seus oficiais não podem ver tudo ao mesmo tempo. Use pessoas de confiança da equipe para ficarem de olho. Que tal... Qual é o nome dele? Nico?

— Enzo? — Damian engoliu um suspiro exasperado. Seu pai se esforçava pouco para saber os nomes dos serviçais.

— Claro. Enzo. Use quem e o que for necessário. Forte não vai hesitar em se livrar de você se achar que não está fazendo o seu trabalho, e essa é a última coisa que quero. — Battista apertou o ombro de Damian novamente, com firmeza, dessa vez com uma só mão. — Os santos estão do seu lado, rapaz.

Era fácil para o pai falar aquilo — a prova do seu favorecimento lhe fluía pelas veias. Damian engoliu em seco. Todo dia ele buscava Força com um fervor que não se apagava, esperando um sinal do santo patrono. Esperando *alguma coisa*. Mas não importava o quanto rezasse, não sentia a presença de ninguém, exceto de Morte.

—Vou resolver as coisas — disse ao pai, torcendo para os santos ouvirem e tornarem aquilo verdade.

Um dos lados da boca de Battista se ergueu.

— Sei que vai.

Damian o observou ir embora com um aperto no peito. Duvidava muito de que Enzo ainda estivesse acordado — era quase meia-noite, e os serviçais costumavam acordar muito cedo —, mas sabia que a sua mente inquieta não conseguiria dormir se não tivesse certeza.

Desceu a escada dourada, os pensamentos agitados. Os serviçais trabalhavam no primeiro andar, mas, claro, as instalações estavam desertas. Damian aguardou nas cozinhas vazias por um instante, ouvindo o zumbido monótono do vento lá fora. Esticou as mãos nos balcões de mármore frio, analisando as veias saltadas nas articulações. Aquilo o fez pensar em pele com teias pretas e órbitas oculares ocas.

Balançando a cabeça, se arrastou para a escada novamente, segurando o corrimão com mais força do que era razoável. Falaria com Enzo depois. Precisava dormir, antes que a sua tentativa de vigilância chegasse à paranoia.

Enquanto atravessava o labirinto escuro que era o terceiro andar, um ruído baixo veio do fim do corredor. Damian congelou, o coração batendo tão rápido que achou que o peito ia rachar em dois. Apertou os olhos para as sombras, tentando ver além do corredor bifurcado que ia na direção do escritório do magistrado-chefe.

Uma figura se moveu nos limites da sua visão.

Ele continuou andando em silêncio, sem baixar os olhos. Uma das mãos foi para a adaga na cintura. O ruído continuava, e Damian levou um segundo para entender o que era aquilo. Quando conseguiu compreender, apertou o passo. Era alguém forçando uma fechadura e falhando em abri-la.

Alguém estava tentando entrar no escritório de Forte.

Ele agarrou o cabo da adaga e ergueu a arma. Estava então a poucos metros do intruso e esticou o braço na escuridão, direcionando a ponta da lâmina para onde suspeitava — esperava — que o pescoço da figura deveria estar.

— Não. Se. *Mova*.

O intruso saltou de repente, se afastando da porta. Quando se virou para levantar as mãos, o estômago de Damian despencou de horror.

— É *você*.

O magistrado-chefe Forte olhou de Damian para a adaga na mão dele. A confusão se estabeleceu no rosto quase escondido pela penumbra.

— É o meu escritório.

Damian logo baixou a arma, as bochechas em chamas, grato pela cobertura da noite.

— Perdoe-me, *mio signore*. Achei que alguém estava tentando invadir.

Forte pigarreou, com desgosto.

— Não importa. A mágica anda falhando. Nem sempre me reconhece.

— Permita-me ajudá-lo.

Forte se afastou para que Damian pudesse usar a chave mestra. A fechadura fez um *click*, e a porta se abriu com um guincho que reverberou pelo corredor como um gemido.

— Obrigado — disse Forte. Ele começou a entrar, mas parou, o cenho franzido quando os olhos encontraram os de Damian. — Por sinal, como anda a investigação?

Damian engoliu em seco.

— Já interrogamos quase todo mundo do Palazzo. Nossa próxima ação será analisar um possível envolvimento rebelde.

—Você não acredita que a equipe do Palazzo esteja envolvida, então?

— Difícil dizer — respondeu Damian. — Qualquer pessoa pode mentir. No entanto, ninguém me pareceu particularmente suspeito. Vou pedir para Enzo ficar de olho em qualquer coisa estranha.

— Confia nele?

Forte questionava o seu julgamento ou estava apenas curioso? Era típico que alguém como ele pensasse que meros serviçais fossem indignos de confiança.

— Sim — falou Damian, firmemente. — Confio.

Houve um momento de silêncio. Então Forte assentiu uma única vez.

— Muito bem. Boa noite, Damian.

Foi apenas quando Damian chegou no próprio quarto que percebeu que o magistrado-chefe não o havia chamado de *Venturi*.

8

Roz

O dia seguinte, mesmo após o amanhecer, estava sombrio. O céu tinha o mesmo tom de cinza nebuloso das estátuas sem rosto que Roz encontrava a caminho da taverna de Bartolo. Elas se erguiam de forma ameaçadora em meio à folhagem dos jardins mal-cuidados — uma tentativa do magistrado-chefe de forçar alguma aparência de religiosidade na periferia. Como ninguém se preocupava em cuidar daqueles terrenos, a vegetação acabou mais alta do que os bancos, rastejando até os roupões esculpidos dos santos de pedra. Era lindo, pensou Roz, de um jeito selvagem. Uma ode ao fato de que poucos naquela parte de Ombrazia se importavam em se curvar diante de divindades.

Decidiu pegar um caminho um pouco mais longo, com a intenção de passar pelo rio onde o corpo do garoto assassinado fora encontrado na semana anterior. Não sabia o que esperava descobrir, apenas que se sentia frustrada por nenhuma informação sobre a morte ter sido revelada. Ele era um desertor, talvez? Alguém que pulara de um navio militar em vez de permitir que fosse levado para a guerra?

Mas a última chamada para o serviço acontecera mais de um mês atrás, e o rio estivera calmo ultimamente. Parecia coincidência demais.

Lampiões iluminavam a rua a intervalos largos, jogando um brilho suave no dique gramado que separava as pedras do calçamento da água corrente. As nuvens refletiam na superfície do rio, uma pintura desoladora sobre uma tela cintilante, transformada em abstração por um barco que passava. Roz ficou ali por um instante, o coração batendo e doendo no fundo da garganta. Quando era mais nova, seu pai a levava em passeios na margem do rio, apontando para as luzes do outro lado e contando histórias da cidade bem antes do tempo deles, quando os discípulos ainda não controlavam Ombrazia com mão de ferro.

É a isso que nos seguramos, Jacopo sempre dizia a ela, o aroma de menta e tabaco tomando conta quando ele se aproximava. Era um cheiro que ocupava cada fissura das memórias de Roz. *Você precisa se lembrar de como as coisas eram para saber pelo que lutar.*

Seu pai queria mudanças tanto quanto ela. Talvez tenha sido por isso que desertou — Jacopo não era do tipo de fazer o que lhe ordenavam.

Roz supôs que, nesse sentido, fossem parecidos.

Dessa vez, Piera Bartolo estava no bar quando Roz entrou na taverna, ignorando o sinal de FECHADO na porta. Com cabelo preto com mechas brancas e uma silhueta magra, Piera era como a lâmina de uma adaga em forma de mulher: afiada e atraente. Ergueu o olhar ao ouvir a porta se abrindo e sorriu quando viu Roz. Era um sorriso estranho, não exatamente cálido, mas, ainda assim, reconfortante.

— Chegou cedo.

Piera abandonou o pano que estava usando para limpar o balcão, tirando cabelos da testa com as costas da mão. Atrás dela, um pedaço da cozinha estava visível: Roz podia ver uma parede de pedra com garrafas de vinho alinhadas em prateleiras de madeira nas quais ervas e carnes secavam.

— É. — Roz deu uma olhada nas poucas mesas ocupadas. Só havia mais quatro pessoas ali, bebendo o que provavelmente era a mistura de Piera de café e conhaque. — Queria conversar com você sobre uma coisa.

Os olhos cinzentos e rígidos de Piera se estreitaram.

— É sobre Caprice? Como ela está?

— Do mesmo jeito. — Roz suspirou. — Não, não é sobre ela. Escuta, ontem ouvi uma conversa entre dois oficiais de segurança que pensei que poderia deixar você interessada.

A mulher inclinou o queixo, indicando que Roz continuasse. Ela obedeceu, baixando a voz:

— Tenho certeza de que metade da cidade já deve saber a essa altura, mas um dos discípulos do Palazzo foi assassinado.

As sobrancelhas de Piera se ergueram tão rápido que, sob outras circunstâncias, teria sido engraçado.

— É mesmo? *Assassinado?*

— Foi o que disseram.

— Eles acham que fomos nós, não foi?

Roz balançou a cabeça.

— Não falaram isso, mas com certeza estão considerando essa possibilidade. Achei melhor avisar, assim você pode falar para todos ficarem de olhos abertos.

Piera observou a taverna, a atenção tomada por um grupo de recém-chegados que entrou e pegou uma mesa. Sua boca se manteve uma linha apertada até ela concentrar o olhar novamente em Roz e perguntar:

— Não é só isso, né?

— Não. — Roz sentiu o rosto se contorcer em uma careta. — De acordo com a segurança do Palazzo, a *prioridade* é investigar a morte do discípulo e descobrir o culpado.

Piera pegou o pano e o torceu, a mandíbula tensa. Ela não precisava que Roz explicasse por que aquilo a incomodava tanto.

— Entendi — murmurou. — Gostaria de dizer que me surpreende.

Roz também não estava surpresa, mas tampouco estava minimamente menos irritada.

— Se ele descobrir...

— *Quando* Dev descobrir, ele vai sobreviver. — As palavras eram firmes, mas gentis. — Não imagino que esteja esperando nada diferente.

— Ele é mais sensível do que parece.

— Assim como você.

Roz mordeu o lábio. Adorava Piera, mas, às vezes, odiava como a mulher a conhecia bem. Odiava ter permitido que alguém visse suas vulnerabilidades e que as usasse contra ela. Piera nunca faria nada que realmente a ferisse, mas qualquer simples menção à *sensibilidade* de Roz parecia um ataque pessoal.

— Não sou, nada — resmungou Roz, e Piera olhou para ela.

— É, sim, mas tudo bem. Ainda assim, consegue lidar com qualquer coisa. Dev é do mesmo jeito.

Roz abriu a boca para responder, mas, no instante seguinte, viu que o assunto da sua conversa tinha entrado na taverna acompanhado por Nasim. Foram direto para o bar, e Piera pegou o pano com outro olhar significativo.

— Nada ainda — disse Nasim ao se aproximar, batendo um jornal, depois a palma da mão, no balcão.

Roz, no meio de um gole, se engasgou com a força do golpe.

— Eu devia saber do que você está falando?

— Ainda não há nada sobre o garoto que descobriram nas margens do rio na semana passada. A segunda...

Nasim baixou a voz enquanto Dev fazia cara feia.

— A segunda vítima — completou ele, sem rodeios. — Pode falar, sabe? Não sou tão frágil assim. Piera? — Ele gesticulou para a dona da taverna. — Uísque, por favor. Puro.

Nasim se encolheu de culpa, mas Roz falou:

— Nós sabemos, Dev. — E então para Nasim: — Descobriram o nome dele, pelo menos?

— Pelo visto, não.

O corpo do garoto ficaria no necrotério até que alguém o identificasse ou começasse a apodrecer. Não era certo. A vida dele deveria ser tão importante quanto a vida do discípulo morto. Quanto mais Roz pensava naquilo, mais a raiva se acumulava no peito como veneno escapando de um frasco aberto.

Ela se sentou numa banqueta e se recostou no bar, o olhar perambulando pelo salão conforme o lugar enchia, sem que nenhuma das pessoas se incomodasse com o sinal que declarava que a taverna estava fechada. Roz conhecia cada uma delas. Josef e Zemin, Ernesto e Basit, Nicolina, Jolanda e Arman...

Cidadãos intocados pelas divindades e, portanto, sem voz. As pessoas que observavam a cidade ser moldada por um sistema que as preteria.

Piera entregou a bebida para Dev, então tirou o avental e foi para o outro lado do bar. Todos se arrumaram nas mesas para ficar de frente para ela. Uma atmosfera de expectativa foi aumentando até saturar a sala, com o pequeno toque de desconforto. Piera simplesmente esperou, se recusando a falar até que os sussurros cessassem. Não demorou muito.

E então a reunião dos rebeldes começou.

— *Buon giorno* — falou Piera. — Peço desculpas por ter chamado vocês tão cedo. Mas é importante que saibam que a nossa tentativa de tirar Frederik da prisão, infelizmente, não teve sucesso. — Os cantos da sua boca se moveram, a única indicação de que aquela notícia a afetou. — Rafaella e Jianyu foram detidos. O destino deles permanece desconhecido.

Uma onda de sussurros varreu a taverna. Não de horror nem de surpresa; era mais como uma aceitação difícil. O estômago de Roz deu um nó, que ficou ainda pior quando alguém questionou:

— Quem pode ter dedurado eles?

Ela sentiu olhares em suas costas antes que qualquer pessoa pudesse verbalizar essas suspeitas. Ela queria ter feito *parte* daquela operação, caramba. Com a sua habilidade, teria sido um trunfo valioso. E, embora Piera soubesse disso, falou gentilmente para Roz que os outros rebeldes envolvidos na tarefa se recusavam a trabalhar com ela.

Sob a pressão da atenção geral da sala, Roz balançou os cabelos, deixando-os cair pelas costas.

— Como sei que alguns estão pensando nisso — disse alto —, não fui eu.

Nasim apertou a mão dela em solidariedade. *Piera confia em você, então eu confio em você*, dissera ela a Roz fervorosamente desde o início. Ela era uma entre poucos rebeldes, como Dev, que assumia aquela posição. Já fazia quase um ano, e Roz sabia muito bem que a maioria das pessoas não a queria ali. Parecia não importar quanto a posição dela lhe permitia ser útil.

Piera era amiga de infância de Jacopo Lacertosa, e, por isso, conhecia Roz desde antes de ela ser uma discípula. Na verdade, foi Piera quem apoiou Roz na decisão de se apresentar ao templo de Paciência.

Eles vão lhe pagar bem melhor do que eu, dissera. *E, se você quiser, isso vai colocá-la na posição perfeita para que possa ser útil para mim.*

Foi aí que contou sobre a rebelião a Roz, que aceitou fazer parte na hora. Desde a morte do pai, o ressentimento se remoía em seu peito — um fogo que nunca realmente se apagava.

Piera lhe dera uma maneira de usá-lo.

— Não suspeito de *nenhum* de vocês — falou ela agora, a voz em tom de aviso. — Não acredito que ninguém aqui teria traído nossos planos. Foi simplesmente azar que a troca de guardas tenha acontecido alguns minutos antes do programado.

Ume rebelde chamade Alix mordeu o lábio.

—Vamos fazer outra tentativa?

— Com certeza. Mas não agora.

Houve um momento de silêncio, e Roz ergueu a voz de novo.

— Os seguranças do Palazzo estão fazendo perguntas sobre nós. Parece que todos os que vão presos agora são interrogados. Foi o que ouvi no Mercato uma noite dessas.

Agora Alix estava olhando para ela. Elu era, ao menos, educade no geral.

— Perguntaram para quem?

— Um rapaz mais ou menos da minha idade. Ele não sabia de nada, claro.

— Então estão nos levando a sério — disse Piera, assentindo com satisfação. Alguns outros rebeldes a imitaram. — Isso é bom. Estão preocupados.

Era mesmo bom? Roz não sabia ao certo.

— O que faremos a seguir, então? — A pergunta veio de Josef, um homem grande que perdera um dos braços durante sua última temporada no norte. — Ficamos quietos ou damos uma razão para ficarem assustados?

Roz conhecia Piera havia tempo suficiente para adivinhar a resposta. É claro que a expressão da líder rebelde não mudou quando disse:

—A hora de fazer as coisas em segredo já passou. Minha intenção era que essa reunião fosse sobre os próximos passos para trazer de volta nossos colegas perdidos, mas hoje Roz me trouxe uma informação interessante.

Ernesto — um rebelde que Roz sabia muito bem que não a suportava — olhou com desdém para ela. Em resposta, Roz lhe lançou um olhar presunçoso.

— Um dos discípulos do Palazzo foi assassinado. — Piera abriu um sorriso irônico, deixando espaço para uma pausa dramática enquanto o choque reverberava e se espalhava pela sala.

Os olhos de Nasim brilharam, mas Zemin foi o primeiro a perguntar:

— Qual?

— Não disseram — respondeu Roz quando o olhar questionador de Piera pousou nela. — Faz diferença?

Piera balançou a cabeça.

— Não muita. O importante é que todo mundo deve ter mais cautela do que o normal. Acho provável, pelo que Roz falou, que suspeitem da rebelião. Então, isso torna todas as nossas ações um pouco mais arriscadas, mas, se não acharem logo um culpado, vamos parecer uma ameaça maior do que somos. Não posso dizer que fico chateada com isso. Além do mais, o magistrado-chefe Forte está fazendo todo o possível para resolver o assassinato do discípulo. Isso manda uma mensagem bem clara para pessoas como nós — seus olhos pousaram em Dev —, que perdemos membros da família e continuamos sem respostas.

Um silêncio recaiu sobre a taverna como um cobertor pesado, apenas para ser substituído, segundos depois, por sussurros furiosos. Jolanda balançou a cabeça com uma expressão sombria. Roz, no entanto, seguiu o olhar de Piera até Dev: ele sequer parecia estar ouvindo. Seu olhar estava fixo, sem piscar, no copo pela metade, como se desejasse poder se afogar na bebida.

— Você está brincando. — As sobrancelhas de Nasim se ergueram, e Roz se lembrou de que ela e Dev não estavam presentes na conversa que tivera mais cedo com Piera. — Depois de não fazerem *nada* sobre o garoto morto? Sobre... — A voz dela morreu no meio da frase, e Roz sabia que ela estava prestes a dizer *Amélie*.

Houve um instante de um silêncio constrangedor, e Roz se repreendeu por permitir isso. Amélie podia não estar mais lá, mas o seu nome merecia ser dito. Pisar em ovos sobre o fato de ela estar morta não faria bem para ninguém.

— Amélie Villeneuve — falou Roz com firmeza. — Ela merece justiça tanto quanto qualquer discípulo.

Aquilo chamou a atenção de Dev. Ele olhou para cima, com gratidão no olhar, e ergueu o queixo. Roz imitou o gesto. Eles eram rebeldes, não eram?

Falavam os nomes dos seus mortos e usavam o luto como munição. Lidavam com a tristeza e com a raiva revidando.

E, se Dev não estivesse pronto para fazer isso ainda, Roz o faria para ele.

— Enquanto isso — disse Piera, dessa vez com a voz mais baixa —, acho que temos que assustar um pouco mais o Palazzo. Se eles *não* suspeitam da gente em relação ao assassinato, os oficiais de segurança devem estar se sentindo bastante convencidos por terem conseguido frustrar a nossa tentativa de fuga. — Sua voz foi ficando mais forte conforme falava. — É por isso que o nosso alvo será o Mercato daqui a duas semanas. Acho que todos vão concordar que aquele lugar simboliza tudo que há de errado nessa cidade. Não sei vocês, mas estou cansada de ser considerada descartável. Quando o Palazzo precisa de alguém para lutar nas suas guerras, quem eles recrutam? *Nós*. Não se importam se estamos morrendo nas linhas de frente e com certeza não se importam se estamos morrendo nesta maldita cidade.

Roz gritou em concordância com o restante dos rebeldes. A força coletiva e elétrica da raiva deles era como uma droga.

— Eles podem ter nos forçado a aceitar seus santos — continuou Piera —, mas *não* vamos aceitar o seu domínio. Não dessa forma. Não quando o pai de Roz foi enterrado sem cabeça numa cova rasa. — Ela deu a Roz um aceno de solidariedade. — Não quando o irmão de Nasim ainda acorda todo dia nas linhas de frente e quando Josef mal conseguiu voltar com vida. — Piera trocou olhares com os dois também. — *Não* somos descartáveis. Mas é como os discípulos nos tratam, seja no campo de batalha ou aqui. Então, vamos mostrar ao Palazzo que não estamos para brincadeiras. Vamos mostrar às pessoas que a rebelião vai protegê-las. — Ela sorriu devagar e com raiva. — Vamos queimar o Mercato inteiro.

Josef deu vivas, e um número de rebeldes ecoou o sentimento, incitados pela possibilidade de uma demonstração de rebelião tão ousada.

— Bem… Isso vai ser divertido — disse Nasim quando todos se acalmaram e Piera voltou para os fundos da taverna. — Ela cruzou os tornozelos e abriu um sorriso. — Dev, o que você…

Mas ele já estava a meio caminho da porta. O copo vazio estava abandonado no balcão, e Nasim murchou visivelmente enquanto o observava sair.

— Não é culpa sua — falou Roz, colocando a mão no antebraço de Nasim de uma forma que esperava ser reconfortante.

Nasim encolheu os ombros, a tristeza gravada em seu rosto.

— Só acho que eu deveria conseguir fazê-lo se sentir melhor.

—Você está ajudando com a sua presença. Ele só precisa de tempo.

Roz poderia ter falado mais, mas, de repente, uma voz alta e anasalada que ela reconheceu como sendo a de Ernesto foi ouvida pela taverna.

— ... me pergunto quando Piera vai parar de aceitar tudo que Lacertosa diz como fato — falava ele para o amigo Basit, as palavras cheias de desdém. — Metade das coisas que ela *escuta* — a palavra foi enfatizada com aspas feitas no ar — provavelmente são besteira. Ela deve ter contado ao Palazzo sobre o nosso plano de tirar Frederik da prisão, e aposto que vai contar sobre o Mercato também. — Nesse momento, Ernesto viu Roz o observando, e os lábios formaram um sorriso. — Ela é uma discípula, porra. Quais são as chances de *não* nos trair?

Basit e alguns outros murmuraram, concordando. Roz estava se levantando da cadeira quando Nasim agarrou o casaco dela.

— Roz, não. Você sabe que ele só está tentando te irritar. Se alguém aqui é mentiroso, é ele.

Com dificuldade, Roz deu as costas. Seus dentes estavam trincados enquanto encarava os olhos castanhos e largos de Nasim.

— Mas as pessoas acreditam nele. Esse é o problema. Metade dos rebeldes acha que eu não sou confiável.

— Piera confia em você. Eu confio em você. Dev confia em você. Tem um monte de aliados seus aqui: eles só não fazem tanto barulho.

— Eu sei. — Roz não conseguia demonstrar que aquilo não era suficiente. Nenhum outro rebelde tinha sua lealdade questionada diariamente. E, embora apreciasse o apoio inabalável de Nasim, também sabia que a amiga não entendia. Se o plano de atacar o Mercato não desse certo, pessoas como Ernesto achariam que a culpa era dela. Se corresse tudo bem, considerariam uma sorte. — Só acho que não tenho como ganhar.

— Sinto muito — falou Nasim, mas estava olhando para o copo que Dev deixara para trás. Roz não insistiu no assunto. As pessoas tinham problemas maiores que ela. Havia um *assassino* andando nas ruas de Ombrazia, pelo amor dos santos.

Assim que pensou nisso, as ideias começaram a se desenrolar em sua mente. E se as mortes de Amélie e do garoto anônimo estivessem conectadas de alguma maneira? Roz sabia que o rapaz havia sido encontrado às margens do rio, mas ninguém dissera que a causa da morte fora afogamento. E se, por algum milagre, ela pudesse resolver o assassinato de Amélie? Talvez os *dois* assassinatos? Dev poderia ter alguma paz se o assunto fosse encerrado. Os rebeldes entenderiam de uma vez por todas que ela estava do lado deles.

— Escuta — falou para Nasim, a urgência repentina no seu tom de voz fazendo o olhar da amiga se erguer. — E se essas mortes estiverem conectadas?

Nasim franziu o cenho.

— Como? Não sabemos como Amélie foi morta, mas com certeza não foi afogada.

— E se o garoto também não tiver se afogado?

— Ele foi encontrado às margens do rio, Roz.

— E daí? — Diante da expressão perplexa de Nasim, Roz explicou: — Olha só. Pode não ser uma coincidência. Se eu conseguir descobrir como eles morreram... e se morreram da *mesma forma*... pode haver pistas que levam ao assassino.

— Suponho que seja uma possibilidade.

— O substituto do discípulo será selecionado daqui a dois dias, e as cerimônias de seleção sempre acontecem na Basílica. É onde fica o necrotério da cidade. O público não tem acesso, mas eu posso descer até lá no meio da confusão. Quero dar uma olhada no corpo do garoto. Vou tentar descobrir se ele realmente se afogou.

Nasim a analisou por um longo instante. Roz sabia quase tudo sobre ela: morava com a avó. Tinha uma irmã mais nova e um irmão mais velho, que estava lutando no norte. Odiava profundamente discípulos, porque eles estavam a salvo, enquanto o seu irmão não estava. Tinha medo de morrer sem deixar uma marca no mundo. Amava intensamente, mas não confiava com facilidade. E por último: valorizava a justiça acima de tudo.

— Você acha que descobrir quem matou Amélie ajudaria Dev? — perguntou Nasim, a voz baixa com um tom de esperança.

Roz deu de ombros.

— Talvez. Não acho que pioraria as coisas.

Se o necrotério estivesse trancado, e poderia muito bem estar, Roz tinha certeza de que a fechadura teria sido criada por um discípulo de Paciência. Isso significava que ela só se abriria ao toque de alguém a quem foi concedido acesso.

Roz, obviamente, não era uma dessas pessoas. Porém, como ela mesma tinha feito algumas das fechaduras, podia contornar essas coisas se tivesse tempo para isso.

Assim esperava.

9

Roz

Roz estava parada do lado de fora da Basilica enquanto os sinos dobravam.

Seu olhar varreu a *piazza* sobre a qual a igreja se elevava. O ar quente era pontuado pelas vozes das pessoas amontoadas ao redor de uma barraca vendendo peixe fresco, e, em algum lugar, um músico tocava um *organetto*. Estava quase anoitecendo — sempre uma hora movimentada no coração da cidade.

Tem gente demais aqui, pensou Roz ao abrir caminho pela multidão que serpenteava ao redor da igreja. Ela se perguntou se os discípulos de Morte estavam apreensivos com a possibilidade de serem escolhidos dessa vez, dado o que havia acontecido com o último representante.

Os eleitos para o Palazzo eram escolhidos a partir de uma lista dos discípulos mais poderosos. Então ficavam responsáveis por decisões políticas e, junto ao magistrado-chefe e seus conselheiros, governavam toda Ombrazia. Sete pessoas — os seis representantes e Forte — falando por toda a cidade, e nenhum deles dava voz aos desfavorecidos. Depois da Primeira Guerra dos Santos, quando a reencarnação de Força conquistara Caos, foi ele quem retornou para o sul e estabeleceu esse sistema particular de governo. Mas ele morreu por causa da praga pouco tempo depois, e o primeiro magistrado-chefe tomou o seu lugar. E desde então vinha sendo assim.

Roz deu uma cotovelada nas costelas de um homem, abrindo caminho para a entrada da Basílica. O prédio, feito de pedra cinza lisa entalhada com detalhes artísticos, ficava no centro do setor de Morte. Um arco enorme emoldurava a entrada principal, distinguível pelas portas de madeira com a insígnia dos discípulos de Morte: uma caveira com estrelas no lugar dos olhos. Acima delas, havia uma representação perfeita dos seis santos sem rosto. Um para cada uma das guildas abençoadas, com um buraco na pedra onde o sétimo fora retirado sem precisão. Suas cabeças estavam inclinadas em permanente oração, e, como sempre, Roz tentou não prestar muita atenção neles.

Ela não confiava nos santos — não mais. Seu pai tinha razão, e ela queria que Jacopo ainda estivesse vivo para falar isso para ele. Afinal, se a cidade realmente fosse criada pelos santos, por que apenas alguns eram abençoados com magia? E por que razão os outros cidadãos tinham que adorá-los? Roz sentia que uma verdadeira deidade não teria favoritos. No que lhe dizia respeito, se os santos quisessem a veneração dela, teriam que se provar dignos. Não importava se ela era descendente de Paciência ou não.

Ela se sentou nos bancos junto aos outros espectadores, a maioria discípulos. Apesar de tudo, Roz sempre achou interessante ver o contraste nos diferentes grupos: discípulos de Graça com seu azul-claro, e de Força no preto de sempre. Morte em túnicas brancas, e Paciência em um vermelho-escuro profundo. Misericórdia com suas expressões sérias, e Astúcia, com expressões travessas. Por alto, Roz diria que cerca de um terço da população tinha magia, embora, não obstante, a maioria dos cidadãos louvasse os santos. Era comum ter estatuetas do santo patrono em casa, e tanto a Basílica como os outros templos menores na cidade eram bastante frequentados pelos devotos. Ela até mesmo já tinha visto pessoas deixando oferendas nos degraus.

Durante a cerimônia, só haveria alguns poucos momentos durante os quais seria possível escapar e descer sem ser vista. Roz queria ter feito isso enquanto os espectadores chegavam — assim, não precisaria ficar sentada por todo o evento —, mas as pessoas, que entravam na Basílica aos poucos, sairiam todas ao mesmo tempo.

Os líderes das guildas — aqueles que organizavam os assuntos diários dos discípulos enquanto os representantes ficavam no Palazzo — estavam de pé diante do santuário. Atrás deles, o magistrado-chefe Forte subia os degraus que levavam ao púlpito.

— Boa tarde! — disse Forte em voz alta quando chegou lá, batendo palmas e analisando os espectadores. Sua testa brilhava com suor, e, se Roz não o conhecesse, poderia até pensar que era nervosismo. — Obrigado por se juntarem a nós hoje. Já faz um tempo desde a última cerimônia de ascensão, e sei que os discípulos de Morte apresentaram candidatos maravilhosos.

Roz revirou os olhos. Pouquíssimo tempo havia se passado desde a última cerimônia, e todos ali sabiam disso.

— Os santos nos abençoam hoje ao mandar um novo discípulo para o Palazzo — continuou Forte, olhando para baixo, para o que Roz só podia pensar que era o seu discurso. Sua voz assumiu um tom monótono e cadenciado ao ler direto da página. — A partir deste dia, essa pessoa terá a honra de contribuir para o governo da nossa cidade. Meus conselheiros e eu vamos trabalhar com o novo escolhido para garantir a representação de Ombrazia. — Forte ficou mais sério agora, o olhar indo até o teto trabalhado. — Sei que muitos têm perguntas, e elas serão respondidas no momento certo. O acidente que tirou a vida do discípulo na semana passada foi apenas isso: um acidente. Tal tragédia não deverá se repetir.

Ele ajustou os óculos com a mão trêmula, e Roz de repente se sentiu pouco à vontade. Será que o magistrado-chefe sabia de algo que eles não sabiam? Havia uma razão para se sentir nervoso, uma razão que estivesse sendo escondida do restante da população?

— E agora — declarou Forte, respirando fundo —, a história que todos vocês conhecem bem.

No púlpito, ele abriu o que só podia ser um exemplar de *Santos e sacrifício* e começou a ler em voz alta:

— *Quando o mundo era jovem, e o sol estava aceso havia pouco, Força lançou seu olhar sobre a terra e a achou insuficiente. E então ele a separou para criar vales e permitiu que chegasse aos picos mais altos.* — Uma pausa enquanto ele virava a página. — *No coração das montanhas de Força, Paciência pediu por calor. Foi ela quem criou o fogo, e Caos que lhe deu o seu movimento. Mas o calor não foi feito para ser cruel,* então, para abrandar seu amante impulsivo, Paciência também criou a chuva. A chuva deu vida a todos os tipos de plantas e animais, que a humanidade usa para sobreviver.

"Mas os homens ainda não tinham suas habilidades, então Astúcia lhes deu o conhecimento, e Graça os presenteou com a habilidade de criar. Por muitos anos, os homens prosperaram, mas a prosperidade não dura para sempre. A criação exige recursos, e a terra só podia prover até certo ponto. Então Caos trouxe a guerra ao povo."

Sussurros apressados encheram a Basilica. Roz suspeitava que aquela fosse a primeira vez que aquelas pessoas, como ela, ouviam alguém lendo a história sem omitir o papel de Caos por completo.

Forte levou o dedo aos lábios, então virou outra página.

— Os homens batalharam por muitos anos. Misericórdia e Morte observavam de mãos dadas e, juntos, chegaram a uma solução. Quando os homens estavam machucados, Misericórdia lhes proporcionava cura e remédios. E, quando isso não era suficiente, Morte lhes proporcionava paz. Um lugar para descansar até que o seu tempo na terra chegasse ao fim.

Forte tirou os olhos do tomo, erguendo a cabeça.

— Assim, hoje, honramos seis desses santos. Força, Paciência, Graça e Astúcia, que nos abençoaram com os ofícios. Misericórdia e Morte, que nos abençoaram com um entendimento mais profundo da vida humana. — Por um instante, pareceu que ele ia continuar falando, mas simplesmente cerrou os lábios e fez sinal para uma mulher que Roz suspeitava ser a líder da guilda de Morte.

Ela era alta e forte, os lábios finos e sem humor. Entregou ao magistrado-chefe uma bolsinha de couro, que Forte pegou e virou de cabeça para baixo imediatamente. Dezenas de pedacinhos de papel rodopiaram pelo ar como borboletas pálidas. Os espectadores ficaram em silêncio, e Roz observou enquanto todos os papéis, com a exceção de um, caíam no chão. A tira remanescente continuava no ar, mergulhando e fazendo piruetas, até Forte esticar a mão e pegá-la.

— Salvestro Agosti — leu ele.

As sílabas ecoaram no espaço amplo, formando um nome desconhecido para Roz. Começaram a aplaudir (primeiro um punhado de pessoas, depois uma cacofonia) quando um homem alto se levantou de um dos bancos da frente.

As vestes de seda eram uma demonstração óbvia de riqueza, e anéis opulentos adornavam os dedos. Parecia um homem pronto para o poder. Não, não era exatamente isso: parecia um homem que *esperava* pelo poder.

Roz deixou a mente vagar pelo resto da cerimônia, se desligando da fala monótona de Forte. O desconforto era insuportável. Mesmo que não estivesse cercada por discípulos, sentia-se uma impostora em lugares de adoração. O necrotério abaixo do santuário parecia chamá-la, lembrá-la do motivo de estar ali, e ela não deu ouvidos a outra palavra sobre santos e santificação.

Mais ou menos uma hora depois, uma comoção deflagrou ao redor de Roz, e ela percebeu outros espectadores começando a se levantar e dispersar. Ela logo se levantou. O restante da multidão estava concentrado em sair da Basílica, e ninguém pareceu notar quando ela foi para a saída nos fundos do santuário.

Ela atravessou a porta como se pertencesse ao lugar. A porta se fechou com um *click* baixo, fechando-a na escadaria.

Arandelas iluminavam as paredes de pedra, e a sombra de Roz se esticou, muito alta. Ela desceu os degraus na ponta dos pés, cada respiração uma onda cálida e efêmera que se dissipava dos lábios. O mundo era mais frio lá embaixo. Mais quieto. O próprio ar parecia parado, pesando no peito de Roz. Ela se apressou pelo corredor — virou à esquerda, depois à esquerda novamente — até encontrar uma porta aberta. Atrás dela, Roz viu uma longa sala de mármore branco.

O necrotério *não* estava trancado. Ou, se estava antes, já havia alguém ali.

Com o coração martelando, Roz deu uma olhada pela beirada da porta. Rezou em silêncio para que o necrotério estivesse vazio enquanto observava as fileiras de mesas de metal, tentando se livrar do desconforto inerente diante da visão dos lençóis que cobriam os corpos. Tinha cheiro de morte — uma combinação doentia de podridão e fluidos de embalsamamento —, mas não foi nada disso que fez Roz congelar.

Havia *alguém* do lado de uma das mesas. Alguém ao mesmo tempo familiar e irreconhecível, cuja presença a colocou numa posição de defesa. Uniformizado, era uma figura impressionante: medalhas, a insígnia vermelha como uma ferida no braço, as botas engraxadas com um brilho de nanquim.

A apreensão de Roz se dissipou, e ela entrou no necrotério com o clique duplo das suas botas com salto.

— Damian.

Ela cuspiu o nome dele, injetando veneno na palavra, embora vê-lo novamente fosse como um soco no estômago. É *claro* que ele tinha acesso ao necrotério. Mas o que estava fazendo ali?

Damian ficou tenso, encarando-a como se ela fosse um fantasma. Então percebeu quem era, e seu rosto se fechou como uma sombra. Para qualquer outra pessoa, Damian poderia parecer ameaçador, mas Roz não tinha medo dele. Com as botas, tinha quase a mesma altura que ele, e os ombros largos sugeriam que o rapaz confiava mais na força do que na agilidade. Roz mais uma vez ficou impressionada ao perceber como ele era diferente do garoto que conheceu. O garoto que certa vez perseguiu pelas ruas e beijou no escuro.

Mas a principal razão por Roz não ter corrido estava aparente nos traços do rosto dele. Se Damian parecia exausto quando se encontraram pela última vez, naquele momento estava quase morto.

— Rossana.

— É Roz, como você bem sabe... *oficial*.

Damian pareceu desconfortável. Que bom. Ele parou na frente da mesa de metal, bloqueando o cadáver com a própria figura.

— Por que você diz isso assim?

— Assim como?

— Como se fosse um palavrão.

Roz apenas sorriu de forma doce, e o rosto cansado de Damian se contorceu em um esgar. A expressão não combinava com ele. Quase todas as memórias que Roz tinha de Damian eram de sorrisos, com um dos caninos levemente torto de um jeito charmoso. Agora, no entanto, achava difícil de visualizar um sorriso dele. Era a imagem perfeita de um soldado, o arcabuz cruzado nas costas complementando a expressão de desgosto. Será que ele atiraria nela, Roz se perguntou, se ela o desafiasse? Mataria com a mesma facilidade que o pai e ficaria feliz com a ausência dela?

Roz mal podia acreditar que houve um tempo em que ela imploraria a Damian que não a deixasse sozinha. Um tempo em que ela seguraria suas mãos fortes junto ao peito e pensaria, com uma certeza inabalável, que Damian Venturi lhe dava uma sensação de lar.

— O que está fazendo aqui? — Damian exigiu saber, cruzando os braços e ajeitando a postura. A suspeita fazia tremer os cantos dos lábios sérios.

Santos, ele parecia Battista quando usava aquele tom frio e imperativo. O sangue de Roz ferveu. Como ela queria arrancar a cabeça do general Venturi e assistir enquanto Damian perdia a compostura quando a entregasse na porta *dele*.

— Eu poderia fazer a mesma pergunta.

— Apenas responda.

— Vamos chamar de curiosidade acadêmica.

Ele mudou o peso para a outra perna, os olhos escuros se estreitando.

— Você é uma péssima mentirosa, Rossana.

Roz diminuiu a distância entre eles com três passadas rápidas.

— Sou uma mentirosa excelente — retrucou ela, sentindo a corrente de irritação que pulsava entre os dois, notando a forma que Damian estendia a mão para o arcabuz. A amargura a deixou imprudente, e ela se inclinou para a frente, colocando os lábios da orelha dele. Damian cheirava a âmbar e hortelã, a infância e corações partidos. — E *não* me chame de Rossana.

Ele se afastou. Seus lábios se abriram como se ele fosse responder, mas Damian pareceu pensar melhor.

— Eu poderia te prender por invasão — disse ele. — Você sabe que o necrotério não é aberto ao público.

— Poderia — concordou Roz. — Mas algo me diz que você também não deveria estar aqui.

As narinas dele dilataram e, por um instante, os dois simplesmente se encararam, presos num impasse ressentido. Aquele fora um palpite da parte de Roz, ainda que fosse uma suposição razoável. Mesmo naquele momento ela conseguia ler Damian perfeitamente. Conhecia a maneira como ele ficava um pouco imóvel demais quando estava escondendo algo. Reconhecia a inclinação da boca que denotava culpa.

— Diferente de você, tenho a autoridade para estar aqui — falou ele.

— Talvez. Isso não significa que *deveria* estar. — Roz ergueu a sobrancelha, esperando.

Houve uma pausa. Quando a resposta de Damian veio, foi curta.

— Estou tentando resolver um assassinato. Vários, na verdade.

Hum. Aquilo chamou a atenção de Roz.

— Com certeza não está falando dos dois desfavorecidos encontrados mortos recentemente, está? Não deveria se concentrar no assassino do discípulo? Ouvi dizer que é a prioridade.

Suas narinas se alargaram.

— Tenho motivos para acreditar que essas mortes podem estar conectadas.

— E que motivos seriam esses?

— Nenhum que lhe interesse.

Roz jogou o rabo de cavalo por cima do ombro, a frustração ardendo na boca do estômago.

— Na verdade, me interessa, sim. Sabe, eu gostaria de saber quem está matando pessoas na rua. Sobretudo porque o Palazzo não parece inclinado a fazer nada sobre isso.

Algo se encaixou atrás dos olhos de Damian, dando-lhes uma frieza perceptível. Ajustou a mandíbula. Afrouxou o colarinho apertado do uniforme.

— Ao contrário do que possa pensar, não sou como os meus superiores. Quero justiça para todo mundo que morreu. Não apenas discípulos.

— Será que quer mesmo? — perguntou Roz, a voz baixa e fria. — Você quer justiça para meu pai, o homem que tratava você como um filho? E quanto à minha mãe, que teve que ver a cabeça do marido dentro de uma caixa?

Damian ficou paralisado. A frieza derreteu, e o pomo de adão mudou de posição quando ele engoliu.

— Eu não... não sabia disso.

A bufada em resposta foi tão alta que ecoou nas paredes do necrotério.

— Tá bom...

— Rossana, não estou mentindo para você.

— É mesmo? Então houve *outra* razão para você nunca ter me procurado depois da morte do meu pai?

Silêncio.

— Foi o que pensei. — Roz deu uma risada. — Me poupe, Venturi. Por que não me conta o que descobriu?

Damian fez um som descrente com o fundo da sua garganta.

— Como é?

Ela gesticulou para o corpo que ele estava escondendo. O lençol havia sido retirado, revelando a carne pálida e inchada de um jovem.

— Foi esse rapaz que encontraram às margens do rio, não foi? Sabe como ele morreu?

— Rossana, se acha que vou divulgar os detalhes de uma investigação do Palazzo...

— Nós dois sabemos que o Palazzo não se importa com a morte desse garoto — falou Roz, sem conseguir se conter. — Mandaram você não se preocupar com isso, não é? É por isso que estava com uma cara tão culpada quando entrei. — Diante da expressão triste dele, ela acrescentou: — Deixe-me ajudá-lo e não vou contar para ninguém.

Roz odiava Damian, mas sabia que ele falava a verdade quando disse que queria justiça para os mortos. Damian era assim, mesmo que suas intenções honrosas não se estendessem para o seu pai. Ela poderia *usá-lo*. Poderia usar as informações privilegiadas dele e a facilidade de acesso que o uniforme lhe oferecia. Ele não estava no necrotério por acidente: tinha encontrado uma pista. Uma pista que, por alguma razão, não deveria estar investigando. Era por isso que estava ali e não na cripta do Palazzo, para onde com certeza o corpo do discípulo fora levado.

Ao menos isso Roz sabia sobre Damian, não importava quantas vezes ele ameaçasse prendê-la.

Além disso, Damian não era o único que queria justiça. Roz também queria, e *mais* do que ele. Por Amélie. Por Dev. Por todo mundo que era considerado sem importância naquela cidade.

Ela queria a justiça que o seu pai um dia mereceu.

— Por que eu deixaria você me ajudar? — perguntou Damian, o ceticismo pontuando as palavras.

— Em primeiro lugar — Roz ergueu um dedo —, tenho recursos que os seus homens do governo não têm. Ser discípulo e ser um oficial de segurança... Essas duas coisas dão tipos de acesso diferentes. Vai se sair melhor com a minha ajuda. — Ela parou, tomando o cuidado de não revelar muita coisa.

— Em segundo lugar, pelo que acabei de dizer. Você me deixa te ajudar... me contando *tudo* que descobrir... e eu vou fazer com que não seja demitido.

— Isso é chantagem.

— É uma negociação.

Damian a encarou por um longo instante, alguma emoção inescrutável repuxando os cantos da boca. Ali no subterrâneo, as sombras formavam cavidades abaixo das suas maçãs do rosto, e Roz foi forçada a se lembrar de alguém parado no tempo. Todos os maneirismos dele eram familiares a ela, associados ao garoto da sua infância, mas conectados à face e ao corpo do homem que já vira coisas demais.

—Você me deve uma — sussurrou Roz, a voz quase inaudível. —Você me *deve*.

A expressão de Damian se suavizou. Os dois sabiam que ela não estava falando apenas das circunstâncias que envolviam a morte do pai. Ele devia a Roz pelo que aconteceu depois, quando escolheu um lado com seu silêncio. O silêncio que durara *meses*, até o dia em que Roz o viu patrulhando o templo de Paciência e percebeu, chocada, que ele não contara que estava retornando. Aliás, não avisara nem que estava vivo.

Como poderia perdoá-lo?

— Realmente não entendo por que isso é tão importante para você — disse Damian, a voz também baixa. — Mas tudo bem, Rossana. Negócio fechado.

10

Damian

A cada batida do coração, Damian sentia mais culpa. Ele observou enquanto Roz examinava as unhas perfeitas e então erguia o olhar para recapturar o dele. Aqueles malditos olhos azul-acinzentados.

Desculpe, ele devia ter dito. Desculpe por não ter dado notícias quando você estava esperando por elas. Desculpe por ter permitido que você sofresse sozinha. Desculpe por não falar que eu ia voltar ou que ainda estava vivo. Boa parte de mim achava que eu não merecia estar.

Seu orgulho não permitiu que falasse nada disso.

Damian sabia que tinha feito tudo errado. Dizer isso para Roz não mudaria nada — não quando ela estava tão determinada a odiá-lo.

Ele sabia que Roz devia ter uma carta na manga. Estava sempre criando esquemas, maneiras de ganhar. Quando eram jovens, ele não se importara, sobretudo porque adorava ver a alegria no rosto dela sempre que se saía melhor que Damian em alguma coisa. Ver o sorriso de Roz, talvez até sentir os lábios dela contra sua bochecha, era muito mais satisfatório do que ganhar.

Ele se sentia em *conflito*. Jacopo Lacertosa nunca deveria ter abandonado seus companheiros de luta, mas isso não significava que Damian queria que ele morresse. E se o que Roz tinha dito fosse verdade e a cabeça do pai dela realmente tivesse aparecido na sua porta… Bem, aquele era um outro nível de horror. Não podia imaginar Battista aceitando isso.

Além do mais, o que ela *queria*? Solucionar os assassinatos, é óbvio, mas por quê? Devia haver razões que Roz não tinha compartilhado com ele.

— Excelente.

A voz de Roz trespassou seus pensamentos, e Damian levou um instante para relembrar que ela devia estar falando do acordo deles. Ela estendeu a mão.

Ele a encarou, sabendo que a sua hesitação estava clara. Roz ficou tensa, a mecha dos cabelos que se soltou do rabo de cavalo roçando o queixo. Ele ansiava por tirá-la dali. Por deslizar os nós dos dedos pela curva da bochecha dela e sussurrar desculpas no seu ouvido até ficar rouco.

Em vez disso, Damian apertou a mão dela. Era pequena, fria e lisa. Menos familiar do que ele imaginaria. Roz se afastou no segundo em que o aperto foi concluído.

— Ok. Eis como isso vai funcionar. Não temos que ser amigos. Na verdade, prefiro me oferecer ao assassino como isca. — Ela olhou para Damian, sem piscar. — Vamos tentar achar o culpado e, enquanto isso, ficaremos de ouvidos atentos para outras mortes suspeitas. Se alguma coisa acontecer, você me leva até a cena do crime. Contamos um ao outro tudo que descobrirmos e compartilhamos qualquer ideia que tivermos. Quando um suspeito surgir, você usa os inúmeros recursos do Palazzo para garantir que a pessoa receba o que merece, e aí podemos voltar a não interagir nunca mais.

Damian pensou sobre aquilo.

— Tá bom — falou, por fim. — Mas vamos fazer isso da minha maneira.

— Como assim?

— Significa que vamos ser inteligentes.

— Quem disse que a minha maneira não é inteligente?

Ele esperou, contrariado, até Roz se render com um suspiro furioso.

— Tá. Diga, oficial Venturi, gênio entre os homens… qual será a primeira coisa que faremos?

Damian puxou o lençol que cobria o rapaz morto, revelando braços e um torso todo manchado. Ele estivera examinando o corpo antes de Roz chegar.

— Bem, em primeiro lugar, esse garoto não morreu afogado.

Roz quase vomitou com o cheiro. Nem o frio, nem o material de embalsamamento conseguiam afastá-lo por completo.

— Como sabe disso?

— Está vendo essas linhas escuras na pele? Isso não é podridão. — Damian apontou sem tocar nelas. — É veneno. O corpo do discípulo morto tinha as mesmas marcas.

Roz fez uma careta.

— Achei que era uma espécie de fenômeno pós-morte. Sabe, sangue coagulando nas veias ou algo assim.

— Não imaginava que você sabia tanto sobre medicina.

— Não sei. Mas aprendemos um pouco no templo. Só o básico.

Era verdade. Ele quase esquecera que ela tivera algum treinamento. Ainda era estranho pensar em Roz como discípula.

— Fiquei surpreso, sabe? — falou Damian. — Quando descobri que você tinha sido abençoada. Ainda me lembro do dia em que fomos testados.

Roz ficou visivelmente tensa, a coluna se esticando. Afastou-se do cadáver, olhando para Damian como se ele tivesse cometido um pecado capital ao trazer o passado à tona.

— Não quero falar sobre isso.

— Por que não? É incrível. É como se Paciência tivesse percebido que deveria ter lhe dado magia e corrigisse o seu erro.

Talvez ele estivesse errado ao permitir aquela nota de admiração na voz, porque Roz ficou ainda mais tensa.

— É, é. Uma porra de um milagre e tudo o mais.

Damian não sabia muito bem como lidar com a raiva dela.

— Eu daria tudo para ser abençoado — falou em voz baixa. — Tudo para saber que os santos se importam comigo.

— Você acha que significa que os santos se *importam* comigo? — Roz deu uma risada que não poderia ser mais forçada. — Sim, tenho me sentido *muito* abençoada. Tirando o pai assassinado e tal. — Ela balançou a cabeça com um espanto amargo. — Enfim, já avisei que não quero falar sobre isso. Que veneno foi? Que matou o discípulo, quero dizer.

Se uma chicotada fosse uma pessoa, Damian pensou que Roz seria perfeita para isso. Sua resposta o intrigara, mas, como estava claro que ela não admitiria novas perguntas, ele respondeu:

— Não faço ideia.

— Muito útil.

Damian ignorou a zombaria.

— Não vejo qual a conexão entre as vítimas. Ainda assim... — Ele se debruçou sobre o cadáver, tomando o cuidado de prender a respiração, e abriu uma das pálpebras do rapaz.

Roz mordeu o lábio para não gritar, se encolhendo.

— Pelo *inferno*, o que é isso?

Onde deveria ter uma órbita carnuda, havia apenas um preto opaco. Os olhos do rapaz tinham sido substituídos por uma coisa que pareciam nacos de obsidiana. Damian suspeitara disso ao ver a teia preta feito nanquim do veneno, mas ainda não tinha decidido ou não se ficara feliz por estar certo. Um peso pareceu surgir no peito dele. Podia sentir um peso semelhante por conta do olhar de Roz, analisando sua reação. Era uma tolice o fato de achar a presença dela reconfortante. Ela fazia o frio anormal do necrotério ser menos opressivo. Ela sempre fora luz, mas agora era um verdadeiro fogo: os cabelos cor de chocolate brilhando à luz das arandelas, a saliência das clavículas nítidas quando ela cruzou os braços.

Roz o distraía o suficiente para que ele mal se encolhesse enquanto enfiava o dedo na cavidade ocular do rapaz. A esfera se soltou com um barulho horrível, e Roz observou, com um pouco de nojo, ele colocar o objeto no bolso. Apesar da temperatura fria do corpo, a pedra estava estranhamente quente.

— Os olhos do discípulo também foram substituídos — falou Damian, respondendo à pergunta que não tinha feito. — Com certeza estamos lidando com o mesmo assassino.

— Então é verdade — disse Roz, um pouco ávida. — Essas mortes... estão todas conectadas.

Será que a outra vítima também fora envenenada, tivera os olhos removidos? Era impossível ter certeza, pois já havia sido enterrada. Mas se a mesma pessoa havia matado tanto o discípulo como o rapaz anônimo, com certeza parecia uma possibilidade. Damian quase falou isso, mas então mordeu a língua. Era, afinal, uma mera conjectura.

— Não posso confirmar isso.

— Isso é uma coisa tão típica para um oficial de segurança dizer — zombou ela. — Apenas admita que eu provavelmente tenho razão.

Uma parte um tanto quanto nova dele — uma parte que com certeza não havia existido quando eles eram jovens — se eriçou com o tom de voz dela.

— Lembra quando concordamos em fazer isso ao meu modo? Precisamos de evidências antes de eu admitir qualquer coisa assim.

O entusiasmo morreu nos olhos de Roz, sendo substituído por algo gelado e duro. *Ah*. Era por isso que Damian quase nunca discutia com ela. Mordeu o lábio para impedir um pedido de desculpa que Roz não merecia.

Estava preparado para uma resposta mordaz, mas Roz apenas falou, seca:

—Vamos encontrar algumas evidências, então.

Para a sorte dela, Damian sabia exatamente por onde começar.

✷

— Preciso saber se algum discípulo de Morte chegou até os corpos a tempo de fazer uma leitura — explicou Damian para Roz enquanto voltavam ao santuário da Basílica, guiados pela pouca luz que passava pelas janelas estreitas acima da cabeça deles. — É improvável, já que nada foi relatado, mas…

Roz terminou por ele:

— Mas é possível que não tenham considerado as mortes importantes o suficiente, porque ninguém está nem aí para os desfavorecidos, certo?

Sua voz tinha uma alegria falsa, e aquilo foi o suficiente para Damian parar na porta do santuário. Deu meia-volta num movimento suave e encontrou Roz mais perto do que achava que estaria. Seus olhares se cruzaram. Ela ergueu o queixo em desafio, e Damian lutou contra a vontade de tomá-lo nas mãos.

— Pode parar de me provocar, Rossana. Já falei para você que estamos do mesmo lado. Não quero que *ninguém* morra. Também não quero que mais ninguém corra perigo. Pode pensar o que quiser de mim, mas não sou um monstro.

As palavras saíram com mais fervor do que era a intenção, mesmo que as últimas tivessem ficado presas na garganta. Ele podia dizer com sinceridade que não era um monstro?

Inferno, ele esperava não ser.

Os lábios cheios de Roz se abriram. Então, afiada como sempre, ela falou:

— Parece que não sou eu a pessoa que você quer convencer, Venturi.

Mesmo agora, ela o lia com uma facilidade incrível.

Ignorando a maneira como a sua mão tremia na maçaneta, Damian se afastou de Roz e abriu a porta. O santuário estava quase vazio, mas alguns discípulos ainda se demoravam entre os bancos, os líderes das guildas reunidos na frente do salão como santos por mérito próprio. O magistrado-chefe, Damian notou, já havia partido. Imagens dos santos cercados por fauna e flora cobriam as paredes e o teto — *afrescos*, Siena lhe dissera que se chamavam, porque sabia mais de arte do que ele. A parte que chamou atenção de Damian foi a de Morte, um véu cobrindo o rosto e uma caveira na mão direita. Mesmo sem traços, ela conseguia transmitir um ar de julgamento frio.

Como oficial, ele tinha aprendido a nunca deixar um suspeito caminhar atrás de você. Eles tinham que ser mantidos sob suas vistas sempre. Talvez fosse por isso que estivesse se sentindo tão perturbado, caminhando na direção do púlpito sabendo que Roz estava às suas costas. Ou talvez fossem os passos quase silenciosos, algo incompreensível considerando os saltos das botas dela. Ainda assim, sua coluna estava firme conforme ele avançava pelo espaço amplo, os ombros relaxando apenas quando se aproximaram de Mariana Novak — a líder da guilda que tinha dado a bolsa com os nomes dos discípulos a Forte —, e Roz parou ao lado dele.

— Deixe que eu falo — sussurrou para ela, e Roz lhe dirigiu um olhar fulminante que Damian escolheu interpretar como sendo de concordância.

Mariana estava conversando em voz baixa com um homem que Damian não reconheceu. Ela interrompeu a conversa quando o oficial se aproximou, acenando com a cabeça com uma expressão séria antes de pedir ao companheiro que a esperasse lá fora. Mariana era uma mulher bonita, de cerca de cinquenta anos, curvilínea e com o rosto cheio, mas tão severa quanto a sua expressão sugeria. Ela fora uma respeitada representante do Palazzo durante a juventude e agora assumira o papel de líder, o que significava que supervisionava as funções cotidianas da guilda. Damian sabia que ela raramente sorria e não ficou surpreso quando foi recebido de forma austera.

— Oficial — disse Mariana, reconhecendo Damian de imediato. — Nos encontramos de novo. — Seus olhos amendoados foram para Roz. — E você é...?

— Ela está me ajudando em alguns pontos da minha investigação atual — respondeu Damian suavemente antes que Roz pudesse responder. — Você se importaria de responder a algumas perguntas, *signora*?

Ouviu Roz bufar quando Mariana acenou indicando que se afastassem dos outros discípulos, para que não fossem ouvidos. Damian achou inútil — com certeza qualquer pessoa adivinharia o assunto da conversa —, mas a seguiu mesmo assim. A luz acinzentada entrava no santuário enquanto as nuvens lá fora se moviam, iluminando uma parte do piso de pedra.

— Como tenho certeza de que bem sabe — disse Damian, indo direto ao assunto sem a necessidade de ser questionado —, Lilah não foi capaz de obter nenhuma informação do corpo de Leonzio.

A boca de Mariana se apertou à menção da discípula que Enzo trouxera do templo de Morte na noite do assassinato de Leonzio.

— Imagino que ele já estivesse morto havia muito tempo.

Damian assentiu. Os discípulos de Morte podiam fazer contato com os falecidos e, aparentemente, eram capazes de ver imagens dos seus últimos momentos, mas somente enquanto as almas ainda não tivessem partido.

— Aproximadamente cinco horas.

— Hum — disse Mariana. — Para ser franca, não sei que ajuda você supõe que posso oferecer, então.

— Os outros corpos — falou Roz antes que Damian pudesse impedi-la. Sua voz era dura e a postura, inabalável. — Os dois desfavorecidos que foram encontrados mortos. Algum dos seus discípulos conseguiu lê-los?

Mariana parecia desconfortável.

— Não.

Damian olhou para Roz, torcendo para que ela pudesse sentir o calor do seu desagrado. Deveria saber que ela não seria capaz de manter a boca fechada. Para Mariana, ele explicou:

— Estávamos nos perguntando se essas mortes recentes poderiam estar conectadas. É apenas uma teoria, uma que não pode sair dessa conversa. Fui claro?

Ele se perguntou se aquela era a primeira vez que alguém se atrevia a falar com Mariana daquele jeito. Ela pareceu surpresa, e então algo no seu rosto se alterou. Mas sua resposta foi apenas:

— Sim.

— Ela está mentindo — declarou Roz sem cerimônia, e Damian se virou para encará-la.

— O quê?

— Quando perguntei sobre os discípulos terem lido os corpos. Tem algo que ela não está nos contando.

Mariana olhou para Roz, ofendida. Roz a encarou de volta. Damian suplicou para que um dos santos o matasse naquele exato momento.

— *Signora*, por favor, perdão — falou para Mariana, mas, assim que as palavras saíram da sua boca, uma nuvem de culpa encobriu o rosto dela. Inferno. Ela *estava* mentindo, não estava? Roz tinha razão, e agora aquilo não ia mais ter fim. — No entanto, você deve responder às perguntas de forma honesta.

Mariana ficou muito parada. Quando falou, sua voz não estava mais fria, era afiada e precisa.

— Não posso compartilhar segredos da guilda, nem mesmo com você.

— Bem, é bom começar agora — disse Roz, com muito prazer.

Damian ergueu a mão, fazendo as duas ficarem em silêncio.

— *Chega. Signora*, se souber de alguma coisa, deve me contar. Toda Ombrazia pode estar em perigo. E, vai por mim, a última coisa que quero fazer é detê-la para um interrogatório. — Não era mentira. Não seria bom levar a líder de uma guilda em custódia. Não sabia se Forte aceitaria isso, mesmo que fosse para resolver o caso.

Então seu alívio foi palpável quando Mariana ajeitou os ombros e falou:

— Pois bem, oficial. Se precisa tanto saber, não podemos ler corpos sem olhos.

— O quê? — perguntaram Damian e Roz em uníssono.

Ela suspirou.

— Lemos o corpo através da memória da carne. Antes de uma alma partir, há um curto período durante o qual essas memórias perduram e podem ser recuperadas. Sem os olhos, embora ainda seja possível fazer contato, é impossível ver o que aconteceu. Por razões óbvias.

Damian sentiu a boca se torcer. Se parasse para pensar, fazia sentido, mas ele nunca teria adivinhado.

— Então por que todo assassino não remove os olhos de suas vítimas?

— Como falei, é um segredo da guilda — respondeu Mariana. Então ela murchou, parecendo de repente muito pequena naquele salão amplo. — Ninguém deveria saber, ou todo assassino *faria* isso. Quem quer que tenha matado aquelas pessoas, deve ser próximo de um dos nossos membros.

Não era exatamente naquilo que Damian estava pensando. *Não*, queria falar. *Eu diria que, quem quer que tenha matado aquelas pessoas, era um discípulo de Morte*. Ao observar a boca de Roz se torcer numa expressão leve de divertimento, ele poderia apostar que ela estava pensando na mesma coisa.

— Bem, você tem os agradecimentos do Palazzo, *signora*. Será a primeira a saber quando tivermos novas informações.

Mariana assentiu de forma impaciente, murmurando gentilezas vagas antes de se afastar.

— Bem — disse Damian. Ele passou a mão pelo cabelo, soltando o fôlego. — Isso com certeza foi interessante.

Roz não respondeu. Apenas abriu um sorriso selvagem.

11

Damian

Roz parecia um sonho, sua silhueta cercada pelo entardecer dourado do lado de fora da Basílica.

Era difícil acreditar que ela era real. Que era brilhante e tangível, não uma memória ou figura à distância. As emoções pelejavam em Damian toda vez que ele olhava para ela, dividindo o seu peito por dentro. Ele se perguntou o que se passava na cabeça de Roz. A expressão dela estava neutra quando foram para a rua, o lamento de um *organetto* ainda ecoando em algum lugar por perto. Era estranho saber que ela o odiava. Era o que Damian esperava, claro, mas parecia diferente quando ele a encarava.

Então havia a certeza de que, se Damian fosse honesto com ela, poderia fazer com que Roz o odiasse ainda mais.

Damian se perguntou se essa versão dela o mataria.

No instante em que essa dúvida passou pela mente dele, Roz parou e se virou, ficando de frente para Damian. Sua pergunta seguinte foi um espinho venenoso ansioso por pele.

— Você não sabia mesmo sobre meu pai? — Roz o forçou a continuar encarando seus olhos desconfiados, o rabo de cavalo batendo no ombro com o vento. — Sobre o que aconteceu com ele depois, quero dizer.

Damian congelou. Ela queria saber se ele tinha mentido sobre saber que Jacopo Lacertosa havia sido decapitado. Não era o caso, mas importava? Não era como se ela fosse acreditar. Com as mãos na cintura e a voz afiada, ela queria sangue, não reconciliação.

— Eu estava nas linhas de frente quando descobri — falou Damian. — Que ele tinha desertado, digo, e que morrera por causa disso. Não sabia que a ordem fora dada por meu pai, mas… — Sua voz foi morrendo, e ele balançou a cabeça. A frustração se enraizou no seu estômago. — Todo mundo sabe o que acontece quando você tenta fugir, Rossana. Achou que seu pai era especial? Que ele deveria ter recebido uma dispensa da luta? Nenhum de nós queria estar ali. Acordávamos todos os dias e encarávamos a morte. Em dias particularmente ruins, acordávamos e *desejávamos* a morte. Mas continuamos e lutamos, e vimos amigos morrerem. Porque essas foram as ordens que recebemos, e com certeza não os abandonaríamos na lama do norte.

Ele falou aquilo bem rápido, surpreso com a força da própria mordacidade. Os pensamentos já existiam havia algum tempo, ele percebeu — só não os expressara em voz alta. E talvez não devesse ter feito isso, pois foi forçado a observar a breve compreensão de Roz dar lugar à fúria.

— Eu achava que meu pai era *especial*? Não. Acho que ele era um homem aprisionado a um sistema que o tratava como descartável. Você chegou a olhar ao redor, lá na lama do norte, e se perguntar onde estavam os discípulos?

— Rossana, *você* é uma discípula!

— Que observação sagaz — respondeu ela. — Isso não te incomoda? Não fica com raiva por ter que lutar na guerra enquanto pessoas como eu ficaram em casa, confortáveis e seguras? Por também ser considerado descartável? Exatamente como meu pai, que não teve escolha. — Ela observou Damian com um olhar fulminante. — Estou certa?

É claro que ele não tivera escolha. Battista era comandante do exército. Um discípulo de Força, além de tudo.

— Fiz o que meu pai me pediu.

Roz balançou a cabeça devagar, incrédula.

— Santos, Damian. Como você consegue viver sendo tão profundamente *passivo*?

Ele escolheu ignorar aquilo, embora tenha sentido algo se apertar em suas entranhas.

— Por que se importa tanto com isso? Você mesma falou: nunca vai ter que se preocupar em ser recrutada.

—Você não precisa fazer parte de um grupo que é maltratado para saber que o que está acontecendo é errado.

— Fico surpreso por você se importar com o que acontece com alguém.

Ele falou aquilo de forma severa, para ferir, mas Roz pareceu não se abalar. Ela rosnou, com os dentes à mostra:

— Meu pai foi assassinado por deserção. A sangue frio. Só porque é improvável que compartilhe do seu destino, não quer dizer que *superei*. Não se supera merdas como essa, Venturi. Você devia saber.

Houve um silêncio. Damian engoliu em seco.

— Eu sei.

— Que bom.

Roz o encarou por um instante, como se fosse falar mais alguma coisa, mas então pareceu pensar melhor, deu meia-volta e foi embora.

Não deu nem um *boa-noite*, mas, para ser sincero, Damian não esperava que ela fizesse isso. Apenas ficou ali, se recuperando do tremor da sua fúria.

No instante em que Roz desapareceu da sua vista, no entanto, ele a seguiu.

✸

A escuridão tomou o céu conforme Damian seguia a sombra delgada de Roz na direção do rio. A água estava caudalosa, o vento fazendo ondas que batiam nas rochas. Uma camada leve de suor surgiu na pele de Damian, traçando uma linha pelas suas têmporas, e ele se pegou dobrando as mangas. Um punhado de cidadãos desfavorecidos passou por ele, nem se preocupando em esconder o medo. Damian não deixou de notar como eles se afastavam o máximo possível e depois escapavam pela rua lateral mais próxima, como se estivessem esperando serem presos de imediato.

Damian já estava acostumado a essa reação. Oficiais de segurança existiam para defender Ombrazia e os discípulos acima de tudo. Apesar de os cargos militares mais altos — como o de Battista — serem ocupados por discípulos, oficiais regulares com frequência eram desfavorecidos. Proteger os escolhidos dos santos era o mais próximo que chegariam à divindade. Era uma honra. Mas, embora Damian odiasse admitir isso, nem todos os oficiais exerciam a sua autoridade com boa-fé. Ao ser promovido, seu primeiro ato foi o de demitir aqueles que ele achava que usavam a força pelas razões erradas. Dito isso, não podia culpar as pessoas por serem cautelosas.

Roz parecia estar tomando um atalho pela periferia, uma região que era ainda mais miserável do que Damian se lembrava. Crianças pequenas demais para ficarem sem supervisão corriam descalças pelas pedras do calçamento ou o encaravam de olhos arregalados, escondidas na escuridão. Janelas eram fechadas com tábuas, e o ar tinha o cheiro distinto de fumaça. Alguém pintara de vermelho uma frase na lateral de um prédio em ruínas: *In loco hoc moriemur*.

É aqui que morremos.

Uma mulher usando uma saia esfarrapada saltou na frente de Damian para pegar uma das crianças fujonas. O rapaz esperava que ela evitasse contato visual, mas a mulher olhou direto para ele, com algo como esperança no rosto cansado.

—Vamos finalmente ter alguma segurança aqui? — perguntou ela com a voz rouca, quase inaudível por conta do grito insatisfeito da criança.

Damian não deixou de notar como ela inclinou o corpo para longe dele. Por um segundo, não soube bem como responder.

— Eu... não. Quero dizer, não que eu saiba, *signora*...?

— Só Bianca — murmurou ela.

— Bianca, então. — Olhou além dela, para o fim da rua, no instante em que Roz começou a correr. — Minhas desculpas. Estou aqui cuidando de outro assunto e preciso ir.

A expressão da mulher se entristeceu, e Damian acenou com a cabeça antes de dar a volta. Não considerou que os desfavorecidos *quisessem* segurança. Talvez os assassinatos tivessem deixado aquelas pessoas mais perturbadas do que ele percebeu.

Damian continuou seguindo Roz, as botas sem fazer ruído nos paralelepípedos desiguais. Seu corpo exausto protestou com o esforço. Ele mal dormira desde a morte de Leonzio, apenas conseguindo descansar poucas horas intermitentes. Quando de fato dormia, sonhava com sangue, morte e com o norte. O que estava fazendo, correndo pelas ruas como um criminoso, quando podia ter retornado ao Palazzo para descansar? Devia ter detido Roz e exigido saber a razão real pela qual queria resolver os assassinatos. Mas isso apenas a deixaria enfurecida, e brigar com Roz era como conduzir um barco pelo mar agitado: perigoso e imprevisível.

Ficou aliviado quando Roz seguiu para o setor de Paciência. Ela passou por um templo, dobrou a esquina e se apressou por uma rua lateral. Num cruzamento iluminado pelo luar, Roz parou de repente diante de um prédio baixo de apartamentos. Olhou para os dois lados, o rabo de cavalo estalando atrás dela como um chicote. Quase como se soubesse que alguém a seguia. O coração dele saltou. Damian se escondeu atrás de uma escada externa, observando por uma rachadura entre dois degraus até ter certeza de que ela não o vira.

Então, para a surpresa dele, Roz agarrou a parede de pedra no alto e começou a escalar.

Damian saiu do seu esconderijo e apertou os olhos. Roz claramente já tinha feito aquilo: seus movimentos eram rápidos, as mãos, hábeis. Ele observou enquanto ela subia a lateral do prédio e entrava por uma janela do segundo andar.

Pelo inferno, o que foi isso?

Damian se aproximou do prédio, esticando o pescoço para dar uma olhada na parede. E agora? Não podia segui-la. Por um instante, andou em círculos, sem saber o que fazer, mas quando parou debaixo da janela aberta, ouviu a voz de Roz.

— Estou bem. Está tudo bem. — Seu tom era reconfortante e claro como o dia.

Uma mulher respondeu com a voz baixa demais para Damian entender as palavras. Dava para perceber que ela estava chorando, e ele se aproximou ainda mais da parede.

— Não — falou Roz. — Só coma, por favor. Foi Piera que preparou. — Uma pausa. — Eu *sei*. Mas estou ocupada. — A voz mudou, ficando um pouco mais dura, como se Roz tivesse erguido uma barreira emocional entre ela e a pessoa com quem falava. — Tem que confiar em mim, *mamma*.

Roz estava falando com a *mãe*? Damian achava que Caprice Lacertosa não morava mais na cidade. Não a vira em lugar algum — nem mesmo ouvira o seu nome. Com certeza não teria adivinhado que Roz ainda morava com ela. Roz era... independente demais. Desenfreada. A mulher da qual Damian se lembrava nunca teria permitido que a filha andasse por aí sozinha. Na verdade, várias das suas memórias de infância eram permeadas pelo som de Caprice gritando para eles *tomarem cuidado*. Talvez fosse por isso que ela e Roz estivessem brigando.

Mas Damian não conseguia imaginar Caprice chorando. Por nada. Ela sempre fora estoica e confiante, um pouco intimidadora. Exatamente como a filha.

Estimulado pela curiosidade repentina, ele prendeu os dedos no espaço entre as pedras e se içou pela parede. Foi difícil — mais do que Roz fez parecer —, mas Damian conseguiu levar o corpo até a janela de forma semelhante. Transferindo o apoio para o parapeito, ele executou uma espécie de flexão modificada, os músculos tremendo enquanto espiava o apartamento.

Roz estava de costas para ele, com as mãos no quadril. Parecia estar voltada para a mulher sentada na ponta de uma mesa de jantar antiga. O rosto da mulher era esquelético e enrugado, o cabelo ralo preso num coque desordenado. Havia algo vazio no seu olhar, como se ela não dormisse há dias. Onde estava Caprice?

A mulher ergueu os olhos para a janela. Quando os olhos azuis conhecidos encontraram os de Damian, ela abriu a boca e gritou.

Damian se deixou cair, o coração batendo com selvageria em uma mistura de adrenalina e horror, e compreendeu. Encostou as costas suadas na parede embaixo do parapeito, escorregando enquanto a voz de Roz flutuava para fora.

— Não tem ninguém aqui, *mamma*. Está imaginando coisas de novo.

De novo. Como se fosse comum Caprice ver pessoas que não estavam lá. Damian escondeu o rosto entre as mãos quando as palavras de Roz voltaram a ele.

E a minha mãe e eu merecemos quando abrimos a porta e encontramos a cabeça dele numa caixa?

Era por isso que ela estava tão furiosa, certo? Não perdera apenas o pai, mas a mãe também. Aquela mulher corcunda e apática lá em cima não parecia em nada com a Caprice de que Damian se lembrava. Sob qualquer outra circunstância, ele nem a teria reconhecido.

Outra pergunta lhe ocorreu de repente, uma que ele não queria analisar com atenção. Será que o pai dele de fato dera a ordem para que Jacopo Lacertosa fosse morto de forma tão bárbara? A família Venturi conhecia os Lacertosa há anos. Battista e Jacopo eram amigos mesmo antes de Battista se tornar um discípulo. Quando Jacopo foi recrutado pela primeira vez, quase duas décadas atrás, Battista optara por ir ao norte com ele. Uma escolha rara. Para ser promovido, no entanto, o dever de Battista devia superar as suas amizades.

No passado, Damian admirara a capacidade do pai de colocar o trabalho em primeiro lugar. Mas se Battista podia perseguir e matar Jacopo, quem poderia dizer que não mandou a cabeça do amigo para Caprice?

Por um longo instante, ele ficou perdido em pensamentos, um horror inextinguível roendo as suas tripas, os dedos esfregando a esfera preta no bolso.

Precisava falar com Battista.

Damian

No caminho de volta ao Palazzo, Damian se distraiu dos pensamentos sobre Roz ao lembrar o que Mariana dissera.

A informação dela só serviu para deixar as coisas mais confusas. O homicida que perambulava pelas ruas de Ombrazia sabia que remover os olhos da vítima tornaria impossível que os discípulos de Morte vissem os últimos momentos do morto. A lógica indicava, então, que o assassino provavelmente *era* um deles. Nesse caso, a pessoa teria conhecido Leonzio, o que sugeria que o assassinato fora pessoal. Mas e quanto às outras duas vítimas? Que razões um discípulo teria para matar aqueles dois jovens?

Simplesmente não fazia sentido. Tirando a forma da morte, Damian não conseguia ver nada que conectasse as vítimas.

Ele se arrastou até o arsenal, onde pessoal do turno da noite estaria pegando equipamentos. De fato, conforme passava pelas fileiras de botas engraxadas e arcabuzes, viu Kiran, Siena e alguns outros oficiais conversando sob a luz fraca. Kiran parou enquanto colocava uma pistola no cinto, olhando para cima quando Damian se aproximou.

Os outros oficiais pararam. Até Noemi, que Damian sabia ainda estar ofendida com o interrogatório que sofrera no outro dia. Ela cruzou os braços, encarando-o.

— Boa noite a todos — disse ele, mantendo a voz baixa. — Tenho certeza de que, a essa altura, já sabem que o novo representante de Morte está no *Palazzo*: Salvestro Agosti. É óbvio que ele não pode ficar nos antigos aposentos de Leonzio, então recebeu uma suíte no fim do corredor do discípulo de Misericórdia. Quero patrulhas extras no corredor à noite. Quero ser informado de qualquer coisa estranha imediatamente. Mesmo que eu não esteja de serviço. Fui claro?

Cabeças assentiram.

— Ótimo. Noemi e Kiran, vocês ficam nas portas principais. Matteo e Siena, nos jardins. O restante pode decidir em que áreas do prédio vai ficar. Francamente, isso não me interessa.

Agitado, Damian passou a mão pelo cabelo antes de dispensar os oficiais, colocando o arcabuz na prateleira mais próxima. Pelo rabo do olho, viu Enzo entrar na sala, como sempre fazia àquela hora, para tirar o pó das armas.

Perfeito. Damian o chamou, sem perceber que Siena estava ao seu lado até que ela falasse.

— Onde você estava, Venturi?

Kiran se afastou de Noemi, do outro lado da sala, para se juntar à conversa. Chegou perto no mesmo instante que Enzo, e Damian ficou repentina e desagradavelmente consciente de que tinha três pares de olhos treinados sobre ele.

— O quê? — Ele bocejou. — Vocês precisam parar de olhar para mim desse jeito.

Siena apontou para a própria face.

— Isso, Venturi, se chama *preocupação*. Sabe que tem permissão para dormir, não é?

— Vou me lembrar disso agora, já que ganhei sua permissão.

Ele disse isso de forma bem-humorada, mas Enzo, apoiado num armário alto, com Kiran ao seu lado, ergueu as sobrancelhas. Ele com frequência ficava com os oficiais quando eles estavam de folga e parecia tão à vontade aqui quanto os outros.

—Você foi à cerimônia de seleção?

— Fui — respondeu Damian, agarrando-se com gratidão à explicação. Quase tinha se esquecido da cerimônia em si. Era como se tivesse acontecido dias atrás. Tudo na sua memória recente era *Roz, Roz, Roz*. — Foi bem chata. Nada de especial. Bem, tirando Forte. — Ele franziu o cenho, lembrando-se daquele fato em particular. — Ele estava um pouco... estranho.

— Estranho como? — perguntou Kiran, mas Enzo interrompeu.

— Esqueça Forte. Como é o novo representante?

Damian deu de ombros.

— Não falei com ele. Mas com certeza parecia confiante. Acho que ele vai se encaixar bem.

Siena assentiu. Kiran, no entanto, falou:

— E o assassinato? Conseguiu mais alguma informação sobre isso?

Damian checou para ter certeza de que ninguém estava ouvindo; o restante dos oficiais, ele viu, já estava saindo do arsenal para suas respectivas posições.

— Falei com a líder da guilda de Morte depois da cerimônia. Ela me contou uma coisa que me fez pensar que o assassino pode ser um dos discípulos de Morte.

Deixou de fora a parte em que visitara o necrotério e encontrara Roz. A parte em que decidira solucionar todos os três assassinos, apesar das ordens do pai.

— O que ela falou? — perguntou Enzo, os olhos esbugalhados de interesse.

Damian confiava nas três pessoas diante dele mais do qualquer um no Palazzo, mas não tinha certeza se devia contar para eles. Não considerando que era um segredo da guilda.

— Não posso dizer ainda. Mas estou mais esperançoso do que estava ontem.

— Já é alguma coisa — concordou Siena. — Vai falar com ela de novo?

— Suponho que será preciso, mas vou ter que seguir de forma delicada. Não quero ofender uma guilda inteira. — Damian ergueu as mãos em um gesto de desamparo. — Por sinal, como foi o interrogatório do restante da equipe?

— Bom. — Kiran deu de ombros, cansado, e Siena o imitou. — Com a ajuda de Noemi e Matteo, conseguimos falar com todo mundo que faltava.

Nossas anotações estão na sua mesa. Nenhum deles nos pareceu muito suspeito, entretanto. Estão apenas assustados.

— Ótimo. — Damian suspirou. Ele quase torcia para que o assassinato fosse um trabalho interno, se ao menos aquilo significasse pegar o culpado mais rápido. — Bem, eu agradeço. Desculpem por não estar presente hoje.

Com um gesto, Kiran dispensou o pedido de desculpa dele.

— Não precisávamos de você. E digo isso da maneira mais carinhosa possível.

— Com certeza. — Damian não conseguiu evitar que um dos lados da boca se erguesse num sorrisinho. — Enfim, é melhor vocês dois irem. Noemi e Matteo estão esperando.

Siena assentiu, apertando o braço dele.

— *Durma*. E se precisar falar com alguém, sabe onde me encontrar. — Ela soltou seu braço, indo em direção à porta pela qual Kiran tinha acabado de passar.

— Siena? — chamou Damian, e ela deu meia-volta.

— Sim?

— O mesmo vale para você.

Ela piscou. Então sorriu, um sorriso triste, de boca fechada. Era um sorriso de entendimento mútuo.

— Obrigada, Damian.

Ele a observou ir, se culpando por pensar por um segundo sequer que a guerra não a afetara da maneira que fizera com ele. Todos estavam dando o melhor que podiam, não estavam?

— Parece que ao menos você está chegando em algum lugar — falou Enzo, interrompendo o devaneio de Damian. Ele se sentou em uma das mesas de armas, inclinando-se para trás de forma que o cabelo roçou na parede. — Tem algo que eu possa fazer para ajudar?

— Na verdade, tem. — O posto de Damian podia ser bem mais alto do que o de Enzo, mas ele não tinha o mesmo tipo de acesso. Serviçais podiam ir a qualquer lugar do Palazzo sem serem questionados. Mesmo quando eram vistos, costumavam ser ignorados. — Já faz um tempo que quero falar com você.

Enzo se endireitou, olhando para ele com curiosidade e inquietação.

— Sobre o quê?

Com um gesto, Damian dispensou a preocupação do outro.

— Meu pai acha que eu deveria pedir a alguém do Palazzo... que *não seja* um oficial... para que fique de olho em qualquer coisa estranha. Sei que muita coisa acontece e eu não fico sabendo, e como confio em você...

Sua voz foi morrendo; Enzo já estava assentindo como se soubesse exatamente o que Damian tentava pedir a ele.

— É claro que posso fazer isso. Quero dizer, já estou fazendo, até certo ponto. Mantendo os olhos abertos. É difícil não fazer isso.

— Justo. — Damian deu uma risadinha e depois suspirou. — Eu fico agradecido. — Ele pensou em Leonzio deitado, imóvel, à luz das velas. Do ar gelado da cripta beliscando seus pulmões. — Mas tome cuidado.

— Sempre tomo — falou Enzo, mas murchou um pouco, a curva suave da mandíbula se apertando. — Sabe, isso vai parecer patético, mas odeio pensar que este lugar pode não ser seguro. É a única casa que tenho.

Damian assentiu devagar.

— Não parece patético.

Ele sabia que os pais de Enzo não eram presentes; Damian já perguntara sobre eles e recebera uma resposta bastante evasiva. Depois disso, não quis mais se intrometer. Mas entendia o sentimento que Enzo verbalizava — o Palazzo também era sua única casa. Pouco depois de voltar a Ombrazia, foi até sua casa de infância apenas por interesse nostálgico, e percebeu que havia uma família diferente morando lá. A casa de Roz, da mesma forma, estava ocupada por outras pessoas. Mas aquilo ainda fazia Damian sentir uma dor que não conseguia denominar.

—Vou ajudar da forma que puder — concluiu Enzo. — É só pedir.

— Obrigado. — Damian falava sério, embora a palavra tenha saído com dificuldade. Ele passou a mão pelo rosto. — Forte deixou claro que é minha responsabilidade encontrar o assassino de Leonzio, ou vai me mandar de volta para o norte.

Enzo estremeceu.

—Tenho certeza de que ele está blefando.

— Suponho que eu vá descobrir.

— Espero que não chegue a esse ponto.

Os dois ficaram em silêncio por um instante, introspectivos. A mente de Damian voltou para Roz. Ele planejava reexaminar o quarto de Leonzio pela manhã, só para ver se havia deixado passar alguma coisa, e pensou que talvez devesse convidá-la. Mostrar a ela que estava disposto a levar a parceria deles a sério. Além disso, Roz era uma discípula, e às vezes os discípulos conseguiam captar coisas invisíveis a uma pessoa comum.

— Sabe — falou Damian de repente —, tem outra coisa que você pode fazer para me ajudar. Se quiser.

Enzo o encarou com um olhar inquisitivo, os cílios fazendo sombra nos olhos escuros.

— Claro.

Damian procurou alguns suprimentos no canto do armamento, jogando pedaços de pergaminhos para os lados até conseguir uma folha em branco e uma pena.

O Santuário. Dezenove horas, escreveu ele com garranchos. *Não se atrase.*

Roz saberia de quem era. Com certeza se lembrava da caligrafia dele. Afinal, Damian se lembrava da dela. Mas, por precaução, ele adicionou um *D* no fim da página. Então a dobrou no meio e entregou para Enzo.

— Tem uns prédios de apartamentos no setor de Paciência, quatro quarteirões a oeste do templo — orientou Damian. — Um que fica do outro lado do rio, com uma porta preta e sem algumas venezianas. Acha que... Você se importaria de entregar essa mensagem lá? Não bata à porta, só coloque no escaninho de correio. Não é um assunto confidencial — falou, porque Enzo estava com uma expressão vagamente confusa. — É pessoal.

— Ah. — Enzo sorriu conforme a compreensão se espalhava pelo seu rosto. — Entendi. É *aquele* tipo de carta.

Damian deu um soco no braço magro do amigo.

— O que quer que esteja pensando, está errado.

— Claro que estou.

— Pode entregar ou não?

Enzo agitou a mão, ainda sorrindo.

— Com certeza. Mas, se as coisas não derem certo, não é culpa minha.

Damian gemeu. A questão era que Enzo não estava muito longe da realidade — ele se sentia ansioso como um pré-adolescente mandando mensagens para a garota que desesperadamente desejava que lhe desse uma chance.

— Não faça eu me arrepender de ter pedido.

Quando Enzo se foi — com uma última piscadela sugestiva —, Damian se sentiu repentina e dolorosamente sozinho.

Tinha passado poucas horas na presença de Roz, e sua vida, cada pensamento seu, já estava voltado para ela. Como, apenas dois dias antes, ele patrulhava as ruas sem se afetar, resignado a fingir que ela não existia? Uma única conversa, e ela acabou com aquela atitude com mais força do que Damian pensava ser possível. Sentia-se como se tivesse acordado de um sono profundo e de repente estivesse olhando para o mundo ao redor com uma clareza brutal.

Não importava quanto Roz o odiasse, ou quanto ela o enfurecia.

Damian estava em perigo.

13

Roz

Não fora fácil escapar do templo de Paciência naquela tarde. Vittoria balançara a cabeça em decepção resignada quando Roz disse que não iria comparecer ao serviço vespertino — um evento semanal com o objetivo de louvar Paciência. Era algo terrivelmente chato apesar de curto, mas Roz estivera presente nos últimos, numa tentativa de provar que estava se esforçando.

Distraída como estava, ela sabia que a desculpa para Vittoria parecera falsa, mas, naquele momento, não conseguia se importar. Havia uma reunião dos rebeldes a que precisava ir e depois encontraria Damian no Santuário. Conectado ao Palazzo, era lá que os representantes iam para venerar os santos patronos. Ficava aberto ao público apenas algumas horas por dia, então Roz esperava que Damian tivesse um plano para entrar lá. A carta dele apareceu no capacho do apartamento mais cedo, e Roz dera uma olhada no que dizia antes de enfiá-la na camisa para que Caprice não notasse.

Mas Damian não dera muitas explicações sobre por que queria encontrá-la. Na verdade, não dera explicação nenhuma. E como ele sabia *onde* ela morava?

A reunião rebelde era apenas para dizer a todos onde os membros capturados estavam — ala leste da prisão da cidade, no segundo andar, de acordo com Piera —, mas ainda não havia um plano de resgate.

Roz se levantou da mesa em que estava sentada com Dev e Nasim, olhando para o relógio no canto da taverna. Faltava apenas meia hora para o encontro com Damian.

— Preciso ir.

— Hã? — Nasim olhou por cima da borda do copo, os olhos um pouco sem foco. Não era sempre que ela bebia, e Roz estava chateada por perder aquilo. — Achei que você tinha faltado ao serviço. Que outro compromisso pode ter que não envolva a gente?

Dev riu de leve; era a primeira vez que fazia isso em dias. Um rubor apareceu nas bochechas de Nasim, e ela passou a mão no braço de Dev. Ele estava mais bem-humorado hoje: seus sorrisos ainda eram raros, mas pelo menos estava fazendo piadas como antes. Roz queria colocar a risada dele num potinho e guardá-la num lugar seguro.

O luto não era um caminho linear. Poucos sabiam disso tão bem quanto Roz. Mas ela estava mais acostumada a ser a enlutada do que a pessoa que dava apoio, ao menos quando se tratava de qualquer outra pessoa além da mãe. Só conhecia uma forma de conforto, que era a honestidade brutal. Ao menos Nasim estava lá para as outras partes.

Roz soltou o rabo de cavalo, massageando as têmporas. Se ela e Dev estivessem sozinhos, poderia ter contado a verdade. Dev não a julgaria por estar trabalhando com um oficial de segurança, contanto que isso fosse ajudá-la a chegar na identidade do assassino da irmã dele. No entanto, Roz não tinha tanta certeza sobre Nasim, que mantinha suas crenças de uma forma mais inflexível. Era surpreendente que a amizade delas tivesse florescido mesmo Roz sendo uma discípula.

Acredito que uma pessoa não possa mudar quem é, Nasim lhe dissera uma vez. *Você não escolheu ser uma discípula. Na minha opinião, você é tão rebelde quanto todos nós. Qualquer um que já te escutou falando o quanto odeia o Palazzo entenderia isso. Os outros só não deram uma chance a você.*

Nasim também sabia quanto Roz odiava oficiais de segurança; Roz reclamava deles toda vez que voltava do Mercato. Como, sendo eles mesmos cidadãos desfavorecidos, oficiais deveriam apoiar seus semelhantes, em vez de agir de forma superior e tirar vantagem deles.

Não, Nasim não ia reagir bem se soubesse que Roz estava trabalhando com Damian, tinha certeza disso. Na melhor das hipóteses, ia tentar convencê-la a dar o fora. Na pior, chamaria Roz de traidora e diria que tinha errado em confiar nela.

E Roz não poderia culpá-la. Ela mesma tinha se metido nisso. Andar com Damian contrariava tudo que dizia à amiga.

E ainda havia a questão de Dev. Roz não queria dizer a ele que estava procurando o assassino de Amélie até ter certeza de que ela e Damian poderiam resolver os crimes. Dar uma falsa sensação de esperança só iria feri-lo ainda mais.

Ela soltou o ar após uma dor repentina no peito.

—Vou encontrar um amigo, só isso. Depois explico.

Nasim apertou os lábios.

— Essa — disse Dev, apontando para Nasim — é a cara de *Como assim você tem amigos além de nós?* E, para ser sincero, eu concordo.

Roz explicaria tudo para eles em algum momento. Só não hoje à noite. Não antes de saber que a parceria com Damian ia durar. Olhou para o relógio outra vez e se levantou, estalando as costas.

— Amanhã — disse a eles com firmeza. — Vamos conversar amanhã. Preciso ir.

— Tá bom — falou Nasim com um suspiro dramático, dispensando-a com um gesto e tomando outro gole da bebida.

O olhar de Dev estava sério.

— Toma cuidado.

Roz assentiu e deu tapinhas no quadril, no lugar em que sempre guardava a adaga. Embora entendesse a preocupação dele, em parte também ficava irritada. Ela não era Amélie. Não era uma criança desamparada, desatenta a qualquer perigo em potencial.

Mas ela abriu um sorrisinho antes de sair para a rua, onde foi cercada imediatamente pelo ar frio da noite. Mal deu um passo antes de ver uma figura familiar encostada no exterior da taverna, a silhueta contra o sol poente.

— Roz — disse Piera ao notar sua presença. Ela fez sinal para a discípula se aproximar.

— Não posso conversar — falou Roz, embora tenha atendido ao gesto de qualquer forma. Seu coração se apertou diante da expressão distante de Piera. — Vou encontrar um amigo.

Roz sabia que Piera ia para o lado de fora toda noite para ver o sol se pondo no rio. Era um ritual que compartilhava com o marido quando abriram a taverna, antes de ele ter falecido na guerra. Devia ser horrivelmente triste continuar uma tradição sem a pessoa que você ama ao seu lado, mas Piera sempre dizia que aquilo a deixava feliz.

É uma espécie de felicidade agridoce, contou a Roz certa vez. *Dói muito estar sem ele, e, mesmo assim, esse é o momento em que o sinto mais próximo.*

Roz conseguia entender. Sentia a mesma coisa sempre que vasculhava as coisas antigas do pai. Era como se um peso de chumbo surgisse no estômago, roubando a respiração, mas, ao mesmo tempo, lhe dando uma base. Permitindo que lembrasse que ele tinha sido real.

— Um amigo? — Piera deu um meio sorriso. — Essa é nova.

Roz se segurou para não falar nada. Não queria incomodar Piera com seus problemas, mas, ao mesmo tempo, ela era a única que entenderia. Piera também conhecera Damian quando criança. Conhecera-o quando ele e Roz ainda eram melhores amigos.

— Talvez *amigo* seja um exagero — falou ela, evasivamente.

Piera esperou, mas não se intrometeu. Ela nunca fazia isso, deixava Roz revelar só o que queria. Piera compreendia o luto, o coração partido, a fúria e a maneira como o âmago podia doer e ansiar por algo impossível de nomear.

Roz suspirou. Tinha começado a garoar, uma névoa fria que deixava tudo difuso. Ela me afastou ainda mais da porta da taverna quando um grupo de homens entrou, gritos bêbados ecoando pela ruela.

— É Damian Venturi.

Piera não pareceu surpresa. Apenas assentiu devagar.

— Eu estava me perguntando quando vocês dois iam se reencontrar.

— Não estamos nos *reencontrando*. Ele está em busca do assassino do discípulo e também investigando a morte de Amélie. Eu já tinha a intenção de descobrir o que havia acontecido, e quando cruzei com ele... — A voz de Roz foi morrendo, e ela apertou o topo do nariz com o dedão e o indicador.

— Ele me deixou trabalhar ao seu lado. Acho que sente que tem uma dívida comigo por… Bem, você sabe. — Piera ficou em silêncio, e Roz resmungou:

— É agora que você fala que estou sendo tola.

Piera riu, um som baixo, mas genuíno.

—Você não é, nem nunca foi, tola. Você já o amou, e essas coisas não vão embora. Mas — avisou ela, com a voz mais grave — ele é um homem do Palazzo agora, Roz. Consiga o que puder, mas não confie nele. Você sabe disso melhor do que ninguém.

Essa era a Piera que Roz conhecia e precisava. Alguém para ir direto ao ponto com ela. Para dizer que não havia problema em sentir as coisas que estava sentindo, mas também que não podia esquecer o que era importante.

— Sim.

— Que bom. — Piera voltou a encarar o pôr do sol. — Então também deveria saber que não precisa provar nada para os outros rebeldes. Não importa se vai conseguir resolver o assassinato de Amélie ou não, você está onde precisa estar. Qualquer pessoa que não confie em meu julgamento pode vir conversar comigo.

— Não é só por esse motivo que estou fazendo isso — insistiu Roz, o rubor se instalando nas suas bochechas. Piera conseguia lê-la com tanta facilidade. — Dev merece saber o que aconteceu. Não acho que ele vá melhorar sem ter respostas.

Piera murmurou em reconhecimento e encarou o horizonte, o rosto banhado pela luz dourada.

— Quando você enfrenta o luto verdadeiro, não *melhora*. — As palavras eram firmes, mas gentis. —Você não se recupera… só fica mais forte e aprende a suportar as coisas que pareciam insuportáveis. Encontra uma forma de se reconstruir, mesmo com partes cruciais faltando.

Ela enfim olhou para Roz de novo, um brilho atento nos olhos.

Dessa vez foi Roz quem desviou do olhar, piscando diante do sol poente.

— Preciso ir — murmurou ela, se afastando da taverna. — Nos vemos amanhã?

Piera assentiu e, embora logo tenha desaparecido de vista, suas palavras seguiram Roz na escuridão.

✶

O Santuário era enorme. Com o telhado em domo e as torretas se projetando para o céu, a construção sempre pareceu a Roz uma sombra suave do Palazzo. Tinha um tom uniforme de ardósia, suas paredes curvas exibindo esculturas intrincadas dos santos. Por não ser nem um pouco devota, Roz nunca entrara no Santuário, mas estava vestida para a ocasião. Seu vestido preto era decotado e salpicado de linhas de prata, as botas de salto combinando perfeitamente. Ela estava fantástica, e aquilo seria um bônus ao enfurecer Damian.

Rossana! Ela já podia ouvi-lo falando, horrorizado. *Não pode usar isso num templo.*

— Rossana!

Uma voz emanou da entrada emoldurada por pilares do Santuário, tão sincronizada com os pensamentos de Roz que, por um instante, ela pensou vir da sua imaginação. Assim que apertou os olhos, no entanto, conseguiu ver a silhueta dos ombros largos de Damian. Ele deu um passo, sendo iluminado pelos últimos vestígios dos raios de sol, e gesticulou para ela.

—Você veio — disse ele, com a voz surpresa, quando Roz se aproximou.

—Você me mandou vir.

— E foi por isso que achei que não viria.

Roz bufou.

— Seria difícil trabalharmos juntos se eu ignorasse qualquer correspondência sua.

Damian abriu e então fechou a boca ao notar o vestido. Os olhos se arregalaram, e ele olhou para cima, evidentemente decidindo não fazer nenhum comentário.

— Eu… hã, estou feliz que está aqui. Tenho uma proposta para você.

Roz esperou, o coração martelando. Ela desejava ser capaz de enfiar a mão no peito e apertá-lo, subjugando-o.

— Preciso fazer outra inspeção nos aposentos do discípulo morto. Como prometi contar tudo que descobrisse, achei que seria mais fácil se viesse comigo. Além disso, você sabe que às vezes os discípulos podem sentir… hum, *coisas* que eu não consigo.

Roz sabia do que ele estava falando. A magia dava uma *sensação* diferente. Porém, numa cidade cheia de discípulos, era difícil diferenciar um tipo do outro. Mas não iria contar isso para Damian. Não se ele estava disposto a colocá-la dentro do Palazzo. A ideia lhe deixava intrigada e enojada ao mesmo tempo: não podia negar que queria saber como era o Palazzo, esse lugar onde apenas os discípulos mais poderosos residiam, mas também preferia se manter o mais longe possível do que considerava a origem da corrupção de Ombrazia.

Damian a observou enquanto ela digeria a proposta. Estava tão imóvel que era um pouco inquietante, e Roz procurou uma resposta.

— Você já tem discípulos no Palazzo — disse ela.

— Eles não seriam muito úteis nesse caso.

— Porque você está fazendo algo que não deveria fazer, é isso?

Damian pressionou os lábios, e Roz viu a tensão no pescoço dele. As olheiras sempre presentes. Embora o corpo dele fosse largo, olhando com mais atenção, ela percebeu a magreza dos seus antebraços, como se não comesse o suficiente para manter a musculatura.

— Quer vir ou não? — perguntou ele, de repente. — Porque, se não quiser...

— Eu vou — disse ela, interrompendo e dando o seu sorriso mais agradável. — Mas, se surgir algum problema, vou falar que a culpa é sua.

O músculo na mandíbula de Damian estalou, como se ele estivesse brigando consigo mesmo. Talvez já estivesse arrependido de convidá-la. Roz se perguntou se ele vira o rosto dela quando fechou os olhos na noite passada, da mesma forma que ela vira o dele. Ela se perguntou se ele tivera vontade de gritar no travesseiro como ela.

— Pode acreditar — disse Damian —, eu sei.

Ele passou à frente de Roz para encostar na fechadura polida da porta do Santuário, que abriu sem fazer som ao reconhecer o seu toque. Damian deu um passo para o lado, para que Roz seguisse. Sem dúvida foi um gesto cavalheiresco, mas ela balançou a cabeça, uma risada surgindo no peito.

— Acho que não.

Houve um momento de tensão durante o qual Damian pareceu estar analisando se valia a pena discutir. No fim, deve ter decidido que não, porque foi na frente, deixando que Roz fechasse a porta. No instante em que ela fez isso, a porta os selou num túnel vasto. Havia esculturas nas paredes de pedra: grandiosas figuras sem rosto com halos; desenhos abstratos que, quando você olhava com atenção, pareciam conter olhos em suas estampas repetitivas. O teto arqueava lá em cima, imitando o domo do lado de fora. Não era como Roz esperava que fosse.

— O templo em si fica no subterrâneo — falou Damian, respondendo à pergunta não feita. Suas palavras ecoaram, a última sílaba se mantendo por um segundo a mais no ar. — De lá, um segundo túnel leva direto ao Palazzo.

— Estou bem atrás de você, oficial — disse Roz, a mão passando de leve na adaga guardada na frente do vestido.

Damian ficou tenso, como ela percebeu que sempre ficava, quando Roz usava seu título. Ela dizia aquilo para lembrar a si mesma de quem ele era, ou melhor, quem *não* era. Era interessante notar que ele parecia não gostar.

— Rossana — disse ele, baixinho, ao parar a menos de um passo de distância dela. Roz poderia ter enfiado a lâmina entre as costelas dele. Poderia ter envolvido seu corpo com os braços.

— Sim?

Damian se virou, as profundezas sem fim dos olhos deixando Roz congelada. Ela não fazia ideia do que ele ia falar, e ainda assim, por alguma razão, ficou com medo de ouvir.

Mas ele disse apenas:

— Sei que tem uma adaga. Nem pense em usá-la.

Então continuou pelo túnel, ainda com Roz em seus calcanhares. Ela expirou por dentes cerrados antes de segui-lo.

Conforme desciam, a passagem ia se estreitando e ficando mais silenciosa. No passado, os dois poderiam ter corrido com alegria por um lugar assim, estimulados pela promessa da escuridão desconhecida. Ela se lembrava de disparar pelas ruas numa noite específica, a mão de Damian na dela, seus passos um pouco instáveis. Foi a primeira vez que os pais deles permitiram que os dois tomassem mais que uma taça de vinho, e Roz se lembrava de pensar, enquanto apertava os dedos de Damian, que ficar bêbada era como sentir o mundo se estreitar ao seu redor. Para ela, aquilo significava estar mais consciente da presença de Damian Venturi do que nunca. Era o cheiro inebriante dele, a falta de ar vertiginosa do desejo. Era o medo de fazer tudo errado e a coragem de fazê-lo mesmo assim.

Aquela foi a primeira noite que ela o beijou. Na verdade, a primeira noite em que ela beijou alguém. Depois, teve certeza de que não havia feito errado. Não pela forma como Damian respondeu, como se Roz fosse uma chama perigosa, e ele estivesse muito disposto a queimar com ela.

A memória desvaneceu, deixando Roz fria enquanto a passagem enfim se alargava. Mais além, um arco amplo dava lugar a um salão semelhante a uma catedral. Roz, observando os candelabros de ferro fundido nas paredes, seguiu Damian até uma plataforma da qual desciam degraus cada vez mais largos. As chamas bruxuleavam, como se reagindo a um vento que não existia, e faziam o rosto de Damian ficar marcado e formidável.

— Interessante — murmurou Roz. Inclinou a cabeça para olhar o teto abobadado, pintado em tons de azul e pontilhado de prata. A sanca nas bordas era labiríntica. Só quando Roz desviou os olhos que notou o que estava do outro lado do espaço, longe o suficiente para que *espaço* parecesse uma descrição inadequada. — Estes eram para ser os santos?

— Sim.

A resposta respeitosa de Damian foi quase inaudível. As paredes de pedra do Santuário engoliam cada som com uma pressa voraz, apenas para cuspi-los como ecos mudos.

Os passos de Roz faziam barulho no mármore escuro conforme ela se aproximava das estátuas. Elas formavam um semicírculo, e a figura da ponta estava coberta de forma sinistra por um sudário. Feitas por discípulos, Roz supôs, embora não mostrassem sinais de movimento. As cabeças estavam inclinadas e cobertas. No chão no meio das estátuas, diferentes tons de mármore formavam um sol de sete pontas — o símbolo original dos santos.

Roz examinou cada um dos santos, parando quando chegou em Paciência. Mesmo no escuro, ela podia ver as mãos da estátua bem abertas, pequenos toques de humanidade saindo das mangas que pareciam ondular ao redor da espada na sua cintura. As palmas de Paciência estavam viradas para o céu, e para Roz parecia que a divindade estava extraindo algo da terra. O realismo das vestes dela era impressionante, as dobras e os vincos um espelho perfeito do tecido real cobrindo a estátua à direita de Roz.

Caos, percebeu. Era incomum ver o sétimo santo escondido e não removido.

Ela ouviu Damian se aproximando, mas não se virou. Pessoas matavam e morriam por aqueles santos. Aquelas estátuas. Elas iam até lá e se ajoelhavam ali, procurando uma orientação inventada. Porque essa era a função central da fé, não era? Agir como um substituto à própria agência. Algo para que se apontar quando as outras explicações falhavam. Como podiam acreditar nas bênçãos de um santo quando, lá fora, tanta gente sofria? Onde estava a evidência de que esses ancestrais, mortos há tanto tempo, se *importavam*?

— A entrada para o Palazzo é ali.

A voz de Damian surgiu calmamente atrás do ombro esquerdo de Roz, uma tentativa óbvia de fazê-la andar.

Eles se encararam, os olhos escuros guerreando com os azuis, até que o som de uma porta batendo agressivamente fez os dois se moverem.

— Merda. — Damian segurou os ombros de Roz, empurrando-a para as sombras atrás da estátua de Graça. Seu corpo pressionou o dela, quente e firme, fazendo o sangue disparar pelas veias. — Tem alguém vindo do Palazzo.

— Não me *empurra* — sibilou ela, mas congelou.

Damian tinha razão. Era possível ouvir vozes ficando mais altas conforme se aproximavam, acompanhadas por passos desiguais. Damian colocou o dedo nos lábios, algo que pareceu a Roz humilhante e inútil.

Mas permaneceu calada. Roz percebeu que, se queria que ele compartilhasse informações, precisava confiar em Damian, e isso significava não deixar tão óbvio que queria vê-lo morto.

— É o magistrado-chefe — articulou Damian com a boca, em silêncio.

Roz espiou por trás da estátua e viu que ele tinha razão. Conseguiu reconhecer Forte de imediato, e o homem que o acompanhava só podia ser um discípulo. Era, ela concluiu após um segundo, o homem que vira ser selecionado como o novo representante da guilda de Morte.

— *Signor* Agosti — dizia o magistrado-chefe Forte —, você verá que, embora tomemos as decisões na sala do conselho, o trabalho de verdade é feito aqui, diante dos nossos santos patronos. A orientação deles sempre deve fundamentar as nossas escolhas. Nada é mais importante do que a sua conexão com o divino. — A voz dele foi ficando cada vez mais urgente conforme apagava as chamas dos candelabros, mergulhando o lugar em sombras. — Lembre-se de que você foi escolhido. De que foi abençoado. Mas também mantenha em mente que somos meros instrumentos.

Roz deu outra olhada em Damian, enojada ao ver o rosto dele transformado em algo semelhante a... anseio?

O magistrado-chefe interrompeu o monólogo, observando ao redor no que quase parecia suspeita. Ele os ouvira? Roz prendeu a respiração, e Damian, sentindo a tensão dela, passou o polegar pelo bíceps dela, no lugar em que ainda a segurava. Era claramente uma reação impensada, com o objetivo de acalmá-la, mas o corpo de Roz só ficou ainda mais tenso. O tempo passou em intervalos imprevisíveis. Ela sentia o coração de Damian batendo junto ao seu, a respiração rápida dele agitando o cabelo, mas não se atrevia a se afastar. Sua pele parecia pegar fogo com a proximidade, até Forte e o discípulo terminarem suas preces.

— Muito bem. Vamos.

A voz do magistrado-chefe fez a nuca de Roz se arrepiar. Ela observou de trás da estátua e viu o rosto de Forte manchado pela escuridão, um vazio estranho no seu olhar. Ele encarava, Roz percebeu, a estátua coberta de Caos. Enquanto isso, a barra do tecido se moveu como se alguém tivesse passado e roçado nele. Roz sentiu o coração parar e a boca ficar seca.

Se notou, Forte nem mesmo piscou. Apenas deu as costas, tão devagar que Roz teve a certeza de que ele sabia que estava sendo observado.

Mas Forte não falou mais nada, só deu um tapinha nas costas do novo discípulo, e então os dois se foram.

14

Damian

Morte falou com Damian enquanto ele saía do Santuário. Sussurrou para ele na escuridão, e sua voz disse um único nome.

Michele.

Seu irmão, se não de sangue, então de algo tão potente quanto. O melhor amigo que ele viu morrer, transformando-se de homem para monstro e para carne. Monstro porque algo mudou fundamentalmente dentro dele. E carne porque... Bem. Damian vira mortes suficientes para conhecer a aparência dos humanos quando chegavam lá.

Michele o salvara. Manteve a integridade de Damian quando ele estava se destruindo rápido demais para conseguir permanecer inteiro. Como discípulo de Astúcia, Michele não fora recrutado para lutar — ele *escolheu* ir para o norte, exatamente como o pai de Damian. Acreditava no seu dever como cidadão de Ombrazia *a este ponto*. Era sempre honrado e otimista de uma maneira que Damian nunca conseguiu ser.

Depois de um tempo nas linhas de frente, um dos soldados mais velhos, Jarek, contara a eles quando chegaram, *sua pistola começa a parecer muito correta quando aponta na direção errada.*

Damian compreendera o que o homem queria dizer, mas não acreditou. Não até a noite em que acordou ensopado de suor, tremendo pelos pesadelos que continuariam quando ele colocasse os pés para fora, e viu a arma ao seu lado.

Mas ele estava tremendo demais para se mover e vomitou ao lado da cama antes de tentar qualquer coisa, o que acordou Michele. Quando o seu amigo se aproximou, Damian sussurrou três palavras: *Jarek tinha razão.*

Michele lhe deu um tapa com tanta força que deixou seus ouvidos zumbindo até a manhã seguinte.

Se Michele não estivesse lá, será que ele teria levado aquele pensamento a cabo? Damian queria pensar que teria sido forte o bastante para conseguir afastar a ideia. Mas não tinha certeza, e aquela era a pior parte. O medo de que poderia voltar a se sentir assim algum dia era maior do que o de qualquer pesadelo. Era uma desesperança, uma agonia tão grande que, se um dia voltasse a se encontrar no mesmo estado, não confiava em si mesmo para sobreviver pela segunda vez.

— Está me ouvindo?

A voz de Roz trouxe Damian de volta, e ele arfou.

— Eu... Não. Quero dizer, sim.

Estavam nos túneis que levavam do Santuário ao Palazzo, e ele se distraiu, permitindo que a escuridão o aprisionasse em memórias. Ele estalou as mãos trêmulas, se permitindo uma breve prece ao santo que deixou para trás. *Me dê um sinal*, rogou para Força, imaginando a estátua encapuzada de braços cruzados. *Me dê um alívio.*

Mas não houve resposta.

Roz diminuiu o passo para acompanhar Damian, seus traços marcantes contorcidos numa careta.

— Qual é o seu problema?

Por onde ele deveria começar?

— Nada. Pode ir na frente.

— Não, não posso, já que não faço ideia de aonde devo ir.

Ela tinha razão. Damian baixou o olhar, respirando fundo. Olhar para Roz por tempo demais era sufocante. Quantas vezes tinha imaginado o rosto dela ao tentar superar os piores momentos? No início, era quase constante. Não havia um segundo acordado em que a mente dele não estivesse ocupada por Roz, e, às vezes, ela aparecia em seus sonhos também. Mas conforme os anos passavam, os pensamentos ficaram menos frequentes, até ele não tentar mais conjurar o rosto de Roz por medo de não parecer o mesmo.

Mas sua face tinha mudado mesmo. Ficara menos redonda, e com certeza mais severa, só que os olhos azuis brilhantes eram os mesmos. A maneira como o seu sorriso era sempre um pouco travesso... Aquilo não mudara.

Embora tentasse afastá-la, a versão mais jovem de Roz ainda se mantinha firme nas suas memórias. De vez em quando, Damian pensava na noite que ela o beijara pela primeira vez. Como os seus pensamentos, confusos por causa do vinho, se recusavam a se agarrar em qualquer outra coisa que não ela. Ele sabia que amava Roz desde os doze anos — ao menos, tinha tanta certeza quanto alguém poderia ter nessa idade —, mas o medo de estragar a amizade era sempre grande o suficiente para impedi-lo de agir de acordo com os seus sentimentos. Se fossem melhores amigos para sempre, então tudo bem. Ele aproveitaria o que lhe fosse permitido de Roz.

Naquela noite, no entanto, ela o levara para um beco, respirando fundo entre risadas. Estava linda sob o luar, o cabelo escuro rodopiando ao redor do rosto, os olhos emoldurados por cílios grossos, grandes e cativantes. Damian queria contar a ela. Enquanto ela o puxava para onde estava encostada na parede do beco, ele não conseguia pensar em mais nada. Era tolice amar Roz Lacertosa — ela ardia com muita força, e as cores dele eram apagadas. Cinzas constantes e azuis profundos. Seu brilho ia obliterá-lo.

"*Roz*" foi tudo que Damian conseguiu dizer antes de ela encostar os lábios nos dele.

Ele ficou contente em queimar, então.

—Venturi, parece que você vai vomitar. Se vai, me avise logo, porque não quero me sujar.

Damian balançou a cabeça e ajustou o colarinho da camisa, que começou a apertar seu pescoço. Roz o encarava, o cenho franzido. No que ele estava *pensando*? Por que tinha se permitido relembrar daquilo?

Mesmo então, quatro anos depois, ele desejava ter beijado Roz primeiro.

— Estou bem — falou Damian rapidamente. — Nós viramos aqui.

Ele indicou a curva à frente, e, juntos, eles subiram os degraus largos que levavam para fora dali. Roz não falou nada até eles chegarem a uma sala vazia adjacente à entrada do Palazzo. O lugar funcionava apenas como uma passagem para os túneis, e foi por isso que Damian decidira ir por aquele caminho.

Roz estava olhando ao redor, para os arcos cintilantes e o chão polido. Sob a luz das estrelas que entrava pelo teto aberto, o cabelo dela brilhava, combinando com o resplendor metálico do vestido. Ela era linda de um jeito etéreo. Intocável. Por alguns segundos, Damian esqueceu que a odiava. Esqueceu que não confiava nela.

Quando lembrou, o peso daquilo o esmagou.

Roz tirou os olhos do céu noturno. Damian pensou que ela estava prestes a fazer algum comentário sarcástico sobre o interior do Palazzo e se preparou para a situação desagradável que com certeza se seguiria. Em vez disso, no entanto, ela questionou:

— Por que você voltou?

A pergunta o pegou de surpresa. A voz de Roz estava baixa, como se alguém pudesse ouvi-la. Damian decidiu ser honesto, o máximo que pudesse.

— Meu pai foi promovido pouco depois da morte da minha mãe. Como general, ele supervisiona os treinos e o recrutamento, então decidiu trabalhar em Ombrazia na maior parte do tempo. Ele fez o magistrado-chefe Forte me oferecer um emprego no Palazzo.

A boca de Roz se apertou em uma linha fina.

— Não sabia que sua mãe tinha morrido.

— Ah. — Um choque atravessou o peito de Damian. — Sim, alguns anos atrás. Uma doença causada pelo ar frio. Atingiu os pulmões dela, e nem os discípulos de Misericórdia conseguiram salvá-la.

Parecia tão simples quando ele colocava assim. Mas Damian se lembrou da maneira como os discípulos moveram as mãos sobre o peito da mãe dele, as bocas em expressões sombrias. Seus gritos frenéticos por mais suprimentos, e a máscara distante que era o rosto de Battista enquanto ele tirava Damian da sala. O garoto, acordado a noite inteira, o coração cheio de medo na prisão apertada de suas costelas, ouvindo o exato momento em que tudo ficou silencioso.

Foi aí que ele soube. Mas não se moveu, não chorou, até seu pai ir buscá-lo na manhã seguinte.

— Compreendo — falou Roz, e então ficou em silêncio.

Ela conhecera Liliana Venturi anos atrás, claro, e Damian ficou se perguntando se ia dar os pêsames. Mas não, porque ela era Roz, e, além disso, provavelmente ficou feliz por sua família também ter se despedaçado.

— Sim — disse ele. Foi tudo em que conseguiu pensar. — Posso fazer uma pergunta?

— Tudo bem.

— Quando você descobriu que era uma discípula?

— *Argh*. — Roz revirou os olhos. — Qualquer coisa menos isso.

Certo. Damian ficara com a mesma impressão da última vez que abordara o assunto. Mas ainda estava com dificuldades de conciliar a imagem de Roz, a discípula, com a Roz que conhecera antes. Queria saber tudo que tinha perdido. Tudo que havia acontecido entre o passado e o presente.

— Por que não?

— Ser uma discípula não é divertido, sabe? — explicou ela. — Você tem um monte de privilégios, não me entenda mal, mas é tão *maçante*. De repente, o templo é seu dono. Eles ensinam como usar sua habilidade, e, mesmo assim, você está apenas aprendendo a fazer coisas. Eles decidem seu papel, quer goste ou não. — As palavras dispararam dos lábios de Roz, como se ela não conseguisse mais se conter. — E o pior é que a maior parte dos discípulos parece adorar. Eles se sentem especiais, poderosos, e ficam se pavoneando como se fossem os donos desse maldito mundo. Porque, afinal — ela deu uma risada curta e sem humor —, vamos falar a verdade: eles meio que são. Eu simplesmente... não me encaixo naquilo.

Damian não conseguia entender como alguém poderia ser um discípulo e não gostar.

— Mas Paciência a abençoou. Você tem *magia*. Isso não a faz sentir... sei lá. Feliz?

Era um adjetivo bem patético, mas pareciam faltar palavras para a mente dele. Roz bufou:

— Não, não me sinto feliz. Acha que me importo com metalurgia? — Ela pegou a faca que Damian vira em seu quadril, usando dois dedos para dobrar a lâmina como se fosse feita de borracha. — Ter poder não significa que você passa a ter interesse no que consegue controlar. — Ela consertou a lâmina, visivelmente irritada. Damian conseguia sentir o calor de onde estava.

— "No coração das montanhas de Força, Paciência pediu por calor" — ele murmurou a citação sem pensar. Não era sempre que via um discípulo em ação. Sabia que os discípulos de Força usavam pura energia física em seu ofício e que Graça provia uma destreza incrível. Roz poderia achar que não pertencia à Paciência, mas, para Damian, fazia completo sentido.

Roz mexeu nos cabelos, conseguindo fazer a ação parecer desdenhosa.

— Eu acho que é bobagem.

— O quê?

— Tudo. As histórias dos santos criando o mundo.

Damian a encarou.

— De onde mais o mundo viria?

Ela ergueu a sobrancelha em desafio.

— De onde vem *qualquer coisa*?

— Está me dizendo que é uma discípula de Paciência, uma descendente literal de um santo... e não acredita neles?

— Não é que não acredite que eles tenham existido. Só não estou convencida de que eles criaram o mundo ou que comandam as nossas vidas hoje. Eles estão mortos, Damian. Acha mesmo que escutam suas preces?

— Não sei — retrucou Damian intensamente. — As capacidades dos santos estão além de nossa compreensão.

Essa era a explicação que ele tinha ouvido inúmeras vezes antes.

— Isso é o que todos dizem sobre as próprias crenças quando não querem pensar muito. — Roz não falou isso de maneira condescendente, mas de forma suave e determinada. — É preguiçoso e covarde. É mais fácil do que admitir que você não entende o mundo.

Damian trincou os dentes. Não podia entrar naquela discussão com ela. Os santos *eram* a sua compreensão do mundo, e não estava interessado em ouvir ninguém que dissesse o contrário. Era como tinha sido criado.

— Esqueça isso — falou. — Não trouxe você aqui para discutirmos.

Evitando seu olhar penetrante, Damian foi para o canto da sala, encontrando o uniforme de oficial de segurança que tinha escondido ali mais cedo. Jogou-o para Roz, que o pegou, encarando o tecido com nojo.

— O que é isso? É algum fetiche seu?

— Pelos santos, Rossana. Não. Mas não pode andar pelo Palazzo usando *isso*.

Com um gesto, ele indicou a aparência dela. O vestido decotado preto e prateado, as botas de salto. Ela sempre fora exagerada, mesmo durante a juventude, falando alto em situações impróprias e se vestindo formalmente para as ocasiões mais casuais. Em certo momento, Damian chegara a admirar aquele traço.

—Vista o uniforme, tá bom? — completou. — Assim, se alguém nos vir, posso dizer que você foi recém-contratada. Nem os discípulos podem andar pelo Palazzo sem uma boa razão.

— Quer que eu finja que sou uma oficial de segurança? Que nojo.

Damian sentiu as bochechas queimando de irritação.

—Vá trocar de roupa.

Roz torceu o nariz, mas desapareceu no canto da sala mesmo assim, voltando um instante depois de uniforme. A roupa fora feita por discípulos, então se ajustou perfeitamente à sua silhueta, embora ela tivesse conseguido apertar a cintura. Também soltara o cabelo de forma que ele caía ao redor de seus ombros como um halo escuro. Damian ficou boquiaberto por uns trinta segundos antes de recuperar a habilidade de falar.

—Você não pode… — Mas a voz dele foi morrendo, percebendo que não valia a pena brigar. No que estivera pensando, ao trazê-la para cá? Precisava acabar com aquilo o mais rápido possível, antes que Roz causasse inevitavelmente algum tipo de confusão. — Quer saber? Deixa para lá. Vamos.

Roz sorriu com malícia. Ele se sentiu preso em uma armadilha.

— Está com ciúmes por eu ficar mais bonita de uniforme?

Damian estava tentando formular uma resposta que não parecesse tola quando a porte se abriu, assustando os dois e revelando a presença de Enzo, desgrenhado. Seu amigo arfava, claramente tendo corrido até ali.

— Enzo — falou Damian. — Está tudo bem?

Ele apoiou as mãos nos joelhos, recuperando o fôlego. Quando recompôs a postura, agitou os cabelos, encarando Damian com um olhar significativo.

— Estava procurando por você em tudo quanto é lugar. Queria falar em particular. — Então sua atenção se voltou para Roz. Seu cenho se franziu quando ele se concentrou nela e deu um sorriso agradável. — Perdoe-me, *signora*. É nova na guarda?

Por tudo que era mais sagrado. Enzo estava *flertando* com Roz? Damian trincou os dentes. Antes que Roz pudesse responder, ele disse:

— Não pode esperar?

— Não — insistiu Enzo. — Não pode.

Damian arregalou os olhos, tentando comunicar seu descontentamento. Suspeitava de que tudo que Enzo tinha para lhe dizer estava relacionado às suas instruções anteriores, mas não ia perguntar com Roz presente.

Enzo, no entanto, o encarou de volta. Estava recebendo a mensagem com toda a clareza, percebeu Damian, e ainda assim não estava disposto a ser dissuadido.

Roz soltou um suspiro dramático.

— Seja o que for que os dois estiverem *claramente* tentando esconder de mim, é melhor falar.

Maldição. Ela não estava errada, Roz nunca deixava nada escapar quando queria obter respostas. Damian praguejou mentalmente, voltando-se para Enzo.

— Pois bem. O que é?

—Você me mandou procurá-lo se visse alguma coisa estranha. E...

—Você viu? — interrompeu Roz. —Viu alguma coisa estranha?

— Acho que ele estava prestes a nos contar — comentou Damian, seco.

Roz passou os dedos pelos cabelos, analisando as mechas com uma distração fingida. O peso gélido da sua atenção mudou para Damian, que de repente sentiu dificuldade de respirar. Enzo, alheio a tudo isso, respondeu:

—Achei que gostaria de saber que acabei de passar pelos aposentos do discípulo de Morte e a porta estava aberta.

Damian o encarou.

—Tenho certeza de que ele simplesmente esqueceu de fechá-la.

— Não o discípulo novo — falou Enzo, sem paciência. — O antigo. O que *morreu*.

Um arrepio percorreu os ossos de Damian.

— Leonzio?

— Sim. A porta ficou trancada desde a noite da morte, como você bem sabe, mas agora está escancarada.

Damian empurrou ainda mais as mangas da camisa, absorvendo aquela informação. Quem no Palazzo estaria bisbilhotando os aposentos de Leonzio?

—Vou dar uma olhada. Obrigado.

Enzo assentiu, lançando outro olhar para Roz antes de partir. Damian gemeu por dentro: ele seria bombardeado com perguntas mais tarde, com certeza.

— Bem — disse Roz, de forma presunçosa, quando Enzo se foi. — Esse é um bom momento. Vou com você dar uma olhada. — Ela ergueu o queixo como se o desafiasse a discutir.

Damian gemeu por dentro. Aquilo com certeza foi um erro. Quanto mais ele estava perto de Roz, *mais* desejava ficar perto dela. Uma parte tola e autodestrutiva dele queria imaginar que as novas barreiras de Roz tinham sido construídas para se proteger e que poderiam ser derrubadas se ele conseguisse reconquistar a confiança dela.

No entanto, Damian tinha os próprios muros, não tinha? Estava mudado, de maneiras que não entendia muito bem. Às vezes, todo o seu corpo parecia errado, como se tivesse sido desmontado e reconstruído de uma maneira descuidada e desordenada. Roz conseguia perceber isso quando olhava para ele? Notava que o humor dele estava mais sombrio, mais forçado? Que, de vez em quando, Damian passava muito tempo encarando o nada, como se esperasse que algo olhasse para ele de volta?

Seus batimentos cardíacos lentos ribombavam em seus ouvidos enquanto ele falava:

— Muito bem. Venha comigo.

Roz sorriu de novo, mas dessa vez foi algo terrivelmente familiar.

15

Damian

Exatamente como Enzo havia afirmado, a porta dos aposentos de Leonzio Bianchi estava entreaberta. Além dela, Damian só conseguia ver escuridão.

— A porta costuma ficar trancada? — sussurrou Roz.

— Sim.

— Quem tem a chave?

Damian deu tapinhas no bolso do peito.

— Todo oficial de segurança do Palazzo tem uma chave mestra. Mas não consigo entender por que alguém viria para cá.

Roz arqueou a sobrancelha em um movimento sutil. Damian se perguntou o que ela podia estar pensando. Por que a mandíbula de Roz de repente tinha ficado tensa. Ele passou metade da vida desejando poder ler a mente dela, e, pelo visto, o desejo não havia se dissipado com o tempo.

Mas tudo que ela disse foi:

—Vamos entrar ou não?

Damian engoliu a hesitação inexplicável e, pegando um lampião do corredor, empurrou a porta com o joelho.

O quarto continuava como na noite da morte de Leonzio: janelas fechadas, a cama de dossel encostada na parede, o piso de cerâmica que lhe dava um ar asséptico. Embora soubesse que fosse improvável, Damian poderia jurar que o cheiro doce e enjoativo de morte persistia. Ele não tinha uma lembrança clara da noite em que viera examinar o corpo do discípulo — tudo estava estranhamente enevoado em sua mente.

Ele se lembrou dos olhos falsos e enfiou a mão no bolso. O orbe negro que pegara na cripta ainda estava lá. Quem tinha tocado naquilo por último? Por que o abandonaram e o que estavam fazendo com os olhos extraídos dos mortos?

— Não tem ninguém aqui — disse Roz, quase desapontada. — Então, ele morreu sozinho? Você descobriu que tipo de veneno era?

Damian se virou para ela, franzindo a testa e sustentando o olhar dela com medo de inadvertidamente desviar os olhos para baixo.

— Não.

— Presumo que tenha questionado a representante de Astúcia.

A irritação surgiu no estômago de Damian.

— *Claro*. De nada adiantou. Enfim, foi aqui que o encontramos. — Ele indicou a cama com a cabeça, passando os dedos pelo queixo. — Dei uma olhada rápida no quarto, mas depois tivemos que deixá-lo intocado por alguns dias, é óbvio.

Era preciso deixar os lugares em que uma pessoa morreu intactos por dois dias e duas noites inteiras. Esse foi o tempo que Força levou para iniciar a criação do mundo e, como tal, era o tempo que os pertences de alguém deveriam ser mantidos após a morte. Damian não entendia muito bem a relação, mas era o costume e, portanto, ele nunca os questionou.

Felizmente, Roz não zombou disso.

— Certo — disse ela, dando a volta na cama. No momento em que ela se moveu, a temperatura do ar ao redor de Damian caiu e toda a umidade foi drenada. Ele estremeceu quando um arrepio gelado percorreu a sua nuca.

— O que acha?

— É estranho aqui — admitiu Roz, franzindo a testa. — Não sei como descrever. Não é ruim, é só... algo que nunca senti antes.

O coração de Damian afundou. Ele não sabia o que esperar — que Roz pudesse sentir o assassino de alguma forma? Os discípulos eram altamente sintonizados com a magia, mas Damian não tinha provas de que houvesse algo assim envolvido na morte de Leonzio. Tentar resolver aquele mistério era como andar às cegas por uma sala, dando de cara na parede sem parar.

Deixou Roz avaliar as coisas sozinha, decidindo fazer a própria busca no restante do espaço. Seus passos ecoaram enquanto ele dava voltas lentas entre o banheiro, o escritório e a pequena sala de estar adjacente. Nada parecia estar fora do lugar e isso, mais do que qualquer outra coisa, fazia as entranhas de Damian contraírem. Como alguém pode partir e tudo permanecer inalterado? Um casaco pendurado na lateral de uma cadeira, um livro gasto aberto sobre a mesa... Coisas simples que marcavam um momento no tempo. Damian mal conhecia Leonzio. Não gostava particularmente do sujeito. Mesmo assim, a tristeza tomou conta dele enquanto olhava para o que havia sido deixado para trás.

De qualquer forma, se alguém realmente tivesse invadido os aposentos do discípulo, já tinha ido embora. Damian saiu do escritório e voltou para o quarto, mas parou no meio do caminho. Roz não estava em lugar algum.

— Rossana?

Se ela tivesse fugido...

— Estou aqui.

A voz dela soou do outro lado da sala, um tanto abafada. Antes que Damian pudesse perguntar onde ela estava, Roz saiu do minúsculo armário ao lado do banheiro, o cabelo refletindo o luar fraco que entrava pela janela. Uma figura fantasmagórica no quarto de um morto.

Então ela falou, e a miragem se desfez.

— Tem alguma coisa aqui. Venha dar uma olhada.

Damian deu a volta para se juntar a ela.

— O que você está...

Suas palavras vacilaram, morrendo. Ele não sabia bem como explicar o que estava vendo.

Disposta no chão do armário havia uma variedade de paus e pedras. A configuração era claramente proposital, e manchando o chão ao redor dos objetos havia uma substância marrom que parecia horrivelmente...

— Sangue? — questionou Roz, alto demais. Animada demais.

Damian engoliu em seco. Não era muita quantidade, mas ele já tinha visto o suficiente para saber que Roz tinha razão. O sangue, porém, não era o que mais o incomodava — era a sensação estranha que o invadiu quando pensou na disposição dos gravetos, espalhados ao redor das rochas formando sete pontas.

Sete pontas. Ele contou de novo, só para ter certeza.

— É um sol heptagonal — murmurou. O símbolo dos santos sem rosto. Aquilo estava lá na noite da morte de Leonzio? Ele mesmo fizera uma busca nos cômodos... não foi?

Roz franziu a testa.

— Pra mim parece mais uma pilha de gravetos.

Damian se ajoelhou e apontou para as pedras, tomando cuidado para não tocar nelas.

— Sete ângulos. Um círculo no meio. O que mais poderia ser?

— Não sei. Por que haveria sangue no centro de um símbolo sagrado?

Ela não parecia estar com medo, algo que Damian não poderia dizer de si mesmo. Um suor frio escorria por sua testa, e ele segurou o lampião perto do chão. As manchas eram pequenas, cada uma mais ou menos do mesmo tamanho, e não havia respingos.

— O sangue foi adicionado depois — disse ele, apontando para onde o marrom coloria as pedras. — Foi proposital.

Roz captou o seu olhar, e Damian ficou extasiado com a curva de seus lábios. O corte acentuado das maças de seu rosto. O ângulo sedutor de seus olhos. Ela parecia conhecer mil maneiras diferentes de matar um homem, e ele descobriu que isso não o incomodava.

—Você acha que é o sangue de Leonzio? — perguntou ela, ajoelhando-se para tocar a substância com a ponta do dedo.

Damian empalideceu, mal conseguindo se segurar para não tirar a mão dela de perto.

— Não encoste nisso, por favor. Quero chamar alguém aqui para examinar.

Ele poderia ter falado mais; contudo, uma mudança na expressão de Roz o fez parar. Ela esfregou os dedos, deixando gotas de sangue seco flutuarem de volta para o azulejo. Foi um movimento tão deliberado que deixou Damian desconfortável. Parte dele queria desordenar os paus e as pedras, mas seu lado mais supersticioso ficou horrorizado com a ideia de perturbar a forma. Presumia que Leonzio houvesse criado aquilo, mas não conseguia pensar em um motivo. Se o discípulo queria contatar os santos, porque não fizera uma visita ao Santuário?

As bochechas de Roz se contraíram quando ela suspirou, esfregando as manchas cor de ferrugem no uniforme.

— E temos certeza de que ele não se matou?

— Já estabelecemos que há muitas semelhanças entre a morte dele e os outros dois assassinatos. Mesmo assim… tenho certeza. — Damian ouviu a própria voz ficar irregular quando um arrepio percorreu seu corpo. Ele tentou atribuir a sensação ao suor seco, mas era mais profundo do que isso. O frio deslizava pelo ar, enchendo seus pulmões cada vez que ele respirava, se infiltrando em sua pele e se instalando na boca do estômago. — Está sentindo isso?

Roz estava passando a mão pela parede do armário, mas parou.

— Sentindo o quê?

Do outro lado da sala, logo depois da estante de livros, a cortina se moveu junto à janela fechada.

Damian se afastou do heptágono e puxou Roz com ele. Ela enrijeceu, recuando ao seu toque, e o rapaz largou o braço dela.

— Desculpe — murmurou ele.

Mas seus dedos se contraíram, ansiosos para tocar o ângulo acentuado da mandíbula dela, para traçar a curva em forma de coração do lábio superior, mesmo curvado em uma carranca. Damian precisava se controlar. Controlar sua imaginação hiperativa e o que quer que estivesse acontecendo em seu baixo ventre no momento.

Ela esfregou o bíceps, ignorando o pedido de desculpas.

— Qual é o problema?

— Eu… — Damian respirou fundo, se recuperando. — Tenho um mau pressentimento em relação a isso. Não se brinca com os santos. Vamos sair daqui.

Sem esperar que a moça concordasse, ele voltou para o corredor que levava ao quarto.

Mas a sensação estranha continuou crescendo e se fortalecendo a cada passo. Damian conseguia ouvir Roz às suas costas, a respiração entrecortada, e se perguntou se ela se sentia do mesmo jeito. Sombras tremeluziam no fim do corredor, onde se alargava em frente ao quarto, lançando formas indiscerníveis na parede. Ou talvez fossem apenas os desenhos no estuque.

Antes de chegar ao fim do corredor, porém, as sombras se consolidaram para criar o contorno perfeito de um torso.

Damian parou de repente, o que fez Roz bater nas costas dele. O gelo percorreu suas veias conforme a figura sombria se movia ao longo da parede oposta, desaparecendo no canto.

— O que foi? — sussurrou Roz.

Ele a silenciou, os músculos tensos enquanto o corpo mudava para uma postura defensiva.

— Não estamos sozinhos.

Sem fazer barulho, antes que Damian pudesse entender como aquilo tinha acontecido, Roz estava com uma faca em cada mão. Ela parecia impossivelmente selvagem e impossivelmente bela — uma deusa sombria em busca de vingança.

Não se mova, Roz articulou sem emitir som, depois continuou pelo corredor. O rapaz cerrou os dentes. Quem ela pensava que era, ordenando que *ele* ficasse para trás? Mas Damian puxou a pistola da cintura e a seguiu.

Quando ele olhou para as próprias mãos, a arma caiu no azulejo.

Ele não se lembrava de tê-la largado, mas aquilo devia ter acontecido, porque de repente não havia nada além de ar entre seus dedos. Seu nome sussurrado cortou a noite enquanto Roz se virava para xingá-lo, embora Damian mal tivesse registrado as palavras dela.

As mãos de Damian estavam cobertas de sangue.

Estava fresco, embora parecesse preto na escuridão, escorrendo por entre os dedos e pingando no chão. Seu estômago embrulhou, e uma onda de pânico tomou conta de Damian. Seu primeiro pensamento foi que devia ter se machucado, mas não conseguia ver o ferimento, e, além disso, estava bem momentos atrás. Sua cabeça girou, tentando, sem sucesso, dar sentido à cena.

Com dois passos, Roz estava de volta ao seu lado.

— O que está fazendo?

Damian piscou antes de conseguir responder:

— Não é meu.

— O quê?

— O sangue. — Ele apertou as mãos trêmulas. — Não é meu.

Ele tentou limpar as mãos nas calças, mas o líquido quente continuou escorrendo por entre os dedos. Seu estômago embrulhou, o cheiro de ferro forte.

— Não tem sangue nenhum — disse Roz, com o nariz torcido enquanto um desconforto brilhava em seu olhar. — É coisa da sua cabeça. — Ela se abaixou para recuperar a pistola, colocando-a nas mãos suadas dele. — Vamos dar o fora daqui.

Damian agarrou o cabo da arma como uma tábua de salvação enquanto a seguia até a porta. A sombra que pensara ter visto já tinha desaparecido, mas, quando Roz estendeu a mão para a maçaneta, ele olhou para a cama.

Os lençóis brancos estavam encharcados de sangue, o carmesim-escuro se espalhando pela mancha em forma de humano no centro.

Damian engasgou, arfando por entre os dentes pelo susto. O som chamou a atenção de Roz, e ela se virou, franzindo a testa de uma forma que quase parecia preocupação.

— Saia — disse ele com a voz rouca, abrindo a porta e empurrando Roz, sem se importar com o fato de ter deixado marcas de mãos ensanguentadas nas costas dela. O mundo oscilou, tornando difícil manter os pés sobre ele. A tontura cravou garras afiadas em seu crânio. Com uma última olhada na bagunça que cobria a cama, bateu a porta atrás de si.

O corredor estava vazio e quieto. Arandelas acesas ardiam em intervalos iguais no caminho que levava à escada, com um brilho sombrio. Parecia um mundo diferente.

— Venturi — disse Roz suavemente em meio ao silêncio —, não sei o que foi isso, mas, da próxima vez que me empurrar, vou arrancar seus braços.

Como ela podia estar tão calma? Damian estava coberto de sangue. A cama estava coberta de sangue. Ele não sabia de quem tinha vindo aquilo, de *onde* tinha vindo aquilo. Seria essa a maneira de Morte lhe mostrar que sabia quanto sangue havia em suas mãos?

— Está me ouvindo? — A voz de Roz era um chicote estalando em meio às suas reflexões paranoicas.

Damian balançou a cabeça, enxugando as mãos nas calças pela enésima vez.

— Eu... Você não está *vendo* isso? — Ele estendeu as palmas das mãos, em estado de choque.

Não havia sangue algum.

Roz deu um tapa nas mãos dele, a preocupação anterior já desaparecida há muito tempo.

— Quando foi a última vez que dormiu? Você está alucinando. Não admira que não consiga nem resolver um assassinato.

Damian sentiu uma ardência na boca do estômago, em partes iguais por vergonha e fúria. O corredor de repente ficou estreito demais, e ele desejou poder afastar as paredes.

— Não durmo *porque* estou tentando solucionar um assassinato, Rossana. Meu pai e o magistrado-chefe Forte estão ocupados lidando com a porra de uma rebelião enquanto tentam administrar a guerra no norte. Enquanto isso, devo manter as coisas no Palazzo sob controle. Você entende? Estou a *isso* aqui — Damian enfiou a mão no rosto de Roz, com o polegar e o indicador a um centímetro de distância — de ser mandado de volta para a guerra. Não espero que você se importe, mas isso não pode acontecer de novo. — Sua voz falhou. — Acabei de... Não pode.

Roz inclinou a cabeça, com uma expressão imperscrutável. Damian sentiu como se ela pudesse ver através dele. Como se pudesse arrancar o exterior e arranhar a psique dele, onde todas as coisas terríveis que fizera estavam alinhadas em fileiras ameaçadoras e bem organizadas.

Pelos santos, como ele era tolo. A falta de sono realmente devia estar afetando sua cabeça. Roz Lacertosa não se importara com a vida de Damian nos últimos três anos e não iria se importar de novo agora. Tinha deixado isso bem claro.

Quando ela enfim falou, havia uma curva travessa em seus lábios vermelhos impecáveis que não transmitia nem tranquilidade nem confiança a Damian.

— Encontraremos o culpado — disse ela sem um pingo de dúvida. — Só precisamos de tempo.

— Não tenho tempo. Não muito, pelo menos.

Roz mexeu nos trajes do uniforme emprestado. Damian nunca tinha visto ninguém usar aquelas roupas com menos orgulho.

— Então suponho que isso tenha sido um desperdício.

Damian fez um som evasivo com o fundo da garganta.

—Vou acompanhá-la até lá fora.

Ela não discutiu, seguindo-o pelo corredor até uma escada curva. Os dois não passaram por mais ninguém no caminho de volta aos túneis — em parte graças à escolha da rota feita por Damian e em parte por pura sorte. Quando chegaram, ele acenou para Roz atravessar a porta em arco.

Dessa vez, ela passou primeiro.

A escuridão os envolveu imediatamente, e Damian acendeu um fósforo e o estendeu para um lampião encostado na parede. Quando ele virou para a frente, Roz o encarava diretamente, os olhos refletindo o brilho do lampião como chamas gêmeas.

— O que foi? — perguntou ele.

Sua boca estava curvada para baixo, quase pensativa, quando ela falou:

— Por que você não sabe mais sobre a morte do discípulo? Um legista não deveria ter examinado o corpo?

— O corpo foi examinado. Na verdade, tenho o relatório. — Damian enfiou a mão no bolso do casaco e mostrou um pedaço de pergaminho para Roz. Ele o carregava desde que o recebera, no dia anterior, e o examinava periodicamente, como se as palavras pudessem de alguma forma mudar a cada novo olhar. — Mas não foi muito útil, já que parte dele foi editado.

Ela pegou o papel, franzindo as sobrancelhas ao ver as linhas pretas e grossas que haviam sido riscadas em uma seção inteira do relatório.

— Por quê?

— Não sei — falou Damian, e estava sendo honesto.

— Quem faz esses relatórios?

— A legista. Como eu disse.

— Não brinca. Mas…

Ele interrompeu a resposta mordaz dela.

— Uma discípula de Misericórdia do necrotério da cidade veio e fez a autópsia. Assim que terminou, ela escreveu um relatório e o entregou ao magistrado-chefe Forte.

— Forte sempre recebe os relatórios?

— Até onde eu sei, sim.

— Então ele tem os outros em algum lugar. Os das outras duas vítimas, quero dizer.

— Bem, sim — admitiu Damian, as sobrancelhas se unindo. — Forte mantém os relatórios no escritório. Mas não é como se eu pudesse pedir para dar uma olhada na papelada.

— Presumo que a porta do escritório seja mágica para reconhecer o toque dele, certo?

O rosto de Damian se contorceu de horror. Ela estava sugerindo que invadissem o escritório de Forte e *roubassem* os relatórios?

— Todo oficial tem uma chave mestra que contorna isso. Por razões de segurança. Mas, caso tenha esquecido, perturbar o magistrado-chefe é a última coisa que quero fazer no momento.

— Mas é uma opção. As respostas podem estar bem debaixo de seu nariz, e você nunca saberá.

— Forte me contaria se soubesse de algo importante — disse Damian.

Eles já estavam na metade do caminho de volta ao Santuário, e o túnel parecia pequeno demais com Roz ao seu lado. Ela deu uma risada incrédula.

—Você realmente acredita nisso?

— Ele quer que eu resolva a questão.

— Será mesmo? Nunca lhe ocorreu que alguém no precioso Palazzo do magistrado-chefe pode ser um assassino?

— Claro que sim — falou Damian. — Acha que sou um incompetente completo? Estamos interrogando todo mundo, mas ainda não encontramos nada que incrimine alguém.

A expressão dela era de puro desprezo.

— Suponho que isso seja esperado quando você conduz metade da investigação em segredo.

— O que quer dizer com isso?

Damian parou de andar, mas Roz não fez o mesmo, não de imediato, e deu mais alguns passos antes de se virar para encará-lo.

—Você mesmo disse que Forte só se preocupa em encontrar quem matou o discípulo. E, em vez de enfrentá-lo, você está agindo pelas costas dele. É patético.

—Você não sabe do que está falando. Não é apenas Forte que me dá instruções. Meu pai também. E não posso discutir com ele.

Roz zombou.

—Você nunca conseguiu fazer isso mesmo.

— Mas que droga, Rossana! — O nome dela saiu queimando de raiva do estômago e da garganta de Damian, as sílabas irregulares. — Se eu decepcionar Forte, se desafiar meu pai, volto para a guerra *assim*.

Ele estalou os dedos para enfatizar suas palavras.

— Talvez — disse ela. — Mas mesmo se *conseguisse* discutir com eles, você não o faria. Porque eles não são apenas seus superiores, são? São discípulos poderosos. Acham que são melhores que você. E *você* acredita.

Os nós dos dedos de Damian apertaram o lampião até que a dor se espalhou por seus dedos. As palavras dela eram como golpes bem dados, cada um acertando o alvo. Roz sabia exatamente o que dizer para atingir o âmago de Damian. Ela o abria com facilidade, expondo a verdade, e empunhava cada revelação como uma arma.

Ele deveria ter dado uma resposta. Deveria ter dado uma bronca nela por falar com ele daquele jeito. Talvez fosse o modo como a luz quente brincava nos ângulos de seu rosto, ou talvez ele fosse um tolo nostálgico, agarrando-se aos resquícios de um tempo passado. De qualquer forma, quando falou, sua voz saiu rouca, as palavras desgastadas.

— Força não me abençoou. Abençoou meu pai e meu avô, mas não me abençoou. Não entendo por quê.

Roz olhou para ele por um momento que pareceu uma eternidade, os cílios grossos na escuridão. Demorou tanto tempo para falar que Damian começou a se perguntar se responderia.

— Isso não significa que você não é importante.

O coração dele batia frenético. Foi o mais gentil que já vira Roz ser, o que causou reações esquisitas em suas entranhas. Ele queria discutir. Queria abraçá-la.

Queria dizer que não estava nem aí se era importante, desde que fosse importante *para ela*.

Não sabia o que queria.

— Roz — disse Damian, e a voz falhou. Mas falar pareceu quebrar o feitiço, e ela franziu a testa antes de se afastar dele.

— Quero sair daqui, Venturi.

Ele não discutiu. Apenas a conduziu até a congregação de estátuas inexpressivas, o silêncio entre elas era ensurdecedor.

16

Roz

Já era tarde demais quando Roz percebeu que havia esquecido de se trocar.

Damian deu um tapa na testa e fez com que Roz prometesse pelo menos duas vezes que devolveria o uniforme no dia seguinte. Ela concordou com facilidade; não era como se quisesse ficar com aquilo. Mas também significava que veria Damian de novo em breve, quando precisava desesperadamente de tempo para se recuperar. Quanto mais ficava perto dele, mais difícil era manter a cabeça no lugar. Lembrar quem ele era e o que tinha feito.

Felizmente, ele era um pouco parecido com Battista, então Roz só precisava ficar olhando para ele por tempo suficiente para renovar seu senso de propósito. Tinha deixado a vingança de lado enquanto trabalhava para solucionar os assassinatos, mas isso não significava que tivesse esquecido o general. De alguma forma, em algum momento, ela encontraria uma maneira de chegar até ele. Damian a odiaria então, e o mundo voltaria aos eixos.

Roz não era esperada no templo de Paciência no dia seguinte, então passou o tempo lendo, pensando furiosamente em Damian e ajudando a mãe na limpeza do apartamento. Haveria mais uma reunião rebelde naquela noite — Piera deixara o aviso com a comida de Caprice —, e algo na voz dela fez as horas seguintes passarem ainda mais devagar.

As ruas estavam vazias quando Roz enfim chegou à taverna, a lua uma fatia prateada, sombria contra as nuvens. O ar estava parado e tinha o gosto do rio que corria ao longe. Era estranho, pensou ela, como a cidade nunca parecia mudar. Eram as mesmas ruas pelas quais ela andava desde criança, com a mão do pai apoiada levemente em sua nuca para guiá-la. Eram as esquinas nas quais esperou por Damian, com o coração batendo na garganta. Essa era a parede contra a qual ela se sentou, com as costas apoiadas na pedra, e chorou por causa da mãe pela primeira e única vez.

As coisas não deveriam parecer as mesmas, no entanto. As ruas deveriam estar vermelhas com o sangue dos desfavorecidos mortos. O ar deveria ter vibrado com os gritos de todos os mortos a tiros na Segunda Guerra dos Santos. Era injusto, de alguma forma, que tudo permanecesse igual. A primeira guerra, ao menos, deixara uma cicatriz na cidade — as ruínas do que outrora fora o setor de Caos eram a prova disso.

Essas eram as coisas de que precisava lembrar. No que precisava pensar sempre que a presença de Damian começava a acalmá-la e levá-la ao comodismo. Ele era perigoso, aquele homem, pela forma como fazia Roz desejar abraçá-lo e esquecer do mundo. Como se tudo estivesse perdoado. Como se nada tivesse acontecido.

Como poderia ser tão difícil odiar o filho do homem que assassinara seu pai? O que havia de *errado* com ela, que precisava se lembrar de não amolecer?

Roz não conseguia afastar a ideia de que devia estar profundamente perturbada. A sensação a seguiu enquanto entrava na taverna, assustando todos que estavam perto da porta. A familiar luz fraca a envolveu, ancorando-a, e a clareza resultante só a fez ficar mais irritada consigo mesma. Ela caminhou até a mesa em que Nasim descansava com Dev e mais dois rebeldes. Os outros dois ficaram de pé quando ela chegou, afastando-se sem um pingo de vergonha.

— Tá bom — falou Roz em voz alta. — Como se isso não tivesse sido nada óbvio.

Com um gemido, ela se sentou de frente para Nasim e pegou uma das bebidas abandonadas pelos rebeldes. Cheirou o conteúdo do copo, determinando que era vinho tinto, e fez uma careta. Não era sua bebida favorita. Mesmo assim, tomou de um gole só, fazendo uma careta enquanto engolia.

— Por favor, fique à vontade — disse Nasim, seca, embora se divertindo um pouco.

Dev estava inexpressivo. Tinha uma bebida na mão, e sua boina estava puxada para baixo, cobrindo o rosto. Por baixo, os olhos estavam pesados, e Roz percebeu, pela falta de foco deles, que o amigo estava longe de estar sóbrio. Outro dia ruim, então. Contudo, seu poder de observação deve ter resistido ao álcool, porque ele disse:

—Você parece nervosa.

Roz o ignorou.

— Como está se sentindo?

Não era uma pergunta que ela normalmente teria feito, sobretudo vendo a resposta tão evidente. Mas Roz queria que Dev soubesse que ela estava disposta a ouvir quando ele decidisse conversar. Ela sentia falta de seus sorrisos fáceis. Da maneira como ele tirava o chapéu sempre que ouvia uma piada especialmente boa.

Nasim lançou a Roz um olhar de tristeza por cima da cabeça baixa de Dev enquanto acariciava o braço do amigo. Ele permitiu, o que Roz supôs ser um bom sinal.

— Estou bem. Vou pegar outra bebida — disse ele baixinho, começando a se levantar da cadeira.

Roz se levantou junto.

— Dev, espere.

Ele se virou, com uma expressão de dúvida.

— Estou perto — disse ela. — Estou tão perto de descobrir quem é o assassino.

As sobrancelhas de Dev se uniram conforme ele absorvia as palavras de Roz.

— Está?

Ela assentiu, pigarreando.

—Acho que quem matou Amélie também matou o discípulo e o menino encontrado à beira do rio.

Nasim olhou para ela.

— O que te faz achar isso?

A pergunta fez Roz se calar. Ainda não queria dizer nada sobre Damian, mas prometera uma explicação aos dois ontem.

— Eu estou… em contato com alguém que viu os relatórios da legista.

— Quem? — perguntou Nasim.

Roz mordeu o interior da bochecha. Mesmo que Dev e Nasim não se importassem com o fato de ela estar andando com um oficial de segurança, eles lhe diriam para não confiar nas informações de Damian. As coisas podiam ficar complicadas. Pior, aquilo poderia deixar Dev ainda mais chateado.

— Um dos assistentes da legista — mentiu Roz habilmente antes que pudesse se conter. Ela sempre foi uma excelente mentirosa e sentiu-se pior quando Nasim assentiu. — De qualquer forma — continuou —, ele me contou que o corpo do discípulo e o corpo do menino encontrado à beira do rio tinham… semelhanças. O que também me faz pensar em Amélie.

— Quais semelhanças? — indagou Dev, com a voz mais firme. Mais familiar. — Posso contar para você detalhes sobre Amélie. Eu a vi antes do enterro, obviamente.

Roz não queria contar a ele. Com certeza não queria perguntar.

— Não importa.

— Roz — falou ele, pressionando.

— Eu não…

— *Por favor.* — Os punhos de Dev bateram na mesa. Nasim gentilmente abriu uma de suas mãos, entrelaçando os dedos nos dele. Recompondo-se, Dev acrescentou: — Seja lá o que for, vou conseguir aguentar. Preciso saber quem a matou.

O silêncio pulsava no ar enquanto Roz o observava, refletindo, até ter certeza de que ele estava dizendo a verdade.

— Linhas pretas na pele — disse ela, por fim. — Olhos substituídos por esferas pretas.

Nasim soltou um suspiro trêmulo. Dev, porém, deu um único aceno de cabeça. E *sorriu*.

— Exatamente. — Algo parecido com esperança brilhou no rosto dele. — As linhas, pelo menos. Eu não… não olhei os olhos dela. — Ele não parecia ter problemas em pensar sobre o corpo da irmã morta. Não, estava *feliz*. Porque era uma pista, e mesmo uma pista horrível era melhor do que nada.

Roz entendia perfeitamente.

— Não faz sentido — disse Nasim, depois de se recuperar. Ela empurrou a cadeira para trás com um guincho e se inclinou sobre a mesa para olhar para Roz. — Se as mortes estão relacionadas, o que as vítimas têm em comum? Ou, se foram escolhidos ao acaso, por que matar alguém no Palazzo? Esse é o lugar menos sutil para cometer um crime.

— Também não entendo — admitiu Roz. — Ainda preciso de mais informações.

A conversa foi interrompida quando Piera se postou no centro da sala, os olhos brilhantes e o queixo tenso. Ela lembrava muito pouco a mulher que Roz vira do lado de fora da taverna na noite anterior. Era uma das coisas que Roz mais admirava em Piera: ela não tinha vergonha de seus sentimentos, mas não deixava que eles a controlassem.

— Sei que todos vocês acabaram de chegar, então serei rápida — começou, mais bruscamente do que o normal. Sua boca era uma linha fina enquanto examinava a sala. — Os oficiais de segurança ainda estão interrogando as pessoas sobre a rebelião, mas não estou preocupada. Ninguém sabe muita coisa de importante sobre nós, e sei que nenhum de vocês seria tolo o suficiente para deixar alguma coisa escapar se fosse detido.

Se fosse esse o caso, perguntou-se Roz, então por que Piera parecia tão descontente? Ela arqueou uma sobrancelha quando a dona da taverna a encarou, sabendo que a pergunta estava clara em seu rosto.

— Enviamos outra rodada de exigências ao Palazzo — disse Piera —, prometendo certas... coisas *desagradáveis* caso continuem nos ignorando. Pedimos as coisas habituais: um lugar à mesa para os desfavorecidos, no mínimo. Mas a principal razão pela qual convoquei esta reunião é porque descobri que outra ronda de soldados será convocada para o norte. Ainda mais pessoas do que da última vez. E isso deve acontecer até o fim da semana.

Um silêncio absoluto se instaurou na taverna. Então alguém soltou um suspiro trêmulo. Um medo tácito pairava no centro da sala, compartilhado por todos: o número de rebeldes iria diminuir. Algumas das pessoas presentes certamente seriam convocadas. Se não elas, seus familiares ou amigos. Era impossível saber até que a carta chegasse pelo correio.

Roz sentiu o mesmo medo, embora não por si mesma. Ela era uma discípula. E, mesmo que não fosse, era filha de um desertor. Nunca teria a honra de lutar por seu país.

E, por ela, tudo bem. Mas a ideia de Nasim ou Dev serem mandados para a guerra...

— O que podemos fazer? — perguntou Alix com a voz trêmula, a primeira pessoa a falar.

Piera ofereceu um sorriso sombrio.

— Tenho uma ideia, mas vai ser arriscado. Talvez desastroso. — Quando ninguém expressou oposição, ela continuou: — Eu prometi a vocês um motim. Falei que queimaríamos o Mercato. Agora, porém, acho que deveríamos aproveitar a oportunidade para fazer algo significativo. E se o Mercato for simplesmente uma distração? Todos sabemos que os presidiários serão enviados para lutar. Isso inclui nossos próprios membros que estão presos. E em algum momento eles terão que ser transportados da prisão para o barco.

Roz sabia onde Piera queria chegar. O plano se desenrolou em sua mente.

— Se criarmos confusão suficiente no Mercato, os seguranças ficarão ocupados.

Piera assentiu.

— Todos precisaremos trabalhar juntos. Não se trata de um pequeno grupo tentando invadir. *Todos* nós vamos. Resgataremos Rafaella e Jianyu, junto com quem mais pudermos. Na melhor das hipóteses, alguns deles escapam para sempre. Na pior das hipóteses, causamos muito caos e alguns de nós não voltam para casa.

Ao lado de Roz, Dev engoliu em seco, mas sua mandíbula estava tensa. Ele participaria, dava para ver. Seu desespero para fazer alguma coisa, qualquer coisa, era refletido nos outros rostos ao redor da sala.

— Queremos mesmo libertar um bando de criminosos? — questionou Ernesto, sua pergunta carregada de ceticismo. Nasim lançou a ele o mais odioso dos olhares, mas o homem continuou: — Quer dizer, por que não tiramos Raf e Jianyu e depois nos concentramos em ajudar os jovens que *não* infringiram a lei? Eles também serão convocados.

— Alguns jovens querem ir para o norte — apontou Dev antes que Piera pudesse dizer qualquer coisa.

Se alguém sabia, era ele: o próprio Dev quase partira para a linha de frente antes de se desencantar com a religião dos santos.

— Eles sofreram lavagem cerebral para pensar que é seu dever. Corremos o risco de lutarem contra nós, o que seria um desastre. Os criminosos, pelo menos, vão querer fugir. Não que a maioria deles seja de fato criminosa — falou com amargura. — Boa parte será de pessoas que fugiram do recrutamento para início de conversa.

Foram mais palavras do que ele dissera em toda a semana passada. Piera parecia tão surpresa e grata quanto Roz, direcionando um aceno firme na direção de Dev.

— Roz — disse Piera, dirigindo-se a ela pessoalmente, apesar dos inúmeros outros indivíduos na sala —, você será parte fundamental do plano. Sua magia pode ajudar a abrir as celas da prisão.

Uma vibração surgiu no peito de Roz, mesmo enquanto os rebeldes murmuravam à sua volta. Finalmente, *finalmente*, Piera estava lhe dando uma chance de verdade. Ela assentiu, levantando o queixo.

— Com certeza. Obrigada.

Nasim lhe lançou um sorriso de apoio, e Roz sentiu o calor se espalhar pelas bochechas. Foi quase difícil prestar atenção enquanto o restante dos detalhes era resolvido. O importante era que todos estavam dispostos a participar e ficariam prontos, aguardando o sinal de Piera, não importava a urgência. Os rebeldes tinham um sistema para garantir que as notícias circulassem rapidamente pelo boca a boca — era assim que sabiam quando cada reunião seria realizada. Este, porém, seria um teste crucial de eficiência.

Uma hora depois, Piera se sentiu confiante de que tinham um plano. Ela dispensou todo mundo, desaparecendo escada acima. Aos poucos, as pessoas começaram a sair, mas Roz não queria ir embora. Seu sangue estava quente de animação e álcool. Por fim, não sobrou ninguém na taverna exceto Roz e Nasim.

—Você acha que saber quem matou Amélie vai ajudar? — perguntou Nasim enquanto elas se dirigiam para a porta. A noite estava excepcionalmente fria, e Roz pressionou o ombro no da amiga, em busca de calor. Ela não precisou perguntar de quem estavam falando.

— Acho que me ajudaria, se eu estivesse na situação dele.

Era o melhor que ela podia fazer.

Nasim recuou um pouco para encarar Roz com um olhar triste.

— Será mesmo?

— O que quer dizer com isso?

— Bem... é óbvio que você sabe quem matou seu pai. — A voz de Nasim continha um tom de desculpas. — Mas isso faz mesmo você se sentir *melhor*? Ou apenas permite que fique mais irritada do que triste?

Roz não sabia bem o que responder. Pensou por um momento e depois falou de forma suave:

— Ficar irritada é bem melhor do que ficar triste.

Então, Nasim diminuiu a velocidade. O luar brincava nas linhas suaves do seu rosto. Roz nunca a vira tão vulnerável. Ela não parecia uma rebelde, mas uma menina, jovem e assustada. Isso fez com que um impulso protetor surgisse no peito de Roz.

— Acho que tem razão — murmurou Nasim. — Mas, às vezes, não consigo deixar de ficar triste. — Ela piscou uma, duas vezes. — Nunca vamos conhecer a paz até essa guerra terminar, não é? E ela nunca vai acabar.

Roz não estava disposta a mentir.

— Não até termos um perdedor claro.

—Acho que já temos — disse Nasim, sorrindo com ironia quando chegaram à esquina onde se separariam. Ela largou o braço da amiga antes de se virar para olhar em seus olhos. — Acho que somos todos nós.

17

Damian

Uma batalha interna assolava Damian enquanto ele se movia pelo Palazzo. A noite anterior com Roz o consumia pouco a pouco, até ele não aguentar mais. Durante todo o dia, seus pés lutaram com a mente, e enfim venceram. Muito depois de sol ter se posto, ele se viu diante de uma porta que não era a sua e ergueu o punho para bater.

— Entre.

A voz de Battista emanando de trás da porta fechada criou um nó no estômago de Damian. Como sempre, não importava a hora da noite, o general estava no escritório, com o brilho de uma vela visível pelo corredor. Damian respirou fundo para se acalmar antes de entrar, esfregando o orbe no bolso com a ponta do dedo. Por mais estranho que parecesse, aquilo se tornara uma espécie de técnica de ancoragem.

Ele não sabia por que tinha ido até ali. Não — não era verdade. Ele sabia exatamente por que tinha ido. Só não tinha certeza de que aquela era uma boa ideia.

Não posso discutir com ele.

Você nunca conseguiu fazer isso mesmo.

No momento da conversa com Roz, Damian ficara zangado. Mas agora, no silêncio sóbrio dos próprios pensamentos, ele percebeu que ela estava certa. Damian nunca tentara enfrentar o pai. Quase nunca tentava mudar a opinião de Battista, acreditando ser inútil tentar. Aquilo acabava ali. Esta noite, ele se esforçaria.

Com o queixo cerrado, ele empurrou a porta.

— Boa noite, pai.

— Ah, Damian. — Battista folheava papéis, de pé, não sentado à mesa. Ele levantou a cabeça para oferecer um sorriso cansado. Seu rosto estava iluminado por baixo por uma vela gasta, nada mais do que uma protuberância disforme em uma poça de cera. — Estava prestes a ir me deitar. Tenho uma reunião com o magistrado-chefe amanhã de manhã. Você pode esperar?

— Na verdade, não. — Damian ajustou a camisa e depois o distintivo preso nela. — Queria falar com você sobre os assassinatos.

— Seguiu o conselho que lhe dei?

Damian se convidou para entrar mais na sala, pairando do outro lado da mesa para que ele e Battista ficassem cara a cara. Ele precisava ser honesto. Aceitar a reação do pai — qualquer que fosse — como homem.

— Sim. Enzo tem sido muito útil. Mas não foi por isso que vim.

Battista, talvez sentindo que a conversa seria mais longa do que poucas palavras, afundou-se na cadeira. Seu rosto era de franca atenção — uma expressão que reservava apenas para o filho. Era o rosto de um pai, não de um general. O rosto do homem que passava a noite inteira sentado com Damian quando ele era criança e tinha pesadelos, lendo para ele histórias sobre meninos destemidos. Damian interpretou aquilo como um sinal para continuar.

— Quero investigar todos os assassinatos. Leonzio e as duas vítimas encontradas mortas na cidade. Acredito que os casos estejam conectados e quero tratá-los como um só. Gostaria que me ajudasse a convencer o magistrado--chefe Forte.

A boca de seu pai se estreitou, e as rugas bem-humoradas dos olhos desapareceram.

— Damian, suas intenções são admiráveis, mas as instruções foram claras. Conectados ou não, os outros assassinatos não nos dizem respeito.

Damian sentiu as bochechas esquentando.

—Você não se preocupa em garantir que todos tenham direito à justiça? Não acha que as famílias das outras vítimas têm o direito de saber quem as matou e de ver o culpado pagar?

— Não especialmente.

Aquilo pegou Damian desprevenido. Ele não esperava que o pai admitisse isso de forma tão aberta.

— Como pode dizer isso?

Battista suspirou, as sombras tornando suas feições mais severas. Ele não estava bem barbeado como de costume, e Damian se perguntou pela primeira vez se o pai sentia mais estresse do que ousava deixar transparecer.

— Eu me importo com *você*. Eu me preocupo em mantê-lo no caminho certo e em garantir que você siga as instruções do magistrado-chefe. — Battista deu a volta na escrivaninha e apoiou as mãos nos ombros do filho. Seu aperto era quente, seu olhar, intenso e suplicante. — Assumi um risco, você sabe, ao pedir que Forte o nomeasse como chefe da segurança do Palazzo. Você nem é um discípulo. Entende como é incomum alguém desfavorecido ocupar tal posição? — Seu aperto aumentou até ficar quase tão doloroso quanto suas palavras. — Você sabe quais serão as consequências se decepcioná-lo.

Você nem é um discípulo. Lá estava. Damian sabia que o pai não pretendia fazer com que as palavras machucassem tanto, mas o fato sempre esteve lá, uma barreira impenetrável entre eles. E Damian nunca, jamais seria capaz de mudar isso.

Ele empurrou a dor para longe e insistiu.

— Mas se isso me der uma visão mais abrangente do caso, poderei resolver a morte de Leonzio bem mais rápido. Você não entende? Isso é…

Battista recuou, afastando as mãos. Sua expressão estava cansada.

— *Por favor*, Damian. Esqueça as outras vítimas. Não me importo se Forte lhe mandar ir até o necrotério da cidade e jogar os corpos no rio… Você vai obedecer. Não foi colocado nesta função para fazer perguntas. Foi colocado nesta função para seguir ordens. *Esse é o seu trabalho.*

Damian não sabia o que dizer. Sentiu-se pequeno. Insignificante. Uma criança que não entendia os costumes do mundo e compreendia de forma errada suas prioridades. Battista estava certo: seu trabalho era proteger o Palazzo e obedecer às instruções do magistrado-chefe Forte. Por que se deixou ficar ensimesmado por, entre todas as pessoas, Roz Lacertosa?

Damian se virou para sair, mas parou no meio do caminho. Ele tinha outra pergunta.

—Você decapitou Jacopo Lacertosa?

Houve uma pausa profunda, e Damian imediatamente se arrependeu de ter dito aquelas palavras. Mas não conseguia parar de pensar no que Roz dissera no outro dia.

Eu achava que meu pai era especial? Não. Acho que ele era um homem aprisionado a um sistema que o tratava como descartável.

Ele vira o luto de Roz. Vira a mulher traumatizada que se tornara Caprice Lacertosa, presa em um apartamento cinzento com os fantasmas do passado. Não importava o que o pai de Damian achava que Jacopo merecia, a esposa e a filha dele não deveriam ter que compartilhar de sua punição.

O olhar de Battista se estreitou, afiado.

— De onde tirou isso?

Damian mordeu a língua. Ele quase quis que o pai negasse. Matar um desertor era uma coisa, mas mandar a cabeça decepada para a família? Aquilo não era justiça. Não era nem vingança.

— Só quero saber. Você deu a ordem para ele ser morto, certo?

— Sim — disse Battista. — Quando o fato de que ele tinha desaparecido chegou ao meu conhecimento, era meu trabalho localizá-lo. Eu era o comandante dele.

Damian sentiu a pele congelar.

— Mas vocês costumavam ser amigos.

— Ele era um desertor. — O tom de Battista deixou claro que ele não aceitaria mais questionamentos. Parecia talhado em pedra, moldado pela mão de seu próprio santo. — Ainda assim, na época em que isso aconteceu já não éramos amigos de verdade havia anos. Cada vez que eu era promovido, Jacopo ficava com mais inveja. Não aguentava ver os outros serem bem-sucedidos. Levei um tempo para perceber isso sobre ele.

— Certo. — Damian engoliu em seco. Ele podia ver as juntas ficando brancas onde havia apoiado os dedos na mesa. — Mas, mesmo assim, o passado não significa alguma coisa?

O olhar de Battista era pesaroso.

— Pense desta forma, Damian. E se Jacopo tivesse escapado da deserção? Imagina a vergonha que ele teria causado à própria família se tivesse ressurgido em Ombrazia sem ser dispensado com honras. O homem teria sido rejeitado por todos.

— Tenho certeza de que preferiria isso a estar morto.

Foi a coisa errada a dizer. As sobrancelhas do pai se franziram com força.

— O cerne da questão é que Jacopo e eu éramos amigos e depois deixamos de ser. O passado é o passado. O que importa é quem a pessoa é *agora*... não quem costumava ser.

As palavras fizeram Damian pensar em Roz. *O passado é o passado.* O que ele deveria fazer, então, quando o passado assombrava seu presente? Quando ele não conseguia separar a Roz de hoje da garota que conhecera anos atrás? Embora soubesse que não deveria, ainda sentia o mesmo por ela. Era como se o tempo não tivesse passado.

Ficou evidente que Battista esperava que Damian dissesse alguma coisa. A confiança do rapaz evaporou, e ele murmurou:

— Sei que está certo. Só estava pensando.

Battista assentiu, e, quando respondeu, a raiva em sua voz tinha sumido.

— Esqueça os Lacertosa. Jacopo recebeu o que merecia, e sua esposa e filha têm sorte por não terem que suportar a vergonha do que ele fez.

Battista achava que Roz e Caprice tinham *sorte*?

Damian, talvez de maneira tola, não esperava que o pai fosse tão cruel. Battista havia mudado desde a morte da mãe de Damian, é verdade — sorria menos e falava com mais firmeza, trocara os abraços por tapinhas encorajadores no braço —, mas Damian achava que era por causa *dele*. Uma consequência de envelhecer como um menino. De cruzar aquele limiar invisível em que a necessidade de conforto se torna uma tolice. Quando as lágrimas são uma fraqueza e a capacidade de distribuir a morte é digna de orgulho.

Damian deve ter ficado em silêncio por muito tempo, porque Battista dispensou o assunto com um ar de impaciência.

— Já terminou de me interrogar?

— Sim — murmurou o rapaz. — Peço desculpas.

Seu pai grunhiu, suavizando a expressão outra vez.

—Você está indo bem, mas se sairia ainda melhor se parasse de pensar demais. Agora vá para a cama, filho. Está com uma cara horrível.

Damian fez menção de obedecer, mas mal havia chegado à porta quando Battista falou novamente.

— Damian?

Ele se virou.

— Espero que não se arrependa do que fez.

As palavras caíram sobre Damian como um balde de água fria. Ele abriu a boca e depois a fechou novamente.

— Não me arrependo — sussurrou por fim. Tinha o gosto familiar de uma mentira, azedo e enjoativo.

Seu pai assentiu, os olhos já baixos mais uma vez, e Damian voltou para seus aposentos em uma espécie de transe. Mesmo assim, ficou acordado por muito tempo, repassando a conversa na cabeça e olhando para a escuridão sombria.

Espero que não se arrependa do que fez.

Estava tão preocupado com seus pensamentos que levou um tempo para perceber que Battista não respondera à sua pergunta.

✯

Damian passou a manhã seguinte no pátio de treinamento, tentando se distrair. O terreno entre o Palazzo e o rio era todo de grama e terra batida, cercado por barracas que abrigavam soldados e oficiais de segurança que por acaso estivessem treinando na cidade no momento. O dia já estava quente, e o sol implacável castigava a nuca de Damian. Ele enxugou o suor da testa enquanto gritava instruções para o ringue de luta e semicerrou os olhos contra a luz enquanto demonstrava a maneira correta de segurar um arcabuz no campo de tiro. O movimento, o foco em algo que não Roz ou seu pai, ajudou a relaxar o que quer que estivesse tão apertado em seu peito. Quando dispensou todo mundo, se sentia quase normal de novo.

Ele tomou um banho rápido e vestiu o uniforme, depois foi até a entrada do Palazzo para esperar Siena. Ela apareceu um instante depois, com o colarinho torto e as tranças bagunçadas.

Damian ergueu a sobrancelha para ela.

— Agora entendi por que Noemi não estava no treinamento.

Siena revirou os olhos e então deu uma piscadela maliciosa.

— Ela já tem a mira perfeita.

Damian optou por deixar essa discussão de lado, balançando a cabeça e fingindo decepção enquanto seguiam em direção ao centro da cidade. Ele tendia a deixar Kiran no comando enquanto fazia suas rondas nos templos das guildas, saindo apenas com Siena. Ela era, no entanto, um pouco perspicaz *demais*, e se virou para ele quando os dois estavam saindo do enorme templo de pedra de Força.

— Tá bom, qual o problema?

Ele foi pego de surpresa.

— O quê?

— Não banque o desentendido comigo, Venturi. Você está preocupado. — A expressão de Siena o desafiava a discutir. — Tem a ver com Forte?

— O quê?

O magistrado-chefe estava tão longe dos pensamentos de Damian que a menção de seu nome o pegou desprevenido.

— Não. — Ele balançou a cabeça e depois gemeu. — Já se apaixonou por alguém que te odeia? Pior, alguém que *está certa* em te odiar?

Siena deu um tapinha de consolo no braço dele, mas disse:

— Não. As mulheres me adoram.

Pelo que Damian tinha visto, era verdade. Ele passou a mão pela nuca, incapaz de evitar um pequeno sorriso.

— Ah, eu vivo esquecendo. Deixa para lá.

Mas ela teimou em continuar.

— Devo dizer que estou surpresa. Nunca pareceu interessado em ninguém. Não achei que fosse do tipo de ter paixonites.

— Não sou mesmo — admitiu Damian. — Pelo menos não normalmente. Não sei como explicar, mas… Não sinto nada até conhecer bem alguém. Muito bem.

Siena parou de andar tão abruptamente que Damian levou um momento para perceber.

— Espere — disse ela. — É aquela menina, não é? A garota que encontramos outro dia, do lado de fora do templo de Paciência. A do pai desertor.

Droga. Ele tinha esquecido que ela conhecera Roz. Damian examinou a rua como se alguém pudesse estar escutando, observando os paralelepípedos irregulares e os grupos de pessoas entrando e saindo dos comércios em volta. Ninguém prestava atenção neles. Ele se voltou para Siena, cruzando os braços diante da expressão de alegria dela.

— Talvez.

— Eu *sabia*. — Siena deu um soco no ar. — Qual é o problema, então? Diga que ainda sente algo por ela.

Damian a encarou.

— Meu pai matou o dela, e ela me odeia por isso.

Por uma boa razão.

— Ah. — Siena estremeceu, batendo no queixo com o dedo indicador. — Tinha me esquecido dessa parte. Bem, isso dificulta um pouco as coisas. Já tentou conversar com ela sobre isso?

— Discutimos um pouco.

Foi a vez de Siena encará-lo.

— Mas você já *falou* com ela? Disse que sente muito pela perda dela e foi honesto sobre os seus sentimentos?

— Não — respondeu Damian.

Era verdade: se não estava enganado, ele e Roz estavam envolvidos em um jogo de tentar convencer um ao outro de que estavam bem. Mas Damian não estava bem, e talvez Roz também não estivesse.

— Bem, então faça isso, seu idiota — falou Siena com um tom provocador. Ela ajustou o arcabuz no ombro e depois inclinou o queixo. Os dois já haviam chegado ao templo de Paciência. A visão deixou Damian tenso.

— É mais complicado do que parece. Há coisas que ela não sabe sobre mim.

O humor leve de Siena evaporou.

— Coisas da guerra?

Ele assentiu. Aquela lhe pareceu a resposta mais simples.

— Damian. — Siena disse seu nome com firmeza, aproximando-se e fitando-o com seu olhar de ônix. — Você fez o que tinha que fazer lá no norte. Todos nós fizemos. Se ela não consegue aceitar isso, então que se dane. Mas pelo menos dê à garota a chance de te conhecer de verdade.

— É isso o que você faz? — Ele não conseguiu resistir à pergunta. — Dá às pessoas a chance de te conhecer?

Siena deu de ombros.

— De certa forma. — Então ela soltou um muxoxo. — Mas não mude de assunto. Eu termino a ronda... Vá falar com ela.

Então Damian, apesar de tudo, subiu os degraus do templo de Paciência.

18

Roz

Roz estava sentada no pátio do templo, cercada por flores. Elas faziam seu nariz coçar e a lembravam da vez em que ela e Vittoria se esconderam ali à noite, trocando beijos e histórias a poucos centímetros de uma roseira. Ficou surpresa ao descobrir que a lembrança não doía mais. Seus corpos podiam se encaixar, mas o resto certamente não se encaixava. Foi bom, mas tinha acabado. Elas funcionavam melhor como amigas.

O próximo pensamento lhe ocorreu de forma imediata e implacável: elas *eram* amigas? Amigas contavam coisas umas às outras. Amigas não nutriam uma fúria secreta pelas crenças arraigadas uma da outra. Se amizade era conhecer alguém, conhecer de verdade, então Roz tinha *algum* amigo? Vittoria não sabia sobre Nasim e Dev. Nasim e Dev não sabiam sobre Damian. Os segredos se acumulavam ao seu redor, todos necessários, mas ainda assim dolorosos.

O sol tinha desaparecido por trás das nuvens, e a promessa de chuva pesava no ar, mas Roz não se mexeu. Não queria ir para casa e não queria ir para a taverna. Não queria ir a lugar *nenhum*. Queria ficar sentada ali e se esforçar muito para não pensar.

Ouviu o som repentino de botas na calçada e quase perdeu o controle quando viu Damian por perto. Sua mera proximidade foi como um tapa no rosto. O que ele estava fazendo *ali*?

—Vim encontrar você — disse Damian, respondendo à pergunta antes que ela pudesse fazê-la em voz alta.

Ele se sentou ao lado dela no banco, fazendo as flores estremecerem com a brisa rápida e refrescante. Era de irritar, mas a aparência dele estava ótima: cabelo um pouco despenteado pelo vento, o rosto inacreditavelmente simétrico. Embora admitisse que era um pensamento um tanto quanto irracional, Roz se sentiu como se ele estivesse fazendo aquilo para deixá-la frustrada.

Santos, o que foi que ela dissera para ele noite passada? *Isso não significa que você não é importante.* Foi um comentário sobre a relação entre os discípulos e os desfavorecidos, nada além disso.

—Você mudou de ideia sobre os relatórios da legista? — perguntou Roz, tentando ignorar a proximidade da perna deles.

Damian se mexeu.

— Não exatamente.

— Então, o que quer?

Um tendão no pescoço dele se contraiu, e Roz notou pela primeira vez que Damian não se barbeava havia uns bons dias. Ele nunca fora capaz de deixar crescer pelos faciais quando eram mais jovens, mas uma sombra de barba agora cobria as linhas firmes da mandíbula e do queixo.

— Eu precisava falar com você.

Ela se sentiu estranhamente apreensiva. Apertando os lábios, falou:

— Vá em frente.

Mas Damian continuou em silêncio por um bom tempo. Parecia estar lutando consigo mesmo, talvez decidindo por onde começar. Roz esperou, sem se mover sequer para afastar os fios de cabelo que caíam sobre o pescoço. De alguma forma, ela podia sentir que o que viria a seguir seria profundo.

— Quando eu estava no norte — disse Damian por fim, a voz rouca e suave —, vi meu melhor amigo morrer. Michele, era como ele se chamava. Estávamos nos aproximando da linha inimiga, e falei para ele me seguir. A visão dele não era boa, sabe? Principalmente durante a noite. Seus óculos tinham quebrado meses antes. Pisoteados na lama. Ele dependia de mim para saber se o caminho estava livre. Achei que estava sendo cuidadoso. — Damian passou a mão pela testa, os olhos vidrados. — Achei que não tinha deixado nada passar. Disse a ele para onde ir, e ele ouviu. Nem hesitou. Mas eu estava *errado*. Eu estava errado e não tinha visto os inimigos nas árvores. Quando atiraram, não me acertaram. Mas acertaram Michele.

Roz ficou em silêncio e passou os braços em volta dos joelhos, o coração batendo na garganta. Qualquer coisa que pensasse que Damian diria, não era aquilo. Por que ele estava contando aquela história? Achava que isso faria ela se sentir mal? Não faria. Não poderia.

A expressão de Damian era de dor, seus lábios estavam pálidos quando ele prosseguiu:

— Perdi a cabeça. Mal me lembro do que aconteceu. Comecei a atirar como um louco e derrubei três deles. Mesmo quando estavam mortos, continuei atirando. Não sei como não morri. Sorte, eu acho. Tudo que sabia era que queria destruí-los. — Sua voz falhou. — Alguns dos outros caras me arrastaram. Eles queriam *celebrar*, você sabe, quando voltássemos para a segurança. Acho que os soldados hereges que atirei estavam invadindo nossa fronteira. Michele foi um herói, disseram. *Eu* fui um herói. Mas não dei a mínima para isso.

Ele empurrou a manga até o ombro, expondo uma cicatriz feia e enrugada. Roz engoliu em seco.

— Uma bala me atingiu de raspão, embora eu não tenha sentido na hora. Eu estava com tanta, tanta raiva. — Os olhos de Damian encontraram os dela. — Principalmente porque não me matou. Eu merecia.

— Eu... — disse Roz, mas ele não a deixou terminar, continuando tão baixo que ela teve que se esforçar para ouvi-lo.

— Depois disso, pela primeira vez desde que cheguei à fronteira, estava pronto para lutar. Estava *desesperado* para lutar. Mas, em vez disso, meu pai deu a ordem para voltar para casa. Achava que eu queria ser morto de propósito. — Ele soltou uma risada sem humor. — Em retrospecto, provavelmente estava certo. Não tenho certeza do que teria feito se tivesse permissão para voltar à linha de frente. Então parti, um herói para meu pelotão. Meu pai precisava de mim em Ombrazia, foi o que disse a todos. Provei ser o candidato perfeito para chefiar a segurança do Palazzo. E, em geral, as pessoas acreditaram nele. Recebi os parabéns por matar aqueles homens, por fazer com que meu melhor amigo fosse assassinado. De novo, e de novo, e *de novo*.

As palavras de Damian eram distorcidas pelo arrependimento e pela repulsa.

— Suponho que seja por isso que fico zangado com os desertores. Sei que não é justo — completou Damian. — Não quero que todos sofram como eu sofri. Mas parece... um abandono, em um lugar onde todos precisam desesperadamente de solidariedade. Se você desertar e for morto por isso... Bem, essa não é a saída mais fácil? Significa que não está vendo seus amigos morrerem ou sua humanidade ser sugada. Significa que não vai sonhar com isso pelo restante da vida. E talvez seja injusto de minha parte me sentir dessa forma. Mas, mesmo assim, dói.

Ele deixou o ombro à mostra enquanto olhava para a balaustrada acima de suas cabeças, com o olhar desfocado.

Roz não conseguiu se segurar. Ela sentiu os sentimentos suavizando, a garganta apertando. Durante todos aqueles anos, imaginou Damian se transformando numa cópia de Battista. Passando pela guerra de forma rápida, brutal, sem remorso. Nunca esperou encontrar esse homem alquebrado, destruído pela angústia e pela culpa.

Ela estendeu a mão automaticamente, pensando em acariciar a cicatriz que cortava a curva firme do ombro dele. Porém, quando os dedos dela se aproximaram da pele, Damian se virou e agarrou o pulso de Roz com força.

— Não.

Ela congelou, prendendo a respiração ao ver a expressão dele. Seu olhar era rígido, furioso, um pouco selvagem.

Pela primeira vez desde que o vira fora do templo, entendeu como aquela versão de Damian poderia ser perigosa.

Eles ficaram assim por um momento, a respiração dele difícil, a dela, presa. O vento fez com que os olhos de Roz ardessem, e seu pulso começou a latejar, mas ela não tentou se afastar. Depois de um momento — poderiam ter sido segundos ou horas —, Damian pareceu perceber o que estava fazendo. Seus olhos se focaram quando ele a soltou, a confusão perpassando seu rosto.

— Eu… — Ele balançou a cabeça e depois se afastou. Parecia querer dizer alguma coisa, mas depois, pelo visto, pensou melhor. — Desculpe. Mas isso não é tudo.

O que mais poderia haver? Roz não tinha ideia de como estava a própria expressão. Pigarreou.

— Tá bom — disse ela, mas a resposta acabou soando como uma pergunta.

Damian respirou fundo. Ele estava imóvel de uma forma surreal. Então falou apenas:

— Fui eu.

Roz esperou, sem entender.

— O quê?

— Fui eu, Roz. Eu fui a razão da morte de seu pai.

Ela apenas o encarou, pura confusão dominando-a. Por que estava dizendo algo assim?

— O que você…

— Um dia, quando Jacopo não retornou da batalha, contei ao meu pai que ele estava desaparecido — disse Damian, a mandíbula tão tensa que era de admirar que os dentes não estivessem quebrando. Ele não a encarava. — Foi no dia em que ele tentou desertar. Alertei a todos para o fato de que seu pai estava desaparecido. *Eu* sou a razão pela qual conseguiram encontrá-lo tão rapidamente. *Eu* sou a razão pela qual ele foi morto.

Roz abriu ligeiramente a boca e depois fechou de novo. Talvez as palavras dele não tivessem chegado ao cérebro ainda, porque o choque a deixou completamente vazia. Oca. Sentiu como se estivesse assistindo a uma conversa entre duas pessoas que não conhecia.

A voz de Damian era um sussurro enquanto ele falava:

— Foi um erro. Juro pelos santos. Achei que ele estivesse ferido em algum lugar, ou… ou talvez morto. Queria ter certeza de que o corpo dele fosse encontrado, porque não suportava a ideia de você não conseguir ter certeza. *Nunca* quis…

— Sai daqui.

As palavras escaparam da boca de Roz, embora ela não se lembrasse de ter a intenção de dizê-las. Seu batimento cardíaco ribombava em seus ouvidos.

Ela não conseguiria processar os acontecimentos de forma adequada, não com Damian sentado ali. Odiava o fato de ele ter lhe contado aquilo. Odiava que ele parecesse tão culpado, que ela não pudesse nem gritar. Se ele tivesse ficado de boca fechada... Se não tivesse procurado o pai...

Parte dela sabia que estava sendo irracional. Damian não poderia saber quais seriam as consequências de contar a Battista.

Ou poderia?

— Por favor — murmurou ele, parecendo terrivelmente triste. Damian ergueu a mão como se fosse tocar em Roz, mas a afastou de novo. — Eu nunca... nunca teria feito aquilo de propósito. Estava preocupado com ele. Jamais pensei, nem por um segundo, que ele pudesse ter desertado. Eu também me importava com ele; você *sabe* disso.

Roz sentiu que estava tremendo. Queria dizer a Damian mais uma vez para ir embora. Queria jogá-lo do banco e enterrar a adaga em sua garganta. Queria que ele a abraçasse enquanto chorava até sua cabeça doer e sua visão ficar turva.

— Sabe por que passei tantos anos odiando você? — perguntou Roz com a voz rouca. As palavras saíram como se alguém as arrancasse da garganta. — Não porque pensei que tivesse um papel na morte de meu pai, como agora sei que teve. — Ela deu uma risadinha histérica, sentindo-se um pouco tonta. As bochechas estavam quentes, em parte por causa da fúria e em parte por causa de algo que não conseguia identificar. — Nem porque eu detestava Battista e sentia que devia detestar você por associação. Não, odiei você porque sabia que tinha sido *complacente*. Você foi para a guerra como um bom filhinho de papai, disposto a fazer tudo que Battista ordenasse. Aposto que não falou nada quando ele matou meu pai, ou quando matou os pais de outras pessoas. Nunca me procurou depois do que aconteceu. Nem mesmo me enviou uma carta.

Roz respirou fundo. A emoção que não tinha conseguido identificar era *mágoa*, percebeu. Ficou magoada porque Damian parou de responder às suas cartas. Magoada por ele não tê-la procurado quando devia saber que estava sofrendo. Damian não lhe contou a verdade, não tentou confortá-la e, pior ainda, não deixou que *Roz* o confortasse.

Ela enganava a si mesma ao fingir que sua fúria provinha de outra coisa que não uma horrível sensação de abandono.

Roz gostava de imaginar que não precisava de ninguém. Não mais, pelo menos. Mas naquela ocasião precisara de Damian desesperadamente, e ele foi só decepção.

Ela queria gritar com ele até os pulmões desistirem de funcionar. Queria uma explicação que a fizesse se sentir melhor, mas sabia que não havia nenhuma, o que era irritante.

Damian, tolo empático que era, permitiu que sua expressão perigosamente mudasse para algo próximo à tristeza.

— Você me conhece, Rossana. Sempre tentei seguir as regras. Como acha que meu pai teria reagido se eu tivesse escrito para você depois do que aconteceu?

— Quem se importa? — A voz de Roz se ergueu. Ela sabia que provavelmente parecia uma louca, mas não estava nem aí. — Que bem seguir as regras fez para você? Acha que age sempre do jeito certo, mas tudo que faz é o que as pessoas mandam. Vai para a guerra porque seu pai manda. Reza para os santos porque é isso que sua família sempre fez. Quando vai pensar por si mesmo? Quantas pessoas mais vai matar?

Suas palavras ecoaram no que de repente pareceu um silêncio insuportável. Damian parecia um homem olhando para o epicentro de uma explosão. Ela sabia que o havia magoado e estava muito feliz por isso.

— Eu não... — sussurrou ele, depois parou. Engoliu em seco, como se causasse dor. — Eu não fiz as escolhas certas. Sei disso agora. Roz, me perdoe.

Pedir perdão era bom, ela imaginava, mas não acabava com três anos inteiros de sofrimento. Três anos olhando para uma caixa de correio vazia, o coração na garganta. Três anos se perguntando se ele estava morto.

Roz estava de pé agora — quando se levantara? —, e Damian foi para o lado dela do banco, levantando o queixo para encará-la. Devagar, como se ela fosse um animal selvagem, ele passou um braço em volta de sua cintura, puxando-a gentilmente.

Roz não resistiu. Não tinha energia. Colocou a mão trêmula na nuca dele, deixando-o descansar a testa em sua barriga, naquele que com certeza foi o meio abraço mais estranho e difícil de todos os tempos. O pai dela estava morto por causa de Damian. Tinha sido *ele*, e nem tinha sido de propósito. Que merda ela deveria fazer com aquela informação?

Não era perdão, nem perto disso. Roz ficou tensa. Deslizou a mão até a gola do casaco de Damian. Alisou a lapela. Puxou-o até ele ficar de pé.

— Sai daqui — sussurrou ela novamente, e dessa vez ele obedeceu.

Roz o observou partir, segurando a chave mestra, ainda quente de seu lugar junto ao peito dele.

19

Bianca

Figuras assomavam pelos jardins da cidade, observando as árvores silenciosas.

O vento soprava pela grama enquanto uma mulher descia o caminho escuro. Seu rosto estava sereno; os movimentos, lentos, mas deliberados.

Olhos acompanhavam seu progresso.

Bianca só parou quando chegou às figuras. Seis estátuas voltadas para o leste, como se estivessem em vigília solene e eterna pelo nascer do sol. O crepúsculo prendeu a respiração enquanto seus últimos tentáculos desapareciam na escuridão e depois exalou. Uma brisa suave soprou o cabelo da mulher para longe do rosto, parecendo sussurrar um aviso que ela não ouviu. Passou um dedo pela curva de pedra gelada da estátua mais próxima. Foi um toque delicado, o tipo de toque que pode acompanhar uma oração silenciosa ou uma nostalgia terna.

Ela baixou a cabeça enquanto os olhos se libertavam das sombras e ganhavam membros.

A Lua era uma espectadora distante e triste. Não foi a primeira vez que seu brilho frio se tornou um holofote para uma atrocidade noturna. Tantas coisas terríveis se tornam mais viáveis sob as trevas, não? A sombra fornecia um palco perfeito para retirar a máscara da moralidade vestida sob o sol miserável.

A mulher se virou, viu quem se aproximava e sorriu.

— *Buona sera* — disse ela com um aceno educado. — Sempre me sinto atraída para cá quando não consigo dormir. Você também?

Ela esperou por uma resposta que nunca veio.

Então… ela sangrou.

20

Roz

Roz passou a noite no sofá pequeno demais, ouvindo a respiração lenta e irregular da mãe. Ela girou a chave de Damian repetidamente nas mãos, a magia vibrando na pele, formulando um plano.

Foi quase fácil demais tirar a chave dele. Damian estava tão atormentado pela emoção, apoiando-se nela como se seu corpo fosse seu único pilar de sustentação. Enquanto isso, Roz se sentiu… vazia. Furiosa de uma maneira que a transformou em pedra. Embora soubesse que não era útil e que certamente não era saudável, não conseguia parar de imaginar realidades alternativas. O pai voltando para casa, vindo do norte, a fuga bem-sucedida. A família dela saindo de Ombrazia e indo para algum lugar onde Battista nunca os encontraria. Sua mãe sorrindo como costumava fazer.

Se não fosse por Damian, seu pai poderia ter sobrevivido.

Seu pai poderia ter sobrevivido.

Sim, Jacopo Lacertosa ainda seria um desertor. Sim, Battista ainda poderia localizá-lo. Mas era a possibilidade de Jacopo vivo que Roz não conseguia esquecer. A imagem mental do pai esparramado no sofá onde Roz estava deitada, aquele sorriso familiar e sarcástico iluminando a sala.

Quando finalmente amanheceu, Roz passou um tempo absurdo em frente ao espelho, estudando a aparência de seu rosto sobre a gola passada do uniforme do Palazzo. Era como olhar para a garota que ela poderia ter sido. Uma garota cujos pais não lhe haviam sido roubados. Uma garota que ficou emocionada ao ser escolhida por Paciência e que se entregou a um sistema projetado para beneficiá-la.

Roz olhou para aquela garota e a odiou com todo o seu ser.

No mínimo, isso aumentou sua determinação. Ela executaria o plano sem Damian. Iria ao Palazzo naquele dia e faria o que fosse necessário para colocar as mãos nos relatórios da legista. Damian não passava de um peão em seu jogo e seria facilmente manipulado.

O dia estava claro quando Roz chegou ao Palazzo. Ela recebeu alguns olhares curiosos no caminho, mas ninguém parecia ter reconhecido seu rosto. Ou *não* reconhecido, como os seguranças por quem passou ao sair do setor de Paciência.

Enquanto percorria o caminho que serpenteava pelos terrenos do Palazzo, teve um vislumbre do pátio de treinamento a distância. Os oficiais ali já estavam totalmente uniformizados, com insígnias brilhando no sol fraco enquanto lutavam entre si ou atiravam em alvos muito longínquos. Esperava com toda a força que Damian estivesse com eles.

Ela evitou a entrada principal, indo direto para uma das portas laterais. Viu que o guarda era um garoto com cabelos escuros presos em um coque. Ele estava acompanhado por uma moça loira de aparência severa, cujos olhos se ergueram quando Roz se aproximou.

— Ei! — O menino acenou para ela, um sorriso se espalhando pelo rosto. — Você está participando do treinamento?

— Estava — respondeu Roz, porque parecia algo que um oficial teria feito. — Você não?

Ele balançou a cabeça.

— Alguém ainda precisa ficar aqui como segurança, né? — Então o rapaz franziu o cenho para ela, o nariz se enrugando de leve. — É a sua primeira vez?

Roz lhe lançou um sorriso bem-humorado e devastador.

— Não se preocupe, não nos conhecemos. Venturi acabou de me contratar. Segurança extra, por causa do que aconteceu com o discípulo.

— Ah. Graças aos santos. — O menino fingiu enxugar o suor da testa, retribuindo a expressão dela com um sorriso fácil. — Sou péssimo com fisionomias, então nunca tenho certeza. A propósito, meu nome é Kiran, e esta é Noemi.

A loira fez um aceno com a cabeça. Roz não ficaria surpresa se descobrisse que Noemi nunca tinha sorrido na vida.

— Prazer em conhecê-la — falou ela mesmo assim.

Kiran olhou para o céu.

— Ela não é muito de conversa fiada — sussurrou ele. — O que você está fazendo?

— Venturi me enviou para entregar uma mensagem ao magistrado-chefe. — Roz remexeu no bolso do uniforme e tirou a carta dobrada que recebera de Damian. — Alguma ideia de onde eu possa encontrá-lo?

— Acho que está em uma reunião com o general — disse Kiran, olhando para Noemi em busca de confirmação. — Eu não interromperia se fosse você.

— Bem, talvez possa deixá-la no escritório dele? Venturi não falou que era urgente.

— Sim, por que não? Terceiro andar, segunda porta à esquerda. É só passar pelo vão.

Roz assentiu.

— Isso. Eu sempre confundo com o gabinete do general. Que fica... no segundo andar, terceira porta?

— Terceiro andar, quarta porta. — Kiran riu, e Roz fingiu gemer. Ele se afastou para permitir a entrada dela antes de acrescentar: — Não se preocupe, em algum momento você vai decorar. Quer que eu te acompanhe?

— Não — disse ela, rapidamente. — Não precisa. Obrigada.

E então Roz entrou. Pelo menos Kiran havia confirmado que o magistrado-chefe não estaria por perto, o que lhe pouparia algum tempo e estresse. Ela planejou criar uma distração, se necessário, para tirar Forte do escritório, mas aquilo seria bem melhor.

Sinceramente, refletiu, no que Damian estava pensando ao lhe dar um uniforme do Palazzo? Ele era ingênuo demais. Talvez aquele fosse o preço de nunca conseguir ter uma boa noite de sono. Ou talvez tivesse mais a ver com as histórias no passado dos dois.

História. Uma palavra simples, refletiu ela, que significava muitas coisas. Significava ficar na ponta dos pés para subir escadas barulhentas depois da meia-noite. Significava o luar atravessando a janela do último andar da casa dos Venturi, marcando suas silhuetas. Significava Damian mordendo o lábio, constrangido como sempre, e o coração de Roz batendo forte enquanto ela se inclinava para beijá-lo. Significava a maneira como ele perdeu o fôlego — tão suave, tão repentinamente — quando sentiu a pressão da boca de Roz na sua, e a maneira como a mão dele segurou as costas dela para trazê-la mais para perto.

Santos, por que estava pensando nas mãos de Damian? Ela precisava se concentrar.

Roz examinou o salão de mármore brilhante com alguma apreensão, mas não viu mais ninguém por perto. Tentando parecer natural, foi até a escada. Cada passo ecoante a fazia estremecer. Felizmente, as escadas seguiam direto do segundo andar para o terceiro. O coração de Roz ricocheteou na boca quando ela quase tropeçou em outro oficial que montava guarda no fim do corredor, mas ela só esboçou um sorriso suave e baixou a cabeça.

— Bom dia.

O oficial franziu o cenho com uma cara de confusão enquanto tentava e não conseguia reconhecer o rosto dela. No fim, ele apenas retribuiu a saudação, claramente guiado pelo uniforme.

Roz dobrou um corredor e parou quando chegou à segunda porta à esquerda. Examinou a passagem, certificando-se de que não havia ninguém por perto para ouvir o inevitável clique da fechadura, e então inseriu a chave. Ela mesma já tinha criado chaves como aquelas — do tipo que abriam até mesmo fechaduras mágicas —, mas elas não eram comuns. Não podiam ser comuns.

A porta se abriu.

O escritório do magistrado-chefe estava escuro, com as janelas fechadas. Roz puxou uma cortina para permitir a entrada da luz da manhã, que inundou o espaço com um brilho laranja, dando a impressão de que a sala estava envolta em chamas. Ela examinou as estantes que iam até o teto — claramente decorativas, todas cobertas por uma fina camada de poeira — e passou o dedo pela lombada de um livro.

Em frente às estantes, havia duas poltronas enormes e uma mesa de centro com pés curvados. Em cima dela, um tomo intitulado *Uma história de violência através da manipulação da produção econômica*, que Roz observou enquanto se aproximava da escrivaninha. Havia documentos espalhados pela superfície da mesa do magistrado-chefe, e Roz os examinou por alto. A maioria dos papéis parecia conter informações sobre homens do serviço militar. Um deles listava nomes que Roz só podia presumir como sendo de mortos em batalha.

Também havia cartas, mas a maioria lhe pareceu mundana e sem importância: *Obrigado por sua generosa contribuição para o esforço de guerra... Sua remessa de munição está em andamento... A fatura segue em anexo...*

Depois vieram as mais deprimentes, que ainda não tinham sido lacradas e enviadas pelo correio: *É com pesar que escrevo para informá-lo do falecimento de seu filho...*

Havia dezenas destas, e cada nome era como um golpe no peito de Roz. Realmente não havia um final feliz para quem ia para a guerra, não? Deserte e será rastreado e morto. Morra em batalha e sua família receberá uma carta-padrão emocionalmente vaga. No melhor dos casos, sobreviva e passe o restante da vida sufocado pelas lembranças.

Como Damian, completou o cérebro de Roz, e ela afastou o pensamento. Não se sentia mal por ele, que, como filho do general, recebeu uma dispensa precoce e ganhou uma função para a qual mal era qualificado. Damian foi um dos sortudos. Estava aqui, morando no Palazzo, enquanto as pessoas continuavam a lutar e a morrer no frio implacável e na lama do norte.

Roz deixou a lista de lado e abriu uma das gavetas. Dentro dela, havia uma única carta, que não estava lacrada nem carimbada. Ela deu uma olhada rápida no texto e viu que era assinada por Battista Venturi. Trabalhando em locais tão próximos, supôs Roz, toda a correspondência entre os dois homens seria entregue em mãos por um mensageiro. Ela não conseguiu resistir e leu:

Estou tão decepcionado com Damian quanto você. Disse a ele que tentaria garantir que não fosse mandado de volta para a guerra, mas, francamente, prefiro assumir eu mesmo a investigação. Só posso apoiá-lo até certo ponto. Concordo que mais tempo no norte pode endurecê-lo um pouco. Na verdade, providenciei para que ele siga com as tropas substitutas no fim da semana. Se ele sobreviver ao restante do ano, pedirei que seja reintegrado à segurança do Palazzo no próximo inverno. Admito que fiquei surpreso que um filho meu se provasse tão delicado, mas ainda há tempo.

Roz engoliu em seco, suprimindo uma pontada de alguma emoção que não conseguiu decifrar. Damian *era* delicado. Sempre fora. Podia ter se tornado musculoso e severo, mas nada escondia o fato de que era inerentemente gentil. Atencioso.

Tudo que Roz não era.

Lembrou-se da explosão de Damian no outro dia e de como ele entrou em pânico. Decerto não sabia que já estava marcado para ser enviado de volta ao norte. Há quanto tempo Battista conspirava pelas costas do filho?

Tanto faz. Roz dobrou o papel ao meio e enfiou-o no bolso da calça. Não sabia exatamente por que queria guardar a carta: os problemas de Damian não lhe diziam. Mas pegou o papel mesmo assim.

Abriu outra gaveta, depois uma terceira, e não encontrou nada de interessante. A quarta gaveta, porém, continha diversas pastas de arquivos organizadas por data. Roz pegou a mais recente, com o estômago revirando de animação. Ela sabia o que era antes mesmo de ler o nome: *Daniel Cardello.*

Esse devia ser o nome do menino morto à beira do rio. Roz leu com voracidade, mas sua empolgação desapareceu quando percebeu que o relatório continha poucos fatos que ela já não soubesse. Mencionava os olhos arrancados e as marcas pretas, e também entrava em detalhes sobre o efeito do veneno sem nome nas entranhas. Essa parte não fazia sentido para Roz, pois era técnica demais. O que chamou a atenção dela foi que uma linha inteira havia sido censurada com um traço grosso de tinta preta, exatamente como o relatório que Damian lhe mostrara. Roz ergueu o pergaminho contra a luz das velas na esperança de conseguir distinguir as marcas em relevo da ponta de uma caneta. Mas não: quem removeu a seção tinha feito um trabalho bastante cuidadoso.

Ela praguejou, devolvendo o relatório à gaveta e passando para o próximo. *Amélie Villeneuve*, dizia. Um choque passou por seu corpo.

Roz não precisou de muita atenção para ver que parte do relatório também havia sido censurada. Mas o documento lhe dizia o suficiente para saber o que já suspeitava: Amélie havia morrido da mesma maneira que Leonzio e Daniel. Foi envenenada, teve os olhos removidos.

E era uma criança. Apenas uma garotinha.

Roz se apoiou na escrivaninha, pressionando a testa com as mãos. De alguma forma, foi pior ver o que aconteceu com Amélie escrito no papel. Aquilo deixou tudo mais real. Mais horrível.

Vou encontrar seu assassino, pensou Roz ferozmente. *Espere só.*

Ela deu uma olhada rápida e minuciosa no restante do arquivo. Até onde via, nada fora alterado em nenhum dos outros nomes. O que significava que os casos de Amélie, Daniel e Leonzio estavam definitivamente ligados, tal como ela e Damian pensavam.

Roz guardou o relatório de Daniel na gaveta, tendo o cuidado de colocá-lo da maneira que o encontrara. O de Amélie, porém, ela enfiou no bolso, junto com a carta de Battista. Então foi até a janela. Lá abaixo, as ruas de Ombrazia eram sombrias e labirínticas. O escritório do magistrado-chefe era alto o suficiente para que ela pudesse ver toda a cidade, até a escuridão extensa que outrora fora o setor de Caos. Embora, é claro, ela não conseguisse distinguir nenhum detalhe, Roz sabia que os prédios estavam queimados e em ruínas, dominados pela natureza nos lugares que os desfavorecidos não reivindicaram. Após a Primeira Guerra dos Santos, o magistrado-chefe da época deu ordem para que todo o setor fosse destruído.

Era isso que significava ter poder, não era? Você poderia simplesmente destruir tudo o que não lhe servia mais.

Roz saiu do escritório e desceu as escadas, com o pressentimento ruim cada vez mais pesado no peito. Uma coisa era óbvia: havia algo que Forte não queria que as pessoas soubessem sobre as vítimas do assassinato.

E ela ia descobrir o que era.

21

Roz

Roz caminhou pela grama alta, evitando a principal via de saída do Palazzo. Kiran e Noemi a deixaram sair sem cerimônia e, embora ela tivesse se despedido com alegria, por dentro sentia-se nervosa, inquieta.

O magistrado-chefe Forte estava envolvido nos assassinatos. Ela tinha certeza disso, do fundo dos seus ossos. O comportamento dele era estranho — ela ainda se lembrava da ansiedade incomum de Forte na Basilica. Ele não queria mostrar os relatórios da legista a mais ninguém, e partes dos documentos tinham sido censuradas, provavelmente por ordens do próprio.

Ainda bem que tinha decidido trabalhar sem Damian. Ele nunca teria acreditado no envolvimento de Forte.

Para o profundo alívio de Roz, ela não viu ninguém, exceto alguns desfavorecidos, enquanto ia para o centro da cidade. Foi estranho e perturbador ver como eles se afastavam dela em uma reação instintiva ao uniforme que Roz ainda usava. A suave luz da manhã havia desaparecido, dando lugar a nuvens escuras que ameaçavam lançar uma tempestade a qualquer momento. Roz ergueu o queixo ao ver as nuvens avançavam pelo céu. Ela precisava chegar em casa.

Cansada de receber olhares de cidadãos boquiabertos e preocupada com a possibilidade de encontrar um oficial de segurança de verdade, decidiu seguir o caminho menos público. Evitar as ruas principais aumentava a probabilidade de ser pega pela chuva, mas era melhor do que encontrar alguém que pudesse reconhecê-la.

Um trovão retumbou ao longe, e Roz acelerou o passo. Aquela rua em particular levava direto para a saída de um dos jardins de orações públicos, mas ela não conseguia imaginar que haveria alguém lá devido à tempestade iminente. Abaixou a cabeça, pretendendo passar correndo, mas então parou.

Roz nunca prestou muita atenção às estátuas do jardim, embora soubesse que elas simbolizavam os seis santos. Ela também sabia que havia um pedaço de grama morta onde Caos estivera no passado.

Hoje, no entanto, outra coisa ocupava aquele pedaço de grama.

Algo que parecia muito uma pessoa, caída de costas no chão.

Apesar do pânico que a atingiu, Roz continuou se aproximando, semicerrando os olhos para a figura. Quando chegou ao centro do jardim, seu coração quase saltou do peito.

— *Merda* — falou ela, dando um salto para trás.

Era óbvio que a mulher estava morta. Estava imóvel demais. A cabeça se inclinava para trás, como se quisesse olhar para o céu, embora as pálpebras estivessem fechadas. Mesmo assim, Roz tentou sentir o pulso da mulher, incapaz de se conter.

Nada. No entanto, ela não podia estar morta há muito tempo — a cor da pele ainda estava relativamente natural. Com isso em mente, Roz engoliu o nojo e ergueu uma das pálpebras da mulher.

Encontrou apenas a escuridão. Como as outras vítimas.

Proferiu outra série de impropérios. Não podia deixar a mulher ali, precisava contar a alguém. Damian, porém, estava fora de questão. Quem sobrava?

Com a cabeça girando, Roz se afastou do corpo e acabou pisando em algo que estalou sob seu calcanhar.

A curiosidade e a esperança substituíram seu desânimo, e ela se ajoelhou para pegar o objeto.

Era uma seringa. Delicada e vazia, embora vestígios de um líquido escuro se agarrassem ao cilindro agora rachado.

— *Lacertosa!*

O som de seu nome fez com que cada uma das terminações nervosas de Roz ganhasse vida. Ela ficou de pé e se virou, sabendo exatamente quem encontraria.

Damian não baixou o arcabuz nem um centímetro. Os traços severos de sua face estavam marcados pela fúria, e um arrepio percorreu a espinha de Roz. Ela preferia quando ele ficava vermelho de vergonha.

Santos, ela ainda estava tão *furiosa* com ele. Era como se Roz fosse inteira emoções conflitantes. Talvez Damian não tivesse tido a intenção de matar seu pai, mas era *cego* quando se tratava do próprio pai. Muitas coisas deixavam Roz irritada, e agora *ele* estava irritado com *ela*, mas a simples visão de Damian era como respirar fundo depois de anos de um sufoco lento.

— Fiquei me perguntando de quem Kiran estava falando quando me perguntou sobre a nova pessoa contratada — disse Damian agradavelmente, o tom fazendo-o parecer ainda mais perigoso. O botão de cima do casaco estava aberto e a clavícula dourada brilhava na luz cinzenta. — Passar-se por oficial é crime, sabia disso? Posso ser *despedido* por ter lhe dado esse uniforme. E agora isso. — Ele gesticulou para a mulher morta antes de se concentrar novamente em Roz. — Você deveria levantar as mãos quando estiver sob a mira de uma arma.

Roz não estava acostumada a ser pega de surpresa e descobriu que não gostava nem um pouco. As engrenagens de sua mente giravam e, por um momento, não teve certeza do que fazer. O Damian de ontem, tão cheio de culpa, havia desaparecido por completo, como se ele tivesse ido dormir e, ao acordar, vestido sua intransigente máscara de oficial.

— Como sabia onde me encontrar?

Damian apertou os lábios.

— Vi você saindo do Palazzo e a segui para ver o que mais você teria a ousadia de tentar.

Maldição. Roz nem o vira.

— Mãos *para cima*, Rossana.

Ela soltou um suspiro e obedeceu, deixando a seringa cair no chão. Os olhos de Damian seguiram o objeto.

Ainda mantendo a arma apontada para ela, ele se abaixou para verificar o pulso da mulher morta. Depois de um longo momento, Damian se endireitou.

— Meia-volta.

— Sério mesmo, Venturi?

— *Meia-volta.*

Ela bufou brevemente, mas fez o que ele pediu, sentindo o frio das algemas nos pulsos.

— Admito que não pensei que nossa primeira experiência com algemas seria assim.

— O que quer dizer com isso? — perguntou Damian com veemência.

Roz revirou os olhos.

— É uma piada sexual, Venturi.

— Como é que é?

— Não me diga que nunca ouviu falar. Bem, quando duas pessoas se amam muito... Quer saber, ignore isso. Essa é a versão tradicional e enfadonha. Quando duas ou mais pessoas sentem uma atração física passageira...

O rosto de Damian assumiu um tom escarlate.

— Quer parar?

Roz ergueu o queixo, observando a tempestade se aproximar.

— Não vai me falar meus direitos? Ah, espere... você é controlado por um sistema falido, e eu não tenho direito nenhum. Quase esqueci.

— Rossana Lacertosa — disse Damian em voz alta —, estou colocando você sob custódia por suspeita de assassinato. Se tentar resistir, pagará com a vida. Prestará interrogatório imediatamente e ao decorrer da investigação, conforme eu achar necessário.

— Acha mesmo que *eu* matei essa mulher? Venturi, nem sei quem ela é.

Damian colocou os lábios ao lado da orelha de Roz, sua voz um grunhido baixo.

— Espera mesmo que eu acredite que isso foi uma questão de estar no lugar errado na hora errada?

— Na verdade, sim.

Ele deu a volta para ficar na frente de Roz.

— Me conte o que aconteceu.

Era óbvio que ele estava sendo condescendente com ela, mas Roz não iria desperdiçar a chance de dizer a verdade. Afinal, pela primeira vez a verdade estava do lado dela.

— Eu estava saindo do Palazzo e decidi pegar o caminho mais longo. Notei o corpo quando estava passando pelos jardins e vim investigar. Ela já estava morta quando a encontrei.

— Decidiu pegar o caminho mais longo. — A voz de Damian era incrédula, desprovida de inflexão.

— Sim.

— Quando é *óbvio* que vai chover.

— E o que você tem a ver com isso?

Damian pressionou os dedos indicadores na pele sob a mandíbula, os sinais daquela bravata estoica desaparecendo.

— E a parte em que você roubou a minha chave?

— Ah. — Roz quase riu. — Certo.

Ele estendeu a mão, e ela deu de ombros, entregando a chave.

—Você é realmente tola o suficiente para roubar de mim, Lacertosa? — rosnou Damian, enfiando a chave de volta no casaco. — Quando eu estava tentando me desculpar com você? Quando estava tentando *confortar* você? — A dor apareceu em sua expressão antes que ele se controlasse. — Pelo inferno, para que usou isso?

Ele realmente devia estar com raiva, pois não parava de chamá-la pelo sobrenome. Todo o corpo de Roz estava queimando. Entretanto, não pôde deixar de sentir uma pontada no peito quando olhou para o rosto de Damian, lembrando-se de repente do que o pai havia escrito sobre ele.

Admito que fiquei surpreso que um filho meu se provasse tão delicado.

— Isso importa? — disse ela. —Você já a recuperou.

As sobrancelhas de Damian se ergueram como se ele não conseguisse acreditar no que tinha ouvido.

— Se isso *importa*? Claro que importa. Você rouba de mim, me manipula e então aparece ao lado de um cadáver com uma seringa na mão.

Roz não disse nada. Seu sangue estava ardendo — não podia negar que achava Damian atraente quando estava com raiva. Havia algo na maneira como a mandíbula dele ficava, como se mantendo-a cerrada fosse a única forma de evitar perder o controle.

— Não manipulei você — disse ela, a boca seca.

— É mesmo? — Seus olhos brilharam. — Você fingiu estar chateada, me disse que estava triste por eu não ter respondido às suas cartas, tudo para que pudesse chegar perto o suficiente para me roubar.

Era *isso* que ele achava? Roz olhou para Damian boquiaberta, chocada e zangada ao mesmo tempo.

— Você acha que eu fingi estar chateada?

— No que diabos devo pensar?

O vento começou a ficar mais forte, carregado de umidade.

— Eu te *amava*, e você me deixou sofrendo sozinha. Perdi meu pai por sua causa e não tinha ideia se também havia perdido você ou não.

As palavras saíram antes que Roz pudesse pensar melhor nelas, e então já era tarde demais. Sim, ela o amara. Sim, foi a primeira vez que disse aquilo em voz alta.

Damian não parecia saber o que dizer. Roz, desesperada para preencher o silêncio pesado, continuou:

— E *fique sabendo* que não matei essa mulher. Verifique os olhos dela. Ela foi obviamente morta pela mesma pessoa que assassinou as outras vítimas. E se essa pessoa fosse eu, por que diabos estaria te ajudando a resolver o caso? Peguei a seringa porque sabia que era uma prova.

— Certo — disse Damian, cético, parecendo aliviado por abandonar o tópico anterior. — Ainda assim, tenho certeza de que você é mais do que capaz de matar.

— Talvez seja. Mas, pelo menos, nunca fiz isso.

Talvez ela estivesse indo longe demais. O rosto já pálido de Damian ficou branco como osso. Roz pensou que ele fosse gritar, mas, em vez disso, o rapaz pareceu se encolher, a tristeza em cada linha de seu rosto.

Foi então que Roz soube que tinha vencido. Que ele não acreditava que ela tivesse feito aquilo.

Damian respirou pelo nariz e depois soltou o ar. Foi interessante observá-lo recuperando o controle — havia muitos sinais externos do esforço necessário.

— Bem, no mínimo, tenho que levá-la ao Palazzo para um interrogatório formal.

— É? Esta vítima é uma discípula? — perguntou Roz. — Porque, se não for, ela não é importante para você, certo?

O rosto de Damian ficou duro como pedra.

— Sabe o que eu faria se fosse você, Venturi? — disse ela, tendo ido longe demais para recuar agora. — Não daria mais ouvidos ao seu pai. Ia parar de me importar com o que o magistrado-chefe quer. Você sabia que eles já estão trabalhando para que seja enviado para o norte? No fim desta semana, na verdade.

Roz pensou que ele a acusaria de estar blefando, mas a mudança repentina no comportamento de Damian era palpável. Sua mandíbula se apertou, as linhas cortantes das maçãs do rosto ficaram mais severas.

— Do que está falando? — A pergunta saiu desprovida de inflexão.

— Tenho uma coisa para lhe mostrar, se você tirar as algemas — disse Roz.

Damian apertou os lábios, os olhos cautelosos.

— Você acha que eu sou um idiota? Diga o que é.

— Bolso esquerdo da calça. Dois pedaços de papel. Um é uma carta.

Ele colocou o arcabuz de volta nas costas, aproximando-se o suficiente para que Roz sentisse o calor de seu corpo. Houve um momento de hesitação, e ela se perguntou se ele tiraria as algemas, mas então Damian passou os dedos ao longo do osso do quadril dela e colocou a mão no bolso. Era óbvio que ele tentava tocá-la o mínimo possível, mas a calça era apertada, e Damian foi forçado a estender a mão contra a coxa antes de pescar as mensagens. Quando ele se endireitou, suas bochechas estavam levemente coradas. Roz sentiu o cheiro de âmbar e almíscar dele enquanto o rapaz se afastava.

Seus olhos se levantaram para encontrar os dela, depois foram para baixo.

— Vá em frente — disse ela, com uma estranha apreensão crescendo no peito. — Pode ler.

— É a letra de meu pai.

— Sim.

Damian ficou quieto. Roz examinou seu rosto enquanto lia a mensagem. Embora sua expressão revelasse pouco, seu corpo ficou tenso. Ele provavelmente a releu duas, talvez três vezes, e, quando enfim desviou os olhos, não foi para encarar Roz. Seu olhar deslizou para o chão. O silêncio era tão absoluto que ficou quase insuportável. Em geral, Roz teria encontrado uma forma de preenchê-lo, mas não sabia bem como fazer isso agora.

— Certo — disse Damian depois do que pareceu uma eternidade, com a voz rouca. — Onde encontrou isso, Rossana?

Ela nem se importou em corrigi-lo em relação ao seu nome.

— No escritório de Forte.

— Foi isso que fez com minha chave.

— Correto.

Ele fechou os olhos.

— Certo.

— Você deveria ler o que tem no outro papel também.

O punho de Damian se apertou, os nós dos dedos empalidecendo enquanto ele amassava a carta até formar uma bola.

— Eu *quero*?

— É o mais importante.

Ele não pareceu concordar.

— Por que pegou isso? — Ele balançou o punho que continha o pergaminho amassado. — Por que deu para mim?

— Eu... não sei.

Damian olhou para o pedaço de papel como se não o estivesse vendo de verdade. Depois, antes que Roz pudesse falar, encostou-se à estátua mais próxima e escondeu o rosto nas mãos.

Ela engoliu em seco. Um desejo antigo veio à tona espontaneamente e, por um breve momento, foi difícil não abraçá-lo. Mas aquele não era o garoto que ela amava, não importa quanto o homem partido à sua frente fosse parecido com ele. Certamente Roz não era a garota que ele amava. Era só que Damian parecia tão *familiar* em sua tristeza — muito diferente da criatura estranha e sem humor que se tornara.

— O que a segunda carta diz, Rossana? — perguntou Damian através de suas mãos, o som levemente abafado. — Só conte para mim.

— Não é uma carta. É o relatório da legista de Amélie Villeneuve. A propósito, pode me soltar dessas algemas?

Ele ignorou a pergunta, a coluna se curvando ainda mais.

— Por que você pegaria isso?

— Olhe só, Venturi — falou Roz, ficando impaciente. — Uma linha do relatório está censurada. A mesma linha que foi censurada no relatório de Leonzio e no da outra vítima. Eu cheguei. Todos foram envenenados. Todos estavam sem olhos, de forma que não poderiam ser lidos por um discípulo de Morte. E todos compartilhavam outra semelhança, uma que foi ocultada por alguém que não quer que liguemos os pontos. Provavelmente o próprio magistrado-chefe.

— Foi ele quem exigiu que eu *resolvesse* o caso. Não faz nenhum sentido.

— Quem mais poderia ser?

Damian trincou os dentes. Talvez fosse um produto do envelhecimento ou talvez o seu cabelo escuro estivesse agora curto demais para esconder aquilo, mas a sua estrutura óssea era... linda. As cavidades esculpidas nas bochechas acentuavam aquela vulnerabilidade súbita, e Roz pôde ver as sombras das veias subindo por seu pescoço.

— Mesmo que tenha razão, não posso fazer nada a respeito. Se essa carta for verdadeira, irei embora em alguns dias.

— E daí? Você simplesmente vai ignorar isso? — falou Roz. — As pessoas estão morrendo.

— Ele é o magistrado-chefe! Não tenho nenhum poder em relação a ele.

Roz bufou.

— Venturi, quando não se tem nenhum poder, você levanta a cabeça e *consegue* um pouco. Pode ficar deprimido e deixar seu pai mandá-lo de volta para a guerra ou pode vir comigo até a legista para que possamos entender o que diabos está acontecendo. Se descobrirmos que Forte *está* envolvido, então você terá alguma vantagem. Uma forma de convencê-lo de que talvez enviá-lo de volta à guerra não seja a melhor ideia.

— Porque é isso que você faria, não é? — A voz de Damian era ácida. — Chantagear as pessoas para conseguir o que deseja.

— Sim — disse Roz. Ela não tinha vergonha de admitir isso. — Você joga com as cartas que recebeu. E eu coloquei as cartas perfeitas em seu colo.

Damian simplesmente olhou para ela. O distanciamento frio havia desaparecido de seu rosto. Santos, não era de admirar que ele fosse um péssimo líder. Ele não tinha a inclinação natural para a desonestidade que a maioria dos homens no poder tem.

— E então, Damian?

O tempo parou, e Roz percebeu tarde demais que o chamara de *Damian* em vez de *Venturi*. Isso mudou a atmosfera entre os dois, e ela percebeu, pela rigidez dos ombros dele, que o rapaz também havia percebido isso. *Venturi* era imparcial. Formal. Mas chamá-lo pelo primeiro nome era como reconhecer o passado que compartilhavam. Como admitir que ela se lembrava de tudo que tinham vivido.

— Não posso fazer isso. — Ele balançou a cabeça, mas havia pouca convicção no movimento.

Roz ergueu o ombro.

— Pois bem. Prefere voltar para as linhas de frente?

Damian cerrou os punhos. Balançou a cabeça de novo, desta vez com ferocidade. Quando falou, foi um sussurro, e Roz não conseguiu entender.

— O quê?

Ele ergueu o olhar sem esperança para ela.

— Prefiro morrer.

Um arrepio atravessou sua pele como uma corrente.

— Parece que já tomou sua decisão então.

Damian soltou as algemas e pegou a seringa.

— Vamos fazer uma visita à legista.

22

Damian

A legista morava no setor de Morte, bem ao lado da Basílica. A caminhada até lá foi tensa. Não só porque Damian tinha um cadáver pendurado no ombro — ele não queria deixar a mulher morta no jardim onde poderia ser encontrada pelas pessoas —, mas também porque Roz não disse uma só palavra. Ela estava com raiva por ele ter tentado prendê-la? Não podia culpá-lo. O que deveria fazer? Damian a encontrou ao lado de um corpo! Independente do que a lógica ditasse, as circunstâncias justificavam sua detenção. Pelo menos é o que qualquer bom oficial diria.

Damian pensou na seringa, segura em sua mão livre. Ele *era* um bom oficial? Tinha liberado Roz quase que de imediato. Sabia que ela não era a responsável pelo assassinato — tinha visto o fogo em seus olhos naquele primeiro dia na Basílica, quando ela lhe disse que queria justiça. Mas então por que se sentia tão culpado? Seu pai e Forte estavam conspirando para mandá-lo para a guerra. Ele não deveria se preocupar com o que poderiam pensar se soubessem como agiu.

Mas Damian não conseguia evitar. A dúvida estava tão profundamente arraigada nele que não sabia como escapar dela.

Pensar na carta fazia seu estômago revirar. Não havia como ignorar o fato de que estava escrita com a letra de Battista. Se insistisse muito no assunto, achava que aquilo poderia acabar com ele.

A Basilica surgia ao longe, as torres se projetando em direção às nuvens quando começou a chover. Não aos poucos, mas em um verdadeiro dilúvio que fez Damian piscar para tirar a água dos cílios. Relâmpagos riscavam o céu, fazendo com que o exterior dourado da igreja brilhasse em prata, e gotas caíam ruidosamente no calçamento. Ao lado dele, o cabelo de Roz era uma massa escura, com mechas grudadas no pescoço. Gotas caíam em cascata por seu rosto, como lágrimas implacáveis.

Eu te amava, dissera ela. *Eu te amava e você me deixou sofrendo sozinha.*

Era verdade. Damian fizera exatamente aquilo. Fizera uma escolha errada e nunca se perdoaria por isso.

Ele gostaria de ter sabido na época que Roz o amava. Era uma esperança secreta que Damian sempre nutriu, mas sobre a qual nunca teve certeza. Se o que eles tiveram foi amor, então ser amado por Roz Lacertosa era como estar no olho de um furacão. Era observar o caos reinar ao seu redor sem ser tocado por ele. Era surpreendente. Debilitante. Envolvente.

Mas o que ele deveria ter feito? Como poderia ter escrito a ela, como poderia tê-la encarado ao retornar, sabendo a extensão de seus crimes? Ele se convenceu de que ficar longe pouparia ambos de ter o coração partido.

Claro, Damian estava mergulhado em mágoa de qualquer maneira. Ao denunciar o desaparecimento de Jacopo, só estivera tentando ajudar. Em vez disso, matou um homem e recebeu como recompensa uma vida inteira de culpa esmagadora.

Não era possível se recuperar de uma culpa como aquela. Ela se instalava no corpo feito um parasita, enterrando-se na carne e roendo os ossos. Corroía seu interior, incorporava-se ao cérebro, até ficar impossível se lembrar da vida sem ela. No fim, você se tornava apenas um hospedeiro para a dor insaciável e nada mais.

E então, ele a encontrou de novo.

Ao passarem pela Basilica, Damian ficou aliviado ao ver a casa da legista mais à frente. Era linda, como costumavam ser as moradas dos discípulos, com uma pequena estátua de Misericórdia na frente. Era incomum para um discípulo de Misericórdia viver no setor de Morte, mas Damian supôs que, nesse caso, fazia sentido. Sentiu uma pontada ao ver a estátua e lançou um olhar de soslaio para Roz, lembrando-se de suas palavras anteriores.

Eles estão mortos, Damian. Acha mesmo que escutam suas preces?

E se ela tivesse razão? E se ele tinha passado uma vida inteira rezando para alguém que não estava ouvindo?

Era o seu maior e mais profundo medo. Um medo de um tipo completamente diferente do medo do fracasso ou de ser mandado de volta ao norte. Esse era o medo de entregar sua alma e de tudo isso ser em vão.

Roz espiou pela única janela da casa da legista. O interior estava escuro, mas isso não a deteve. Ela bateu os nós dos dedos com firmeza na porta, ignorando a aldrava de bronze. Seguiu-se uma longa pausa.

— Talvez ela esteja dormindo — disse Damian, mas Roz o ignorou.

Ela bateu mais uma vez, dessa vez com um volume e uma ferocidade que fez Damian estremecer, mas, um instante depois, a porta foi aberta e revelou uma jovem usando óculos. Ela era pequena, pelo menos meia cabeça mais baixa que Roz, mas havia uma qualidade penetrante em seu olhar. Damian notou que a mulher não parecia nem um pouco perturbada ao vê-lo carregando um cadáver.

— Bom dia, oficiais. Posso ajudá-los?

Damian não conseguiu deixar de perceber o sorriso malicioso de Roz ao ouvir a palavra *oficiais*.

— Acho que pode sim, na verdade.

Mas a legista não a deixou continuar e inclinou a cabeça para a carga bastante incomum de Damian.

— As pessoas costumam levar os corpos para o necrotério primeiro, e não direto para minha casa.

— Não sabíamos se você estaria lá — disse Roz. — Então decidimos economizar caminhada.

Diante da expressão cansada no rosto da legista, Damian logo se desculpou.

— Sei que isso é terrivelmente pouco profissional. Perdoe-me, *signora*.

— Meu nome é Isla.

— Isla, então. Sou Damian Venturi, chefe de segurança do Palazzo. Podemos entrar?

As sobrancelhas de Isla se ergueram, e, quando nem Damian, nem Roz ofereceram mais explicações, ela franziu a testa.

—Venturi? Como em Battista Venturi?

Roz ficou visivelmente rígida ao lado dele quando Damian respondeu:

— Ele é meu pai.

Com isso, Isla assentiu.

— Pois bem. Mas tirem os sapatos. Vão sujar meu chão inteiro.

Afastando-se, ela fez sinal para que Damian e Roz entrassem. Atrás da porta havia uma sala de estar normal, mas a legista os conduziu até o que Damian só poderia descrever como um necrotério improvisado. Estantes e armários cobriam uma parede, com garrafas e vários objetos espalhados em um balcão que se estendia por toda a extensão da outra parede. Havia uma longa mesa no centro da sala.

E, sobre a mesa, Damian viu com certo terror, havia uma ossada.

— Ah, esse é Gaspare — disse Isla, afastando os ossos para o lado. Eles fizeram um barulho horrível na superfície de metal. — Estou tendo muita dificuldade para descobrir como ele morreu, então o trouxe para casa comigo. Pode colocar o corpo aqui.

Os olhos de Roz se arregalaram. Damian, sem estar particularmente interessado em saber mais sobre Gaspare, colocou o cadáver sobre a mesa. Agora que olhava mais de perto, havia algo de familiar na mulher morta. Ele só não conseguia saber por que aquilo estava acontecendo.

— Queríamos perguntar a você… — disse Roz, mas parou, franzindo a testa.

Isla já estava examinando o corpo, os dedos hábeis retirando o tecido molhado que o cobria. Ao fazê-lo, Damian deixou a seringa quebrada na mesa com um *clec*.

A legista parou na mesma hora, olhando do corpo para a seringa e depois de volta ao cadáver. Damian podia ver as pequenas mudanças em seu rosto enquanto ela ligava os pontos.

— Ah, santos — falou ela. — Outra vez, não.

— Então você reconhece isso. — Damian gesticulou para a cena diante dele. Ela assentiu, muito séria.

— Claro que sim. Este é o quarto cadáver em praticamente quatro meses. Foi por isso que veio, então? Tudo o que sei coloquei nos relatórios.

— Esse é o problema — disse Roz, claramente irritada porque a legista estava se dirigindo sobretudo a Damian. Ela jogou o rabo de cavalo por cima do ombro. — Os relatórios não foram muito úteis.

Isla se virou, nervosa, e Damian foi rápido em intervir.

— O que ela quer dizer é que parte dos relatórios foi censurada. A mesma linha em cada um.

Os ombros da legista relaxaram. Ela pegou a seringa, cheirando o conteúdo. Não devia ter um odor muito bom, porque ela fez uma careta, o tempo todo balançando a cabeça, pensativa.

— Ah. Sim, o nome do veneno foi omitido. Sabe como foi difícil identificá-lo no pouco tempo que tive? Não sou uma grande herbalista, mas felizmente alguns de meus colegas têm interesse em formas não mágicas de cura. Você sabe, remédios e essas coisas. Não me pergunte por quê.

Roz ergueu os olhos de onde havia ido até o balcão, examinando um frasco de líquido roxo.

— O que quer dizer? O veneno é uma planta?

— Não toque nisso — avisou Isla, e Roz largou a garrafa, carrancuda. — Sim, é uma planta. Extremamente venenosa, claro. Chama-se velênio e só cresce em climas frios. Acredito que possa ser encontrada perto da fronteira norte. Embora não consiga imaginar por que alguém iria querer fazer isso.

— Então era isso que tinha na seringa? — perguntou Roz.

— Sim. Aquelas marcas pretas na pele das vítimas, espalhando-se a partir do ponto da injeção? Não poderia ser outra coisa. — Isla indicou a mulher morta na mesa, passando o dedo pelo antebraço dela com um toque quase cativante. — Conheço discípulos de Astúcia no norte que usam isso, mas não é comum por aqui. Não está na lista de venenos que a Ombrazia pode enviar para a guerra.

Damian massageou um ponto incômodo na nuca que não havia notado até agora.

— Não entendo. Por que o nome do veneno foi censurado?

— Não faço ideia. Só sigo ordens. Meu trabalho é descobrir como as pessoas morreram, e foi o que fiz.

— *Pensem* — disse Roz, com uma nota de urgência na voz. Era uma ordem que não devia ser contestada, e Damian ficou impressionado com a ideia de que, se as coisas tivessem sido diferentes, ela poderia ter sido uma boa oficial de segurança.

Isla cruzou os braços.

— Se querem saber por que essa parte do relatório foi cortada, por que não vão falar com a pessoa que me pediu para removê-la?

Os olhos de Damian cruzaram com os de Roz. A ansiedade estava clara em seu olhar.

— Quer dizer o magistrado-chefe? — perguntou ele.

Afinal, os relatórios *foram* encontrados no escritório de Forte. Ele ainda não conseguia entender por que o homem teria matado alguém apenas para exigir que Damian localizasse o culpado, mas se o palpite de Roz estivesse correto...

— Não. — O cenho de Isla se franziu, como se estivesse surpresa por eles não saberem daquilo. — Não me refiro ao magistrado-chefe. Eu me refiro ao seu pai. Foi o general Venturi quem me deu as instruções.

O estômago de Damian revirou. Isla poderia muito bem ter lhe dado um tapa na cara. Seu *pai* exigiu que a legista removesse o nome do veneno usado nos assassinatos? Que razão teria para fazer isso? O olhar de Damian deslizou para o rosto de Roz e ele não se surpreendeu quando percebeu que ela não estava... bem, não estava surpresa. Roz assentia, pensativa, e Damian juraria ser capaz de ver as engrenagens de sua mente girando, encaixando as peças no lugar.

— Meu pai deu alguma explicação? — questionou Damian quando recuperou a compostura. — O motivo pelo qual queria que essa informação fosse omitida, quero dizer.

— Não. — A voz de Isla era fulminante. — E eu não ia perguntar para ele. Ele é o general. Fiz o que me foi solicitado.

— Isso não faz o menor sentido.

Roz olhou para Damian de soslaio.

— Não faz?

Damian escolheu ignorar aquilo. É claro que Roz iria querer acreditar que o pai dele era responsável não só pelo assassinato de Jacopo, mas por todas as mortes infelizes que Ombrazia tinha visto até agora. Ela se ressentia dele e sempre se ressentiria. Para Isla, ele perguntou:

—Você sabe de mais alguma coisa sobre o velênio? O que mais pode nos dizer?

Isla foi até uma das prateleiras lotadas, passando o dedo pelas lombadas rachadas dos livros. Demorou um tempo para encontrar o que estava procurando, mas enfim pegou um tomo da fileira acima de sua cabeça e deixou-o sobre o balcão. Damian vislumbrou o título: *Herbalismo e toxicologia: Plantas da região norte*.

— Se alguma informação sobre o velênio foi publicada, está aqui — disse Isla sem olhar para eles. Ela abriu o enorme volume e correu o dedo pelo sumário.

Roz lançou um olhar de soslaio para Damian enquanto Isla folheava as páginas. Sua boca estava tensa em uma linha afiada, embora a expressão não fosse exatamente maldosa. Ela parecia estar avaliando a reação dele. Observando para ver o que Damian faria quando percebesse que ela estava certa, e ele, errado.

Damian esqueceu sua frustração um instante depois, quando Isla levantou o dedo.

— Sim, aqui está. Velênio.

Um arrepio frio percorreu seu corpo.

— O que diz?

Roz espiou por cima do ombro de Isla enquanto ela lia em voz alta:

— "O velênio é uma planta do norte caracterizada por folhas verde-escuras com um brilho distinto. O número de folhas varia dependendo de..." Deixa para lá, acho que essa parte não importa. "Pode ser encontrada nas partes mais setentrionais de Ombrazia, embora seja considerada uma espécie nativa de Brechaat e da área ao redor, onde é comumente chamada de Sangue de Caos." — As sobrancelhas de Isla se ergueram acima das armações grossas dos óculos. — É um nome e tanto.

— Continue lendo — mandou Roz às suas costas.

Isla obedeceu, mas com uma pontada de incômodo.

— "A planta é assim chamada por causa das marcas características vistas na pele quando uma solução contendo seu veneno entra na corrente sanguínea. Essas marcas são visíveis até mesmo através da epiderme. Entretanto, talvez o velênio seja mais famoso por seu uso em autoimolações. Antes da Primeira Guerra dos Santos, os discípulos de Caos que se aproximavam do fim da vida ingeriam o veneno propositalmente enquanto jaziam em uma cova preparada. Eles acreditavam que, ao sacrificar o que restava de sua força vital ao santo patrono, possibilitariam o crescimento do poder da divindade."

— Por isso que essa parte do relatório foi censurada — disse Damian devagar, juntando as peças. — Alguém não queria que as pessoas soubessem sobre a conexão do veneno com Caos.

— Alguém? — Roz bufou. — Acho que sabemos exatamente quem.

Damian passou a mão pelos cabelos. Não podia negar que entendia o lado de Roz: Battista morara no norte e teria acesso à planta. Dito isso, não conseguia imaginar seu pai querendo alguma coisa com um veneno ligado ao santo patrono de Caos.

Isla fechou o livro com força.

— Isso é tudo. Tenho certeza de que o general sabe bem mais do que eu, então sugiro que falem com ele.

Não poderia ficar mais claro que ela estava ansiosa para que os dois fossem embora, e Damian engoliu seu constrangimento.

— Lamento muito termos imposto nossa presença — falou à legista. — Muito obrigado por sua ajuda, ela foi inestimável.

Ele começou a sair da sala e, com um suspiro resignado, Roz o seguiu.

Isla perguntou:

— Não estão se esquecendo de nada?

— O quê?

Ela suspirou, indicando o corpo.

Damian parou.

— Ah, claro. Certo. Eu…

Mas Roz agarrou seu braço, tentando sem sucesso arrastá-lo até a porta.

— *Vamos.*

Ele se livrou do aperto dela, tentando não se deleitar com a sensação dos dedos de Roz se cravando em sua pele. Isla observou o casal com uma expressão confusa e depois balançou a cabeça.

— Querem saber? Tudo bem, podem deixar o corpo aqui. De qualquer forma, quero fazer um corte transversal da carne afetada.

— Uma coincidência feliz — disse Roz, com a voz doce.

Damian conseguiu se controlar enquanto fechava a porta da casa de Isla. Foi só depois de regressarem à rua encharcada que ele se virou para Roz, com o medo e a apreensão formando uma mistura venenosa em seu sangue.

—Tire essa expressão presunçosa da cara. Não temos provas de que meu pai tenha algo a ver com isso.

Sua risada de resposta foi incrédula.

— Mas consegue ver por que ele pode parecer culpado, não?

Damian soltou um suspiro.

— Não sei, Rossana. Quero dizer, a evidência existe, mas é circunstancial. E eu simplesmente não vejo um motivo. Por que ele ia querer matar qualquer uma dessas vítimas? Não faz sentido. Estou mais inclinado a acreditar que o magistrado-chefe mandou meu pai à legista para representá-lo.

—Você mesmo falou: Forte estava desesperado para que você resolvesse o assassinato do discípulo.

—Talvez ele só estivesse desesperado para me ver falhar. Talvez soubesse que eu nunca resolveria o caso porque nunca pensaria em culpá-lo, e então teria a desculpa perfeita para se livrar de mim.

— Ele é o magistrado-chefe. Não precisa de uma desculpa — falou Roz. — Se quisesse se livrar de você, simplesmente… faria isso.

Damian cerrou os dentes. Apoiou o peso nos calcanhares, piscando rapidamente para ver através da chuva.

— Meu pai estava tentando me ajudar, sabe? Talvez ele *quisesse* que eu provasse que o culpado era o magistrado-chefe.

— Com que finalidade? — A frustração estava presente no tom de voz de Roz.

— Não sei, está bem? Só não consigo ver por que ele faria isso.

Roz fez uma pausa. Parecia estar considerando algo. Depois de um momento, disse:

— Independente de quem seja o culpado, você tem que admitir que há alguma conexão com Caos. Usando velênio, quando inúmeros outros venenos estariam mais facilmente disponíveis? Isso não é coincidência. E dê uma olhada nos corpos.

Damian não gostou do rumo da conversa.

— O que há com eles?

— Eles foram abandonados no lugar em que foram mortos. Ou essa é a marca do homicida mais preguiçoso de todos os tempos, ou foram assassinatos ritualísticos.

Já fazia décadas desde que alguém oferecia sacrifícios humanos aos santos — aqueles que merecem morrer, afirmava o Palazzo, não mereciam ser glorificados —, mas Damian ainda sabia o suficiente sobre isso. Ele balançou a cabeça com firmeza.

— Ninguém mais faz sacrifícios rituais. Ainda mais para Caos.

—Venturi, estão usando o mesmo veneno que os discípulos de Caos usavam para autoimolação. — Roz olhou para Damian como se achasse que ele estivesse sendo obtuso de propósito. — Nada nunca pareceu *mais* com um assassinato ritualístico.

Ela não está errada, pensou Damian enquanto observava as gotas de chuva escorrerem das pontas de seu rabo de cavalo para a frente do uniforme emprestado. Suas mãos estavam nos quadris, e Roz olhava para ele com uma ferocidade que o fez duvidar se valia a pena discutir qualquer coisa sobre isso. Ainda assim, não pôde deixar de perguntar:

— Mas qual é o sentido? Quem acredita nesse tipo de coisa?

— Qual é o sentido de acreditar em qualquer coisa? — respondeu Roz. —Você acha que um bando de santos mortos ouve suas orações. Outra pessoa pode pensar que eles exigem sangue. Qual é a maldita diferença?

— Uma é pior do que a outra — disse ele.

— Bem, de um ponto de vista externo, elas soam igualmente absurdas.

Cada parte de Damian queria ficar ofendida — afinal, foi assim que ele aprendeu a reagir sempre que alguém questionava suas crenças. Ele descobriu, no entanto, que simplesmente não conseguia. Não tinha mais energia para discutir sobre coisas assim. Não quando tinha cada vez menos certeza de ter todas as respostas.

Roz o observou de um jeito que fez Damian se perguntar se ela sabia no que ele estava pensando. Se ela podia ver a guerra sendo travada dentro dele.

—Vamos — disse ela, a voz suave. — Estou cansada de ficar na chuva.

23

Roz

Roz acompanhou Damian até a casa de banhos anexa ao templo de Paciência. A essa hora, estava vazia, quente e seca, e o som da água caindo sobre as pedras era um conforto familiar. Damian pareceu ficar tenso ao perceber onde estavam, parando na entrada.

—Vou esperar aqui fora.

Roz revirou os olhos.

— Não seja ridículo. Não estamos aqui para tomar *banho*. É um lugar onde podemos conversar sem medo. Não tem ninguém por perto e, além disso, ficamos protegidos da chuva. — No entanto, ela arregaçou as pernas da calça enquanto falava. O vapor subia da superfície da água, e a sala estava iluminada apenas pela luz azul que emanava das profundezas. As rochas que revestiam as piscinas estavam imbuídas de uma tênue luminescência que ardia por trás de suas pálpebras sempre que ela piscava.

Ela se acomodou na beira da piscina, espirrando algumas gotas de água na direção de Damian. Elas ficaram lamentavelmente aquém de seu corpo tenso.

—Ah, não precisa ficar tão nervoso. — Roz revirou os olhos. — Como falei, ninguém vai nos encontrar aqui.

Damian murmurou baixinho algo que soava muito como "*Sete santos, Rossana*", mas, mesmo assim, se aproximou dela. A escuridão se instalou, revelando a silhueta dele e destacando as linhas de seu rosto em relevo nítido. Arrepios surgiram na pele de Roz por causa do ar frio. Ela estudou os ombros fortes de Damian, a maneira como ele estalava os nós dos dedos da mão direita.

— Sente-se comigo — disse Roz, dando tapinhas no chão de pedra ao seu lado.

Damian não sentou, só fez um muxoxo em desgosto fingido.

— *Sente-se* — repetiu Roz, estendendo a mão para agarrar o braço dele, com a intenção de arrastá-lo até que obedecesse.

Ela podia sentir os batimentos cardíacos descontrolados. Damian não fez nenhum movimento para resistir a Roz. Mesmo sob a luz azulada, suas bochechas estavam vermelhas. Ele a observou com cuidado e desconfiança, como um homem meio enfeitiçado. Quando pigarreou e ajustou a frente das calças, Roz não conseguiu evitar um sorriso malicioso.

Ela pretendia mencionar Battista mais uma vez, dizer que fazia todo o sentido que ele fosse o assassino. Sua posição no Palazzo era prestigiosa o suficiente para que ele pudesse fazer o que quisesse. E era óbvio que ele planejava se livrar de Damian, que trabalhava incansavelmente para levar o assassino à justiça.

Mas não foi capaz de fazer isso. Ela observou Damian tirar as botas e dobrar as pernas da calça, de alguma forma conseguindo parecer gracioso enquanto se sentava. Ele balançou as pernas sob a superfície vítrea da piscina, fechando os olhos, o peito subindo e descendo a cada respiração. Sua exaustão era óbvia, amarga e tangível. Por alguma razão, Roz desejava vê-lo mais vulnerável.

— Sabe de uma coisa? — disse ela. — Não entendo por que seu pai lhe deu esse cargo se ele não confia em seu julgamento. Você é um bom oficial, Venturi, com ou sem o reconhecimento dele.

Ela podia ver Damian travando uma batalha intensa consigo mesmo, tentando decidir se ela falava a verdade. Ele estava desesperado para acreditar naquilo, do mesmo jeito que estava desesperado para acreditar que Roz era a mesma garota que um dia amara.

Ele olhou para a água ondulante, abrindo e fechando os punhos, as veias nas costas das mãos saltadas.

Eu sou a mesma garota, Roz poderia ter dito, mas parecia uma mentira dura demais até para ela.

— Você me perguntou antes por que não gosto de ser uma discípula — disse ela baixinho, pois não suportava o silêncio. — Suponho que seja porque me pareceu que o mundo estava me pregando uma peça cruel. Eu me odiei quando descobri, sabe?

Damian a olhou de soslaio.

— Por quê?

Roz passou a língua pelos dentes antes de responder.

— Meu pai foi enviado para a guerra porque não era discípulo. Porque não era importante. Suponho que parte de mim queria seguir seus passos. Foi só recentemente que percebi... talvez tenha sido bom as coisas acabarem desse jeito. De certa forma, tenho um privilégio e posso usá-lo para mudar algo. É por isso que quero justiça para as vítimas. Quero que as pessoas... e suas famílias, e seus filhos, e outros cidadãos desfavorecidos... saibam que são importantes. Para alguém, pelo menos. Mesmo que esse alguém seja só eu.

Tantas meias-verdades se acumulavam. Roz realmente poderia dizer que estava buscando justiça quando parte do motivo pelo qual queria encontrar o assassino era para provar aos rebeldes que era confiável?

— Roz? — Damian suspirou seu nome na escuridão tingida de azul, os olhos ainda fechados.

— Sim?

Um instante de silêncio. E então:

— Sinto muito por seu pai. Gostaria... gostaria que tivesse sido eu.

A vulnerabilidade na voz dele a fez perder o equilíbrio. Era fácil estar com Damian quando ele estava frustrado, impaciente ou irritado. Não era fácil, porém, quando o rapaz queria que ela fosse verdadeira e vulnerável daquela maneira que parecia tão natural a ele.

Damian Venturi, querendo ou não, faria com que a personalidade que ela construiu para si desmoronasse.

E Roz sentia que acabaria deixando isso acontecer.

— Não — sussurrou Roz, e ficou surpresa ao descobrir que falava sério.

— Eu não desejo isso, Damian. — Ela inclinou a cabeça, deixando o cabelo cair sobre o ombro e o peito. Se não colocasse aquelas palavras para fora agora, talvez nunca as dissesse. — Posso perdoar você por tentar ajudar meu pai. Por fazer o que achava certo, mesmo que isso tenha levado à morte dele. Quero dizer, vamos encarar os fatos: ele provavelmente teria morrido de qualquer maneira. Mas todos os dias eu ficava com medo de que você também pudesse ter morrido. Podia ter me avisado que estava bem. E simplesmente… não fez isso. — Ela cerrou as mãos até as unhas cravarem na pele, encarando a água, incapaz de olhar para Damian. Sua voz estava rouca. — Como posso perdoá-lo por isso?

Embora ele não tenha se mexido, Roz ouviu sua inspiração aguda. Viu o leve movimento de sua garganta enquanto ele engolia em seco.

— Não pode.

Então, antes que Roz percebesse o que ele estava fazendo, Damian estendeu a mão e entrelaçou os dedos nos dela. Devagar, muito devagar, como se estivesse avaliando se ela o deixaria continuar. Roz não se mexeu. Não sabia ao certo se conseguiria se mover de novo. A outra mão foi até o pescoço dela, acariciando a pele delicada ali, antes de levantar seu queixo.

— Roz — disse Damian, e seu polegar roçou o lábio inferior dela. Roz estremeceu. — Quando eu estava no norte e senti que ia perder a cabeça entre os mortos… quando pensei que *eu* seria o próximo a morrer e, nos piores dias, quando torcia para isso… pensei em casa. Pensei nas meias-noites à beira do rio e na forma como as casas em Ombrazia são tão próximas que fazem o mundo parecer pequeno. Pensei nas corridas pelos becos, em fugir para o Mercato, em boiar na água durante o verão. Essas memórias me mantiveram são. E sabe de uma coisa?

Seus olhos tinham uma tristeza sem fim. Escuros e infinitos.

— Cada uma das memórias tinha você. Tudo que me lembrava de casa, tudo que me trazia felicidade, girava em torno de *você*. Cada vez que eu olhava para a Lua, lembrava-me de quando tínhamos nove anos e perguntei o que aconteceria se ela caísse do céu. Como você riu de mim e disse que, embora o espaço fosse infinito, a Lua nunca pararia de girar em torno da Terra. Como não poderia parar mesmo se quisesse. E, naquela época, eu já sabia qual de nós era o satélite.

Roz sentiu o corpo ficar dormente, toda a sua raiva desaparecendo na velocidade de uma chama de vela que se apaga. Damian poderia muito bem ter estendido a mão e arrancado a máscara do rosto dela.

O pior de tudo é que, de certa forma, ela sabia que era verdade. Porque, se Roz era a Terra, Damian era a Lua — firme e inflexível, afetando-a à distância, quer ela gostasse ou não. Sem se importar que ela fosse selvagem e imprevisível e estivesse em constante mutação.

— Eu queria ser sua Terra — disse Damian, mais suavemente agora. — Só uma vez. Só por um momento.

Por um instante não houve nenhum som além do bater suave da água na lateral da piscina. Nada além da sensação elétrica da perna de Damian a centímetros da dela. Iluminada por baixo, a piscina parecia não ter fundo, tão inescrutável quanto a expressão dele. Roz ficou extasiada. Calafrios dançavam por sua pele em carícias instáveis, e a língua estava seca contra o céu da boca, cada momento mais carregado de tensão que o anterior.

Como Damian podia não ter percebido que cada parte da vida dela girava em torno dele? Que sempre fora assim? Até as partes ruins eram tingidas com as cores de Damian Venturi.

Roz estendeu a mão para entrelaçar os dedos na nuca dele. Ali, não dava para segurar os cabelos, pois eram curtos demais, então ela cravou de leve as unhas, inclinando o rosto do rapaz para si.

Mas Damian resistiu, estendendo a mão para tocar seus lábios com o dedo indicador, impedindo-a de fazer o que ela tanto queria.

— Não — disse ele, suspirando. — Sempre me arrependi de não ter beijado você primeiro.

A confissão fez o estômago de Roz dar um nó. Ela o encarou, surpresa ao vê-lo tão calmo e seguro. Damian substituiu o indicador pelo polegar mais uma vez, puxando o lábio inferior dela para baixo. Olhava para a boca da moça com tanta reverência que Roz não sabia o que fazer com o restante do corpo. Aquele não era o garoto tímido e hesitante que ela beijara naquela noite de verão, bêbada de vinho.

Damian prendeu o lábio de Roz entre os dentes por um momento, depois se moveu para pressionar sua boca na dela.

Roz relaxou. De certa forma, aquele era o primeiro beijo deles novamente: desesperado, explorador e envolvente. Mas também *não* era um primeiro beijo porque aquela versão de Damian sabia exatamente o que estava fazendo. Suas mãos eram confiantes enquanto percorriam suas costelas, e seus lábios eram certeiros enquanto se moviam pela mandíbula e pelo pescoço. Roz inclinou a cabeça para trás e fechou os olhos, absorvendo o calor das exalações dele em sua garganta. Suas mãos agarraram a cintura dela, traçaram a curva de seu ombro.

— Não acho — murmurou ele em seu ouvido — que seja possível me aproximar tanto de você quanto quero.

Roz conhecia a sensação. Queria abraçar Damian e nunca mais soltar. Queria compensar cada momento desperdiçado dos últimos anos e sentir o toque dele em sua pele sem parar. Precisava saber que ele estava aqui, que estava vivo e que ainda a amava, por mais complicada que fosse a situação entre os dois.

Ela nunca odiou Damian Venturi. Parte dela sempre soube disso. Mas Roz transformou a tristeza em raiva, a dor em ódio. Era mais fácil lidar com sentimentos assim.

— Eu sentia ódio de você — falou ela, arqueando-se contra ele. Sua mão errante parou, e ela a agarrou, puxando os dedos dele como se fossem uma tábua de salvação. — Disse a mim mesma que sentia, mas era mentira.

Os olhos de Damian eram ônix líquido na penumbra. Roz ficou horrorizada ao descobrir que sua visão estava turva e fechou os olhos com força, deixando a testa encostar no ombro dele. Estava firme e quente. A camisa do uniforme cheirava a chuva e almíscar.

— Tudo bem — sussurrou ele, usando a palma da mão para fazer círculos lentos nas costas dela. Sua voz estava rouca. — Eu entendo.

Ficaram assim durante algum tempo e, por fim, Roz sentiu seu corpo relaxar. Ela lhe contara a verdade, e ele compreendera. Não havia mais barreiras entre os dois.

Roz levou um bom tempo para se lembrar de que Damian não sabia que ela era uma rebelde.

Damian

A emoção de beijar Roz ainda não havia desaparecido quando Damian voltou ao Palazzo.

Ela se permitira ser vulnerável com ele — algo que Damian sabia não ser natural para Roz. Ela não o odiava. Depois de tudo, os dois estavam começando a reconstruir o que tinha se perdido. E, se Damian não estivesse enganado, daquela vez poderia ser ainda melhor.

Mas havia algo estranho na maneira como ela se afastou. Sua voz estava um pouco controlada demais quando Roz sugeriu que eles se encontrassem de novo no dia seguinte. Os dois discutiriam o que fazer com Battista depois, dissera. Nesse ínterim, a moça mandou Damian evitar o pai.

Então Roz foi embora, e Damian não conseguia afastar a sensação de que havia algo que ela não tinha lhe contado.

Disse a si mesmo que estava imaginando coisas enquanto caminhava pelo primeiro andar do Palazzo, murmurando uma saudação ao cruzar com Noemi. Roz nunca tinha sido totalmente honesta com ele. Foi por isso que não conseguiu confessar a ela que ainda não estava convencido do envolvimento de Battista nos assassinatos.

Sim, o pai dele tinha os meios para cometer os assassinatos. Sim, ele poderia ter obtido o velênio quando estava no norte. E, sim, se fosse culpado, Damian poderia chantageá-lo para garantir que não fosse enviado de volta à guerra.

Esse último ponto tinha sido o argumento de Roz, e Damian fizera a vontade dela.

No entanto, apesar das evidências, não conseguia afastar a sensação de que Roz estava errada.

Sua cabeça girava, cheia de perguntas e medos que só pareciam aumentar. Ele precisava ir para um lugar mais tranquilo. Precisava da orientação de alguém que não fosse Roz, que nunca seria capaz de encarar a situação com nem um pouco de neutralidade.

Quando chegou ao Santuário, não sabia com certeza se as estátuas encapuzadas o fariam se sentir melhor ou pior.

Ele foi direto para Força, ajoelhando-se diante de seu santo patrono sem qualquer esperança. Como algo que antes lhe trazia tanto conforto agora parecia tão infrutífero? Era como se a luz imaginária que enxergava no coração da estátua tivesse se apagado. Mas a memória muscular o obrigou a tentar. A inclinar a cabeça e fechar os olhos, procurando um lugar de calma em seu íntimo.

Por favor, pensou Damian enquanto o frio subia do chão de pedra para suas pernas. *Preciso de ajuda.*

Não houve resposta. Ele tentou se concentrar mais, trincando os dentes, mas sua mente vagou. Pensou involuntariamente nas palavras de Roz no outro dia, quando ele dissera que as ações dos santos estavam além da compreensão de todos.

Isso é o que todos dizem sobre as próprias crenças quando não querem pensar muito. É preguiçoso e covarde. É mais fácil do que admitir que você não entende o mundo.

Por mais que detestasse admitir, Roz tinha razão. Ele não queria pensar muito, não queria analisar a questão com atenção demais, porque tinha medo do que poderia encontrar. Era muito mais fácil confiar nas próprias limitações do que considerar a outra opção: que ninguém estava ouvindo.

Que ninguém nunca tinha ouvido.

Ele pressionou a testa nos pés de Força. Se os seis santos estivessem em algum lugar, era ali. Damian precisava acreditar nisso. Porque, se não acreditasse, então estaria sozinho em um templo subterrâneo, com o rosto tocando a pedra fria sem motivo algum. Do contrário, seria forçado a olhar para trás, para todos os aspectos de sua vida, e se sentiria um tolo.

Diziam que você encontraria os santos assim que abrisse seu coração para eles. Então, o que Damian estava fazendo de errado? Ele não achava que poderia ser mais aberto. Não conseguiam ouvir seu desespero? Damian precisava de um sinal — algo que lhe mostrasse se seu pai era confiável. Não estava disposto a arriscar o que restava do relacionamento deles sem provas. Ele seria fraco, pouco viril, se não voltasse à guerra sem reclamar? Era por isso que Força o ignorava?

Preguiçoso. Covarde.

— Por quê? — gritou ele aos pés de Força, as palavras ecoando na sala cavernosa. Ergueu a cabeça e levantou o queixo até o rosto impassível da estátua. Quando falou, as palavras ficaram presas na garganta, sufocando-o. — O que estou fazendo de errado? Por que não me escolheu?

Algo como histeria brotou dentro dele, fazendo-o se levantar. Ele se moveu como um espectro até o outro extremo da fileira de estátuas. Cada batida de seu coração era insistente e ameaçadora. Como se houvesse algo escondido dentro dele, lutando para sair.

Damian parou apenas quando ficou de frente para Caos.

O lençol branco-acinzentado tremulou ligeiramente, embora o ar no Santuário estivesse parado. Damian sentiu como se estivesse em um sonho, ou talvez em um pesadelo, no qual seu corpo se movia sem permissão. Seus dedos se esticaram em direção ao lençol, mas ele afastou a mão. Remover o tecido parecia errado. Tanto do ponto de vista espiritual como simbólico.

Caos era mau. Tinha caído, e com certeza não estava presente naquele lugar.

Mas uma parte débil da alma de Damian de repente teve certeza de que, se algum dos santos iria responder a ele, seria este. Afinal, Damian *era* um caos, não? Talvez não por mérito próprio, mas por associação. Ele deixou que o caos reinasse ao seu redor sem fazer esforço algum para impedi-lo. Tinha sangue nas mãos, e não o sangue justo de Morte. Quando Michele morreu, quando Damian atirou naqueles homens, ele foi dominado por *outra* coisa. Algo que tinha sede de violência e decadência.

— Eu não quero você — sussurrou ele, a visão turva enquanto estudava a curva da cabeça coberta de Caos. Sentiu-se um tolo, mas precisava dizer isso, só para garantir. — Se estiver aí, caído ou não… *eu não quero você*.

Nada aconteceu. Claro que não. Caos caíra em desgraça setenta anos antes — Damian não podia culpar seus atos passados pela influência de um santo que não desempenhava mais um papel na religião de Ombrazia. O que diabos estava fazendo? Debaixo daquele lençol fantasmagórico não havia nada além de uma estátua. Pedra em forma de homem.

Em um esforço para se tranquilizar, Damian estendeu a mão e agarrou o braço do santo. Estava frio, como gelo envolto em tecido.

Mas não foi por isso que ele afastou a mão.

Houve um som de pedra raspando em pedra, e a parede ao lado de Damian se moveu.

Ele congelou, o coração disparando quando uma passagem se abriu. Damian assistiu em parte horrorizado, em parte intrigado, enquanto a parede se acomodava em sua nova posição para revelar um túnel escuro. Automaticamente — como se estivesse em transe —, o rapaz deu um passo à frente.

Então sentiu o cheiro.

Podridão. O cheiro fétido de algo morto há muito tempo.

Damian tossiu, colocando a dobra do braço sobre o nariz. A náusea subiu em sua garganta, mas ele não tinha certeza se era por causa do mau cheiro ou de suas dúvidas.

Havia um túnel secreto no Santuário e algo dentro dele estava morto.

Ele hesitou. Deveria chamar reforços? E se a passagem se fechasse novamente enquanto estivesse lá dentro e não conseguisse reabri-la? Ele queria mesmo descobrir sozinho o que quer que estivesse lá embaixo?

— Não seja covarde — murmurou para si mesmo. Damian deveria pelo menos dar uma olhada, apenas para ver o tamanho do túnel. Engolindo a própria bile, tentando respirar o mínimo possível, pegou uma vela do candelabro mais próximo e entrou na passagem.

O cheiro o atacou novamente. Ele engasgou, piscando. As paredes de pedra eram estreitas, desbotadas e sujas. O lugar estava congelante, mas a morte ainda conseguia se agarrar ao ar. Não era um bom presságio. Damian prendeu a respiração ao seguir pela escuridão. Felizmente, percebeu que a passagem não era longa; na verdade, uma sala já estava visível no fim. Acelerou o passo, preparando-se para o que quer que estivesse prestes a encontrar.

Não sabia o que esperava da sala, mas o espaço estava vazio, nada além de paredes de pedra do chão ao teto. O cheiro era horrível ali, e Damian jurou que conseguia sentir o gosto. Seu estômago se torceu quando o rapaz lançou a chama da vela pelo espaço. Sua oscilação tornou-se ameaçadora, e sombras escalaram as paredes como enxames de insetos.

Quando viu o corpo no chão, não conseguiu engolir o grito.

A pessoa — um homem, pensou Damian — estava morta havia tanto tempo que não dava para reconhecer quem era. Nunca tinha visto uma descoloração assim. Na verdade, parecia que o corpo tinha iniciado um processo de mumificação. Ele pressionou a mão na boca e no nariz, tentando não analisar com atenção os sinais claros de podridão, a pele que já não parecia carne, mas algo afundado e arroxeado, esticado sobre os ossos, o rosto grotescamente desfigurado. O frio provavelmente ajudou a retardar a decomposição, mas não o suficiente. E o *fedor*... Se Damian tivesse que adivinhar, diria que o homem estava morto havia pelo menos uma semana.

Foi então que viu os óculos empoleirados no nariz do cadáver. Reconheceu a capa caída no chão.

Era o magistrado-chefe Forte.

Impossível. Completamente impossível. No entanto, quanto mais Damian olhava, mais familiar o morto se tornava. O formato do nariz. A cor dos cabelos, arrancados do couro cabeludo em tufos. Até os sapatos aparecendo por baixo do tecido escuro da capa.

Damian tropeçou para trás, um suor frio escorrendo pela testa. Perdeu tanto o controle de suas mãos que quase deixou a vela cair.

Não fazia sentido. Não podia ser real. Damian tinha visto o magistrado--chefe fazia poucos dias. Falara com ele várias vezes. Aquele cadáver tinha que ser outra pessoa.

Mas não era. Damian sabia que não era. A certeza e a náusea reviraram suas entranhas. Porém, as duas coisas não podiam ser verdade: o magistrado-chefe não poderia estar vivo e morto ao mesmo tempo. Damian estava perdendo a cabeça? Ou aquilo não era real, ou os acontecimentos da semana passada não tinham sido reais. E como isso parecia muito menos provável, restava a primeira opção. Era um sonho? Uma visão? Uma ilusão?

Uma ilusão.

Damian continuava a recuar, a compreensão deslizando devagar pelas suas veias. Quando duas coisas não podiam ser verdadeiras ao mesmo tempo, uma delas precisava ser falsa. E quem falsificava melhor a realidade do que um ilusionista?

Mas os discípulos de Caos não poderiam ter retornado. Caos havia caído, o que significava que não havia mais como criá-los. Damian tinha que acreditar nisso, ou nada mais faria sentido.

Como alguém poderia ter certeza de que Caos caiu?, pensou Damian espontaneamente. *Ele era uma divindade. Qual era a prova?*

— Não — grunhiu em voz alta, os dedos pressionando as têmporas. Ele não podia começar a questionar essas coisas. Não agora. Não quando os santos eram as únicas certezas em sua vida.

A outra opção, claro, era que ele tinha perdido a cabeça por completo.

Seus pensamentos giravam enquanto ele saía daquele lugar, o pânico apertando seu coração como um torno. Aquele era o motivo pelo qual os discípulos de Caos — até mesmo a ideia deles — eram tão perigosos. Eles faziam você questionar sua própria sanidade. Os assassinatos foram reais? As cartas que Roz encontrou? *Roz era real?* Ou alguém estava construindo cenas falsas em torno de Damian, como se ele fosse um peão em um tabuleiro de xadrez?

Apesar de tudo, ele precisava contar aquilo ao pai. Se alguém saberia o que fazer, era Battista. Ninguém era mais próximo do magistrado-chefe.

Posso confiar em meu pai?, pensou ele de forma frenética, a dúvida ardendo feito uma queimadura.

Mas outra parte dele — a parte que ansiava por segurança, que queria orientação — disse: *corra.*

✦

Damian sentiu como se um estranho tivesse assumido o controle de seu corpo. Estava com calor e frio ao mesmo tempo, o olfato cheio de morte.

Ele escancarou a porta do escritório de Battista. Não sabia o que diria, mas obrigaria as palavras a saírem. O Palazzo, os oficiais, todos precisavam ficar atentos. Algo estava muito, muito errado.

Seu pai ergueu os olhos quando ele entrou, a surpresa estampada no rosto.

— Damian. O que está acontecendo?

Ele estava com a boca seca. Nenhum de seus pensamentos se completava. Pensou no velênio, nas cartas que Roz lhe mostrara. Eles pareciam outro problema, distante.

— Preciso falar com você.

— Percebi. Sente-se.

Damian não se sentou. Estava nervoso demais.

—Tem algo errado. Acho que o magistrado-chefe está morto.

Battista estremeceu, perturbado. Seu olhar se estreitou quando ele percebeu a aparência atormentada do filho.

— Por que diabos você pensaria em uma coisa dessas?

—Vi o corpo.

Houve uma pausa tão longa que a linha que separava o desconforto do sentimento de estranheza se desfez.

— Damian — disse o pai devagar —, eu me encontrei com Forte há menos de duas horas. Está me dizendo que acredita que ele foi morto desde então?

— Não. Faz mais tempo. Ou… Não tenho certeza. — Damian enfiou o rosto entre as mãos, esticando a pele. — Olha, você acha… É possível que os discípulos de Caos possam estar de volta?

Battista se levantou com o corpo rígido. Algo parecido com preocupação começava a tomar conta de suas feições, e a mudança no comportamento coincidiu com a mudança no ar ao redor deles.

— Como é?

— Sei que parece loucura. Mas vi algumas coisas. Coisas que não podem ser reais.

Damian sabia que mencionar Caos seria um erro, mas não conseguiu evitar as palavras. Alguém além dele precisava *saber*, precisava fazer algo a respeito. Ele pensou nos rumores em torno da sétima guilda caída: os discípulos de Caos podiam manipular várias pessoas ao mesmo tempo. Podiam mostrar qualquer mentira e fazer você acreditar nela. Havia até histórias de terror sobre aqueles que passaram tanto tempo sob o controle de um discípulo que se esqueceram da própria realidade e morreram de desidratação.

Houve um momento de silêncio enquanto Battista digeria aquilo. Quando ele falou, foi com uma entonação cuidadosa:

— Damian, você está bem?

Ele baixou o tom de voz na tentativa de parecer menos perturbado.

— Eu vi o corpo do magistrado-chefe no Santuário. Mas não era real, era? Porque você acabou de se encontrar com ele. Ou será que encontrou mesmo? — Ele abriu bem as mãos. — É impossível dizer! Não vê?

Seu pai pareceu ficar atordoado em um silêncio momentâneo. Ele abriu a boca e fechou-a novamente, antes de balançar a cabeça.

— Você está histérico.

— *Não* estou — gritou Damian, o desespero inundando-o. Ele precisava que seu pai ouvisse, entendesse. — Algo não está certo aqui. Sei que você está envolvido com os assassinatos. Sei que se encontrou com a legista para exigir que ela retirasse a informação sobre velênio dos relatórios. Por quê?

Battista arregalou os olhos, conseguindo parecer confuso.

— Essa é uma acusação muito estranha — disse ele, com cuidado. — Onde ouviu isso?

Se Damian tivesse a capacidade de sentir algo diferente de horror, poderia ter ficado desapontado. Por que seu pai simplesmente não admitia?

Ele observou, com os olhos arregalados, Battista dar alguns passos lentos em sua direção, como alguém se aproximando de um animal imprevisível.

— Damian, talvez seja melhor você tirar uma folga do Palazzo. Só por um tempo. Parece que o estresse do trabalho enfim lhe deixou confuso.

O rosto de seu pai era uma máscara, e Damian sentiu uma tristeza profunda. Ele conhecia aquele olhar. Significava que Battista havia tomado uma decisão. Uma com a qual era impossível discutir.

Mesmo assim, argumentou. Não conseguiu evitar.

— Não. — O pavor transbordava em seu peito. — Não, não vou voltar para a guerra.

—Vai ser bom para você — disse Battista com firmeza. — Um homem amolece quando fica longe da batalha por muito tempo. Você aprenderá como superar melhor esses, hã... delírios.

Damian recuou, aproximando-se da porta. O suor escorria do couro cabeludo até a lateral do rosto.

— Não são ilusões. Preciso que você *me escute*. — Ele cuspiu as palavras, a agitação fazendo com que se articulasse mal.

Em pânico, não ouviu a porta do escritório se abrir. Não viu o pai acenar para outra pessoa entrar na sala e não sentiu a presença de alguém que se aproximava dele por trás.

A acusação morreu em seus lábios conforme o mundo ficava escuro.

… 25 …

Damian

O som de tiros era uma cacofonia ecoando pelos ossos de Damian.

Ele estava agachado na lama, o corpo todo sujo, tremendo com um resfriado que ultrapassava os limites do desconforto normal. A uma curta distância, igualmente sujo a ponto de ficar irreconhecível, estava Michele. Damian fincou os pés com mais firmeza no chão. A névoa estava densa demais para ver direito, e suas mãos tremiam onde ele segurava a arma, o dedo sempre congelado logo acima do gatilho. O medo que pulsava por ele era diferente de tudo que sentira antes. Era um medo tão forte, tão potente, que beirava o entorpecimento. Medo por si mesmo. Por Michele. Pelos outros homens ao redor. Pelo mundo ao qual talvez nunca mais voltasse.

As figuras sombrias surgiram na colina, como sempre.

Damian não sentiu a bala atingir seu ombro, como sempre.

Mas sentiu o medo. Ele se incorporou ao seu peito, encolhendo-se ao lado de seu coração que batia freneticamente, e nunca mais saiu de lá.

Nem mesmo quando o mundo ficou quieto.

✶

— O filho do general?

— É.

— Por que ele está amarrado assim?

— Acho que pensaram que ele poderia tentar escapar. Pular no mar ou alguma merda dessas, em vez de voltar para a guerra. Sei lá. Nenhum tratamento especial desta vez.

— Ele está se contorcendo feito louco. Acha que há algo errado com ele?

— Não. Provavelmente são só pesadelos, como todos nós.

As vozes chegavam a Damian como sussurros ao vento, quase suaves demais para que as entendesse. Foi preciso um esforço para conseguir abrir os olhos, como se a conexão entre o corpo e o cérebro estivesse mais lenta que o normal. A sensação inundou seus membros. Ele sentiu como se tivesse se saído mal em uma briga.

— Ei, ele acordou.

Um rosto bigodudo entrou em seu campo de visão. Damian automaticamente se esquivou, apertando os olhos diante do súbito clarão de luz.

— Abaixe isso, por favor.

O desconhecido baixou a lanterna. À medida que os olhos de Damian se ajustavam, viu dois homens parados diante dele: um magro e outro musculoso, ambos ostentando o brasão de Ombrazia nas jaquetas militares.

— É Venturi Júnior, então? Bem-vindo a bordo. Sou o *capitano* Russo. — Bigode sorriu, mas seu companheiro maior não. Sua voz não era amigável.

Uma pontada queimou o peito de Damian, sendo logo substituída por desconforto quando ele tentou se mover e descobriu que não conseguia. Estava sentado, percebeu, com os braços amarrados com firmeza atrás das costas. O metal cortava a pele de seus pulsos, e cada vez que mudava de posição algo atrás dele fazia um clangor. Estava algemado?

— Onde estamos? — inquiriu Damian, tentando imprimir confiança na voz. Ele não era idiota, sabia o que devia ter acontecido. Estava sendo levado para o norte, e seu pai não queria a inconveniência de uma briga, então ele… O quê? Nocauteou o filho? Damian tinha uma vaga lembrança de alguém entrando no escritório, mas não teve a chance de se virar antes de tudo ficar preto.

O que ele se lembrava, porém, era de ter mostrado a mão a Battista. Não fez a menor diferença. Claro que não. Damian não era como Roz. Não tinha sido feito para chantagens e intrigas. Ele defendia a lei, punia aqueles que a violavam e seguia as regras.

Estava claro agora que seu pai não se sujeitava às mesmas regras que ele.

Ali, naquela sala que mais parecia uma tumba, com dois homens que nunca tinha visto, sua descoberta anterior não parecia real. As memórias de Damian sobre o corpo do magistrado-chefe eram confusas. Os ilusionistas *não* poderiam estar de volta. Alguém saberia, não é? Talvez ele realmente estivesse perdendo a cabeça. Talvez os horrores que habitavam sua mente estivessem penetrando na realidade. Ele já havia ouvido falar que isso às vezes acontecia com aqueles que voltavam da guerra e traziam os terrores consigo.

— Onde estamos? — repetiu Damian, porque ninguém havia respondido na primeira vez.

Russo trocou um olhar com o companheiro. Foi um olhar que sugeria a opinião de que Damian não conseguia enxergar o óbvio.

— Estamos no *Il Trionfo*. No porão, mais especificamente.

Um navio, então. Fazia sentido.

— Por que no porão?

Russo riu.

— Seu pai me pediu para mantê-lo aqui, pelo menos até deixarmos o porto. Parecia pensar que você poderia fugir.

— Não vou fugir — disse Damian. Mesmo naquele momento, qualquer tentativa de fuga provavelmente era o equivalente a uma deserção. E todos sabiam o que acontecia com os desertores. — Cadê o resto?

Dos soldados, ele queria dizer, e Russo conseguiu entender pelo contexto.

— Lá em cima, no convés principal. Partiremos em… — o homem pegou um relógio de bolso e olhou para ele — … ah, daqui a cerca de uma hora.

O peito de Damian se apertou.

— Não vou criar problemas. Não precisa fazer isso.

— Ah, mas eu *quero*. — Russo deu um sorriso maior, e desta vez Damian pôde ver seus dentes irregulares e trepados. — Sabe por quê? Porque você é tão ruim quanto um desertor. Ficou lá no norte e morreu com seus colegas soldados? — Quando Damian não respondeu, ele continuou: — *Não*. O papai te trouxe de volta e arrumou um trabalho confortável que você não merecia. Enquanto *meu* — ele deu um tapa no rosto de Damian — *irmão* — outro tapa — *morreu* — de novo — *de forma honrosa*.

Damian não emitiu nenhum som quando sua cabeça virou para a esquerda, para a direita e depois para a esquerda novamente. Os golpes não doeram tanto quanto a compreensão que floresceu no fundo de seu estômago. Ele estalou a mandíbula, encarando o rosto de Russo.

— Qual era o nome de seu irmão?

Ele sabia qual seria a resposta antes de ser dada. Russo era um sobrenome comum. Tão comum, na verdade, que nem passou pela cabeça de Damian que duas pessoas com aquele sobrenome seriam necessariamente parentes. Nesse caso, no entanto, tinha uma suspeita preocupante de que…

— Michele — disse Russo. — Michele Russo. Você o conhecia, não? Você o viu morrer e então seu papai levou você embora para protegê-lo do trauma. Mas deveria ter sido *você*.

A última palavra saiu em um silvo frenético, e desta vez foi o amigo musculoso de Russo quem desferiu o golpe. Com as mãos atrás das costas, Damian não conseguiu impedir. Deixou o punho do homem acertá-lo bem na lateral do rosto, a visão ficando turva enquanto o sangue enchia sua boca.

Damian não cuspiu. Deixou o sangue escorrer de seus lábios enquanto dizia baixinho:

— Você tem razão. Deveria ter sido eu.

Russo o observou com nojo.

— Ainda há tempo. Serino?

O homem enorme — Serino — recuou e chutou Damian no estômago com força suficiente para ele se dobrar para a frente, ofegante. Damian não dissera a mesma coisa a Roz? Que aqueles que desertavam do front o deixavam com a sensação de abandono? E, ainda assim, ele fez a mesma coisa. Não por vontade própria, talvez, mas importava? O resultado era o mesmo.

— Juro pelos santos — falou Damian com voz rouca. — A última coisa que queria era que Michele morresse. Ele me manteve são lá no norte. Eu o amava como um irmão. — Dizer aquilo em voz alta era como ter o coração quebrado em pedaços.

—Vá se foder, Venturi. — Russo se empertigou, enfiando as mãos nos bolsos do casaco. — *Eu* sou irmão dele. E ainda estou aqui, fazendo meu trabalho, porque alguns de nós não têm o luxo de poder fugir. Acha que sabe o que é sofrimento? — Ele abriu um sorriso. — Você não tem ideia.

Damian tentou inspirar, estremecendo com a dor no torso.

— Juro pelos santos… — repetiu ele. — Nunca quis dizer…

— Cale essa boca — berrou Russo. — Quanto aos santos, pode esquecê--los. Eles não vão nos encontrar no lugar aonde estamos indo.

O pé de Serino acertou a barriga de Damian, com ainda mais força. Ele caiu para a frente, esticando as correntes, com dificuldade de respirar. Ficou ciente dos passos de Russo e Serino ao longe, mas eles não estavam distantes o suficiente para que a promessa de despedida de Russo se perdesse no ar:

—Vai pagar pelo que aconteceu com meu irmão, Venturi.

Então, Damian mergulhou na escuridão.

Apesar da dor, ele sabia que Russo estava certo. Não sobre ele pagar pela morte de Michele — embora aquilo também fosse verdade —, mas sobre não ser um soldado de verdade. As luzes atrás de seus olhos deram lugar ao sorriso travesso de Michele, acompanhado pela profunda dor da vergonha. Ele *era* praticamente um desertor e agora estava praticamente morto. Nunca foi um soldado de verdade.

Um soldado de verdade não deixava o campo de batalha antes do fim da guerra ou da própria morte.

✷

Não poderia ter passado mais de uma hora até que alguém entrou no porão. Dessa vez, não foi Russo ou Serino, mas um jovem que Damian não reconheceu. Ele colocou Damian de pé, removeu as algemas de seus pulsos e fez uma careta quando o rapaz perguntou a que distância estavam de Ombrazia.

—Vista-se. — O homem lhe entregou um uniforme militar. — Rápido.

Damian estava machucado demais para que fosse possível fazer qualquer coisa de forma rápida, mas fez o que pôde, uma das mãos apoiada na parede para manter o equilíbrio. Quando terminou, o homem pegou seu uniforme do Palazzo, jogou-o no canto e apontou para a escada no canto da sala.

—Vai.

Não era tão fácil obedecer à ordem. O peito de Damian doía muito, e ele achou impossível recuperar o fôlego. Mas conseguiu subir os degraus, piscando com a luz fraca do sol. Parecia estar anoitecendo, o que significava que ele tinha permanecido inconsciente durante toda a noite anterior e parte daquele dia.

Damian emergiu em um espaço cheio de jovens uniformizados. Foi como voltar no tempo — um *déjà vu* que o fez querer gritar. E daquela vez ele não tinha Michele ao seu lado, com sua disposição alegre para mantê-lo à tona.

Ele se lembrava de tudo aquilo. Os grupos de jovens conversando em seus novos uniformes, alguns entusiasmados, outros com medo, mas nenhum deles pronto. Nenhum deles capaz de imaginar o que estava por vir. Como poderiam? Era impossível imaginar até que a situação fosse vivida. Alguns deles pareciam ter dezesseis anos, a mesma idade de Damian ao se juntar à luta. Outros pareciam ainda mais jovens, com os olhos arregalados e um nervosismo palpável. Isso o fez se sentir mal.

Ele observou os outros soldados interagindo, em vários estágios de excitação ou medo. Na extremidade do navio, Damian pôde imaginar uma versão mais jovem de si mesmo, sozinho. Pôde ouvir uma voz em sua mente, clara como o dia.

Este é o melhor ponto de observação?

Ele se lembrou de se virar, concentrando-se em um garoto de cabelos cor de areia, óculos e um sorriso travesso.

Algo assim, respondeu.

Hum. O garoto ficou ao lado dele, cruzando os braços enquanto se encostava na parede. *Como não sou muito observador, provavelmente é melhor enganar você para pensar que é meu amigo.* Então deu outro sorriso, mostrando os dentes da frente tortos, e Damian sabia que ele já tinha conseguido. *A propósito, meu nome é Michele.*

Damian precisava se sentar desesperadamente. Respirar. Parar de pensar em Michele e no passado.

Mas isso o deixava apenas com pensamentos sobre o futuro: sobre o que aconteceria quando o navio atracasse e ele mais uma vez fosse mergulhado nas ensurdecedoras rajadas de tiros. A bile lhe subiu pela garganta e o clamor ao seu redor de repente parecia estar a quilômetros de distância.

Era isso que você queria, pai?, pensou amargamente. Quantas vezes Battista disse a Damian que o apoiava, que confiava em seu julgamento? E ainda assim Damian falhara, tantas vezes, até que o homem em quem ele confiava para sempre estar ao seu lado o considerasse uma causa perdida.

Ele não confiava mais no pai. Era a conclusão à qual conseguia chegar, e foi uma sensação chocante. Damian sempre se apegou à ideia de que, apesar da rigidez de Battista, o pai faria o que era certo. Mas Roz pensava diferente desde o início, não é? Battista não era confiável. Àquela altura, ele era o culpado mais provável, mesmo que Damian não tivesse ideia de quais poderiam ser seus motivos. Também não sabia como o envolvimento potencial de um discípulo de Caos poderia estar relacionado aos acontecimentos. Ele se sentia como se tivesse um monte de peças de um quebra-cabeça impossível, sem ter ideia de como poderiam se encaixar.

Como ele poderia resolver assassinatos que alguém claramente não queria que fossem resolvidos? Nada fazia sentido. As evasivas do pai, o corpo do magistrado-chefe, a loucura arrepiante que invadiu seus ossos ao se ajoelhar diante dos santos sem rosto. Havia uma explicação razoável para aquilo. Tinha que haver. Ele precisava confiar nas coisas que aprendera, porque eram tudo o que tinha. Um mundo onde Caos existia mais uma vez, um mundo onde Damian não tinha mais a sua fé, era um conceito que ele não conseguia compreender por completo.

E, no entanto, quanto mais pensava no assunto, mais percebia que tudo mudara. Havia um tempo em que a fé repousava como uma pedra lisa na palma de sua mão. Um objeto único e resistente, fácil de agarrar. Agora, a fé parecia fluir como areia por entre seus dedos, cada partícula individual delicada demais para ser mantida com firmeza em sua palma. Tudo o que ele tinha eram milhões de pequenos fragmentos grudados na pele e o medo de que as perguntas erradas fariam tudo aquilo desaparecer.

Mas como poderia não ter perguntas? Ninguém era quem ele pensava ser.

Apenas Roz. Roz, que ele enfim começara a conhecer de novo, antes de acabar sendo arrastado para longe. Ela saberia o que acontecera com ele? Ou pensaria que ele a abandonara mais uma vez? O pensamento era mais doloroso do que a dor aguda na lateral de seu corpo.

Ele não sabia o que fazer. Não havia mais *nada* a ser feito.

Então fechou os olhos e rezou, sem se importar se os santos estavam escutando.

26

Roz

No coração do templo de Paciência, Roz deixou o calor fluir para as pontas dos dedos.

Vittoria estava sentada ao seu lado, olhos fechados e bochechas rosadas. Parecia tão serena. Tão confortável ali, no ar quente que carregava o cheiro da magia.

Roz não se sentia confortável. Ela estava com calor, inquieta. Sentia que sua magia a estava destruindo por dentro, faminta por mais do que podia oferecer. Tinha garras, dentes e uma mente própria. O que tentava criar? Ela nem sabia mais. À medida que as horas passavam, Roz ficava menos certa de que devia estar ali. Sua cabeça estava ocupada pelos lábios de Damian, pelas mãos de Damian. Pela inclinação de sua boca.

Sempre me arrependi de não ter beijado você primeiro.

Roz não tinha ideia em que situação aquilo os deixava. Ele estava muito envergonhado para entrar em contato? Depois de tudo, a garota não conseguia imaginar que fosse o caso, mas não tinha recebido nem mesmo um bilhete. E não era como se ela pudesse entrar em contato com ele. Os dois precisavam deixar o beijo de lado e descobrir o que fariam sobre Battista. Como podia saber que Damian já não tinha ido falar com o pai?

—Você precisa relaxar — disse Vittoria.

Roz olhou para a amiga e a encontrou encarando seu rosto.

— Acho que estou um pouco distraída hoje.

Ela só queria que o dia terminasse. As paredes metálicas e o teto pintado em forma de domo do templo pareciam opressivos.

Vittoria balançou a cabeça.

— Sabe, às vezes me pergunto se os santos cometeram um erro.

Roz ergueu a sobrancelha, sem entender de imediato.

— Achei que acreditava que os santos não cometiam erros.

Ela deu de ombros.

— Eu acreditava. Mas simplesmente nunca vi ninguém tão… desencantada, suponho.

Foi só então que Roz ligou os pontos.

—Você acha que os santos cometeram um erro ao me abençoar com magia.

— Roz, soa horrível quando você fala assim. Eu só…

— Não — disse a garota, interrompendo-a. —Você tem razão. Foi com certeza um erro.

Vittoria a encarou, boquiaberta. Santos, como deveria ser viver na mente de alguém como Vittoria? Ela fazia tão poucas perguntas e ficava satisfeita com as respostas recebidas. Aceitava tudo como é. Ela era uma pessoa gentil, mas Roz nunca a compreenderia.

Roz se levantou.

— Não posso mais fazer isso.

E era verdade. Tinha um assassinato para resolver. Estava prestes a participar do maior ato da rebelião até então, na qual desempenharia um papel fundamental. Por que estava sentada ali, elaborando armas que poderiam muito bem ser usadas contra o mesmo grupo ao qual havia jurado lealdade?

Vittoria também ficou de pé.

— Não pode fazer o quê?

Roz apertou os lábios, olhando para a garota com quem certa vez pensou, por um breve momento, que poderia ser feliz. Ela estava se enganando. Nada naquela vida faria Roz feliz. Se sofreria um inferno por ir embora, que assim fosse. Lidaria com aquilo mais tarde.

— Sinto muito, Vittoria. Vou dar o dia como encerrado. Se alguém perguntar, não precisa mentir por mim.

E foi embora do templo.

O caminho para o Palazzo estava entrecortado por faixas de luz filtradas por entre telhados próximos. Roz manteve um ritmo rápido ao passar pelo rio e depois pela Basilica, contornando grupos de pessoas que pareciam estar falando alto demais. Foi só quando se aproximou das imponentes portas do Palazzo que percebeu que não tinha um plano. Será que poderia simplesmente entrar lá e pedir para falar com Damian? Não sabia, mas não era como se tivesse muitas outras opções.

De uma forma bastante inconveniente, os dois oficiais de segurança na entrada do prédio eram familiares para Roz. Uma delas era a garota alta com tranças com quem Damian estava na primeira vez que Roz cruzou seu caminho. O segundo era o rapaz bonito que estava de guarda no dia em que ela invadiu o gabinete do magistrado-chefe. Kiran, lembrou.

Isso poderia ser um problema.

Ela poderia voltar depois, mas não era como se estivesse fazendo algo errado. Afinal, foi Damian quem lhe dera o uniforme. Roz ficou ali por um momento, considerando suas opções, e então a escolha foi feita por ela.

— Ei!

Era a voz de Kiran, e Roz ergueu os olhos e viu o rapaz acenando para ela. Ao seu lado, a outra oficial simplesmente a encarava, com os olhos semicerrados, como se tentasse se lembrar do seu rosto.

Merda. Bem, pelo menos Roz sabia que os dois oficiais eram amigos de Damian. Qual era a pior coisa que poderia acontecer?

Ela subiu os degraus do Palazzo até os dois. Respondeu ao sorriso de Kiran com outro.

— Oi. Algum de vocês viu Venturi?

Kiran balançou a cabeça.

— Não desde ontem. Você não deveria estar de guarda?

Roz estremeceu quando a oficial se virou para encarar Kiran, as sobrancelhas franzidas.

— De guarda? Do que você está falando? Ela é amiga de Damian. É uma discípula de Paciência.

Kiran ficou igualmente perplexo.

— Ontem mesmo ela me disse que tinha sido contratada recentemente.

Os dois se viraram para encarar Roz.

Ela contorceu o rosto no que esperava ser uma expressão de desculpas.

— Sim, sinto muito por isso. Tenho ajudado Damian a resolver os assassinatos... hã, assassinato, e ele me emprestou um uniforme naquele dia. Achei que seria mais fácil não dar maiores detalhes. — Foi uma explicação tosca, mas Damian era chefe deles, certo? Desde que Roz dissesse que tinha sido tudo ideia dele, que tipo de problema os oficiais poderiam criar para ela?

O comportamento alegre de Kiran ficou sombrio, mas a policial se moveu para pisar em seu pé.

— *Amiga* de Damian — disse ela, cheia de significado, e os olhos de Kiran se arregalaram.

— Ah! Certo, então. Siena me falou sobre você.

Roz apertou os olhos.

— Falou?

A oficial — Siena — pisou no pé de Kiran outra vez.

— Droga — queixou-se ele. — Será que eu posso falar *alguma* coisa?

Siena optou por ignorar aquilo, lançando a Roz um olhar de compaixão. Ela, por sua vez, não tinha ideia de como reagir. O que Damian contara àqueles dois sobre ela?

— Se não viram Damian por aí — falou Roz —, então vou embora.

Siena parecia estar pensando em alguma coisa e ergueu um dedo para indicar que Roz deveria esperar.

— Sabe, Damian não compareceu ao treinamento esta manhã. Comandei as tropas por ele e depois fui para seu quarto, para ver se ele estava doente, mas não o encontrei lá. Pensei que poderia estar fazendo algo para o magistrado-chefe e se esquecera de nos contar.

Kiran balançou a cabeça antes que Siena terminasse de falar.

— Forte também não estava por aqui. Ele e o general foram acompanhar a partida do barco.

— Do barco? — perguntou Roz.

— O barco militar? Para levar mais soldados para o norte? O primeiro deles chegou ontem à noite e deve ter partido há pouco.

Roz sentiu os pés perderem força. Pelos santos — ela sabia exatamente onde Damian estava. Sabia por que ele não tinha tentado entrar em contato e por que não tinha aparecido para treinar. Era como se um abismo tivesse se aberto em seu estômago.

— Damian está naquele barco.

— O quê? — perguntaram Kiran e Siena em uníssono, sem entender nada.

Roz passou a mão pelos cabelos, segurando a ponta do rabo de cavalo. Podia ver tudo claramente: Damian, o idiota confiante que era, optando por confrontar o pai sobre seu envolvimento nos assassinatos. Battista, percebendo que o próprio filho havia chegado muito perto da verdade, decidindo se livrar de Damian do jeito que já tinha planejado.

— Escutem — disse Roz aos oficiais com um tom seco. — Isso vai parecer loucura, mas tenho quase certeza de que Damian está naquele navio. O pai dele já havia dito ao magistrado-chefe que pretendia mandar Damian de volta à guerra.

Ela esperava que Kiran e Siena tivessem perguntas, questionassem como ela poderia saber disso, mas os dois apenas trocaram um olhar chocado.

Siena disse:

— Isso não parece nem um pouco loucura. Eles vêm ameaçando Damian com isso desde que o corpo do discípulo foi encontrado.

— Não podemos deixar ele voltar para lá. — Roz tentou manter o tom de voz calmo.

Kiran já estava um passo à frente. Sua boca era uma linha fina, sua expressão, determinada.

— Então vamos atrás dele. O navio não deve estar tão longe.

— E a gente vai fazer o quê? Nadar?

Foi Siena quem respondeu:

— O Palazzo tem barcos que usamos para segurança no rio. São muito menores do que qualquer embarcação militar, então vão ser mais rápidos.

Roz ergueu o queixo.

— Então, o que estamos esperando?

✶

Se alguém lhe tivesse perguntado mais cedo naquele dia, Roz não teria previsto que, ao anoitecer, estaria navegando em um barco do Palazzo com dois oficiais de segurança que mal conhecia. Era fácil ver quanto Siena e Kiran se importavam com Damian: o fato de estarem dispostos a quebrar as regras ao lado de uma discípula renegada era prova disso. Roz descobriu que ambos tinham lutado na guerra e, quando partiram, ousou perguntar se eles acreditavam que aquela era uma batalha digna.

— Claro — dissera Siena na mesma hora. — Neste momento, Ombrazia não pode recuar.

— Então por que ajudar Damian a não voltar? — Roz não conseguiu deixar de se perguntar. Não parecia um bom momento para discutir suas crenças, mas era uma pergunta para a qual queria uma resposta.

Siena olhou para ela com um olhar triste.

— Damian sofreu um golpe forte na guerra. Presumo que tenha lhe contado o que aconteceu? — Ao ver Roz assentindo, ela acrescentou: — Se ele retornar para lá, não vai mais voltar. Não inteiro, pelo menos.

Roz não pediu esclarecimentos a Siena. Não tinha certeza se queria saber. Então apenas disse:

— Vocês arriscariam seus empregos por Damian?

— Nem *teríamos* empregos se não fosse por Damian — respondeu Siena por cima do ombro, ajustando as velas do barco. — Quando Battista o trouxe de volta, deixou o filho escolher vários soldados para trabalhar com ele, para serem promovidos a oficiais. Kiran e eu estávamos entre eles. Uma das prioridades de Damian era garantir que as pessoas que ele comandava não abusassem do poder que lhes tinha sido dado. Devemos isso a Damian, por confiar na gente.

A informação surpreendeu Roz. Mordendo o lábio inferior, ela falou:

— Então, as coisas que ouvi sobre oficiais de segurança fazendo operações em territórios desfavorecidos… roubando das pessoas de lá…

Siena balançou a cabeça.

— Não vou dizer que nunca aconteceu, mas Damian não aceitaria essa merda. — Então ela sorriu. — Que bom que você se importa.

Poderia ter soado condescendente, mas não foi, e isso, mais do que tudo, deixou Roz um pouco triste. Como se Siena não esperasse que uma discípula pensasse que valia a pena se preocupar com os desfavorecidos.

— Claro que me importo — murmurou Roz, sem saber mais o que dizer sem revelar nada.

Então Siena se afastou das velas, passando a mão pela testa antes de lançar a Roz um olhar sério.

— Não importa o que ele tenha feito, saiba que ele realmente se preocupa com você.

A mudança de assunto deixou Roz confusa, mas ela não precisou perguntar de quem Siena estava falando. A oficial sabia que Damian era o responsável pela morte de Jacopo Lacertosa? Ou falava de maneira geral? Perguntar, pensou Roz, arriscaria levar a conversa para um lugar indesejado.

— Eu sei — falou, decidida. E era verdade.

A água do mar respingava no rosto de Roz enquanto ela estava na proa do barco, olhando para o horizonte. O anoitecer cairia em breve, e seria quase impossível rastrear o navio militar. Não havia como dizer até onde a embarcação poderia ter chegado. Kiran estava no leme, apenas parcialmente visível dentro da cabine, e Siena estava a poucos metros de Roz, brincando com as próprias tranças.

— Ali!

A explosão repentina da voz de Siena rasgou o ar, e a cabeça de Roz se ergueu, seu olhar se encaminhando na direção para a qual a oficial apontava. Envolto pela névoa, agitando uma bandeira que Roz sabia que de perto teria a imagem de uma espada em chamas, estava o navio militar.

— Segurem-se! — gritou Kiran da cabine, e Roz agarrou o corrimão bem a tempo.

O barco do Palazzo virou bruscamente para a direita, cortando a água e provocando ondas altas o suficiente para encharcar as duas mulheres. Roz não se importou nem um pouco. Os nós dos dedos dela apertavam o corrimão, a madeira escorregadia sob os dedos. Sua respiração era ofegante, e ela se esforçou para diminuir a pulsação. Cada pedaço dela tinha certeza de que Damian estava naquele navio. Era só uma questão de tirá-lo de lá.

Roz lambeu os lábios, sentindo o gosto do sal. Eles estavam se aproximando do navio militar agora, e Siena gritava instruções para Kiran por cima do vento.

—Vá para estibordo, perto da popa! É onde ficam os quartos menores, lembra? É mais provável que estejam vagos!

Kiran obedeceu, levando-os para a lateral da embarcação muito maior. Estavam perto o suficiente para que Roz pudesse estender a mão e tocar o casco escorregadio e coberto de algas. O navio tinha várias janelas, e, de repente, ela se sentiu muito exposta. Qualquer um poderia estar olhando para o trio, mas era impossível ver o interior.

— Ali! — disse ela, apontando para uma vigia apenas alguns metros acima de suas cabeças. Mechas de cabelo chicotearam em seu rosto, enfiando-se na boca, e ela as cuspiu. — Podemos passar por aquela janela.

— *Eu* não — observou Kiran, espiando da cabine.

—Você tem que ficar aqui de qualquer maneira — falou Siena a ele. — Não pode sair do barco.

A oficial fez sinal para que Roz lhe desse uma ajuda, e ela obedeceu, usando as mãos para formar um apoio. Siena se aproximou, e imediatamente sua bota cobriu os dedos de Roz com uma sujeira úmida.

— Está trancada! — Diante do vento, a voz de Siena quase se perdeu.

— Sério? — Roz cerrou os dentes. — Aqui. Troque de lugar comigo.

Ela pulou nas mãos de Siena, com um dos joelhos apoiado no topo da amurada do barco do Palazzo. Siena tinha razão: a vigia estava trancada por dentro. Sua moldura, porém, era de cobre, e Roz semicerrou os olhos através da névoa enquanto espalmava os dedos no metal gelado. O calor se acumulou dentro dela, e seu coração acelerou. O cheiro de metal queimado era forte em suas narinas.

— O que você está *fazendo*?

O grito de Siena soou debaixo dela, mas Roz a ignorou. A vigia já não estava fria ao seu toque. Ela estava nervosa, tensa com a necessidade de liberar toda a força de sua magia.

Pela primeira vez, ela fez exatamente isso.

Roz soltou um grito e recuou quando os parafusos que prendiam a moldura da vigia se soltaram. Alguns deles atingiram o convés do barco do Palazzo, deixando marcas na madeira. O resto da vigia estremeceu por um momento, e então a moldura de cobre se liquefez, caindo no mar com o vidro.

Todos ficaram em silêncio por um momento.

— Bem — disse Siena, apertando com força a bota de Roz. — Isso certamente foi eficaz.

Roz não podia discordar. Engoliu em seco, com a garganta arranhando. Nunca tinha visto sua magia fazer *aquilo*. Total destruição. Jamais vira algo derreter tão completamente. Balançou a cabeça para clarear os pensamentos e depois espiou a sala do outro lado da vigia.

— Parece um consultório médico. Tudo limpo.

— Boa sorte! — gritou Kiran, e então Siena empurrou Roz para dentro do navio militar.

Damian

Com a respiração ofegante, Damian abriu caminho entre a multidão de soldados, indo em direção à janela. Ele agarrou o parapeito, olhando para a silhueta familiar de Ombrazia. Ainda podia ver o telhado dourado do Palazzo. As torres da Basilica. As pessoas perto da água, seguindo com suas vidas. Tudo parecia igual. Damian iria para o norte e morreria, e tudo continuaria igual.

Como era estranho estar vivo. Sentir-se ao mesmo tempo importante e incrivelmente insignificante.

Não sabia quanto tempo tinha ficado ali, deixando seus pensamentos embotarem o ambiente. Só quando ouviu uma voz direto em seu ouvido é que voltou a si mesmo.

— *Aí* está você.

Damian ficou atento, piscando para o rosto familiar diante dele. Olhos escuros, cílios longos e uma expressão impaciente que rivalizava com a de Roz. Foi pego tão desprevenido que, a princípio, achou estar vendo coisas.

— *Siena?*

— Em carne e osso. — Ela colocou as mãos nos quadris, e Damian percebeu que a amiga estava vestindo um uniforme de médico. Feito por discípulos, a roupa lhe servia perfeitamente. — Levante-se, está bem?

Ele ficou boquiaberto, procurando a pergunta certa. Por fim, decidiu:

— O que está fazendo aqui?

Siena havia prendido o cabelo em um coque, e, embora o uniforme de médico não combinasse nem um pouco com seus coturnos de oficial, era o suficiente para fazer parecer que ela pertencia ao local. Nenhum dos outros aspirantes a soldados sequer a encarou, exceto por uma ou outra olhadela superficial.

—Viemos te buscar — disse a oficial. Seus olhos percorreram a cabana antes de retornar ao rosto dele. — Santos, quase não reconheci você. O que aconteceu?

— Ah. — Damian passou a mão pelo rosto machucado. Não havia pensado em como deveria estar sua aparência. — Eu estava amarrado no porão. Parece que a culpa é do meu pai. O capitão do navio é irmão de Michele Russo, que não ficou feliz por eu ter sobrevivido e Michele não. — A explicação saiu monótona, direto ao assunto. Siena sabia o que acontecera com Michele, porque tinha feito parte de sua unidade, mas Damian nunca mais tinha comentado com ela sobre a morte do amigo. A verdade era que nunca tinha conversado com ninguém sobre a morte de Michele.

Só com Roz, claro.

Siena lhe lançou um olhar de desculpas.

— Bem, isso explica por que demorei tanto para encontrar você. Dei uma volta no perímetro e não te vi em lugar nenhum. — Baixando a voz, ela acrescentou: —Venha comigo como se precisasse de cuidados médicos.

Damian deu uma risada e tossiu com força, então estremeceu enquanto cutucava o inchaço na lateral do rosto.

— Acho que estou com a aparência certa para o papel.

— Eu diria que sim. — O olhar dela foi solidário. — Infelizmente, não sou médica de verdade.

Não teria feito muita diferença se fosse. Somente um discípulo de Misericórdia poderia consertar algo tão superficial como um hematoma, e os discípulos não iam para a guerra a não ser como voluntários. Em vez disso, pessoas com formação médica, mas que não tinham sido tocadas por um santo, eram enviadas para ajudar nas linhas de frentes.

Damian grunhiu quando Siena o puxou para ficar de pé.

— Estou ciente disso, por mais estranho que pareça. Mas como chegou aqui? Como sabia onde eu estava? Meu pai...

— Não falei com seu pai — disse Siena. — Na verdade, foi Roz quem se deu conta de onde você estava. Ela apareceu no Palazzo procurando por você e, quando falei que tinha faltado ao treino, ela juntou as peças.

Roz foi procurá-lo? O coração de Damian perdeu o compasso. Sua memória avaliou as últimas vinte e quatro horas. Àquela altura, a conversa que tivera com Roz poderia ter ocorrido semanas atrás. O gosto de sua boca na dele e a maneira confusa como as coisas entre os dois ficaram... Inferno, Damian não sabia o que pensar. Mas e o fato de ela ter ido ao Palazzo à procura dele e se importar o suficiente para envolver Kiran e Siena?

— Foi mesmo seu pai quem enviou você? — perguntou Siena baixinho.

Damian fez uma careta. Não poderia contar a ela exatamente o que havia acontecido no escritório de Battista. Não apenas por causa de suas suspeitas em relação ao corpo do magistrado-chefe, mas porque era tão... *vergonhoso*. Seu pai, forçando-o a entrar no navio, deixando-o inconsciente? Pela primeira vez, Damian se perguntou quem diabos o havia levado do Palazzo até o navio. Se a notícia de que ele era tão covarde que precisava ser sedado se espalhara.

— Sim — respondeu ele. — Sim, foi meu pai.

Parecia ser explicação suficiente. A boca de Siena se curvou para baixo.

— Sinto muito, Damian.

— Tudo bem. Eu sempre soube que corria o risco de ser mandado de volta. Só nunca pensei que seria por ordem *dele*. — Mas tinha sido, e foi isso. Não adiantava pensar no assunto agora.

O coração de Damian quase saiu do peito ao seguir Siena até o outro lado do navio. Dada a rigidez de seu corpo por ter passado tanto tempo no porão, não foi difícil fingir que estava mancando. Juntos, eles contornaram os grupos de novos soldados — a maioria dos quais o encarava com interesse ou pena — até que Siena parou do lado de fora de uma porta despretensiosa onde estava escrito MÉDICO.

— Entre — murmurou, abrindo a porta apenas o suficiente para ele obedecer.

O cômodo não era muito mais do que algumas macas e um armário com suprimentos hospitalares. Uma única janela — ou pelo menos o que *tinha sido* uma janela — proporcionava uma visão circular do mar cinzento, com suas ondas selvagens sob o céu escuro. O ar entrava em rajadas pelo buraco onde o vidro tinha sido claramente arrancado da parede, causando arrepios nos braços de Damian.

E ali, sentada de pernas cruzadas em uma das macas, estava Roz.

Damian não pensou nem por um segundo que ela teria vindo com Siena. Que estaria *ali*. A visão dela naquele lugar, vibrante e tangível, fazia todo o resto parecer surreal. Queria contar a Roz tudo o que havia acontecido. Ela ouviria tudo com calma, o que, por sua vez, poderia ajudá-lo a entender a situação. Damian queria tomá-la em seus braços e abraçá-la com força suficiente para esquecer todas as outras sensações.

— Roz — disse ele, incapaz de esconder seu espanto.

Ela pulou da cama.

— Finalmente.

28

Roz

No início, Roz quase não reconheceu Damian. Ele trocara a jaqueta do Palazzo por um uniforme militar, e ela não pôde deixar de notar como os bíceps dele tensionavam o tecido. Ele parecia, porém, ter passado pelo inferno desde a última vez que ela o vira. Suas bochechas estavam coradas e havia um hematoma feio escurecendo um dos lados de sua mandíbula, que estava cerrada. Ele balançou a cabeça para Roz com incredulidade, enquanto Siena fechava a porta do consultório médico.

— O que está fazendo aqui?

Apesar de sua clara falta de gratidão, o alívio inundou Roz. Se Damian não estivesse naquele navio, ela não saberia mais onde procurar. Não sabia o que havia de errado com ela. Por que sentira uma necessidade tão premente de garantir que o rapaz estivesse seguro. Roz estava muito acostumada a viver sem ele; um beijo não deveria tê-la levado de volta à obsessão.

— Da última vez que ouvi falar, Venturi, você não queria ir para a guerra. Então, estou garantindo que não precise fazer isso.

— Por quê?

A pergunta continha uma surpresa genuína, e Roz sentiu o calor se espalhando por suas bochechas. Será que tinha imaginado a outra noite? A maneira como ele disse que *queria ser sua Terra* e o toque suave de sua boca na dela?

Por outro lado, não era como se ela lhe tivesse dado muitos motivos para ter esperança. Talvez ele pensasse que o cessar-fogo fosse temporário — um breve lapso de julgamento de ambas as partes. E talvez fosse o melhor.

— Porque eu sou legal — respondeu Roz, já se movendo em direção à vigia destruída. Não conseguia nem olhar para Damian. Se o fizesse, temia que ele percebesse algo mais em seu rosto.

— Não, não é.

Sua carranca se aprofundou, a boca apertando.

Siena pigarreou, o ouvido pressionado contra a porta.

— Podemos nos apressar? Acho que estou ouvindo alguém se aproximar.

Roz cerrou os dentes e espiou pela vigia, tentando ignorar o olhar de Damian em suas costas. A água batia na lateral do navio, levantando o barco sem identificação do Palazzo que balançava ao seu lado. Kiran acenou quando a viu.

Damian seguiu o olhar de Roz, boquiaberto. Ele se virou para falar com Siena, e a ansiedade estava presente em sua voz.

— Vocês dois podem ser demitidos por isso. Ou coisa pior.

Siena caminhou entre duas das macas e passou pela vigia, tomando cuidado para evitar as bordas irregulares.

— Teremos que ser pegos primeiro. — Então ela saltou da lateral do navio, pousando no barco do Palazzo. O movimento fez com que o barquinho inclinasse ligeiramente, mas ele se endireitou um segundo depois, permanecendo no topo das ondas.

Roz observou Damian morder o lábio inferior enquanto considerava a vigia. Siena gesticulou lá de baixo, as tranças balançando ao vento.

— Vamos! — Sua voz mal se sobrepunha ao barulho da água. — Vou ajudar vocês.

— Se não se apressar, deixaremos você para trás — aconselhou Roz secamente enquanto Damian hesitava. Ela pensou ter ouvido vozes do outro lado da porta, mas ninguém havia tentado entrar na sala ainda. Sacou sua pistola só para garantir.

Damian balançou a cabeça em um movimento brusco.

— Eu não... — Ele engoliu em seco e recomeçou. — Escute, agradeço que tenham vindo atrás de mim, mas... acho que não posso ir.

— De que diabos você está falando?

— Não posso ir. Não sou um desertor.

Roz demorou um pouco para digerir aquelas palavras. Para entender por que a expressão dele estava tão desesperada, insegura. A raiva queimou dentro dela, quente e repentina.

— Não seja idiota. Você me disse que preferia morrer a voltar. E, dado seu histórico atual, vai acabar morto de qualquer maneira.

Os olhos de Damian ficaram sombrios.

— Pelo menos seria uma morte honrosa.

— *Foda-se*. — Roz bateu com a mão na maca. Seus dedos tremiam, e sua fúria era uma coisa cruel, dominando seu cérebro. Se Damian não parecesse tão desamparado, ela poderia tê-lo sacudido. Talvez ainda fizesse isso. — Essas são as palavras de seu pai, não suas. E elas são papo furado.

Ele recuou como se tivesse levado um tapa.

— Rossana, não espero que entenda...

— Ótimo. Porque não entendo. Ter que se sacrificar não é honroso, Venturi. É só burrice. Se não passar por aquela janela em trinta segundos, vou carregar sua bunda mole lá para fora. Isso, *sim*, vai ser uma vergonha e tanto.

Damian olhou para ela por um bom tempo. Não parecia zangado, apenas cansado. Como se estivesse lutando com ela porque sentia que era necessário, não porque acreditasse nisso.

— Mexa-se — berrou Roz, enfiando o dedo na vigia. — *Agora*.

Ele crispou os lábios, mas obedeceu.

Roz desviou os olhos enquanto Damian se levantava. Em parte porque estava com muita raiva para olhar para ele, mas sobretudo porque não queria ver a forma como seus antebraços bronzeados flexionavam com o movimento.

Ele estava prestes a passar pela vigia quando a porta do consultório médico se abriu.

O estômago de Roz embrulhou.

— Este aqui está mais enjoado do que a maioria… Mas que *merda é essa*? — Um soldado bigodudo apareceu à porta, escoltando um jovem de rosto esverdeado. Ele tinha três estrelas pregadas no bolso da camisa, o que fazia dele… O quê? Um comandante? Um capitão? O homem empurrou o rapaz doente para o lado com um grunhido, sacando a pistola enquanto avançava.

— Não se mexa, Venturi, ou prometo que vou matar você desta vez.

A arma do soldado estava apontada para Damian. A arma de Roz estava apontada para o soldado. Era uma espécie de impasse desconfortável. A fúria que Roz sentia contra Damian se dissipou, substituída por uma necessidade assustadoramente cruel de protegê-lo. Ela olhou para o soldado por cima do cano da arma, ansiosa para atirar, mas sabia que o som chamaria a atenção do restante do navio.

Pelo canto do olho, viu o jovem sair às pressas e soube que não tinham muito tempo.

Damian e o soldado… eles se *conheciam*. Era visível na expressão de Damian, na maneira como seus olhos se estreitaram.

—Venturi — murmurou Roz —, saia daqui.

— Lacertosa — retrucou ele com acidez na voz, embora não ousasse desviar o olhar do soldado —, não sei se percebeu, mas há uma arma apontada para mim.

— Eu cuido dele.

— *Não*. — A voz de Damian retumbou com um toque de pânico. — Não atire. Ele é… é o irmão de Michele.

Roz o encarou. *Michele*. O amigo de Damian durante a guerra. O garoto que ele viu morrer.

— Não se atreva a falar o nome dele — rosnou o soldado, os nós dos dedos embranquecendo no gatilho da pistola.

Roz ligou os pontos. Aquele homem, aquele soldado, culpava Damian pela morte de seu irmão tanto quanto Damian culpava a si mesmo. Ela se perguntou se tinha sido ele quem machucara o rosto de Damian.

Se ele atirasse, atiraria para matar. Disso, Roz não tinha dúvidas.

Então ela disparou uma bala na parede diretamente acima da cabeça dele.

O barulho foi ensurdecedor, e ela aproveitou a confusão para virar uma das macas. Passos soaram do lado de fora, em resposta ao tiro, e ela ouviu Damian gritar seu nome.

— *VAI* — berrou Roz de volta.

O suor escorria por sua testa. O irmão de Michele atirou em resposta, e ela se escondeu atrás da maca quando a prateleira de suprimentos médicos se quebrou, salpicando-a com cacos de vidro. Cada centímetro de seu corpo ganhou vida com a adrenalina. O irmão de Michele jogou a maca de lado com mais força do que Roz teria pensado ser possível, e ela se levantou, desferindo um chute na parte de trás de seus joelhos. Ele tropeçou, e ela aproveitou o momento para empurrá-lo de cara na parede. Em algum lugar, Damian gritou o nome dela de novo, e Roz se virou, observando com horror enquanto ele se afastava da vigia.

— Eu mandei você ir! — berrou ela enquanto o irmão de Michele se afastava da parede, apertando o nariz. Ele praguejou, erguendo a pistola mais uma vez, e dessa vez apontada para Roz. Ela sentiu o sangue sumir de seu rosto: uma sensação fria e preocupante.

Damian não hesitou, agarrando o braço do homem e puxando-o com um grunhido. Outro tiro foi disparado, cravando-se na parede a uma curta distância da cabeça de Roz. Do outro lado da sala, Damian continuou a lutar com o irmão de Michele, e a irritação tomou conta dela. Ele poderia ter *escapado* e, em vez disso, voltou para ajudá-la.

Damian pegou a pistola do homem e desferiu uma coronhada certeira. Quando o irmão de Michele recuou, gritando uma série de impropérios em retaliação, Damian se voltou para Roz.

— Saia daqui!

Ela fez uma careta, mas não conseguia ver uma razão para não obedecer. Lançou-se pela vigia bem no momento em que a porta da sala médica foi arrancada das dobradiças.

Caiu com força, despencando no convés do barco do Palazzo e se encolhendo quando mais tiros soaram no ar. A forte espuma do mar salpicou seu rosto e fez seus olhos arderem. Ela agarrou as tábuas do convés, o coração martelando. Um segundo depois, Damian pousou agachado ao lado dela, muito mais coordenado do que tinha o direito de ser.

— *Para... o... porão!* — rosnou alguém.

Roz levantou a cabeça e viu Siena meio escondida atrás de um alçapão. Rastejou na direção dela, farpas de madeira cravando-se implacavelmente nos braços, e caiu pelo vão quadrado. Damian fez o mesmo, com tiros ressoando em seu rastro. Ele não parecia estar ferido, ainda bem.

O alçapão se fechou.

— Não dava para ter usado a *escada*? — perguntou Siena, furiosa, embora mal estivesse visível no escuro.

Roz ofegou, testando cada um de seus membros. Doloridos, mas ilesos.

— Estávamos ocupados tentando não levar um tiro.

Ao lado dela, Damian estava quente e estável, a respiração já de volta ao normal. Passou um dos braços pela lombar de Roz, puxando-a para ele, e percorreu seu torso na escuridão com o mais leve dos toques, em uma angústia fervorosa.

—Você está bem?

A pergunta saiu feito um assobio. Roz o empurrou. Ele estava procurando *sangue*. É por isso que parecia tão desesperado para colocar as mãos nela.

— Estou bem.

Ela não precisava perguntar o mesmo para ele. Assim que Damian começou a revidar, ficou claro que o irmão de Michele não tinha chance. Havia um poder desenfreado naqueles ombros largos, uma eficiência animal que Roz em geral não via nele. Entendia agora por que Damian havia sobrevivido no norte.

Satisfeito, ele se voltou para Siena.

— Kiran vai ficar bem lá em cima?

—Vai, sim. A cabine é muito bem protegida, e ele não é idiota. Além disso, não é fácil atirar através de uma vigia.

Apesar das palavras, havia uma tensão óbvia na voz dela, e Roz sentiu o mesmo em Damian.

Na tentativa de distrair os dois, Roz disse:

—Venturi, você me deve uma por ter poupado a vida daquele homem. Ele quase nos matou.

— Sim. — A resposta de Damian foi curta. Embora não conseguisse vê-lo claramente, Roz podia imaginar como seu rosto se contorceu em uma careta. — Desculpe por isso. Agradeço por não atirar nele.

—Você o conhecia? — questionou Siena, e Damian fez um som evasivo com a garganta.

— Era irmão de Michele.

Siena respirou fundo e ficou em silêncio. Roz sentiu-se constrangida, como se estivesse se intrometendo em uma conversa que não tinha nada a ver com ela. Não se importava se aquele homem era parente de um garoto que nunca chegou a conhecer. O irmão de Michele tentara *matar* eles. Teria atirado em Damian na frente dela, se tivesse tido a chance. Roz teria ficado feliz em colocar uma bala na cabeça do sujeito. Na verdade, gostaria de ter feito isso.

Quando Siena enfim voltou a falar, Roz não estava mais ouvindo.

✶

Kiran levou o barco o mais perto que pôde dos arredores de Ombrazia antes que o rio se estreitasse demais para permitir que avançassem. Roz, Damian e Siena haviam saído do alçapão pouco antes. A cabine do barco, pontilhada de buracos de bala, estava com a maioria dos vidros estilhaçada ou quebrada, mas Kiran milagrosamente parecia ileso. Agora que estavam fora de perigo imediato, Roz sentia-se esgotada demais para falar. Os minutos passaram enquanto o vento a envolvia, cheirando a sal e ferro. Ela levou os joelhos até o peito, o coração traidor trovejando em seus ouvidos.

Damian disse a Roz que o deixasse. Por um momento, esteve disposto a permanecer no navio. Disposto a ser morto em nome da honra, embora Roz soubesse o quanto ele queria viver.

Aquele era o garoto com quem escolheu se importar? Alguém disposto a morrer pelo Palazzo, enquanto ela estava disposta a morrer para ver tudo aquilo queimar?

Encheu-se de raiva, dirigida tanto a Damian quanto a si mesma. Queria acreditar que era porque os dois eram dolorosamente incompatíveis, mas, no fundo, sabia que era porque não suportava a ideia de ver Damian morrer. Sua própria morte lhe trazia pouco medo, mas a perspectiva de perder Damian, e para sempre dessa vez...

Nada jamais a deixara tão furiosa.

Por fim, foi forçada a orientar Kiran enquanto ele parava o barco não muito longe da taverna de Bartolo. Roz sabia que era arriscado deixá-los tão perto do quartel-general dos rebeldes, mas não estava disposta a correr o risco de ser vista pelos discípulos.

— Obrigada — murmurou.

Kiran se virou para ela com as sobrancelhas erguidas. A manga do seu casaco do Palazzo estava rasgada, mas, fora isso, estava impecável, o cabelo escuro preso em um coque brilhante.

— Pelo quê?

Roz ergueu o ombro.

—Você não precisava ter me ajudado. Podia ter me prendido.

Ele sorriu de orelha a orelha.

— De alguma forma, não acho que você teria facilitado isso. Além do mais, eu não estava ajudando você... estava ajudando Damian. Não se ofenda.

Roz deu de ombros novamente. Afinal, contara com aquilo. Antes que pudesse responder, Damian e Siena chegaram ao alcance da voz, com a mulher vasculhando os arredores com uma expressão cética.

—Tem certeza de que quer ficar aqui?

Roz franziu o cenho. Não era a parte mais bonita de Ombrazia, era óbvio, mas não havia nada de errado com ela.

— Tenho.

—Tudo bem. — Siena mordeu o lábio inferior, virando-se para Damian. — E você? Não vai voltar para o Palazzo?

Essa pergunta pareceu deixar Damian perplexo, e Roz compreendeu por quê. Ele deveria ter partido muito tempo antes. Battista esperava que ele morresse ou voltasse como herói de novo. Será que aquilo fazia parte do motivo pelo qual Damian não queria deixar o navio? Estava tão desesperado assim pelo respeito do pai?

— Como posso voltar? — questionou Damian. Ele parecia deslocado ali, com seu uniforme militar e corte de cabelo curto de oficial de segurança.

Rígido demais. Poderoso demais. A simples imagem dele assustaria as pessoas, sobretudo com os hematomas.

— O que vai fazer? — perguntou Kiran.

Damian hesitou por um instante, e, antes que Roz pensasse melhor, ela se viu dizer:

— Sei de um lugar onde você pode ficar.

— Sabe? — A expressão de Damian parecia sugerir que ela tinha lhe oferecido um rim.

— Sim. Tenho uma amiga que é dona de uma taverna por aqui. Tem acomodações no último andar.

— Isso seria… ótimo.

Era arriscado, e a frustração ainda pulsava no âmago de Roz, mas ela não podia deixá-lo na rua depois de tanto esforço no resgate. Do jeito que as coisas estavam, só havia dois lugares para onde poderia levá-lo — a taverna ou sua casa —, e ela certamente não deixaria Damian interagir com sua mãe. Além disso, Piera o reconheceria e saberia ser um pouco mais cautelosa.

Damian pigarreou.

— Bem. — Ele se dirigiu a Siena e Kiran. — Obrigado por me tirarem de lá.

— Não precisa agradecer. — Kiran quicou na ponta dos pés, claramente ainda aproveitando o auge da adrenalina causada por sua fuga.

Siena ergueu o queixo, os olhos escuros brilhando.

— Não somos leais apenas ao Palazzo, Damian. Também somos leais a *você*.

Roz viu Damian engolir em seco ao ouvir isso, como se de repente tivesse surgido um nó em sua garganta.

— Não mais. Ouça, quando voltarem ao Palazzo, mantenham-se alertas. Algo… estranho está acontecendo por lá.

— Estranho como? — indagou Kiran.

Damian lançou um olhar de soslaio para Roz antes de continuar, embora ela não tivesse ideia do que ele estava prestes a dizer.

— Acho que meu pai teve algum envolvimento no assassinato de Leonzio. Ele descobriu minhas suspeitas, e acho que foi por isso que ficou tão desesperado para se livrar de mim de repente.

Uma ave marinha grasnou em algum lugar no alto, fazendo todos se assustarem. Roz queria pegar Damian e sacudi-lo. Tinha sido exatamente como ela previu: de alguma forma, Damian avisou Battista que os dois estavam atrás dele. Dito isso, ela ficou perplexa. Será que Damian cometera o erro de simplesmente perguntar ao pai sobre o assunto, apenas para perceber, tarde demais, que não deveria ter confiado nele? Se sim, por que se importava com o que Battista pensava sobre sua deserção?

Porque Damian *desertara*, não foi? Depois de tudo que dissera sobre o pai dela, fez a mesma coisa. E ele também sabia disso.

Seria por isso que estava tão chateado?

Siena, alheia à agitação interna de Roz, perguntou:

— Você acha que Battista tem *envenenado* pessoas?

Damian esfregou o rosto. Sua postura era completamente apreensiva.

— Não quero acreditar. Mas com o que Roz e eu descobrimos até agora, é uma possibilidade. — Ele não entrou em detalhes, mas acrescentou: — Simplesmente não consigo ver qual poderia ser o motivo.

Kiran balançou a cabeça, soltando um assobio baixo.

— Espero, para seu bem, que esteja errado. Que provas você tem?

A pergunta não era para criar confronto; ele parecia genuinamente interessado.

— É melhor saberem o mínimo possível — respondeu Damian. — Continuem trabalhando como se nada tivesse acontecido. Meu pai pode ser... perigoso, mesmo para aqueles que considera aliados.

Roz não conseguiu deixar de bufar ao ouvir aquilo. Era um *eufemismo*. Felizmente, porém, os outros não pareceram ouvir.

— Assim que tivermos certeza, vocês saberão — disse Damian, e passou a mão pelos cabelos. — E tomem cuidado perto de Forte também, ok? Se meu pai estiver envolvido, ele certamente estará seguindo ordens.

Roz não estava convencida — sem dúvida, Battista podia fazer o que bem entendia —, mas a forma como o rosto de Damian ficou inexpressivo *demais* a fez suspeitar de que havia algo que ele não estava dizendo. Mas decidiu ficar em silêncio. Damian deu um abraço rápido em Siena, em seguida estendeu a mão para Kiran.

— Que diabos? — disse Kiran, puxando Damian para si. — Se ela ganha um abraço, eu também quero.

Roz sentiu uma pontada ao observar a maneira fácil como Damian interagia com os outros oficiais. Eles também já tinham sido daquele jeito. Muito mais do que aquilo, na verdade. E, apesar do beijo, de alguma forma aquela proximidade havia desaparecido. Perdida no tempo, na mágoa, na raiva e na amargura.

Ela não sabia como recuperá-la. Não sabia se algum dia conseguiria.

— Roz?

Damian murmurou seu nome do outro lado do barco, e ela levantou a cabeça. Seus olhos estavam fixos nela, escuros, quentes e infinitos como sempre. Havia uma seriedade no seu olhar e, de repente, Roz não pensou que fosse o balanço suave do barco que a estava deixando instável.

Damian lhe ofereceu a mão e, sem olhar para ele, Roz aceitou.

Juntos, foram para o cais e observaram o barco do Palazzo desaparecer na penumbra.

Damian

Damian seguiu Roz em silêncio pelas ruas escuras. Os passos dela eram decididos, o olhar, aguçado, e Damian ficou grato por ela não ter percebido o pânico em seu rosto. Revelações lhe atormentavam a mente em uma agitação incontrolável. Ele não poderia retornar ao Palazzo. Não era mais chefe da segurança. Nunca mais faria patrulhas com Kiran e Siena. Nunca mais vaguearia pelas ruas de Ombrazia à noite nem sentiria o peso reconfortante do seu arcabuz nas costas.

O que ele era, além de um soldado ou oficial? *Quem* ele era?

Talvez tivesse cometido um erro. Talvez deveria ter ficado naquele navio, se deixado levar para o norte e lutado até o último suspiro. Teria sido miserável, até suicida, mas e se fosse seu destino? Os santos criaram discípulos para usarem sua magia aqui na terra. Talvez eles tivessem criado Damian para lutar o máximo que pudesse e depois desaparecer.

E ainda havia a culpa. Porque ele tinha escapado, estava ali, são e salvo. Quantas pessoas naquele navio estariam mortas até o fim do mês? Até a semana seguinte? E, entre os sobreviventes, quantos regressariam para Ombrazia com os olhos vazios e a cabeça cheia de demônios?

Demorou um pouco para perceber que Roz havia parado em frente a uma taverna sem identificação de três andares. Não era exatamente um lugar acolhedor: as paredes estavam rachadas e crianças sujas estavam sentadas no chão ali perto, olhando desconfiadas para eles. Damian presumiu que era ali que deveria ficar, mas Roz colocou a mão na porta sem entrar.

— O que foi? — perguntou ele, sentindo a hesitação dela.

Quando Roz o encarou, a respiração de Damian ficou presa no peito. Não só porque era linda — e ela era, de uma forma que sempre o deixava momentaneamente sem palavras —, mas porque a expressão em seu rosto era a mesma da outra noite na casa de banhos. Como se Damian a tivesse encurralado de repente, mesmo que não fosse verdade.

— Ei. — Ele colocou a mão na dela, removendo delicadamente os dedos da porta da taverna. — O que você não está me contando?

Roz arqueou uma sobrancelha e abriu os lábios.

— O que *você* não está me contando?

Damian pensou no corpo do magistrado-chefe. Na pedra fria da estátua de Caos sob sua mão e em todas as coisas que tinha medo de colocar em palavras.

Tenho medo de que Caos não tenha realmente desaparecido.
Tenho medo de não poder confiar em minha própria mente.
Tenho medo de amar você.

Em vez disso, ele respondeu:

— Não menti para você sobre nada.

Roz soltou uma risada forte, arrancando a mão da dele. Antes que Damian pudesse dizer qualquer coisa, ela entrou na taverna.

O lugar era amplo e barulhento, mesmo sendo início da noite, e o teto baixo de vigas de madeira abafava o som. Cheirava a suor e a uma mistura pungente de diferentes bebidas. Damian estava disposto a apostar que nenhum dos clientes era discípulo, dada sua aparência rude e a maneira como olharam para seu uniforme militar com interesse óbvio. Na verdade, ficou chocado por ser um lugar que Roz aparentemente frequentava. Cada osso de seu corpo estava preparado para uma luta.

— Que lugar é *esse*? — sussurrou para ela.

—Venha comigo se não quiser levar uma faca nas costas. — Roz diminuiu a velocidade para sussurrar a resposta em seu ouvido. — As pessoas aqui não são exatamente de confiança, e você é um rosto desconhecido. Sem mencionar o sangue.

Damian não via motivo para discutir. Então ele a seguiu, ainda cambaleando, até o bar, onde uma mulher de meia-idade servia bebidas. Algo incomodava Roz, e Damian simplesmente não sabia o que era. Ela se arrependia de ter vindo atrás dele? Ressentia-se de ter que ajudá-lo, mesmo tendo se oferecido? Talvez Roz tivesse mudado de ideia sobre o beijo dos dois. O rapaz só queria que ela fosse honesta, mas será que poderia fazer o mesmo?

— Piera — disse Roz a Damian quando chegaram ao bar, indicando a mulher com um gesto. O rosto magro e de olhos aguçados de Piera eram familiares, embora Damian não a visse há anos. Ela era próxima dos Lacertosa, mas nunca teve muito contato com a família dele. Piera relaxou quando olhou para cima e viu os dois, dando a Roz um sorriso que Damian não pôde deixar de sentir que era direcionado somente para ela.

A mulher largou o copo que segurava, os olhos cinzentos voltando-se para Damian enquanto Roz dizia:

— Piera, você se lembra...

— Damian Venturi. — Piera estendeu a mão, o calor desaparecendo de seu sorriso. — Já faz um bom tempo, mas ouvi muito sobre você.

Damian apertou a mão dela.

— Nada de bom, tenho certeza.

Um murmúrio positivo escapou da boca de Piera, contrastando com sua expressão fria.

— Você é consciente, pelo menos.

— Já fui chamado de coisa pior.

Roz fez uma careta. Ela estava obviamente nervosa, como se algo na conversa a perturbasse.

— Damian pode passar algumas noites aqui? Só até encontrar outro lugar para ir.

Piera refletiu, olhando para o rapaz com tanta intensidade que ele não ficaria surpreso se pegasse fogo espontaneamente. Mas então ela assentiu e disse:

— Segundo andar, terceira porta à esquerda. Aqui. — Entregou a Damian uma chave de ferro polido, que ele guardou no bolso.

— Quanto por noite?

Ela encolheu os ombros, imperturbável.

— Não se preocupe com isso.

— Com todo o respeito, *signora*, não sou caso de caridade.

Piera o analisou por tanto tempo que Damian se arrependeu de cada palavra dita na presença dela.

— Estou bastante ciente disso, Damian Venturi. Mas não quero seu dinheiro.

Ela falou aquilo como se qualquer dinheiro que ele tivesse para oferecer pudesse estar contaminado. Doeu, mas apenas um pouco. Damian assentiu educadamente enquanto Roz olhava ao redor da taverna, parecendo encolher um pouco quando alguns homens em uma mesa próxima retribuíram o olhar e depois murmuraram algo entre si.

—Vamos.

Roz já estava indo em direção a uma escada no canto da taverna.

Ele quase teve que correr para acompanhá-la.

— Quem eram eles?

— Não importa.

— Eles incomodaram você? Vou…

Ela girou no meio da escada desgastada, com as sobrancelhas franzidas.

—Vai o *quê*? — disse ela sem fôlego. — Se aqueles homens estivessem me incomodando, eu mesmo cuidaria deles.

Damian observou o peito dela subindo e descendo rapidamente. Do jeito que os dois estavam posicionados no momento, Roz tinha a vantagem de meia cabeça de altura e a maior parte do rosto dela estava coberta pela escuridão na escada. Ele não sabia como reagir. Nem tinha certeza do que estava prestes a dizer.

— Eu só estava perguntando.

Roz não se dignou a responder. Damian ficou parado por um momento, então decidiu que não tinha escolha senão segui-la até o patamar do segundo andar. A moça parou diante de uma porta no meio do corredor, gesticulando para que ele lhe entregasse a chave. Damian obedeceu, e a porta se abriu para revelar um quarto com decoração simples e detalhes em ouro falso. Uma cama pequena ficava em frente a uma cômoda de madeira, com um horrível tapete vermelho e amarelo esticado entre elas.

—Vejo você amanhã — disse Roz, dando meia-volta para sair, mas Damian balançou a cabeça.

— Entre.

Ela o analisou por um bom tempo, os olhos ligeiramente estreitados.

— Eu realmente…

Mas Damian já estava farto.

— Eu não estava pedindo.

— Como é?

— Estou *cansado* — começou ele, entrando na sala. Roz permaneceu na soleira da porta, o cabelo despenteado pelo vento, as bochechas rosadas. A descrença brilhou em seus olhos, mas Damian descobriu que não estava mais preocupado com a possibilidade de perturbá-la. — Estou cansado de não dizer o que estamos pensando. Odeio olhar para você e me perguntar o que não está me contando. Odeio questionar cada palavra que digo. — Ele ouviu o tom de súplica na própria voz e pensou que isso provavelmente aliviaria a dor de reconhecer aquilo. — Vou tomar um banho agora. Se estiver pronta para conversar, fique. Se não, então, por favor, vá para casa.

Sem esperar por uma resposta, Damian entrou no banheiro ao lado. Roz iria embora, disse a si mesmo enquanto enchia a banheira com água. Ela iria embora, e seu coração se apertaria ao ver o quarto vazio, mas no fim, tudo ficaria bem. Ele não tinha outra escolha.

Damian tirou o uniforme do exército e o jogou em um canto. A água transbordou da banheira quando o rapaz entrou, mas ele mal percebeu. Esfregou-se com o sabão de qualquer jeito, usando as unhas para raspar o sangue seco, observando a água mudar de cor até ficar cinza-amarronzada. Ele a deixou escorrer pelo ralo e encheu a banheira outra vez.

Quando terminou, ficou diante do espelho, olhando para o próprio reflexo. Era a primeira vez que fazia isso em meses. Não gostava de ver o vazio em seus olhos, as sombras embaixo deles e a maneira como as maçãs do rosto pareciam marcar seu rosto de forma mais acentuada a cada dia. Os músculos que ele cultivara no norte não haviam desaparecido, mas pareciam, de alguma forma, tensos. Como se seu corpo estivesse lutando para mantê-los no lugar.

Suspirando, vestiu as calças do uniforme. Depois apoiou os cotovelos no balcão, escondendo o rosto entre as mãos. Chefiar a segurança do Palazzo tinha sido sua única distração durante meses. Foi por isso que se dedicou tanto ao trabalho, evitando ao máximo dormir. Não suportava o que via quando fechava os olhos.

Uma batida soou na porta do banheiro, e Damian se levantou de supetão.

—Venturi?

Era a voz de Roz.

Ele abriu a porta, com os dedos instáveis, e olhou para ela. No pouco tempo que tinha levado para tomar banho, o quarto ficara escuro, exceto pelo luar que atravessava a janela. Agarrou-se à curva da face de Roz, à inclinação de seu ombro, imortalizado na luz prateada. Os olhos azul-acinzentados dela percorreram seus braços e torso nus, os lábios formando um pequeno *oh*.

— Rossana — falou Damian, com a voz firme. Ele tinha passado tempo demais sendo delicado.

Ela contraiu a mandíbula, parecendo procurar as palavras certas, e então algo dentro dela claramente se quebrou.

—Você disse que queria honestidade, então comece. O que diabos está te consumindo?

Ao ouvir aquelas palavras, Damian mal soube por onde começar. Soltou uma risada que mais parecia uma baforada.

— Sim. Isso. Olha, sei que acha que sou um idiota por contar ao meu pai nossa teoria de seu envolvimento nos assassinatos, mas eu não estava exatamente em meu melhor estado quando essa informação escapou.

As sobrancelhas de Roz se franziram.

— O que quer dizer com *isso*?

— Eu acho… — Damian passou a mão pelos cabelos, tentando encontrar a melhor forma de explicar. — Acho que há algo maior por trás de tudo. Talvez os assassinatos não sejam nosso único problema.

Roz esperou, então Damian foi em frente.

— Depois daquela noite na casa de banhos — ele se sentiu corar só de dizer aquilo —, fui ao Santuário. Estava me sentindo um pouco… perdido, mas essa não é a questão. Toquei na estátua de Caos, e um *túnel* se abriu. Um que eu nunca tinha visto.

— Tudo bem. — Roz franziu a testa. — E para onde esse túnel levava?

— Para lugar nenhum. Bem, levava para uma sala, mas isso não é importante. O importante é que, dentro da sala, vi o magistrado-chefe Forte. Morto.

Os olhos de Roz se arregalaram. Ela se aproximou do rapaz quase automaticamente.

— Alguém matou *ele* também?

— Essa é a parte que não faz sentido. Parecia que ele estava morto havia pelo menos uma semana. Mas então, quando saí de lá para contar ao meu pai, ele falou que tinha se encontrado com Forte horas antes. — Damian cerrou os dentes quando a frustração ressurgiu. — Não entendo como isso pode ter acontecido. Sei o que vi e *sei* que aquele era Forte. A única explicação que consegui pensar foi…

— Caos — completou Roz de imediato.

O alívio preencheu Damian, o calor se estendendo até a ponta dos dedos. Sentia alívio, porque ali estava uma pessoa que não o achava louco. Ali estava alguém que não cogitou, nem por um momento, a possibilidade de que ele estivesse imaginando coisas. Roz chegara à mesma conclusão, e parecia menos impossível vinda de seus lábios.

— Foi o que pensei — falou Damian. — Mas não pode ser, certo? Porque isso significaria que ele está de volta.

Roz lançou a Damian um olhar que fez com que ele sentisse como se estivesse cego para algo bastante óbvio.

— Ou significa que seus discípulos nunca desapareceram de verdade.

— Um santo caído não pode abençoar seus descendentes com magia — informou Damian na mesma hora, as palavras escapando de sua boca antes mesmo que ele percebesse. Quantas vezes ouviu aquela frase exata ser dita? Era considerada um fato indiscutível.

— É o que diz a história — concordou Roz, embora seu queixo se erguesse de forma obstinada. — Mas quem disse que todas as histórias são verdadeiras?

Damian não sabia como responder. *Todos na Basílica*, ele poderia ter dito. Ou talvez: *O magistrado-chefe*. Afinal, um magistrado-chefe deveria falar em nome dos santos, não era?

Roz deve ter percebido seus pensamentos girando, porque abriu um sorriso sombrio de lábios cerrados.

— Eu entendo — disse ela. — Se você aceitar que uma coisa pode não ser verdade, tudo se desfaz.

Era isso, era exatamente isso. Mas tudo já estava se desfazendo, certo? Aquilo deixou Damian desconfortável, então ele tentou ignorar a questão.

Mas não ia mais ignorá-la. Não podia.

— Digamos que você tenha razão — falou com a voz firme. — Digamos que um discípulo de Caos ainda esteja vagando pelas ruas, e foi por isso que vi o que vi. Eles têm alguma coisa a ver com os assassinatos ou isso é um problema separado?

Roz encolheu os ombros com uma resignação maior do que Damian jamais conseguiria sentir. A expressão dela era insegura, e isso a deixava mais jovem.

— Não faço ideia. Bem que gostaria de saber. Talvez possamos começar voltando ao Santuário... para ver se o túnel e o corpo ainda estão lá?

— Tá bom. — disse Damian, soltando a respiração. — Sim, tudo bem.

Não era muito, mas era um plano, e aquilo o fazia se sentir um pouco melhor. Ele conseguiu dar um sorriso fraco e completar:

— Um problema para amanhã?

— Um problema para amanhã — repetiu Roz, sem dar espaço para discussão. — Esta noite você precisa dormir. Seu cheiro está muito melhor agora, mas a aparência ainda está horrível.

Isso o fez rir de verdade.

— Não tenho intenção de dormir até que *você* me diga no que está pensando. Não pense que esqueci.

Roz ergueu as sobrancelhas, e, por um momento, Damian pensou que ela se recusaria a falar. Que, mesmo depois de tudo, ela lhe diria que ele não tinha direito aos seus pensamentos, e que voltariam à estaca zero. Roz não fez isso, no entanto. Depois de morder o lábio inferior de um jeito contemplativo, estendeu a mão pequena e quente e o arrastou para a cama, gesticulando para que Damian se sentasse.

— Fiquei apavorada hoje, sabe — disse Roz depois do que pareceu uma eternidade, o rosto sério. — Quando percebi que você tinha sumido e para *onde* tinha ido, pensei que fosse te perder de novo. Não me importei com mais nada. Então, você quer saber o que estou pensando, Damian Venturi? Estou pensando que sua mente está uma confusão, e a minha também. Que talvez a gente não tenha sido feito para ficar junto, e que talvez apenas se machuque toda vez que tentar. Talvez a gente não devesse ter se beijado naquela noite. — Ela engoliu em seco. — Mas a verdade é que preciso de você, Damian. Preciso de você como a Lua precisa da idiota da Terra, ou o que quer que você tenha falado nesse sentido.

Ele sentiu como se o universo tivesse congelado. Ou melhor, como se ele tivesse congelado e o mundo continuasse a girar ao seu redor com ferocidade implacável. Seu coração batia forte nos ouvidos, as palavras de Roz reverberando ali. Era tudo que ele sonhara ouvi-la dizer por anos. Mesmo depois de tê-la visto no necrotério, visto a dureza que tomara conta de seu coração, Damian ainda queria isso. Suas palavras foram um bálsamo para a frustração. Uma respiração abafando uma pequena chama.

Ele não sabia o que dizer. A ideia de interromper aquele momento terrivelmente delicado era como uma ferida perfurante nos pulmões. Algo que não podia superar com uma respiração. Roz *nunca* ficava vulnerável, e ele queria envolvê-la em seu peito e mantê-la ali, para que o mundo não pudesse mais tocar nela e a garota continuasse a mesma.

— Roz. — Damian ergueu o queixo dela com o dedo, para que o olhar dela fosse forçado a encontrar o dele. Seus olhos eram grandes, incrivelmente azuis, e ele se lembrou do dia em que o pai dela partiu para o norte. O dia em que ela apareceu na porta dele e simplesmente olhou para ele, exatamente daquele jeito. Foi a primeira vez que ele a viu chorar. — Talvez a gente se machuque. Os santos sabem que não temos uma boa história. Mas, se me quiser por perto, o único jeito que o mundo vai conseguir me tirar de você é à força.

Roz trincou os dentes, e Damian observou os tendões de seu pescoço se moverem. Então ela levou a mão ao rosto dele, traçando o hematoma que florescia ao longo de sua bochecha. Os dedos estavam frios, e ele ficou mais dócil sob seu toque, fechando os olhos.

— Senti sua falta — sussurrou ela. — Senti tanto sua falta que fiquei doente por causa disso.

Damian envolveu o pulso dela, afastando a mão de sua bochecha, então pressionou os lábios nos nós dos dedos dela.

— Quero saber com que frequência pensava em mim.

Roz parou, a atenção descendo para o peito dele. A barriga. Quando olhou para Damian, havia um brilho malicioso em seus olhos.

— Pensei em você todos os dias, Venturi. — A mão dela formou um punho. — Mesmo quando odiei tanto você a ponto de quase enlouquecer, ainda pensava em você. Eu pensava nisso.

Os lábios dela estavam nos dele, um toque suave antes de se moverem para o pescoço. Damian estava congelado, o coração batendo em um ritmo frenético e desencontrado. O mundo não era nada além do hálito quente dela, do aroma de sálvia e frutas cítricas.

— Eu pensava nisso — murmurou Roz contra a pele do pescoço de Damian, mordiscando-a de leve enquanto se posicionava entre suas pernas. Ela passou os dedos pela barriga dele, parando logo abaixo do esterno. — E nisso... — Suas mãos roçaram cada curva de seu abdômen até chegar aos quadris. — E *nisso*.

Damian se sentiu endurecer, embora Roz não tivesse feito nada além de enfiar um dedo no cós da calça dele. A implicação foi suficiente para aquecer seu rosto, e o rubor o teria traído se seu corpo não o tivesse feito.

— Esse — disse ele, com custo — é um pensamento muito interessante de se ter sobre alguém que você odeia.

Um arrepio acariciou sua espinha enquanto Roz traçava o osso do quadril. O olhar de Damian mergulhou dos olhos dela até a base do pescoço e depois desceu até o peito. A camisa de Roz era decotada, expondo a clavícula, e a visão de sua pele o fez enrijecer ainda mais. Malditos sejam os santos, ele estava desesperado por ela. A única coisa em sua mente era a corrente elétrica entre o corpo de Roz e o dele.

Os lábios dela se curvaram num sorriso, e depois o sorriso se tornou uma risada suave.

— Sempre fui uma amante pouco convencional. — Ela tirou a camisa, deixando-a cair no chão. O sangue de Damian estava em chamas quando Roz pegou as mãos dele, levando-as até a sua cintura. — Me toque.

As palavras fizeram o fogo sair de sua corrente sanguínea e se espalhar pelo restante de seu corpo. Damian puxou Roz para perto, as mãos percorrendo seus seios, sua delicada caixa torácica, as curvas dos ossos do quadril. Ele pressionou os lábios em sua barriga, achando-a mais firme do que esperava, e provou o sal de sua pele.

—Você é linda — murmurou ele, e a única resposta foi uma expiração ofegante. Damian queria conhecer cada centímetro dela. Queria amá-la do jeito que não conseguia há três longos anos e compensar cada segundo que não pôde tocá-la. Antes que pudesse prosseguir, porém, Roz apertou sua nuca e o fez se erguer.

Suas bocas se prenderam, a língua deslizando com perícia cuidadosa. Um gemido profundo cresceu na garganta de Damian quando ela se apertou contra ele, a pressão suave de seus lábios aumentando ainda mais sua pulsação. Ele mordeu o lábio inferior de leve, dominado pelo cheiro dela. E então, de alguma forma, as calças dela foram tiradas, assim como as dele, e o som que emanava do fundo de seu peito era tão selvagem que ele poderia ter ficado envergonhado se não estivesse tão ocupado.

Talvez fosse tolice a velocidade com que chegaram até aquele ponto. Damian não se importou. Estava tentado a nunca mais se importar com nada.

— Deite-se — murmurou Roz, empurrando-o com força para a cama.

Ele obedeceu, puxando-a com ele, e, no segundo seguinte, ela o montou com graça. Damian agarrou seus quadris, absorvendo a visão dela. Santos, se eles realmente fossem fazer isso, ele talvez nunca a deixasse ir embora. Não seria capaz de suportar. Os dois se conheciam havia muito tempo, mas aquela era a primeira vez em que ele a via *inteira* — cada centímetro de indescritível perfeição. Queria gravar a imagem em sua mente, para que, cada vez que fechasse os olhos, pudesse ver aquilo. Pudesse ver Roz.

Damian se perguntou se os santos o teriam deixado viver exatamente por esse motivo: para que pudesse amar Roz Lacertosa.

Ela apoiou as mãos no peito dele e, a partir daí, cada movimento foi perfeitamente calculado. Damian cerrou os dentes. Agarrou-a com mais força. Naqueles momentos, no espaço entre batimentos cardíacos frenéticos, Roz já não era apenas sua Terra. Ela era seu universo, seu Sol, a atmosfera na qual ele respirava.

E, quando ele finalmente perdeu o controle, ela estava ali com ele.

30

Piera

A ondulação incansável do mar se moveu em direção à costa, o reflexo das luzes da cidade partindo-se na superfície. Quando a água formava o formato sinuoso do rio, já havia se acalmado, embora não o suficiente para que alguém ouvisse os passos.

A uma curta distância dali, Piera saiu da taverna de Bartolo. Soltou um suspiro inaudível, fechando a porta ao barulho estridente que a acompanhava, e ergueu o olhar para a lua. Foi um olhar feroz, o tipo de ferocidade que os santos admiravam. E como as estrelas estavam lá — por mais escuras que fossem —, seria realmente tão louco acreditar que eles estavam observando?

No entanto, ela não acreditava. Não ali, onde os dias se misturavam e o mesmo sol partia o céu todas as manhãs, zombando do mundano.

Piera fez uma pausa.

Caminhou até o rio, tirando dois pedaços de papel do bolso. Ambos estavam gastos e forrados, como se tivessem sido dobrados e desdobrados centenas de vezes. Olhou mais uma vez para as estrelas e depois para a familiar inclinação da mão de seu amante.

A primeira folha — uma carta declarando sua morte — ela jogou no rio. A segunda — um recado que ele escreveu para ela nas linhas de frente — ela guardou.

Naquele momento, Piera trocou o que restava de sua tristeza pela raiva. Ali, em uma noite normal, sob o olhar atento do mais perigoso tipo de sonhador.

Ela era um alvo arriscado, mas também estava no caminho.

À medida que os passos se aproximavam, Piera virou-se e inclinou a cabeça. Confusa, mas não com medo. Nunca com medo. Assim como a garota que ela amava tão profundamente.

Ela se recusou a morrer rapidamente.

Mas, como todos os outros, morreu mesmo assim.

31

Roz

Roz acordou e encontrou Damian ao seu lado, dormindo profundamente.

Ele estava de lado, encolhido, com o tronco nu e um pouco escondido sob os cobertores. Sua respiração era lenta, embora algo em seu rosto estivesse tenso. Por um momento, Roz não fez nada além de observá-lo, deleitando-se com a lembrança das mãos dele em seu corpo. Suas linhas firmes e a maneira como ele olhava para ela com uma adoração quase faminta.

Ela passou um dedo pelo antebraço de Damian, que não se mexeu.

— Damian.

Roz sussurrou o nome dele — o primeiro nome, e não o sobrenome —, rememorando a forma como as sílabas rolavam por sua língua na juventude. Como ela as combinava com uma risada ou as soltava ao vento enquanto os dois corriam pela cidade à noite. Ela se lembrou de dançar à beira do rio, de adormecer ombro a ombro e da maneira como ele sorria cada vez que a via na porta de casa.

Na noite anterior, ele voltara a sorrir de um jeito que Roz não via há anos. Um sorriso aberto, travesso e sem reservas. Aquilo incitou uma dor agridoce dentro dela, e Roz desejou ser capaz de reprimir a maneira como aquele sorriso a fazia se sentir. Era mais tentador do que qualquer droga e, no momento em que desapareceu, deixou-a bastante desolada.

Damian nem se mexeu com o toque dela, e Roz decidiu que não queria incomodá-lo mesmo. Ela lhe oferecera um dos soníferos de Piera na noite anterior — eles sempre ajudavam sua mãe —, e Damian aceitara de bom grado. Se sua experiência servisse de indicação, ele dormiria por muito mais tempo e pouca coisa seria capaz de acordá-lo.

Além do mais, ele parecia tão tranquilo do jeito que estava agora, que Roz temeu que, quando acordasse, isso não durasse.

Aquele era o dia em que o Mercato iria queimar.

A noite anterior tinha sido um erro da parte dela? Tinha sido um erro estender a mão e aproveitar aquele momento tranquilo e feliz quando Roz sabia que havia uma chance de Damian nunca mais falar com ela? Porque não poderia impedi-lo de acabar descobrindo. Ela faria o melhor que pudesse, nem que fosse para proteger tudo que Piera havia construído, mas, em algum momento, Damian descobriria a verdade. Acabaria acontecendo, se eles ficassem juntos.

Depois. Roz contaria a ele depois. Tinha um papel fundamental a desempenhar hoje, e nada iria atrapalhar sua missão. Nem mesmo Damian.

Pelo menos eles tinham vivido uma noite perfeita depois de todos os anos de uma saudade implacável e furiosa.

Roz saiu da cama e vestiu-se rapidamente, calçou as botas e desceu a escada na ponta dos pés até a taverna. Àquela hora, o lugar estava fechado, mas ela sabia que algo estava acontecendo. Sussurros pontuavam o ar e parecia que alguém... chorava?

Ela parou no penúltimo degrau da escada, franzindo a testa quando percebeu o pequeno grupo de rebeldes no canto da sala. Nasim. Dev. Arman. Josef. Alix. Nenhum deles se preocupou em acender uma vela, e o modo como estavam amontoados despertou sua curiosidade. O que estavam fazendo ali tão cedo? Teria Piera convocado uma reunião sem avisá-la?

Roz pigarreou.

— O que está acontecendo?

Ninguém disse uma palavra, mas Nasim se virou, o rosto manchado de lágrimas. Todas as sensações fugiram do corpo de Roz. Ela nunca tinha visto Nasim chorar.

Nem uma vez sequer.

Ela deu um passo em direção ao grupo, a mente fora do corpo. Não conseguia sentir as mãos. Os pés. Ela estava respirando? Não sabia. Dev e Arman se viraram, e Roz examinou os rostos pálidos, os olhos arregalados em um apelo silencioso. Ela não achava que conseguiria formular a pergunta. Precisava que alguém dissesse alguma coisa.

Então seu olhar foi para o chão.

Demorou um bom tempo para seu cérebro processar o que estava vendo. Sua visão ficou desfocada, e, de repente, Roz não conseguia respirar. Agarrou o peito enquanto um gemido suave escapou de sua garganta.

Era Piera. A mulher estava deitada de costas, o rosto magro mais parecendo uma máscara. A boca estava contorcida em uma careta, e, se os seus olhos não estivessem faltando, Roz sabia que teriam demonstrado puro horror.

Ela não precisava perguntar. Não precisava ir até Piera para saber que a mulher estava morta. Roz não era o tipo de garota que chorava, gritava e tentava sacudir um cadáver para acordá-lo. Não era o tipo de garota que desmoronava nos braços de um companheiro, desmaiando enquanto as pessoas tentavam confortá-la em vão. Seu coração se partiu em uma fúria silenciosa, e sua dor não era uma coisa que pudesse ser amenizada por simples lágrimas.

Parte dela estava ciente de que outros a observavam, aguardando com medo sua reação. Ela não se importava. Não se importava que Nasim estivesse chorando, que Dev já estivesse bêbado, ou que Josef e Arman estivessem mais abalados do que ela jamais tinha visto. Roz estava... ela estava...

Ela pegou a garrafa de bebida mais próxima e jogou no chão.

Cacos de vidro voaram, e o cheiro da bebida fez seus olhos arderem. Alguém estava gritando, mas ela não sabia quem. Não sabia o que estavam dizendo. Não se importou. Derrubou a cadeira mais próxima com toda a energia que foi capaz de reunir, deixando o barulho reverberar pelos ossos. Fez o mesmo com as outras cadeiras da mesa, exceto a última, que pegou e bateu na parede.

Seu caminho de destruição a levou até o bar, e ela pegou copo após copo, jogando-os no chão em rápida sucessão.

Crash. Noites passadas na companhia de Piera com uma caneca de chá quente. *Crash.* Falando sobre a mãe enquanto Piera esfregava suas costas. *Crash.* O cheiro do perfume de Piera quando Roz lhe permitia um abraço duramente conquistado. *Crash.* A voz suave de Piera, sempre desprovida de julgamento. *Crash.*

Quando você enfrenta o luto verdadeiro, não melhora.

Cada barulho ensurdecedor era um alívio de curta duração. Era alguma coisa, mas não o suficiente, não o *suficiente*, e ela precisava… precisava…

Mãos fortes agarraram seus braços, impedindo-a de pegar o próximo copo. Roz se contorceu, se debateu e lutou, uma agitação de cotovelos e punhos fazendo contato *com sabe-se lá o quê* e enchendo-a de uma satisfação que era totalmente insatisfatória.

— Me *larga*! — berrou Roz, mas era toda caos e nenhuma estratégia, e não demorou muito para que caísse no chão, com vidro cortando suas costas e bebida encharcando seu cabelo. Foi boa aquela dor, porque era uma dor que não estava dentro dela, e Roz deixou doer, doer e doer.

— Não — disse Dev, o rosto pairando sobre ela. — Roz, por favor, não.

Foi só então que ela chorou.

Não de forma histérica. Nem mesmo audível. Apenas… entrecortada, as lágrimas escorrendo pelo rosto e caindo no chão. Ela não fez nenhum movimento para detê-las. Exausta, olhou para as vigas de madeira do teto, com a visão turva. Dev tornou-se um contorno difuso, e afrouxou o controle sobre ela enquanto a amiga relaxava no chão. Esperou aquele sentimento dominá-la.

Roz falhara. Não tinha resolvido os assassinatos a tempo e falhara. Talvez tivesse deixado de notar algo crucial ao longo do caminho. Talvez tivesse se permitido se distrair por Damian.

Damian.

O pai dele tinha feito isso. Battista Venturi matara Piera. Uma a uma, ele estava destruindo todas as pessoas que Roz amava. E, ainda assim, Damian não queria acreditar. Queria mais provas antes de fazer qualquer coisa a respeito.

— Me ajude a levantar — disse ela com a voz rouca, piscando para afastar as últimas lágrimas.

Dev a analisou, um tanto apreensivo, mas pareceu confiar no que quer que tivesse visto em seu rosto. Lágrimas traçaram caminhos silenciosos pela face do rapaz e, assim que se certificou de que Roz não iria atacá-lo, desabou no chão. Um homem destruído.

Ele tinha chegado tarde demais. Todos chegaram tarde demais.

Roz se levantou, estremecendo ao sentir o álcool arder nos cortes em suas costas, e virou-se cautelosamente para encarar os outros rebeldes. Sentiu como se estivesse examinando tudo através de um véu. Nasim parecia quase com medo, e o queixo de Arman estava vermelho, o que Roz percebeu tarde demais que devia ser culpa dela.

— Merda — murmurou baixinho. Aquela única palavra parecia morta. — Sinto muito, Arman.

Ele acenou com a mão, indicando que estava tudo bem, mas claro que não estava.

Roz mordeu o lábio com força. A raiva tomou conta dela em ondas avassaladoras, mas não era mais dirigida a nada naquela sala. Era maior do que isso. Era tão grande que a moça mal sabia o que fazer com ela.

— Por que nós nos importamos? — falou Dev do chão, chamando sua atenção. — Nunca encontraremos a felicidade aqui.

Ela estava inclinada a concordar. Mas não podiam simplesmente desistir de tudo pelo que Piera havia lutado. Que tipo de rebeldes seriam se desistissem porque um deles estava morto? Roz piscou para afastar as lágrimas dos olhos.

— Está tudo preparado para o ataque desta noite. Vamos seguir em frente conforme o planejado. É o que Piera teria desejado.

Todos assentiram, exceto Dev, que olhou para Roz em estado de choque.

— Tem certeza de que agora é a hora certa?

— Isso é uma rebelião — sibilou ela. — É sempre a hora certa para atacar.

As palavras rasgaram seu peito.

— Vocês conhecem o plano: todos estarão no Mercato ao anoitecer. Cubram seus rostos, se puderem. Quando chegarem lá, não estou nem aí para o que vão fazer. Não me importo com o que vão destruir. Esta noite, vamos queimar tudo. E, quando a segurança pedir reforços, o que vai acontecer, os oficiais mais próximos terão que vir…

— Da prisão? — falou Nasim.

Roz assentiu.

— Precisamente.

Josef acrescentou:

— É quando libertaremos aqueles que fugiram do recrutamento.

— Sim. — Roz percebeu a tristeza crua na própria voz e cerrou os dentes, controlando-se.

— Esta noite, a rebelião ataca — rosnou Dev de forma sombria. — Por Amélie. Por Piera.

Os outros murmuraram, concordando, a mesma angústia impregnando suas vozes. Piera era parte central da rebelião. Sempre foi. Roz não era a única que a amava. Os rebeldes a amavam, a *cidade* a amava, e isso significava que iriam lutar.

Também significava que Piera não seria a única a morrer hoje. Mas era por isso que as pessoas aderiam a uma rebelião, não era? Por acreditarem em algo com tal força que estavam dispostas a colocar sua vida em risco.

Alix balançou a cabeça, o rosto pálido.

— Mas e depois? O que faremos?

— Piera tinha um plano de contingência — murmurou Dev. Seu olhar estava vítreo, fosse pela bebida ou pela tristeza. — Lembra?

Ele contornou o bar, mexendo em várias garrafas até encontrar um uísque de tom mais escuro. Era o favorito de Piera.

Certo. Roz também se lembrou de Piera ter mencionado um plano. A tampa da garrafa estava selada com cera, e Josef e Nasim — os mais próximos de Dev — deram um passo para trás automaticamente.

Ele jogou a garrafa no chão, que se quebrou facilmente. No meio dos cacos, havia um pequeno pedaço de pergaminho. Dev se abaixou para pegá-lo com cuidado. Ele o desenrolou e leu e releu a mensagem, franzindo a testa.

— O que está escrito? — inquiriu Roz.

Ele passou a mão pelos cabelos claros.

— Ela… quer que Nasim e eu cuidemos da taverna.

Isso deu um susto em Roz, mas ela se recuperou rapidamente.

— E a rebelião? — perguntou Alix.

— Disse que Roz assumisse seu lugar como líder.

A sala ficou em silêncio.

Foi Nasim quem enfim disse:

— *O quê?*

Dev ergueu os olhos do documento, fixando o olhar no de Roz.

— Piera quer que você assuma o comando da rebelião.

Arman ficou boquiaberto, e os olhos de Josef estavam arregalados. A expressão de Nasim estava estranhamente vazia. Por um momento, ela não disse uma palavra, mas então o silêncio foi quebrado.

—Você está de *brincadeira* comigo? — gritou Nasim. — Ela quer que Roz lidere? Faço parte da rebelião há mais tempo. As pessoas confiam em mim. E o melhor de tudo é que não estou trabalhando com um punhado de malditos *guardas do Palazzo*.

Roz congelou, as mentiras saltando até a ponta da língua. Ela sentiu como se alguém a tivesse pendurado na beira de um precipício. A tristeza prestes a dominá-la. Sim, Nasim era a escolha mais óbvia para liderar a rebelião, mas como ela sabia?

— Não fique tão chocada — disse Nasim, os olhos ardendo como chamas escuras. —Vi você no rio, Roz.Vi o barco do Palazzo. Eu ia perguntar o que tinha sido aquilo em particular, mas agora *isso*? — Ela gesticulou com desgosto para Dev, para o pedaço de pergaminho que ele ainda segurava. — Não importa o que Piera queria, você não pode liderar a rebelião. Sinto muito, mas simplesmente não pode. Ernesto estava certo em não confiar em você.

Roz não sabia o que dizer. O que *havia* para ser dito? O silêncio na sala era intenso, doloroso. Seus batimentos cardíacos pareciam ao mesmo tempo fortes e rápidos demais. Ela desejou que o chão se abrisse e a engolisse.

—Você não entende… — começou, mas dessa vez foi Dev quem a interrompeu.

— Isso é verdade? — Ele olhou de Roz para Nasim e depois de volta, com a traição óbvia no rosto. —Você está confabulando com guardas do Palazzo? Por quê, Roz?

Alix, Josef e Arman pareciam chocados demais para falar qualquer coisa. De todos os rebeldes, eram os únicos, além de Nasim e Dev, que tinham sido gentis com Roz. Os únicos que tinham lhe dado uma chance.

— Não é o que você está pensando — disse ela. Cada pedaço de Roz doía até a alma. Sempre houve uma confiança implícita e tácita entre ela, Dev e Nasim. Roz sentia isso mesmo quando eles mal se conheciam. — Eu estava trabalhando com um oficial de segurança, sim, mas só porque queria solucionar o assassinato de Amélie. Ele foi encarregado de descobrir o que aconteceu com o discípulo de Morte, e parecia que todos os assassinatos recentes estavam ligados, então…

O ar à volta de Roz ficou pesado. Não havia nada além daquele momento frágil, no qual as palavras significavam tudo, mas nenhuma delas parecia a correta.

— Eu tentei usar ele, está bem? Achei que, se conseguisse descobrir o que aconteceu com Amélie, o restante dos rebeldes pudesse começar a confiar mais em mim.

— Então você pediu ajuda para as pessoas contra quem *estamos lutando*? — A voz de Nasim era monótona. — Que maneira excelente de conquistar a nossa confiança, Roz.

— Eu estraguei tudo — disse Roz com a voz rouca, odiando o quão inexpressivos os cinco rostos à sua frente permaneciam. — Deveria ter contado para você o que estava fazendo. Mas não precisa se preocupar… Juro. Nenhum dos oficiais com quem me viu conversando fará algo que comprometa nossos planos. Eles nem sabem que sou uma rebelde.

Nasim balançou a cabeça devagar. Sua decepção era palpável, e doeu com uma ferocidade que fez Roz prender a respiração.

—Você não é. Não mais. Pode participar do ataque desta noite, visto que já sabe muito sobre ele, e depois acabou, Roz. Desculpe.

Nasim foi até a porta e a abriu. Suas mãos estavam instáveis, mas as costas estavam retas. Firmes. Ela assumia o comando, fazendo o que acreditava ser a coisa certa. Se Roz não estivesse tão perturbada, talvez sentisse orgulho dela.

Sem hesitar, Arman, Alix e Josef a seguiram até a rua.

Dev não foi de imediato. Olhou para Roz com uma tristeza tão visceral que ela quase desejou que ele ficasse com raiva.

— Eu só queria te dar algumas respostas — sussurrou ela. — Só isso.

Ele balançou a cabeça, os cantos da boca caídos.

— Quero acreditar em você. Mas, se suas intenções fossem realmente boas, por que mentiria para nós?

Vendo as coisas daquela forma, Roz não soube como responder. Ela queria apenas evitar aquele cenário. Mas, ao manter segredo, piorou tudo. Sabia que parecia suspeito — essa era a pior parte. Como poderia culpá-los por querer proteger tudo que Piera tinha construído?

Quando ela não respondeu, Dev suspirou, então também se virou para ir embora.

Roz ficou sozinha na taverna vazia, com o vidro quebrado sob as botas, olhando sem ver o corpo de Piera.

32

Damian

Pela primeira vez desde que conseguia lembrar, Damian dormiu o dia inteiro.

Quando acordou, sentiu a cabeça tonta — provavelmente por causa do sonífero. Demorou um minuto para rememorar a noite anterior, até que rolou na cama e sentiu o perfume de sálvia de Roz no outro travesseiro. Ela não estava lá, é claro, mas não podia criticá-la por isso. Já havia passado bastante da hora razoável para acordar.

Damian não teve pesadelos.

Talvez sua cabeça estivesse ocupada demais com Roz. Seu sorriso, seus lábios, seu corpo… Parecia um sonho. Talvez porque Damian *tenha* sonhado com aquilo muitas vezes. E, ainda assim, a realidade conseguiu superar a imaginação. Por um momento foi o suficiente para impedi-lo de pensar no fato de que não tinha acordado no Palazzo. De que não sairia cambaleando da cama e pegaria o cinto e o uniforme, e que não veria os colegas oficiais no refeitório antes de começar seu turno.

Essa vida tinha acabado para ele. Depois que os pensamentos sobre Roz desapareceram de sua mente, Damian não tinha nada na cabeça além daquela dura constatação que o fez se sentir vazio. Como se seus órgãos tivessem sido substituídos por um buraco. Ao mesmo tempo, porém, seu corpo parecia pesado demais para sair do colchão. De qualquer maneira, não importava. Ele não tinha aonde ir. Nada a fazer. Não poderia mais proteger o Palazzo, não importava a escuridão que espreitava aqueles corredores dourados.

Ele ficou deitado lá por um bom tempo.

Por fim, a luz do lado de fora da janela começou a diminuir, e Damian se arrastou para o banheiro. Limpou-se com uma lentidão agonizante e, quando estava prestes a vestir o uniforme sujo, percebeu que alguém havia deixado uma pilha de roupas ao lado da cama. Aquilo foi… legal. Talvez Roz tivesse organizado tudo.

Colocou a roupa, que servia bem, e transferiu a pequena esfera preta para o bolso. Não queria se separar dela: era um lembrete de seu último objetivo. Depois desceu à procura de Roz.

A taverna estava lotada. Havia uma cacofonia de vozes bêbadas e copos batendo nas mesas com o cheiro de bebida e de corpos sujos, névoa de fumaça e iluminação fraca. Apesar de tudo, o lugar parecia mais limpo do que na noite anterior, como se alguém tivesse esfregado o chão e reorganizado as garrafas de bebida. Damian teve a sensação de que os clientes estavam de alguma forma *juntos*, e não apenas porque compartilhavam um estado de limpeza igualmente questionável. Era a forma como as pessoas se moviam entre as mesas, gritando umas com as outras, mas sem causar uma única briga.

— Ei! — berrou alguém, assustando Damian quando apontaram para a janela. — Está anoitecendo. Vamos indo, rapazes!

Ele se encolheu contra a parede enquanto os clientes da taverna se levantavam. Esbravejavam e guinchavam indo em direção à porta, copos tilintando e derramando na pressa. O coração de Damian batia forte, mas ninguém prestou atenção nele com as roupas normais. Aquilo, pelo menos, foi uma bênção.

Procurou por Roz, mas não a viu em lugar algum. Assim que a multidão saiu para a rua, foi até o bar e espalmou as mãos no balcão, assustando o homem ali.

— Estou à procura de uma pessoa.

O atendente franziu a testa. Era um homem de meia-idade que estava ficando careca, com uma expressão amigável no rosto barbudo.

— Não estamos todos, filho? Mas é um pouco cedo para encontrar uma garota que possa pagar por hora.

Damian fez de sua expressão um aviso.

— Tá bom. — O taverneiro ergueu as mãos, evidentemente consciente de que Damian tinha o dobro de seu tamanho. — Quem você procura?

— Rossana Lacertosa. Ela vem aqui com frequência. Cabelo alto e castanho...

O homem o interrompeu.

— Não.

— Não?

— Eu não a conheço.

Ele falou rápido demais, com muita firmeza, e Damian imediatamente desconfiou.

— Você não a conhece. — Não era uma pergunta. — Você não conhece a garota que vem nessa taverna o tempo todo.

O rosto do taverneiro ficou vermelho.

— Por que não me diz quem está procurando por ela?

Damian o cortou com um olhar cético.

— Por que precisa saber?

— Está brincando comigo? — Uma risada única e incrédula. — Responda à pergunta ou dê o fora, garoto.

— Sou... amigo dela.

Dessa vez foi o homem do bar quem ficou cético.

— Nunca vi você por aqui. É novo?

Ele queria dizer na área? Damian sentiu que estava envolvido em alguma questão sutil que não entendia.

— Acho que podemos dizer que sim.

— Bem... — O taverneiro fez uma pausa, olhando para as mãos de Damian, que, sem pensar, havia tirado o orbe preto do bolso, esfregando-o entre o polegar e o indicador, um hábito recém-adquirido. — Onde diabos conseguiu isso?

— Ah. — Damian apressou-se em guardar a orbe, embora o outro não tivesse como saber de onde viera. — É só um amuleto de sorte.

Ele estremeceu quando as palavras saíram de sua boca, e não apenas porque os olhos do taverneiro se estreitaram.

— Que tipo de senso de humor de merda você tem, garoto? Já tivemos bastante azar nesse lugar hoje. A proprietária foi assassinada hoje de manhã, não ficou sabendo?

Damian piscou, surpreso, mas a notícia mal foi registrada.

— Assassinada? Não tenho certeza do que isso tem a ver com...

—Você nem sabe o que está segurando, não é?

Damian ficou tenso. Não, ele não sabia.

O taverneiro se inclinou sobre o balcão, todo o seu comportamento mudando quando baixou a voz.

— Existe um metal chamado ctônio. — Ele apontou o queixo na direção do bolso de Damian. — Meu avô foi agente especial durante a Primeira Guerra dos Santos, veja bem. Lidou com prisioneiros por alguns anos. Os discípulos de Caos sempre carregavam ctônio, porque isso lhes permitia usar seu poder a uma distância maior. Ou ao menos esse era o boato. De qualquer forma, muitas dessas coisas foram enterradas com eles. — O barman recuou. — Onde você disse que encontrou isso?

— Eu não disse.

O horror subiu pela espinha de Damian, fixando-se em seu pescoço. De repente, a boca dele ficou seca demais para engolir. Os discípulos de Caos *estavam* de volta, ou talvez, como Roz dissera, não tinham nem sumido. Damian não sabia como, mas era a única coisa que fazia sentido. O túnel do Santuário. O corpo do magistrado-chefe.

E então outras constatações que surgiram espontaneamente em seus pensamentos: o sangue em suas mãos e a sombra no quarto de Leonzio. Eram ilusões, não eram? E as vítimas de assassinato... Bem, se um discípulo de Caos estava envolvido, isso explicava como havia tão poucas evidências. Mas *quem* era o culpado? Seria alguém que Damian conhecia, escondido à vista de todos? Ou percorria a cidade em segredo, protegendo-se de qualquer um que olhasse em sua direção?

— *Merda* — murmurou Damian baixinho, o medo florescendo dentro de si. Quem sabia o que o discípulo ou discípulos de Caos poderiam estar planejando? Ele precisava encontrar Roz o mais rápido possível. — Obrigado, *mio signore*.

O barman inclinou a cabeça.

— Cuidado com essa coisa. Você pode ter problemas se a pessoa errada perceber isso.

Mas Damian já estava na metade do caminho para a porta. Correu pelas ruas escuras, e todos por quem passava eram um borrão em sua visão periférica. A noite o cobriu, uma coisa selvagem, aumentando seu senso de urgência. Era angustiante não saber para onde estava correndo, e isso só o fez se mover mais rápido. O nome de Roz ecoava em sua cabeça em um ritmo incessante. Ele verificou a Basilica primeiro e depois a casa da legista. Fazia sentido que ela voltasse para um dos lugares que visitaram, presumindo que ainda estivesse investigando os assassinatos. Por que diabos ela não o acordara? Poderia estar em qualquer lugar.

Damian mal notou as ruas ficando mais lotadas à medida que se aproximava do mar. Ele diminuiu a velocidade quando gritos chegaram aos seus ouvidos, carregados pelo vento implacável. Alguns cidadãos passaram por ele, olhos arregalados de pânico, lançando olhares por cima do ombro. Fugindo de... *alguma coisa*. Mas do quê?

Foi então que Damian notou o céu.

Um brilho alaranjado manchava a escuridão, uma névoa escura bloqueava as estrelas. Algo próximo devia estar em chamas — o mundo ficava mais brilhante à medida que chamas invisíveis expeliam mais fumaça na atmosfera. Um tipo diferente de adrenalina dominou Damian, desta vez deixando-o mais sereno. Sua mente clareou enquanto sua confiança aumentava e seu treinamento entrava em ação, sem deixar espaço para dúvidas.

A essa altura, ele estava se aproximando da *piazza* onde acontecia o Mercato. Os gritos se amplificaram, e, quando Damian dobrou a esquina, seu coração deu um salto.

O Mercato estava uma confusão. Havia detritos de barracas e tendas completamente destruídas espalhados pelo chão. Várias delas tinham sido queimadas: a madeira enegrecida desabara sobre si mesma e o cheiro forte de fumaça permeava o ar noturno. Tecidos coloridos foram pisoteados na terra, e cacos de vidro estalavam sob os pés de Damian enquanto ele recuava para desviar de um cliente em fuga. Oficiais que conhecia de vista haviam invadido o local, ocupados demais para prestar atenção nele. Os homens e as mulheres gritavam enquanto tentavam controlar as chamas.

Os olhos de Damian lacrimejaram enquanto examinavam a cena, repousando em uma mulher que aproximava uma tocha do delicado tecido de uma tenda em chamas. Os trajes que estavam à venda pegaram fogo na hora, exceto pelas peças que tinham sido claramente enfeitiçadas pelos discípulos de Graça para repelir fogo. A mulher arrancou as roupas dos cabides e jogou-as no chão, pisoteando-as com o salto do sapato. Damian assistiu com horror quando a compreensão surgiu.

Aquilo era um ataque rebelde.

Ele não tinha uma arma, mas não importava. Precisava ajudar. Permanecendo perto do perímetro da *piazza*, correu em direção aos oficiais mais próximos. O coração rugia em seus ouvidos, e houve um estalo de madeira quebrando quando uma tenda próxima cedeu e desabou. No entanto, antes de chegar ao outro lado do Mercato, um homem de calça e camisa cinza larga passou por ele. Seu cabelo estava despenteado, os pés descalços. Ao contrário do restante das pessoas que fugiram, o homem não parecia com medo — parecia alegre.

Damian soube imediatamente de onde ele tinha vindo.

Girando, agarrou o sujeito pelo colarinho, jogando-o contra a lateral do prédio mais próximo.

— Me conte o que está acontecendo — rosnou Damian. — Agora.

O homem olhou para ele de forma maliciosa, mostrando os dentes amarelados.

— Fuga em massa, *signor*. — O pronome de tratamento era zombeteiro. — Você não pode impedir todos nós.

O estômago de Damian se apertou. Ele jogou o homem bruscamente para o lado, deixando-o esparramado no chão.

Então correu.

Rapidamente ficou claro que o criminoso dissera a verdade: a prisão, um quarteirão adiante, era um cenário de caos quando Damian chegou lá. Os policiais circulavam ao redor do prédio, as armas apontadas para os presos vestidos de cinza, gritando ordens. Alguns dos presos fugiram. Outros estavam com as mãos levantadas. Alguns já estavam mortos, sangrando nos paralelepípedos.

Mas também havia cidadãos ali. Cidadãos que entravam e saíam da prisão, rosnando para os guardas e oficiais. Cidadãos com armas, pés de cabra e rostos ocultos por lenços.

Mais rebeldes.

O ar estava cheio de gritos e tiros. O corpo de Damian vibrava com a necessidade de *fazer alguma coisa* enquanto avaliava a situação.

— Noemi! — Ele gritou o nome do primeiro oficial que viu que não estava envolvido em combate direto. A mulher levantou a cabeça, o olhar severo como sempre, mas ainda mais selvagem do que Damian tinha visto. — Me dê sua pistola!

Noemi não o questionou nem por um segundo. Arrancou a arma do cinto com a mão livre e jogou-a para Damian. Se tivesse tempo para pensar naquilo, a ação teria aquecido seu coração. Não era mais o chefe de segurança do Palazzo, mas seus colegas ainda confiavam nele.

Pensamentos sobre Roz atormentavam sua mente, mas aqueles oficiais eram a família de Damian. Não podia abandoná-los. Ombrazia estava prestes a ser invadida por criminosos, e a segurança do Palazzo era a primeira linha de defesa. Não importava se Damian não era mais um oficial na teoria — ainda era um oficial de coração. Estava em seu sangue. Tinha que tentar ajudar.

Com a cabeça baixa, correu para a entrada da prisão, atirando em um homem mascarado que se lançou sobre ele. Lá dentro, o prédio estava tão tumultuado quanto as imediações. Os guardas lutavam com presos desarmados, tentando forçá-los a voltar para suas celas. Damian saltou por cima de um guarda que estava morto no chão, com uma faca nas costas. A fúria o atravessou como se a lâmina tivesse sido enterrada em sua própria pele.

Um rebelde apareceu no fim do longo corredor. Damian cerrou os dentes, acertando uma bala na perna do homem, e o som que ele emitiu foi horrível. As próprias pernas de Damian tremeram ao passar por cima do rebelde caído, mas o rapaz superou a náusea que quase o dominou. Virou em um corredor, mantendo-se perto da parede fria de pedra, insensível à cacofonia.

Uma figura mascarada apareceu. Uma mulher rebelde, ao que parecia. Damian apontou a arma quando ela se aproximou, o olhar aguçado, então parou quando seu longo rabo de cavalo balançou por cima do ombro.

Olhos azuis se ergueram para encontrar os dele.

Não. Não, não podia ser.

Roz.

Sua arma ainda estava erguida, mas Damian não se mexeu. Não conseguia se mexer. Esforçou-se para compreender a visão diante dele, mesmo quando o conhecimento arraigado veio à tona em sua mente — que aquilo fazia *sentido*. Claro que fazia.

— Rossana? — perguntou ele com uma voz fraca.

A mulher removeu o lenço que cobria a metade inferior do rosto. A expressão dela era de puro horror, e Damian poderia ter ficado feliz em vê-la se não estivesse tão chocado.

— Damian — disse ela, com a voz rouca, e foi só isso.

Ele se sentiu mais vazio do que nunca, como se Roz tivesse destruído o que restava de suas emoções. Ele era um *tolo*. Tudo se encaixou perfeitamente. Seu ódio pelo Palazzo e sua desconfiança pelos santos. Como ela sempre falava de justiça e se ressentia do próprio poder.

Ele estivera certo o tempo todo. Roz sempre estivera tramando algo, e aquilo não passava de outro jogo para ela. *Ele* não era nada além de um jogo para ela.

— Damian, sei o que está pensando, mas precisa me ouvir — disse Roz, aproximando-se dele com as mãos erguidas. Mas era atuação, não era? Roz só queria que ele a deixasse sair dali viva. — Não fingi que me importava com você, juro. Tudo que falei ontem à noite é verdade. Essa foi a única coisa que escondi de você.

Damian simplesmente continuou encarando-a, desconfiando de todas as palavras que saíam de sua boca. Todos os pensamentos sobre o ctônio, sobre alertá-la a respeito dos ilusionistas, morreram em sua língua. Ele se sentiu separado do corpo. As mãos estendidas diante dele podiam pertencer a outra pessoa. Era assim que uma pessoa se sentia quando estava no fundo do poço? Com esse vazio violento e interminável? Ele havia perdido tudo, mas pelo menos achava que havia ganhado Roz. Agora aquilo também tinha sido arrancado dele e nada restara.

Nada daquilo havia sido real. Como poderia ser? Damian não conseguia entender por que uma rebelde iria querer trabalhar com um oficial do Palazzo. A não ser que ele fosse um meio para um fim.

Ele não conseguia imaginar uma razão pela qual Roz o amaria.

— Ele a matou, Damian — disse Roz. Sua voz tremeu, e ela tropeçava nas palavras. — Demorei demais. Eu falhei, e ele a matou.

Damian não percebeu de imediato sobre quem ela falava e estava surpreso demais para perguntar.

—Você não pode fazer isso, Roz. Não é certo.

A tristeza desapareceu de seu rosto tão rapidamente que foi alarmante. A fúria a substituiu.

— Não é certo? — Ela apontou para as celas mais próximas, e Damian viu que algumas das barras pareciam ter derretido. — Você quer ouvir sobre coisas que *não são certas*? Não é certo que cidadãos desfavorecidos e seus filhos sejam enviados para lutar em uma guerra que nada tem a ver com eles. Não é certo que, quando conseguem escapar, sejam tratados como criminosos. Não é certo que uma criança seja encontrada morta no meio da rua ou que o corpo de um menino apareça na margem do rio, e ninguém faça nada. — Roz mostrou os dentes, parecendo mais um animal do que mulher. — Você sabe quantos desses presos são indivíduos que fugiram do recrutamento? Eles estavam aqui porque não queriam morrer. E se isso é crime, espero que tenha vindo aqui para se entregar.

Damian sentiu como se ela tivesse lhe dado um soco na cara.

—Você *queria* que eu saísse daquele navio! Eu teria ficado, mas fui embora por *você*!

— Mas Damian, você não vê? Essas não deveriam ter sido suas únicas opções! — A voz de Roz ficou mais alta enquanto ela balançava a cabeça com urgência. — Está tudo errado. Seu pai, o magistrado-chefe… Ombrazia não se preocupa com ninguém além de seus discípulos, e isso precisa mudar. Sei que também consegue enxergar isso.

Damian mal conseguia respirar o suficiente para formar palavras.

— Meus amigos estão lá fora! — disse ele de forma áspera, a raiva ficando mais virulenta a cada segundo. — Não importa como se comportam as pessoas no poder, aquelas são apenas pessoas que juraram sua vida para proteger a cidade. Quem você acha que sofre mais com essa pequena cruzada? Não é o meu pai. Não é o magistrado-chefe. São elas, Rossana. São elas que lutam, morrem e limpam a porra da bagunça.

O rosto de Roz se contraiu, mas Damian percebeu que suas palavras não fizeram a menor diferença.

— Às vezes, esse é o preço a ser pago pela revolução. Pessoas morrem. Mesmo pessoas boas. É assim que a mudança acontece.

Como ela podia falar daquela forma? Como podia pensar aquelas coisas? Damian sabia que Roz era fria, mas aquilo estava além do que esperava. Seu pai o alertara mais de uma vez sobre ideologias radicais, mas Damian nunca imaginou que veria isso na mulher que amava.

Amava. Pelos santos, ele a amava.

E aquilo iria destruí-lo.

Damian apertou ainda mais a pistola, ainda apontada para o peito de Roz. Seus dedos tremeram.

Ele sabia que tinha que fazer uma escolha e sabia qual seria sua decisão.

Ele simplesmente não sabia se conseguiria viver consigo mesmo depois.

Roz

Roz odiava a forma como Damian estava olhando para ela.

Ela havia feito sua escolha e sabia quais poderiam ser as consequências. Mas ainda doía como se alguém tivesse enfiado um ferro em brasas na cavidade do seu peito. A situação ficou pior pelo fato de que ela não esperava que Damian estivesse ali, lutando pelo lado inimigo. Poderia dizer a ele que depois daquela noite não seria mais uma rebelde — não oficialmente —, mas que diferença isso faria? Ainda estava naquele lugar, naquele momento. Ele só veria aquilo como uma desculpa.

Roz percebeu nos olhos de Damian que o havia perdido. Que, independentemente do que dissera na noite anterior, ele acreditava de verdade que ela nunca se tinha se importado com ele.

— Sinto muito — disse Roz suavemente, a raiva a inundando. Era o segundo pedido de desculpas sincero que fazia hoje. E, embora soubesse que aquilo aconteceria, doeu tanto quanto o primeiro. Roz cerrou os dentes para manter a compostura. — Tenho certeza de que entende por que não pude contar para você. Mas esta é a única coisa que escondi, Damian. Tudo que falei sobre meus sentimentos é verdade. Sei que está furioso e sei que não acredita que fiz as escolhas certas, mas nunca mentiria sobre esse assunto.

Damian soltou uma risada única e sem emoção.

— Sempre vai ser assim com você, não é, Rossana? Implora por perdão, mas nós dois sabemos que você sempre será sua maior prioridade. É assim que é. Não sei porque esperei algo diferente.

Foi uma coisa estranhamente dura para Damian dizer. Roz estendeu a mão para ele e fez uma pausa, pensando melhor, a mão estendida, suspensa no vazio que ele ocupara segundos antes. Nesse meio-tempo, no espaço entre os batimentos cardíacos, ela viu o tremor em seus dedos — leve, mas presente. Sua respiração ficou presa na garganta.

— Sinto *muito* — repetiu. — Sei que não quer ouvir isso, mas eu quero.

O arrependimento a atravessava. Roz não queria perder Damian como havia perdido Nasim e Dev, mas aquilo aconteceria de qualquer forma. Como ela não conseguia manter por perto uma única pessoa que amava?

— Você tem razão — disse Damian. — Não quero ouvir isso. — Mas ele baixou a arma, com a expressão abatida. — Saia daqui.

— O quê?

— Eu mandei você sair *daqui*.

Ele não iria prendê-la, então. Tudo em sua linguagem corporal indicava resignação. Roz teria preferido que ele tivesse gritado. Ela conseguia lidar com demonstrações de raiva, mas aquilo… Aquele homem *vazio* não era alguém com quem soubesse lidar.

E ainda assim ele estava deixando que ela se fosse. Não importava o que Roz fizesse, não importava quanto ela o machucasse, Damian continuava cuidando dela. Roz tinha voltado para a vida dele, lhe dado todos os motivos para não confiar nela e sabia o tempo todo que isso não faria diferença.

Ser amada por Damian não era algo condicional. Deveria ter sido — só os santos sabiam como ele estaria melhor assim —, mas não era. O fato de ele tê-la deixado escapar apenas solidificou isso, e fez Roz se sentir bem pior.

Eles se amavam. Provavelmente sempre se amariam.

Mas não era o suficiente.

Então ela foi embora. Não precisou se virar para saber que Damian não a seguiria. Se a situação tivesse sido invertida, ela com certeza não teria feito isso.

A dor de sua culpa, de saber que tudo tinha acabado, era física. Apertava sua garganta e pesava em seu coração. Ela não tinha mais nada. Nada a perder.

Roz sempre pensou que a melhor maneira de vingar a morte do pai era acabar com o sistema que permitira que ela acontecesse. Quando o sistema caísse, os homens no topo cairiam junto. Ela sabia que podia levar uma vida inteira, mas estava disposta a esperar.

Não mais.

O tumulto atual foi a distração perfeita. A segurança estava reunida no Mercato e na prisão, deixando o Palazzo vulnerável.

Roz pensou na boca aberta e nas órbitas oculares vazias de Piera e tomou uma decisão. Não era como se Damian pudesse odiá-la ainda mais.

Era óbvio, pelo estado das ruas de Ombrazia, que os rebeldes tinham conseguido se organizar. No entanto, eles não estavam sozinhos — os tumultos despertaram muitos desfavorecidos de seu sono anteriormente passivo. Quanto mais Roz se aproximava da *piazza*, mais claro aquilo ficava. Comprometer-se com uma rebelião era uma coisa, mas não havia nada como uma multidão para aumentar sua confiança. Era muito mais fácil agir quando você sabia que não estava sozinho.

O rugido surdo do vento não conseguia abafar os gritos, e a noite estava envolta em fumaça quente. Roz deslizou entre a multidão, silenciosa e despercebida, deleitando-se com o pandemônio. A cidade havia negligenciado os desfavorecidos e agora iria pagar.

Ela quase sorriu enquanto se aproximava do Santuário.

O lugar permaneceria aberto ao público por mais vinte minutos. Seria perfeito para o plano de Roz. Ela deixou a escuridão do corredor subterrâneo envolvê-la, o coração batendo freneticamente, uma das mãos na pistola em sua cintura.

Havia dois discípulos no Santuário, mas ambos estavam tão profundamente em oração que não perceberam a presença de Roz, surdos ao barulho de seus calcanhares na pedra. Ela seguiu ao longo do perímetro até o corredor oposto, depois desapareceu de vista. Na primeira vez que estivera ali, seguira Damian pelo caminho e guardara cada passo na memória. Apenas por precaução.

Ela suspeitara que algum dia aquilo poderia ser útil.

A porta do corredor estava trancada, como Roz já sabia. Felizmente, a madeira era fina e quebrou quando ela colocou todo o seu peso em um chute forte.

Sem verificar se alguém tinha ouvido, correu.

Esquerda. Direita, direita, esquerda. Continue em frente. Depois outra esquerda. Sua respiração parecia trovejar no túnel, reverberando nas paredes. O suor escorria pela nuca. Essa parte, a que aconteceria a seguir, poderia muito bem ser a parte em que ela morreria. E, embora suas palmas estivessem suadas e ela amaldiçoasse seu corpo pelo estresse traiçoeiro, aquilo não era importante diante das possibilidades. O medo e a excitação pareciam quase iguais, não pareciam? Muitas vezes um era indistinguível do outro.

Roz, então, sentiria qual emoção lhe serviria.

Ela avançou pelos corredores vazios. Como esperava, a maior parte dos oficiais de segurança fora chamada para o motim, que era audível através do pátio interno no centro do Palazzo. Tudo parecia distante, como se nada pudesse tocá-la naquela tumba de mármore. Roz foi direto para o último andar, desviando quando quase foi avistada por Enzo, que andava de um lado para o outro. Suas mãos estavam cruzadas na nuca, a cabeça baixa. O estresse emanava de cada movimento seu. Como deve ser horrível, pensou Roz, ficar preso aqui quando todos os outros estavam em combate, sem saber o resultado.

Com passos leves, ela deslizou por um corredor estreito pintado de branco e dourado.

Eu sempre confundo com o gabinete do general. Que fica... no segundo andar, terceira porta?

Terceiro andar, quarta porta, disse o Kiran de suas memórias. *Não se preocupe, em algum momento você vai decorar tudo.*

Outro conhecimento memorizado, só para garantir.

Inspirando profundamente, Roz evocou a confiança inabalável que mantinha em si. Empurrou a porta aberta. Sacou sua pistola.

E a apontou para a cabeça de Battista Venturi.

34

Roz

— *Boa noite, general* — disse Roz.

Ela completou um semicírculo lento ao redor da sala, com a arma levantada o tempo todo. Seus batimentos cardíacos pareciam clamar por prioridade no peito. Roz se imaginou colocando uma máscara e assumindo uma versão diferente de si mesma. Uma versão mais calma. Alguém que não executaria Battista à simples visão de seu rosto presunçoso.

Battista se levantou de supetão da escrivaninha e correu para a gaveta, procurando a arma que Roz tinha certeza de estava guardada ali. Ela girou a pistola, baixando-a.

— Mãos ao alto.

O general parecia um pouco diferente, agora que o via de perto. Sua barba aparada estava grisalha, e ele era mais baixo do que ela se lembrava. Ou talvez Roz tivesse ficado mais alta. De qualquer forma, não era o homem aterrorizante que sempre imaginava. Era apenas… um homem. Um homem cujo cenho franzia exatamente como o de Damian quando estava confuso. Um homem que carregava os anos vividos no rosto, acrescentando camada após camada de exaustão.

Damian ficaria assim algum dia.

Não que Roz fosse estar por perto para ver.

Devagar, o general ergueu as mãos.

— *Signora* Lacertosa. É uma surpresa vê-la aqui. — Ele umedeceu os lábios. — Mas, de alguma forma, também não é.

Seu rosto estava impassível enquanto ele a analisava sem piscar. Battista conhecera Roz quando criança e conhecia sua propensão para enfrentamentos dramáticos e cruéis. Ele sabia que ela iria confrontá-lo sobre isso em algum momento? Será que esperava que ela o procurasse, que ficasse histérica e lançasse ameaças vazias?

Mas Roz já não era mais aquela garota. Sua raiva era um veneno que cultivara com cuidado, criando uma tolerância.

Ela ergueu um lado da boca em um sorriso irônico.

— Bem, *eu* com certeza não estou surpresa em ver *você* aqui. Imaginei que estaria em seu escritório, se escondendo, enquanto outros cumpriam suas ordens. Infelizmente, isso não deixou muitos seguranças por essas bandas, não é?

Era o mais próximo que Roz chegava de Battista em três anos, e a corrente de ódio que tomou conta dela foi avassaladora. Roz queria enfiar uma faca em cada linha daquele rosto envelhecido. Queria arrancar os olhos inexpressivos e esmagá-los sob o salto de sua bota. O general manteve o olhar do outro lado da mesa, sem sequer ter a decência de parecer desconfortável.

Ela adentrou mais na sala. Estava usando as botas mais altas e gostou muito do fato de os dois estarem com os olhos quase na mesma altura.

— Gosta disso? Deixar as pessoas morrerem por você? Matar aqueles que não são bons o suficiente para você? Isso te deixa *feliz*?

— Foi por isso que veio, Rossana? — A voz de Battista era suave e controlada. Seus olhos seguiam cada movimento da moça. — Para vingar a morte de seu pai? É tarde demais. Ele ainda tentou fugir, sabe? Depois que o cercamos. Um covarde até o fim.

Sua visão foi tomada pelo ódio, mas Roz se controlou. Acenou com a arma, indicando o cômodo.

— Vou esperar você ver a ironia, está bem?

— O que quer, *signora* Lacertosa?

Roz bateu as unhas no gatilho, observando com satisfação Battista respirar fundo.

— Quero que você confesse.

—Você já sabe que sou responsável pela morte do seu pai. Isso nunca foi um segredo.

—Vocês dois eram *amigos* — sibilou ela, uma dor familiar borbulhando em seu peito e… *não*. Não foi para isso que tinha ido até lá. Precisava manter o foco. — Mas não é dessa confissão que estou falando.

A boca de Battista ficou tensa.

— Então do *que* está falando?

— Estou falando de Amélie Villeneuve. Piera Bartolo. Daniel Cardello. — Ocorreu a Roz que ela não sabia o nome da vítima que encontrou no jardim. A tristeza tomou conta dela. Aquilo também era por aquela mulher, mesmo que Roz não soubesse seu nome. — Até Leonzio Bianchi, se não estou enganada.

— Não tenho ideia do que está falando.

Roz fechou um olho, fingindo apontar a arma para sua cabeça.

— Resposta errada.

— Não estou mentindo — rosnou Battista.

Estranhamente, ele parecia ainda mais com Damian quando deixava transparecer alguma fúria. O homem que Roz se lembrava de sua infância não se parecia em nada com aquele diante dela agora. O general nunca foi bondoso e sempre teve uma presença intimidadora, mas também tinha uma risada fácil. Mimava a esposa e era gentil com o filho. Pensando melhor, Roz admitiu que a versão atual não tinha uma diferença tão grande. Foi por isso que não ficou surpresa quando soube que ele era o responsável pela morte de seu pai.

— Está me dizendo — falou Roz — que não envenenou cinco vítimas com velênio, uma planta que cresce no norte? Onde foi seu posto por três anos? Está me dizendo que não visitou a legista da cidade e pediu a ela que censurasse o nome do veneno de seus relatórios, para que ninguém descobrisse sua conexão com Caos? Está trabalhando com um discípulo, então?

—Vou repetir — disse Battista. — *Não sei do que está falando.*

Cada palavra foi enunciada com nitidez.

— Pode admitir, general. Não há ninguém por perto para ouvi-lo. É só você e eu.

Os olhos de Battista percorreram a sala, procurando uma saída onde não havia nenhuma. Roz teve vontade de rir. Ele podia andar por Ombrazia como um santo, podia se postar ao lado do magistrado-chefe e pregar a importância de uma existência piedosa, mas era um mentiroso. Um assassino. Um herege segundo os próprios padrões.

— Eu lhe dei uma chance de confessar — disse Roz —, mas acho que posso matá-lo de qualquer maneira.

Ela deu um passo para perto do general. Depois outro. Seu sangue pulsava vivo nas veias, a fúria e a expectativa a deixando selvagem. Algumas pessoas diziam que a vingança nunca era tão doce quanto se imaginava, que você via o assassinato de maneira diferente quando o encarava de frente. Que exigia muito da alma.

Essas pessoas estavam erradas.

Ou talvez Roz simplesmente não tivesse escrúpulos em entregar sua alma.

Porque Battista *merecia* aquilo. Quantas pessoas inocentes ele sacrificara? Quantos jovens soldados partiram para a guerra com o impulso justo de lutar por seu país, apenas para serem abandonados, apodrecendo na lama? Ou tentaram ir embora e foram massacrados, como o pai dela?

O general praguejou, e Roz pôde ver o suor escorrendo pelo couro cabeludo. Ela ignorou a série de desculpas que vieram em seguida. Durante anos, Battista desempenhou o papel de juiz, júri e carrasco. Era a vez dela agora, maldição.

Roz colocou o dedo no gatilho.

— Roz?

A voz de Damian veio de trás dela, e a moça congelou. Battista fez o mesmo, o choque evidente em cada linha de seu rosto.

— Damian.

Roz não moveu a arma ao se virar, o estômago embrulhado. Por que ele estava aqui? Ela já o magoara o suficiente. Não poderia permitir que o rapaz assistisse àquilo.

Damian ergueu as mãos e entrou na sala. Sua mandíbula estava tensa, seu olhar suplicante. Ele estava com medo, Roz percebeu tarde demais. Com medo *dela*.

Ou, pelo menos, do que ela faria.

— Roz, preciso que largue a arma.

Ela não largou. Em vez disso, agarrou-a com ainda mais força, os olhos ardendo. Era o mais próximo que chegava da vingança. Sonhara com aquilo durante três anos.

— Ele é um assassino.

O olhar de Damian era desesperado.

—Talvez seja. Mas você não é.

Roz soltou um rosnado. Damian não parecia mais zangado, parecia um oficial. Um negociador.

—Você está tentando me manipular.

— Não estou — insistiu ele. — Por favor, Roz. Ele é meu pai.

— E ele *matou o meu!* — Ela girou, a pistola oscilando. Lágrimas surgiram em seus olhos. — Ele matou Piera!

Battista observou-a com cautela, como se temesse que a súbita perda de paciência pudesse lhe valer uma bala no cérebro. Ele tinha razão em se preocupar: a adrenalina de Roz estava alta demais para que qualquer coisa que Damian dissesse a impedisse agora. Afinal, ela já o havia perdido e podia muito bem colocar o último prego nesse caixão.

— O melhor momento para mostrar misericórdia é quando alguém não merece — implorou ele.

Roz riu, um som sombrio e prolongado.

— Obrigado, santo Damian. — Ela apontou o queixo na direção de Battista. — Quando *ele* demonstrou misericórdia? Quero saber.

Damian apertou os lábios. Roz se lembrou de como ele olhara para ela na noite anterior, os lábios entreabertos como se o toque dela fosse um milagre. Ela passara as mãos por todo o corpo dele, como se senti-lo nunca fosse suficiente. E não era mesmo. Ela não se cansava de Damian Venturi. Queria medir o tempo contando os batimentos cardíacos dele e descobrir cada coisa que o fazia sorrir.

Mas não podia. De certa forma, esse sonho morreu com Piera.

— Nunca — sussurrou Damian, em resposta à pergunta dela. —Você tem razão. Meu pai nunca demonstrou misericórdia. Mas não estou pedindo por ele. — Sua garganta se moveu. — Estou pedindo por mim.

— Damian...

— Por favor. — Sua voz era quase inaudível. — Se já me amou, não se torne uma assassina.

Houve uma pausa entre eles, entre segundos e o infinito, e Roz tomou uma decisão.

Um único tiro ecoou no silêncio.

35

Damian

Todo o corpo de Damian ficou tenso.

Ela atirou. Roz puxou o gatilho.

Sua mente girava, os olhos examinando os arredores enlouquecidamente enquanto procurava por sangue, por um ferimento, por qualquer coisa. Mas Battista, erguendo a cabeça que estava curvada em sinal de resignação, fazia o mesmo. A confusão estava gravada em suas feições.

A arma caiu no chão no mesmo momento em que Damian avistou o buraco na parede acima da cabeça do pai.

Roz não atirou em Battista. Ela o assustou, com certeza, mas não havia dúvida de que errara de propósito. Roz não fazia nada por acidente.

Os ombros de Damian relaxaram, o alívio se espalhando por seu corpo. Ele sabia que apelar à moral de Roz não funcionaria. Apesar do que dissera sobre ela não ser uma assassina, sabia que ela seria capaz de matar um homem e dormir feito um bebê. Então se arriscou e esperou que na noite anterior parte dela estivesse dizendo a verdade. Que, mesmo que tivesse mentido, pelo menos se importasse o suficiente com Damian para não assassinar o pai dele na frente de seus olhos.

Roz se virou para ele, e Damian percebeu que o rosto dela se suavizara. Viu que ela escolhera a ele no lugar da vingança. Foi repentino e preocupante, como uma chama se apagando. Se ele não tivesse aparecido, Damian sabia que ela teria levado o plano a cabo.

Mas ela se importava o suficiente para não matar seu pai.

Isso não deveria ter diminuído a dor de seu coração partido, mas o fez.

Quando o choque inicial passou, Battista avançou. Se na direção da pistola caída ou de Roz, Damian não sabia. Não importava. Ele se lançou contra o pai, grunhindo com a força do impacto.

— Que merda... — Battista ofegou. — Ela ia me matar!

Ele lutava sob o peso do filho, tentando se levantar.

— Eu sei — disse Damian, seco, e observou a compreensão brilhar no rosto de Battista.

A versão do pai que ele conhecia desapareceu diante de seus olhos e, de repente, Damian estava olhando para o general Battista Venturi.

— Seu idiota bastardo.

Damian ignorou o xingamento, embora sentisse o rosto ficar vermelho.

— Você a impediu de me matar apenas para protegê-la? — Os lábios de Battista se arreganharam. — Por que está aqui? *Como* está aqui?

Ele tentou se levantar e falhou mais uma vez, e Damian ficou satisfeito ao notar que havia se tornado um tanto mais forte que o pai. Frustrado, Battista conseguiu se virar, acertando o punho no queixo de Damian, que, ainda sensível pela surra que tinha recebido no navio militar, rosnou em aborrecimento. Ele nunca tinha visto o pai assim. Tão irritado e... selvagem. Battista, em sua opinião, sempre estava calmo e controlado.

No momento seguinte, Roz estava lá. Ela havia recuperado sua pistola, mas não atirou. Em vez disso, chutou Battista nas costelas. Ele rosnou uma palavra que fez Damian enrijecer e saltar para trás, afastando-se do pai, erguendo as mãos em um gesto defensivo.

— Pare com isso — bufou Damian.

A fúria de Battista era algo tangível, e ele olhou para Damian com um sorriso feio de escárnio.

—Você é realmente tão patético a ponto de ficar do lado de uma traidora em vez de lutar pelo seu país?

Roz zombou. Ambos a ignoraram.

— Eu não queria voltar para a guerra — disse Damian suavemente. — Não depois de tudo. Não depois de Michele. Não posso me desculpar por isso. Mas *você*... O que você fez com seu poder é indefensável. Pode me achar patético, mas não me importo. Dado o que sei, ficaria mais preocupado se estivesse orgulhoso de mim.

Os lábios de Battista se curvaram para trás.

— Eu não matei aquelas pessoas, Damian. Não sei do que vocês estão falando, mas a única morte pela qual levarei crédito é a de Jacopo.

Algo na maneira como seu pai disse aquilo fez Damian acreditar. A inquietação tomou conta dele como se um balde de água fria tivesse sido derrubado em sua cabeça.

— Então *quem* os matou?

— É óbvio que ele está mentindo — zombou Roz.

Ao mesmo tempo, Battista respondeu:

— Como eu vou saber?

Damian balançou a cabeça, mas seus pensamentos se recusaram a ficar mais claros.

— Essa não é a questão agora. Se você estiver mentindo, eu *vou* descobrir. Mesmo que tenha que ficar do lado de uma traidora para isso.

— Pense nos santos — falou Battista, o queixo tenso. — Pense em...

Damian o interrompeu.

— Isso nunca foi sobre os santos. Tudo que fez sempre foi apenas sobre você.

Battista balançou a cabeça, imagem de falsa tristeza.

— Forte me avisou que eu me arrependeria de trazer você para casa, mas não acreditei nele. É claro que deveria ter acreditado. Você é parecido demais com sua mãe.

O coração de Damian palpitou. Fazia anos que ele não ouvia Battista mencionar a falecida esposa. O que Liliana Venturi diria se pudesse vê-los agora? Ficaria de coração partido ao vê-los lutando assim? Ou ficaria feliz por seu filho enfim estar se defendendo?

— Que bom — disse Damian friamente. — Prefiro ser como ela. Sempre achei que não era bom o suficiente para ser seu filho. Quando Forte me pediu para resolver o assassinato de Leonzio, pensei que isso provaria que eu era bom em meu trabalho. Mas sabe por que eu era *realmente* bom em meu trabalho? Porque eu me importava com as pessoas. Porque dava a todos o benefício da dúvida e acreditava na justiça. Porque os outros oficiais me respeitavam. Posso não ter correspondido à sua expectativa do que deveria ser um oficial de segurança, mas me importava com meu trabalho. — Ele respirou fundo, encarando Battista. — Então, sim, estou escolhendo Roz. E talvez essa seja a escolha errada. Mas qualquer coisa é melhor do que escolher você.

Pelo canto do olho, Damian pensou ter visto Roz estremecer, mas talvez fosse simplesmente sua imaginação. Battista abriu a boca, o rosto contorcido como se fosse dizer algo maldoso, mas o homem simplesmente congelou.

Passos ecoaram na escada.

O olhar de Roz encontrou o de Damian, assustado e severo. Ele desviou o olhar antes que pudesse ser visto. Ela mudou a arma para mirar no corredor, mas nunca teve a chance de atirar.

Oficiais de segurança invadiram a sala, os arcabuzes erguidos.

Havia ao menos uma dúzia deles. Eles se moviam com eficiência rápida, totalmente armados. Insígnias brilhavam na penumbra enquanto os homens e as mulheres assumiam suas posições. A cabeça de Damian girava. O que quer que estivesse acontecendo ali, claramente tinha sido planejado. Ele ergueu as mãos para mostrar que não estava armado, e Roz o imitou, largando a pistola. Aparentemente, nem ela era ousada o suficiente para pensar que poderia enfrentar tantos oficiais.

— O que, em nome dos santos, está acontecendo aqui? — rosnou Battista, sem demonstrar nenhuma indicação de que se renderia. As armas, Damian notou perplexo, também estavam apontadas para seu pai. — Eu sou seu *general*. Baixem as armas ou perderão o emprego.

O oficial mais próximo — Damian percebeu com um sobressalto que era Kiran — balançou a cabeça.

— Ordens do magistrado-chefe. Venham conosco.

O chão perdeu a firmeza sob os pés de Damian. O magistrado-chefe *ainda* estava vivo, então. Se fosse o caso, o corpo que Damian encontrou no Santuário era uma ilusão. Mas por que mostrar isso a ele? Com que finalidade?

— *Mexa-se* — disse Kiran sem emoção.

Damian se encolheu, tentando determinar pela expressão do amigo se Kiran pensava que ele tinha desempenhado algum papel na rebelião. Ele não suportava a ideia de Kiran ou Siena pensarem que ele estava retribuindo o resgate do dia anterior juntando-se ao golpe de Roz. Mas Kiran manteve o olhar cuidadosamente distante, e Damian sentiu uma forte decepção.

Os oficiais se espalharam para cercar os três. Battista continuou furioso, soltando ameaças durante todo o caminho escada abaixo, mas Damian não disse uma palavra. Ele era um desertor. Roz era uma rebelde, uma possível assassina. O que quer que estivesse prestes a acontecer com eles, com certeza não era bom. E ainda assim não sentiu nada, exceto uma vaga sensação de pavor, como se estivesse vendo aquilo acontecer com outra pessoa.

Ele não suportava fazer contato visual com nenhum dos outros oficiais. Não era mais seu superior. Não significava nada.

— Obrigado — disse Damian abruptamente para Roz, mudando para uma fonte diferente de sofrimento. — Por não matá-lo.

Ela o encarou, a expressão vazia. Como se tivesse perdido alguma coisa ou talvez desistido de tudo.

— Quantas pessoas vou ter que deixar seu pai tirar de mim, Damian?

Ele odiava que, depois de tudo, Roz também tivesse perdido Piera. E, embora estivesse com raiva dela — como poderia não estar? —, as palavras de Roz começaram a soar verdadeiras. Os dois não estavam lutando pelas mesmas coisas? Acontece apenas que Roz estava disposta a lutar mais e de forma mais suja do que ele.

— Piera também era uma rebelde, não era? — murmurou ele, ao se dar conta disso.

Durante um longo momento, Roz não falou nada. Finalmente admitiu:

— Ela era a líder. Foi uma mãe para mim quando a minha não pôde ser. Agora ela se foi, e estou ficando sem motivos para me importar.

Damian estudou a curva de seu pescoço, a linha tensa de sua boca. Ele conseguia entender. Sabia como era sentir que não havia mais nada pelo que lutar.

— Sinto muito.

Eles ficaram quietos então, enquanto Battista era arrastado em uma direção diferente. Damian praguejou baixinho quando percebeu que ele e Roz estavam sendo levados para as masmorras. Quantas vezes ele guiou alguém por aquela escada escura? Quantas vezes ouviu o rangido sinistro do portão de ferro ao ser fechado, prendendo o cativo dentro de uma cela minúscula? Ele sempre pensava em como seria terrível ser deixado sozinho nas entranhas da masmorra, sem nunca imaginar que iria passar por isso.

— O que está acontecendo? — perguntou ele para Kiran, que agiu como se não tivesse escutado nada. — Kiran, me escute, o Palazzo não é seguro...

A porta da cela se fechou com um estrondo, interrompendo seu aviso. Uma cela de pedra, claro; eles não estavam dispostos a se arriscar colocando Roz em uma cela com barras de metal. Havia vários tipos de alcovas ali justamente por esse motivo. Era como estar preso em um bloco de concreto gigante; a porta era uma grossa laje de madeira reforçada com uma pequena janela.

No momento em que entraram, Damian se encostou na parede gelada, tentando não pensar na última vez que esteve em algum lugar tão pequeno e escuro. Pelo menos não estava sozinho: o cabelo de Roz fez cócegas em seu nariz quando ela se aproximou dele. Damian a ouviu soltar o fôlego enquanto os passos dos oficiais se afastavam.

— O que faremos agora? — perguntou Roz enquanto o silêncio se instalava. — Não podemos ficar aqui sentados esperando o que vão decidir fazer conosco. Você ainda tem aliados no Palazzo, não tem? Kiran? Siena?

Seus nomes causaram uma pontada no peito de Damian.

— Você viu Kiran agora há pouco, não viu? Eles provavelmente pensam que me associei aos rebeldes.

— Tecnicamente, é verdade.

Damian encarou a silhueta dela.

— Ainda não estou pronto para brincar com isso.

— Desculpe. E Enzo? Eu o vi mais cedo.

— E como você espera que eu o encontre? Ele não faz ideia de que estamos aqui.

Roz fez um murmúrio em reconhecimento, se jogando na parede.

— Tudo bem, então. Quem você acha que é?

— O quê?

— O discípulo de Caos. Quem acha que poderia ser? Ou pensa que é alguém que nem conhecemos?

— Não sei. — Damian passou a mão pelos cabelos. — Parte de mim ainda espera que exista outra explicação. Uma que não envolva Caos ou minha sanidade se esvaindo.

— Bem, você com certeza não está perdendo a sanidade — falou Roz no escuro. — Acredito que viu exatamente o que disse que viu. Sei que isso não significa muito agora, mas é a verdade.

Ao ouvir aquelas palavras, Damian foi catapultado de volta para a prisão pública. *Tudo que falei ontem à noite era verdade*, dissera Roz.

Pouco antes de Damian perceber que Roz iria acabar com ele.

— Não acredito que nem cogitei que você era uma rebelde — murmurou ele de repente, sem conseguir se conter. — O tempo todo em que pensei que estava conhecendo você de novo, eu realmente não conhecia nem um pouco, não é?

Ela se aproximou, seu cheiro afugentando o ar frio.

— Você não foi o único para quem menti, sabe? E posso dizer com certeza que não valeu a pena. — Uma risada vazia. — Cometi muitos erros nos últimos três anos. Não vou negar. Nunca vou ser perfeita e, caramba, provavelmente nunca serei uma *boa* pessoa. Mas posso tentar, não posso? — A voz de Roz era suplicante. — Vou tentar se me der a chance.

— Mas que droga, Roz. — Damian passou a mão pela testa. — O que eu deveria fazer? Esquecer isso até você encontrar outro bom motivo para mentir para mim?

Ela ficou em silêncio com isso. Depois de uma pausa, disse:

— Entrei na rebelião porque sei que esta cidade pode ser melhor. Não quero que sejamos divididos entre quem tem magia e quem não tem. Quando um grupo começa a se rebelar, é porque está desesperado. É porque nada mais funcionou. Se eu pudesse consertar isso, não enviaria nossos jovens para a guerra. Não deixaria as guildas ditarem como todos os outros devem viver. Quero que todos os cidadãos possam se manifestar e não quero que ninguém sofra. — A voz de Roz era suplicante. — Esses objetivos são realmente tão ruins assim?

Não eram. Damian também queria aquilo. Ele simplesmente não via uma forma de fazer isso e não saberia por onde começar se tivesse alguma ideia. Roz, porém... Ela dizia as coisas que ele tinha medo de dizer. Via as coisas que ele tentava ignorar. Entre os dois, ela sempre fora aquela destinada a mudar as coisas.

Ele só precisava ser corajoso o suficiente para segui-la.

— Certo — disse ele. — Você tem razão.

No momento em que falou aquilo em voz alta, percebeu que era verdade. Ele tinha medo da rebelião porque tinha medo da mudança. Da desordem. Mas era quase impossível conseguir mudanças sem desordem, não é? Nada mudava por conta própria. Você tinha que ir lá e lutar.

O silêncio de Roz estava repleto de descrença.

— Eu tenho o quê?

— Você tem razão — repetiu Damian com força. — Cansei de ignorar as coisas que sei que são erradas. Cansei de pedir aos santos para fazer as coisas que precisamos fazer nós mesmos. Se os santos se preocupassem com a justiça, nós já a teríamos.

Ela piscou os longos cílios para ele.

— Mas o Palazzo...

— Me jogou nessa cela — completou Damian. Ele ouviu a frustração na própria voz. — Você estava certa, Roz, e eu, errado. Além disso, quando você se importa com alguém, os objetivos da pessoa passam a ser seus.

Seus lábios se abriram em estado de choque, e ficou claro que ela não sabia bem o que dizer. Damian não se importou. De agora em diante, apoiaria Roz Lacertosa em tudo que ela fizesse. Se ela lhe pedisse o mundo, ele encontraria uma maneira de entregá-lo. Ela tinha o coração de Damian nas mãos, quer ele confiasse em seu aperto ou não.

— Obrigada — disse ela, as palavras carregadas de emoção.

— Não há por que me agradecer.

Em vez de responder, Roz virou-se, erguendo a mão para roçar o queixo. A visão de Damian se ajustou o suficiente para ver a intensidade de seu olhar, a curva suave de seu lábio superior.

Desta vez, em vez de deixar Roz guiá-lo, Damian segurou sua nuca e puxou sua boca para a dele.

Um pequeno suspiro escapou de Roz. O calor foi suficiente para incendiar Damian e, de repente, a pedra fria não parecia mais insuportável. Ele empurrou o cabelo de Roz para trás. Levantou seu queixo. Contornou a curva de seus dentes com a língua e ouviu o estrondo de seu peito enquanto ela pressionava seu corpo mais perto do dele.

A forma como Roz o fazia se sentir, pensou, podia ser a coisa mais próxima que alguma vez encontrou de uma prova das forças divinas. Pela primeira vez, Damian não se importou por ser desfavorecido. O toque de Roz era mais fundamental do que uma oração. Ela era mais sagrada do que qualquer santo. Se Roz deixasse, Damian poderia fazer dela sua nova religião.

O que quer que estivesse prestes a acontecer, eles resistiriam juntos. Antes que Damian pudesse dizer isso a Roz, porém, uma voz desconhecida soou na escuridão como sinos de vento.

— Santos, arranjem um quarto, está bem?

36

Roz

Roz tinha certeza de que estava sonhando. Realmente devia ter um discípulo de Caos no Palazzo — essa era a única explicação para a voz de Nasim.

— Quem está aí? — inquiriu Damian.

Roz ficou chocada demais para responder de imediato. Foi Nasim quem enfim disse:

— Sou amiga da Roz.

Amiga. O que estava acontecendo?

— Ah — disse Damian baixinho, embora Roz não conseguisse compartilhar seu alívio. — Outra rebelde, presumo? Como entrou no Palazzo? — Mas ele balançou a cabeça antes que Nasim pudesse responder, voltando atrás. — Quer saber, não importa. Ouça, se seguir pelo corredor às suas costas, há uma chave mestra sobressalente escondida na cripta.

Uma luz brilhou, fazendo Roz estremecer enquanto seus olhos se ajustavam. Pela janelinha, Nasim estava iluminada por um brilho dourado, uma lanterna em uma das mãos e uma chave na outra.

— Gostaria que tivesse me contado antes de eu roubar isso.

Damian revirou os olhos, mas sem qualquer malícia.

— De quem roubou?

— Um oficial que estava montando guarda do lado de fora.

—Você não o matou, matou?

Nasim bufou.

— Não. Quero dizer, tenho quase certeza de que não.

Damian balançou a cabeça em resignação.

— Bem, agora sei porque você e Roz são amigas.

Roz não conseguiu rir. Ela se sentia estranhamente nervosa e um pouco apreensiva. Seus músculos travaram quando Nasim inseriu a chave, abrindo a porta com um rangido terrível. Nada daquilo fazia sentido. Nasim não era do tipo que perdoava. Não era como Damian, que amava Roz mais do que ela merecia. Nasim não hesitaria em cortar relações com qualquer um que achasse merecedor.

Roz não seguiu Damian para fora da cela, mas olhou para Nasim com expectativa, sabendo que a outra garota estava prestes a dizer alguma coisa.

— Dev veio falar comigo — murmurou Nasim, sem fazer contato visual. — Logo depois que saí da taverna.

—Ah, é? — Roz engoliu em seco, com medo de ter esperança.

— Ele me disse que acreditava em você e que fazia sentido que não tivesse nos contado nada. Que a maneira como agi provavelmente foi a razão pela qual manteve segredo. — Nasim chutou o chão de pedra com sua bota pesada. — Quando deixei um pouco da raiva de lado, não podia dizer que não fazia sentido. Se realmente me importo em homenagear Piera, preciso confiar no julgamento dela. Então... me desculpe.

Os pensamentos de Roz giravam em sua cabeça. Aquilo não era o que esperava ouvir. Primeiro Damian simpatizando com a rebelião, agora Nasim exibindo alguma misericórdia? Ela não merecia pessoas assim em sua vida. Pessoas que ficavam ao seu lado incondicionalmente.

Roz estava balançando a cabeça antes mesmo de Nasim terminar de falar.

— Não. Você tem razão, eu deveria ter contado o que estava fazendo. Quanto mais eu guardava segredo, mais suspeito parecia. Eu sabia disso. Simplesmente não suportava a ideia de você ficar ressentida comigo e pensei que, assim que tivesse as respostas sobre a morte de Amélie, tudo se encaixaria. Fui uma idiota.

Ao lado de Nasim, Damian mexeu os pés, desajeitado e perplexo. *Temos que ir*, dizia sua linguagem corporal, e Roz sabia que ele estava certo. Mas Nasim ainda não tinha terminado.

— Ainda estou chateada — admitiu. — Mas Dev disse outra coisa que me fez pensar. Ele falou que você seria uma grande líder porque poderia ter tudo e recusou. Teve todos os benefícios de ser uma discípula, mas não se importou em perdê-los porque nunca lutou apenas por você. Você se preocupou em fazer com que mudanças reais acontecessem para todos. E sei que ele tem razão.

Roz mordeu o lábio. Dev *tinha* razão, embora ela nunca tivesse pensado nisso como algo mais do que… bem, ser uma pessoa decente.

— Não posso viver uma vida confortável de discípulo quando sei que outras pessoas estão sofrendo. Isso não faz de mim uma santa. Apenas me torna uma pessoa não completamente terrível. — Ela riu, e o som saiu vazio. — E não quero liderar a rebelião. Você estava certa: tem que ser você. Você merece. Além disso, se eu assumisse, daria tudo errado.

Nasim riu, reconhecendo aquilo.

— E se liderarmos juntas?

O coração de Roz acelerou. Elas poderiam fazer isso? Será que ela e Nasim conseguiriam continuar o trabalho de Piera? Alguns dos rebeldes não ficariam felizes com isso, mas não tinham motivos para desconfiar de Nasim.

— Tudo bem — disse ela, sem conseguir evitar um pequeno sorriso. Um sorriso doloroso, porque concordar com aquilo significava reconhecer que Piera estava de fato morta. Mas também parecia certo. — Vamos fazer isso.

Damian franziu a testa para Nasim, encostado no exterior da cela.

— Não vou nem fingir que entendo o que está acontecendo aqui — disse ele —, mas como diabos sabia onde nos encontrar?

O rosto de Nasim se contraiu. Quando ela respondeu, falou com Roz.

— Eu estava no Mercato quando Alix apareceu. Elu disse que você desapareceu durante a fuga da prisão e, alguns minutos depois, um grupo de policiais foi chamado ao Palazzo. Violação de segurança, ouvi eles comentando. Eu simplesmente *sabia* que era você, e que tinha feito algo idiota. — Ela bufou, bem-humorada. — Então fui até a porta lateral, nocauteei o guarda e roubei a chave dele. Vi vocês dois sendo escoltados até aqui, então os segui e me escondi na escuridão até ter certeza de que os oficiais haviam partido.

— Tem meus mais sinceros agradecimentos — disse Damian, as palavras estranhamente tensas. Ele não parecia mais confuso; devia ter sido capaz de inferir de qual das mentiras de Roz Nasim estava falando. — Mas nós realmente deveríamos sair daqui.

Nasim assentiu, afastando sua preocupação enquanto se voltava para Roz.

— Eu ainda gostaria que tivesse confiado na gente. Mas vou lutar ao seu lado esta noite.

— Eu vou compensar por meu comportamento — murmurou Roz. — Não importa quanto tempo leve.

Ela não podia perder a amiga. De certa forma, Roz, Nasim e Dev — três pessoas que tentavam desesperadamente não criar laços emocionais — formavam a espinha dorsal de sua pequena revolução.

Eram relacionamentos frágeis. Ela e Nasim. Ela e Damian. Pela primeira vez, porém, Roz estava determinada a fortalecê-los. Era assim que as pessoas amavam, não era? Doando pedaços de si mesmos, aos pouquinhos?

Durante muito tempo, Roz tentou guardar todas as suas peças para si. Mas que bem isso tinha feito?

Nasim parou no topo da escada, pressionando o dedo nos lábios. Roz arrastou os pensamentos de volta ao presente, forçando-se a se concentrar. Damian se encostou na parede enquanto Nasim espiava pela esquina.

— Tudo bem — disse ela, relaxando. — A barra está limpa.

Damian fez uma careta.

— Antes de irmos a qualquer lugar — falou para Nasim —, acho que há algo que deveria saber.

Ele estava sem dúvida se referindo ao discípulo de Caos, e Roz sentiu a adrenalina disparar pelo seu corpo como uma injeção letal. Eles precisavam encontrar o culpado antes que alguém mais morresse. Mas como encontrar alguém que podia se esconder atrás de ilusões? Como lutar, como vencer, quando você nem tinha a realidade ao seu lado?

O cenho de Nasim franziu.

— O que quer dizer?

O olhar de Damian se fixou no de Roz, e ele começou a explicar, hesitante, o que havia descoberto. Os olhos de Nasim ficaram maiores enquanto ele falava, mas, fora isso, sua expressão não mudou.

—Você não parece surpresa — observou Roz.

Nasim arriscou outra olhada na curva do corredor antes de responder.

—Ah, estou surpresa. Com certeza tem um assassino matando a sangue-frio pela cidade... só não imaginei que estivesse ligado a *Caos*, entre todas as coisas. Você realmente acha que ele está de volta, então?

Damian deu de ombros sem entusiasmo. O rapaz nunca tinha parecido tão cansado para Roz, uma camada de suor na têmpora.

— Ou isso, ou os discípulos dele nunca partiram de verdade. Não sei o que pensar.

Nasim respirou fundo, o rosto preocupado.

— Sabe? Faz sentido. Notou as expressões dos policiais que prenderam vocês? Pareciam estar enfeitiçados.

— É verdade — disse Roz, tentando se lembrar. Uma sensação de mau presságio atingiu seu âmago. Afinal, um discípulo de Caos poderia manipular várias pessoas ao mesmo tempo. Várias pessoas *armadas*. Eles precisavam agir com muito, muito cuidado. — Damian, pelo que você percebeu, os oficiais do lado de fora do Palazzo não foram afetados, certo? Acha que poderia convencê-los a nos ajudar a procurar pelo discípulo?

Damian duvidava.

— Eles acabaram de me prender, lembra? Alguns deles podem estar dispostos a me ouvir, mas só isso.

— Bem, você pode tentar?

Ele assentiu.

— Bom. — Não havia como eles fazerem aquilo sozinhos. — Então precisaremos sair do prédio. Nasim, você vai na frente, já que está com a arma. Tenho uma faca na bota, mas não vai adiantar muito, a menos que eu consiga chegar perto.

— Por que não a pegou quando estávamos sendo presos? — perguntou Damian de forma acusatória.

— Como minha faquinha nos ajudaria contra uma dúzia de oficiais de segurança?

Nasim pigarreou, interrompendo a discussão.

— *Eu* estou resgatando *vocês*. Não deveria ser eu a dar as ordens?

— Tudo bem. — Roz cruzou os braços, fingindo estar ofendida. — O que propõe?

Os lábios de Nasim se ergueram, a sombra de um sorriso.

—Vou na frente, já que quem está com a arma sou eu.

Roz bufou, mas algo dentro dela ficou mais leve. Aquilo era mais típico da Nasim que ela conhecia. Abriu a boca, preparada para responder, mas não teve a oportunidade.

Porque, naquele exato momento, pela segunda vez na noite, um tiro soou no Palazzo.

37

Damian

No fim, Damian ficou com a arma de Nasim, porque atirava melhor.

Damian caminhou com cuidado pelo corredor, Roz e Nasim em seus calcanhares, acelerando quando encontraram o lugar ainda abandonado. Ele imaginava que o som de tiro tivesse vindo da entrada do Palazzo; a forma como ecoou com certeza significava que o tiro tinha sido disparado em um espaço amplo.

Quando Damian derrapou na esquina, com as botas escorregando no mármore, viu duas figuras familiares.

Emoldurado pelos arcos da entrada principal do Palazzo estava o magistrado-chefe Forte, com seus cabelos grisalhos prateados sob o luar que entrava pelo teto.

Ele estava de pé diante do corpo de Battista Venturi, com a pistola na mão.

— *Santos* — falou Roz por trás do ombro de Damian, mas ele mal a escutou.

O mundo desacelerou ao seu redor enquanto tentava compreender o que via. Por um instante, não havia nada além do vermelho que se espalhava pelo chão e o silêncio na própria cabeça. O tiro foi perfeito, direto no crânio.

Battista sempre teve uma presença enorme e intimidadora. Agora, porém, não passava de uma concha vazia. Uma criatura qualquer na forma do homem que Damian conheceu e amou. Porque amava seu pai, mesmo que doesse.

O último membro de sua família estava morto. E qualquer possibilidade de consertar o relacionamento morria com ele, roubada em uma fração de segundo. A última conversa deles fora horrível, e Damian jamais seria capaz de remediar isso. Nunca saberia se ainda havia alguma coisa para salvar.

Tremendo, ergueu os olhos e a arma para o rosto do magistrado-chefe. *Por quê?*, era a pergunta que deveria ter feito. *Por que fez isso?*

Mas, em vez disso, falou:

— Você estava *morto*. Eu vi você.

Damian tivera certeza de que o corpo no Santuário era uma ilusão, mas agora não estava tão certo. O homem diante dele parecia... errado. Quando Forte sorriu, havia algo de antinatural na maneira como seus lábios se esticavam: devagar demais, deliberados demais. Seus olhos eram selvagens, uma centelha viva neles que Damian nunca vira antes.

— Ah, o *signor* Venturi mais jovem. Malogrado.

Ele nem sequer tentou apontar a pistola na direção deles. Aquilo, mais do que tudo, deixou Damian inquieto.

— Largue a arma — disse Damian, tentando evitar que a voz falhasse.

Forte abriu ainda mais o sorriso. Depois, o sorriso foi aumentando de tamanho, até o rosto não ser mais humano, mas, sim, uma máscara hedionda e gargalhante. Os cantos de sua boca se racharam como algo costurado com linha barata. Seu corpo começou a convulsionar, e a arma caiu e bateu no mármore. Seus olhos ficaram vidrados, rolando para trás antes de se libertarem e se dependurarem nas bochechas. O sangue correu em riachos coagulados e enegrecidos, misturando-se com o vermelho que já salpicava o chão. Enquanto Damian observava, Forte trocou de pele como uma roupa que não lhe cabia bem.

Nasim gritou, e até Roz choramingou baixinho. Damian sentiu gosto de vômito, mesmo que soubesse que era uma ilusão. Tinha que ser.

Porque outra pessoa emergiu daquela pilha de carne e osso. Alguém conhecido.

— Não. — Damian não conseguia respirar, não conseguia pensar, não conseguia sentir. — Não, *não*. Não pode ser *você*.

Ao lado dele, Roz assumiu uma postura de combate, sua expressão um misto de terror e confusão. Nasim estava congelada, uma das mãos estendida em direção a Roz, como se tivesse parado no meio do caminho para tocá-la.

— Por que não, Damian? — disse Enzo suavemente. — Por que não pode ser eu?

De alguma forma, ele tinha mudado: sua voz forte, sua postura firme. Mesmo enquanto Damian olhava para ele, o rosto de Enzo se aguçou, seu corpo ficou mais firme. Em pouco tempo, ele estava mais bonito e anos mais velho do que costumava parecer. E nada daquilo fazia *sentido*. Não fazia... não fazia...

—Você é o discípulo de Caos. — A voz áspera de Roz ajudou Damian a recuperar a sanidade. — Não é?

Enzo lançou a ela um olhar fulminante.

— A Primeira Guerra dos Santos pode ter nos eliminado, mas isso nunca significou que não voltaríamos. Vocês sabem o que é ser o último? Viver escondido, lutando contra a consciência de que sua magia faz de você um inimigo? — Ele passou a língua pelos dentes superiores. — Para uma cidade obcecada pelo poder, Ombrazia certamente tem medo dele.

Damian ficou paralisado. Parte de sua mente ainda não conseguia entender que Roz tinha *razão*. As histórias estavam erradas. Deviam estar, porque se fossem verdade, não havia como Enzo estar diante dele agora.

— Então, o que isso significa? Caos está de volta? Ou nunca caiu?

—Você realmente acha que Caos poderia ter sido derrubado por meros mortais? — O tom de Enzo era zombeteiro e muito leve. — Acha que sua amante não lhe ensinou moderação? Ele está à espreita, mas retornará para ser o santo mais poderoso de todos. Minha missão é garantir isso. — Enzo se abaixou para pegar a pistola, e, ao fazê-lo, a massa de carne que havia sido o magistrado-chefe desapareceu. —Ver este lugar administrado por um grupo de discípulos inferiores que só ocupam este Palazzo porque o roubaram me deixava enojado. Eles roubaram este lugar de meu povo. Difamaram *meu* santo patrono.

Damian balançou a cabeça na tentativa de clareá-la, incapaz de compreender o que acabara de ouvir.

— O que quer dizer com Caos está à espreita? — murmurou ele. — Se isso for verdade, por que não há outros? Por que ele não tem mais discípulos?

Roz parou ao lado de Damian, examinando Enzo como se o avaliasse antes de uma briga. A presença dela fez Damian se sentir um pouco mais concentrado.

Enzo girou a arma, apontando-a para Damian, depois para Roz e depois para Nasim. Então de volta a Damian. Um olhar malicioso apareceu em seu rosto.

— Por quê? *Por quê?* Porque fomos perseguidos. Destruídos. Fomos mortos durante a guerra, e agora, quando as crianças são testadas, qualquer uma que mostre sinais de possuir nossa magia desaparece. Você sabia disso? — Os olhos de Enzo se arregalaram de maneira anormal, fazendo-o parecer desequilibrado. — Elas são levadas e mortas por pessoas como seu pai. Pessoas como o seu precioso magistrado-chefe. Eu procurei por elas, sabe, mas sem sucesso. Nunca *parei* de procurar.

Era óbvio que estava tentando abalá-los, e funcionou. Nasim ofegou e os lábios de Roz se separaram, mas nenhum som saiu deles. Damian sentia como se alguém tivesse lhe dado um soco brutal no estômago. Ombrazia era realmente tão pérfida a ponto de punir *crianças* por medo de Caos?

— Foi por isso que você matou Forte e meu pai — disse ele. — Não é?

— E Leonzio Bianchi. — Enzo apontou um dedo para ele, parecendo quase satisfeito. — Sim. Mas essa não foi a única razão.

Enquanto Damian lutava contra seus pensamentos, não conseguia parar de olhar para o garoto — o *homem* — diante dele. Era como se sua mente simplesmente não quisesse processar o que via.

Enzo. O rapaz que ele pensava estar ajudando-o. O amigo em quem confiava e que teria feito qualquer coisa para proteger. Ele era a última pessoa que Damian consideraria uma ameaça.

Será que, de fato, conhecia alguém naquele lugar?

— Seu pai estava começando a perceber, sabe? — disse Enzo levemente, dando um chute enojado no cadáver de Battista. — Notou que havia algo errado. Eu estava planejando me livrar dele de qualquer maneira, é claro, mas teria causado um transtorno se eu tivesse executado a tarefa logo depois de me livrar de Leonzio.

Damian não conseguia falar. E se pudesse, o que diria? Sua visão ficou turva, e ele não conseguiu olhar para o corpo que Enzo tratava com tanta indignidade. *De homem a monstro a carne.* Damian estava condenado a encontrar o mesmo fim?

— Por que você a matou?

Damian não esperava o rosnado que saiu do peito de Roz. Ele observou as rachaduras em sua máscara se partirem por completo e, de repente, ela mal parecia ser capaz de aguentar. Ele queria ir até ela, mas se conteve, com medo de fazer qualquer movimento brusco na presença de Enzo.

Enzo piscou.

— Como é?

— Por que matou Piera? Por que matou *qualquer* um dos desfavorecidos? — Roz lançou as palavras como se fossem farpas.

Para o espanto de Damian, Enzo pareceu encantado com a pergunta.

— Pretendo agradar Caos, para que ele volte para ajudar seus filhos. E, como você deve saber, ele exige sangue como pagamento. Eu já tinha feito meus dois primeiros sacrifícios... para Caos, velênio significa que o sacrifício é de fato para ele... e estava pronto para fazer o terceiro. Você sabia que o Santuário é o único lugar em Ombrazia onde há uma imagem de Caos? Foi construído muito antes do Palazzo e nem mesmo o magistrado-chefe tem autoridade para modificá-lo.

"Alterei minha aparência para fingir ser um criado no Palazzo, onde poderia vingar meus colegas discípulos. Eu esperava conhecer até mesmo o destino deles. Mas certa noite visitei a estátua de Caos na calada da noite, pensando que estaria sozinho para apresentar minha oferenda a ele. Olhos", esclareceu Enzo, passando a língua pelos dentes. "Globos oculares retirados de minhas vítimas. Uma oferta de carne é sempre apreciada, vocês entendem. Mas vi que não estava sozinho. Leonzio Bianchi entrou enquanto eu rezava para meu santo patrono."

— Então você fez dele sua próxima vítima — disse Damian calmamente.

— Não foi?

Enzo deu de ombros.

— Não tive muita escolha. Ele não deveria morrer ainda, veja bem. Eu estava escolhendo vítimas que não fariam falta. Pessoas cujos assassinatos não seriam investigados. Leonzio, seu pai, o magistrado-chefe... eles deveriam vir mais tarde. Uma última comemoração, podemos dizer, depois de ter realizado o que me propus a fazer. Mas, quando Leonzio reconheceu meu rosto, quando me marcou como herege, eu sabia que estava em apuros. Posso fazer as pessoas verem ilusões, mas, infelizmente, não posso fazê-las esquecer.

"Então me livrei do discípulo. Dei uma pequena dose de veneno, que o mataria devagar. Ele não se entregou. Lutou contra a loucura que o velênio traz, chegando ao ponto de criar um santuário em seu quarto para tentar invocar a proteção dos santos."

Enzo fez um muxoxo, os cantos de sua boca se curvando em diversão.

— Ele acabou sucumbindo no final. Claro, então acabei com outro problema. — Ele bateu no queixo. — O magistrado-chefe estava desesperado para resolver o assassinato. Eu o ouvi sugerir a Battista que você, Damian, devia ter uma força-tarefa para ajudá-lo. Naturalmente, tive que matá-lo também, embora desta vez tenha conseguido guardar segredo. Assumi o papel de magistrado-chefe, fazendo-me passar por ele, e disse a Battista que você deveria resolver o assassinato sozinho. Devo dizer que nunca pensei que descobriria algo digno de nota.

Claro que Enzo era o assassino. *Claro* que era. Agora que Damian tinha parado para pensar no assunto, ele nunca tinha visto Enzo e o magistrado-chefe no mesmo lugar e ao mesmo tempo, não é? A última vez que vira o verdadeiro Forte foi quase duas semanas antes. Era desconcertante pensar naquilo.

— Espere — falou Damian abruptamente, lembrando-se da noite em que viu o magistrado-chefe com dificuldades para entrar em seu escritório. — Naquela noite... era *você*. Foi por isso que a porta de Forte não destrancou. Não reconheceu você.

A expressão presunçosa de Enzo era resposta suficiente.

—Você também estava na Basilica, não? — disse Roz, com as bochechas ainda vermelhas de fúria. — Foi por isso que o discurso de Forte... o *seu* discurso... foi tão ruim.

Enzo ajustou a gola da camisa, os lábios tensos. Seu foco não estava em nenhum deles, mas, sim, no teto ao ar livre.

— Eu não diria que foi tão ruim assim. Consegui enganar todo mundo, não foi?

Era verdade, pensou Damian, e aquela era a pior parte. Durante todo aquele tempo, pensou que eram amigos. Confiaram um no outro. Tinham rido com facilidade ao lado de Kiran e Siena. Como poderia não saber? Ao mesmo tempo, porém, como *poderia* saber?

— Bem, você subestimou Damian — falou Roz para Enzo, com raiva, as bochechas vermelhas. — Você deveria saber que ele te pegaria em algum momento.

Enzo soltou uma risada que se transformou em um suspiro. Ele abriu os braços, indicando o grupo.

— Mas ele me *pegou* mesmo? Parece que eu me revelei a vocês.

— *Seu...* — Roz avançou, e o coração de Damian deu um pulo. Ele avançou para arrastá-la de volta.

— Roz, não — disse ele, mesmo com a fúria bombeando em suas veias. Não havia como ganhar quando se tratava de um ilusionista, não é? De repente, ele estava questionando tudo que tinha visto e ouvido nas últimas semanas. Não admirava que os discípulos de Caos fossem conhecidos por levar as pessoas à loucura.

Os olhos de Roz estavam vidrados.

— Ele matou Piera, Damian.

— Eu sei.

O olhar de Enzo ganhou suavidade, tornando-se quase cativante enquanto olhava para Roz.

— Não fique triste, filha de Paciência. Seus objetivos estão alinhados com os meus, não?

— Por que acha isso? — respondeu ela.

— Você odeia a forma como esse sistema trata as pessoas e quer mudanças. Você não sente que pertence a lugar nenhum. — Ele piscou, os cantos da boca inclinados para baixo. — Você despertou meu interesse, sabe, depois do dia em que Damian me fez entregar aquela mensagem em seu apartamento.

A maneira como conseguiu ser tanto discípula quanto rebelde, e ainda assim fazer com que nenhum dos dois *pareça* certo, não é?

Os lábios de Roz se entreabriram ligeiramente.

— Do que está falando?

A testa pálida de Enzo brilhava de suor, e a excitação transpareceu na voz. Ele deu um passo na direção de Roz, com fogo em seu olhar escuro.

—Você provavelmente está se perguntando por que me deixei ser pego esta noite em vez de criar uma ilusão para escapar. Por que eu revelaria meus segredos para você? — Uma risada única e estranha. — O magistrado-chefe e seu general se foram. Os cidadãos de Ombrazia estão furiosos. É o momento perfeito para a ascensão de um novo líder. — Enzo ergueu a mão na direção de Roz, como se quisesse tocá-la de longe. — Eu não mostrei nenhum sinal de ter sido abençoado por Caos até ficar muito mais velho. Assim, antes de vir para o Palazzo, passei a vida como um desfavorecido. Conheci pessoas que aderiram à rebelião de Piera Bartolo. — Ele girou a arma, mostrando todos e cada um dos dentes. — Não vê? Agora que ela se foi, os rebeldes precisarão de um novo objetivo. Eles podem nos ajudar a construir um novo sistema. Filhos de Caos e de Paciência, trabalhando juntos… como deveria ser.

— *O quê?* — berrou Roz, e Damian teve que se conter para não se colocar entre eles. —Você matou Piera porque queria os *rebeldes*? Eles nunca vão seguir você, e eu também não. Está louco se pensa que estamos no mesmo time.

Enzo se empertigou. Quando o fez, ficou quase da mesma altura de Damian. Seus olhos brilharam.

— *Estamos* no mesmo time. Queremos a mesma coisa. E eu tenho a capacidade de fazer isso acontecer.

O terrível é que, quando ele falou aquilo, Damian não duvidou.

Roz não recuou.

— Para fazer o *que* acontecer?

— Qualquer coisa. — A voz de Enzo era perigosa, suave e sedutora. — O que você quiser. Caos e Paciência sempre foram uma combinação poderosa. Imagine o que poderíamos fazer juntos. Consegue ver isso, não?

Os lábios de Roz tremeram, e foi então que Damian teve certeza: Roz *conseguia* ver. Conseguia ver como seria construir a Ombrazia de seus sonhos, com um ilusionista ao seu lado. Enzo poderia fazer coisas que ela sozinha nunca seria capaz. Ele compartilhava de sua raiva profunda e a entenderia de uma forma que Damian não conseguia. Não poderia.

Aquilo lhe causou náuseas.

— *Roz*. — Damian ouviu o desespero em sua voz e odiou isso. — Não dê ouvidos a ele.

Mas ela não respondeu. Estava fixada em Enzo, que se aproximou dela pisando no sangue.

— Diga sim, *tesoro* — murmurou. — Nunca houve um momento melhor para mudanças. Podemos destruir tudo isso. — Enzo acenou com a mão, apontando para o Palazzo ao redor deles. — Quando Caos retornar, seremos recompensados. Ninguém ousará nos questionar, pois acho que descobrirá que sou bastante hábil em fazer as pessoas verem as coisas de meu jeito. Eu poderia convencê-la, sabe, mas não vou. Quero que a decisão seja sua.

— Roz! — Nasim entrou na conversa, enfim livre de sua paralisia. — Lembre-se do motivo pelo qual se juntou à rebelião. Foi porque acreditava que todos deveriam ter voz, certo? Discípulos e desfavorecidos. Não importa o que ele diga, vocês não querem as mesmas coisas. Você não pode esquecer pelo que lutamos.

Damian observou os olhos de Roz ficarem mais claros, girando para focar em Nasim.

— Tem razão — disse ela por fim e se voltou a Enzo. — Você está perdendo tempo. Não quero nada com você. *Vou* mudar Ombrazia, mas não da maneira que deseja.

A mudança na expressão de Enzo foi repentina e assustadora.

— É por causa *dele*? — Enzo rosnou aquela última palavra, apontando o dedo na direção de Damian. — Você não é molenga como ele, querida. Foi feita para mais.

— Eu disse que não.

Roz manteve a voz calma, e Damian ficou grato. Ele ainda estava com a arma apontada para Enzo, mas, se o discípulo decidisse atirar, Damian não tinha certeza de que seria rápido o suficiente para detê-lo.

—Tudo bem — disse Enzo suavemente. — Tudo bem. Mas você *vai* mudar de ideia.

Então ele se foi, desaparecendo em um segundo.

— *Não!* — gritou Roz, girando. Damian fez o mesmo, apontando a arma para a entrada do Palazzo, mas Enzo não estava mais em lugar nenhum. Era algum tipo de ilusão, tinha que ser. Ele os fez pensar que não estava lá e em seguida escapou.

— Precisamos encontrá-lo — disse Roz, xingando. — Ele não pode ter ido longe. Nasim, pode avisar os rebeldes? Damian, vasculhe os dois andares de cima. Vou procurar no térreo e no porão.

Damian assentiu. Não tinha muita esperança de encontrar um ilusionista que não queria ser encontrado, mas não estava disposto a deixar Enzo escapar sem luta. A última coisa de que precisavam era de um discípulo de Caos solto pela cidade.

Ele não queria separar o grupo, mas não tinham muita escolha. Nasim se foi, e, quando Roz tentou segui-la, Damian agarrou-a pelo braço.

— Roz. — Sua voz falhou sob a tensão. — Tome cuidado. Por favor.

Ela deu um pequeno sorriso. Mechas de cabelo haviam escapado do rabo de cavalo e caíam em volta do rosto em mechas suadas. Mas os olhos dela, azuis como o céu de verão, estavam determinados.

—Você também, Venturi.

Então ela sumiu no corredor, as sombras engolindo sua silhueta ágil e envolvendo-a na escuridão.

38

Roz

Enzo não estava em lugar nenhum no térreo do Palazzo. Será que ele a deixaria vê-lo, Roz se perguntou, se por algum milagre encontrasse seu esconderijo? Ela não sabia. Mesmo com a busca que estava fazendo, poderia muito bem estar andando às cegas. Enzo talvez já tivesse partido há muito tempo. Poderia estar do outro lado da cidade, cometendo outro assassinato.

Roz cambaleou até a porta da câmara do conselho, sentindo-se como uma impostora no próprio corpo. Como se sua pele não se ajustasse mais do jeito que fazia momentos atrás.

Antes que pudesse entrar, algo na sua visão periférica lhe atraiu a atenção.

Havia... *figuras* no fim do corredor. Imóveis, estranhamente insubstanciais, mas definitivamente humanas. Três delas.

— O que vocês querem? — disse ela, a voz voltando. O eco parecia fraco.

Nenhuma resposta. As figuras não fizeram o menor movimento.

Aquilo era estranho. Roz foi pé ante pé pelo corredor na direção delas, mantendo-se perto da parede, como se pudesse se proteger caso decidissem atirar. Embora obviamente estivessem de pé, alguma parte macabra de Roz esperava que estivessem mortos. Mas então, havia a preocupação sempre presente: *aquilo* era uma ilusão? Algo colocado de forma deliberada para distraí-la?

— Olá? — Ela detestava a própria cautela e desejava ter uma arma de verdade. A faca em sua mão era um conforto, mas não seria de muita utilidade contra três inimigos.

Só que, Roz percebeu quando enfim se aproximou o suficiente, não eram inimigos. Eram oficiais de segurança. Ela não reconheceu nenhum deles, mas certamente teve tempo de dar uma boa olhada.

Porque estavam congelados, os olhares fixos, sem piscar, em algo que Roz não conseguia ver. Era perturbador, como se ela estivesse diante de uma exposição de estátuas hiper-realistas. Mas não estavam mortos, porque pareciam respirar.

Ela estremeceu, guardando a faca e tocando o oficial mais próximo com o dedo indicador. O homem não reagiu. Dava para *sentir* uma ilusão? Roz achava que não. Então o que exatamente estava acontecendo ali? Ela arrancou a pistola das mãos de um oficial congelado. Ainda assim, ele não mostrou nenhuma indicação de ter notado.

De uma coisa ela tinha certeza: Enzo passara por ali. Agora que Roz tinha se concentrado, estendendo a mão com a própria magia, podia sentir os restos formigantes da dele. Era a mesma sensação que havia sentido no quarto de Leonzio. Seu corpo reagiu de imediato, e, uma vez que ela se concentrou na sensação, tornou-se impossível ignorá-la. Com a respiração presa no peito, deixou que isso a levasse adiante.

Não demorou muito para perceber aonde isso a estava levando.

É *claro* que Enzo estaria no Santuário.

Roz correu pelo corredor, a urgência como uma febre no sangue, até chegar à sala contígua à entrada do Santuário. A essa altura, ela já havia passado por essa parte do prédio com frequência suficiente para guardá-la na memória.

A porta estava escancarada.

Enzo queria que ela o procurasse, não queria? Ele podia ter desaparecido, mas Roz não conseguia afastar a sensação de que deveria encontrá-lo.

Tudo bem por ela. Porque, quando estivesse de frente para ele, não hesitaria em atirar.

Ela correu pelos túneis estreitos pela segunda vez naquela noite. O coração explodindo no peito, emitindo um aviso implacável. Ela deveria sentir medo. Sabia disso.

Mas não sentia.

Seus passos bateram nas pedras enquanto calculava a rota que tinha feito ao contrário, segurando com força a arma roubada. Talvez tivesse sido melhor assim. Ela contra Enzo, um contra um. De certa forma, pensou Roz, Enzo apelou para as partes mais sombrias dela. Ele era quem Roz poderia ter se tornado se tivesse escolhido um caminho diferente.

E era por isso que Enzo precisava morrer. Porque parte dela *queria* o futuro que ele havia pintado. Desesperadamente. Ela teve sorte de Damian e Nasim estarem lá para lembrá-la do que realmente importava. Roz queria se redimir aos olhos deles, mas temia nunca ser boa o suficiente para nenhum dos dois.

Todos precisavam de pelo menos uma qualidade redimível, ela imaginou, para não serem considerados *totalmente* ruins. Roz não tinha muitas qualidades redimíveis. Ela sabia disso. Mantinha seu senso de certo e errado como uma tábua de salvação. Aquilo talvez nem sempre foi perfeito, mas, se permitisse relaxar, nada a impedia de se tornar a vilã.

— Aí está você. Demorou.

A voz de Enzo chegou até Roz ao irromper no interior do Santuário. Ele não se virou enquanto falava. Estava diante da estátua coberta de Caos, com os cabelos dourados pela luz quente dos candelabros. Era quase estranho achá-lo bonito, já que Roz o via de maneira totalmente diferente e tinha se acostumado àquilo, mas sua verdadeira aparência era inquietante de tão bela. Ou será que aquilo também era uma ilusão?

Roz parou, tentando erguer a arma, mas suas mãos pareciam congeladas. *Não, está tudo em sua cabeça. Puxe o maldito gatilho.*

— Não sei por que me deixou encontrar você, mas não vou mudar de ideia.

Enzo fez um barulho no fundo da garganta. Vestia um terno preto, Roz notou, com os primeiros botões da camisa abertos. A superfície pálida de suas clavículas a distraiu quando ele enfim se virou para encará-la. Era isso que ele estava usando antes? Ela não conseguia lembrar.

A escuridão do Santuário os envolvia, e Roz não conseguia ver nada além do semicírculo de santos, frios e impassíveis. Pela primeira vez, entendeu por que as pessoas consideravam aquele lugar poderoso. Ela também sentia. Mas não era um tipo *bom* de poder.

Era perigoso.

— O que é *aquilo*? — inquiriu Roz, o estômago revirando. Havia algo no chão na frente de Caos. Algo dentro de uma jarra transparente. Algo que se parecia horrivelmente com...

— Olhos? — A voz de Enzo era zombeteira. — Prova dos sacrifícios que fiz. Dizem que ele sempre sabe quando um de seus seguidores mata com velênio, mas só para garantir... — Ele se abaixou para pegar o pote, girando-o nas mãos. Um líquido claro espirrou pelas laterais, e os globos oculares balançaram. — Eles afundam quando estão frescos, sabia disso? Mas depois de um tempo... — Enzo sacudiu o pote. — Interessante, não é?

Roz, que em geral não se incomodava com essas coisas, sentiu-se um pouco enjoada.

—Você é perturbado. Não vim assistir ao seu pequeno ritual assustador. — Ela desviou o olhar dos globos oculares, concentrando-se novamente no rosto de Enzo enquanto apontava a arma. Seria tão fácil dar fim nele: Enzo nem se preocupara em sacar a própria arma. Por alguma razão, Roz sabia, ele não achava que ela faria isso. Então, decidiu escolher uma tática diferente.

— Entendo por que está chateado — disse ela suavemente, acompanhando os movimentos de Enzo. — Você foi difamado sem motivo. Nem todos os discípulos de Caos são maus em essência, não importa o que o Palazzo diga, e o que estão fazendo com vocês é imperdoável.

— Ah, Rossana — falou Enzo, sua voz era um sussurro. Um canto de sua boca foi para cima. —Você realmente acha que pode me desarmar com falsa empatia?

Roz abriu a boca para argumentar, mas antes que pudesse fazê-lo, a cena ao seu redor mudou.

Ela estava sentada na câmara do conselho, com Enzo ao seu lado. A luz do sol entrava pela janela, sugando a cor das tapeçarias das paredes. Quando olhou para si mesma, viu que estava vestindo o casaco vermelho e as estrelas douradas de um discípulo do Palazzo. Seus rebeldes estavam sentados em semicírculo ao redor da mesa do conselho, cada um focado intensamente em seu rosto. Nasim. Dev. Piera.

Piera?

Enzo deslizou uma folha de papel pela superfície de madeira polida, o sorriso brilhando. Roz o pegou, sem conseguir se conter, e viu que era uma lista de recomendações políticas.

Perto do topo, estavam as palavras: *Retirar-se da guerra*. Ela olhou para o papel por um bom tempo, sem compreender direito, até que Enzo se inclinou para o seu ouvido.

— *O que você quiser* — disse ele, suave como melado. — *É só falar que eu farei acontecer.*

O coração de Roz inchou. Se pudesse moldar Ombrazia à sua vontade, então poderia fazer o bem. Ter poder não era errado, desde que soubesse como usá-lo.

Mas algo beliscou o fundo de sua mente. Uma sensação errada começou a vazar pelas rachaduras da ilusão, fazendo com que a cena ficasse borrada e partida. Quanto mais ela encarava os olhos de Enzo, mais frios eles ficavam. O desconforto fez sua pele arrepiar.

— Não. — Roz se ouviu dizer de algum ponto entre dois lugares. — Já falei, você não vai me convencer.

Ela sabia instintivamente que, no momento em que dissesse "sim", perderia. Embora tentasse ignorar aquilo, Roz sempre soube que não seria uma boa líder. Uma líder capaz, talvez, mas não *boa*. Ela e Nasim poderiam liderar a rebelião, mas governar uma cidade-estado era algo diferente. A raiva e o impulso vicioso não tinham poder de construção. Embora lutasse por justiça agora, não confiava em si mesma para não ser corrompida pelo poder. Roz não era honrável. Não era misericordiosa, altruísta ou cuidadosa. Queria mudar Ombrazia, mas, no fim das contas, não queria ser uma líder.

Em resposta, a ilusão se refez ao seu redor. Roz se viu nas ruas de Ombrazia decretando que a cidade não seria mais separada em setores. Viu os cidadãos se curvarem quando passavam por ela. Um deles até se transformou no pai dela, os olhos brilhando de respeito.

Era tudo o que ela sempre sonhou, desfilando como um prêmio conquistado com muito esforço. Distrativo e esmagador, atraindo-a mais profundamente, desgastando sua determinação.

O que aconteceu quando o *desejo* se tornou mais importante que todo o resto?

Aos poucos, Roz sentiu pedaços de si mesma começarem a cair.

39

Damian

No fim, Damian decidiu seguir Roz.

Ele vasculhou os últimos andares do Palazzo, sem encontrar nada digno de nota, e voltou à entrada principal para esperá-la. O céu através do teto aberto era como um véu negro, pontuado por pontos de luz tênues. As estrelas se agarravam ao céu como se algo tentasse derrubá-las. Damian não sabia quanto tempo tinha ficado ali, tamborilando os dedos na coxa, o pulso acelerando. A preocupação o atormentava. Será que Roz havia encontrado Enzo? Será que havia acontecido alguma coisa com ela?

Por fim, incapaz de aguentar mais um segundo, dirigiu-se para o mesmo corredor infestado de sombras onde Roz sumira como um fantasma. Disparou pelos corredores, verificando todos os cômodos do lado oeste do andar principal. Nada. Ele se sentiu como se estivesse em um sonho — não, em um pesadelo — no qual a conexão entre corpo e cérebro havia começado a se desgastar.

— Merda — murmurou baixinho. Apertava a arma com tanta força que ficara surpreso que ainda não a tivesse quebrado. Certamente Roz não havia saído do prédio. Não sem falar com ele.

Sua preocupação com ela era como uma dor física. Mas Damian não podia negar que, além disso, havia algo mais frio: o medo profundo de que Roz desejasse o que Enzo tinha para oferecer, mais do que queria justiça. Mais do que odiava os santos. Mais do que ela o *queria*.

Precisando se livrar daqueles pensamentos e se *mexer*, Damian correu para o outro lado do Palazzo, apenas para parar bruscamente quando algo o deteve.

A porta que dava acesso ao Santuário estava aberta.

Era um dos últimos lugares onde Damian gostaria de enfrentar um ilusionista. Havia um ar de irrealidade no Santuário que persistia sem a adição de falsidades mágicas. Mas se Enzo quisesse encerrar sua cruzada louca em algum lugar, seria lá. Debaixo da terra, na última estátua remanescente de Caos.

Então Damian correu.

Ele correu pelos túneis sem pensar, com a arma erguida, preparado para qualquer tipo de movimento nas sombras. Seu coração latejava como uma ferida aberta. Duas cenas passaram por sua mente. A primeira, Roz sendo ferida por Enzo. O sofrimento causado porque Damian esperou demais e não se moveu com rapidez suficiente. A segunda era Roz parada ao lado do discípulo com um sorriso no rosto. Um sorriso que Damian sabia que significava que havia perdido.

Ambas eram possibilidades horríveis. Enzo era um louco. Um fanático. Estava determinado a convocar o retorno de Caos a qualquer custo. Sua crença no santo era muito forte.

E a de Damian? Ele realmente acreditava que tal coisa era possível?

Ele não sabia. Mas também não queria descobrir.

Damian passou a língua pelos lábios secos enquanto fazia a última curva. O ar no Santuário estava frio, estranhamente parado e carregado de lembranças. Ele estremeceu. Caos poderia estar ali embaixo, mas Força também. Assim como Misericórdia, Paciência, Morte, Graça e Astúcia. Precisava se lembrar disso.

E ainda assim, como sempre, o pensamento dos santos lhe trouxe pouco conforto.

Sobretudo depois que ele os viu.

Roz e Enzo estavam próximos, recortados pela luz das velas. As estátuas dos santos estavam dispostas ao seu redor, dando a impressão de que haviam se reunido após o fato. Uma das mãos de Enzo repousava na bochecha de Roz. A cabeça dela estava inclinada, o rosto voltado para o do ilusionista, os olhos arregalados e brilhantes. Damian não conseguia entender por que ela não parecia incomodada com o toque dele. Algo cruel subiu no fundo de sua garganta, forçando um gosto amargo na língua.

— Que bom que você mudou de ideia — disse Enzo. — Eu sabia que mudaria.

— *Roz* — falou Damian em voz alta, e ela olhou para cima, o rosto empalidecendo.

A mão de Enzo saiu da bochecha da moça. Seus lábios se esticaram em um sorriso terrível.

—Ah, Damian. Chegou bem na hora.

Damian o ignorou.

— Roz, você estava certa da primeira vez. Lembra-se do que Nasim disse? Você e Enzo não compartilham dos mesmos objetivos, não importa o que ele diga. Sei que você é melhor do que isso.

— Damian… — falou Roz, a voz tensa, mas não terminou.

— Não. Me escute. Estou do seu lado agora, lembra? Ombrazia precisa mudar e eu vou ajudar você. Mas não assim. *Por favor*, não assim. — Ele sustentou o olhar, esperando que ela pudesse ver a sinceridade.

Enzo soltou um rosnado, indo na direção de Damian. Aquele não era o criado que Damian conhecia do Palazzo, nem de longe. Era um homem poderoso e enfurecido. E *desesperado*. Damian sabia por experiência própria como as pessoas eram perigosas quando estavam tomadas pelo desespero.

— Meu querido amigo — ronronou Enzo, erguendo a pistola. — Não vai conseguir impedi-la. Não vai conseguir impedir a *nós dois*.

— Não somos amigos. Nunca fomos — falou Damian, cuspindo. — E sei que está manipulando Roz. De outra forma, ela nunca escolheria você. Pensei ter ouvido dizer que não ia fazer isso.

— Eu disse que não *queria* fazer isso. — A língua de Enzo passou pelo lábio superior. — Não disse que não faria. — Ele suspirou. —Vocês dois são tão previsíveis. Eu sabia que Rossana me encontraria sem problemas. E, assim que ela o fizesse, sabia que você viria procurá-la. E veja só, aqui está você.

Roz parecia estar tentando comunicar algo. Sua expressão era séria, quase temerosa.

— Damian, não estou sendo manipulada. Você precisa sair daqui. Por favor.

Depois da conversa nas masmorras, Damian sabia que Roz não o decepcionaria ao ficar do lado de Enzo. Um nó se formou em sua garganta. Ela queria que ele fosse embora, para se salvar, mas Damian não morderia a isca.

Ele se manteve firme, erguendo a própria arma.

— Não vou a lugar algum.

— Isso mesmo — disse Enzo suavemente. As sombras se agarraram a ele como uma segunda pele, misturando-se ao seu terno escuro. — Você não vai sair daqui.

Algo na maneira como ele disse aquelas palavras encheu Damian de pavor. Enzo riu. O som era arrepiante, como se ele estivesse genuinamente se divertindo.

— Sete santos, sete sacrifícios. A garota que encontraram morta nas ruas. O menino que apareceu na margem do rio. — Ele os contava com os dedos. — O discípulo. A mulher que você descobriu nos jardins. O magistrado-chefe. Piera Bartolo. Infelizmente matei seu pai às pressas, então ele não conta. — Outra risada, dessa vez subindo uma oitava. — Agora me diga, Venturi, quantos isso dá?

Damian não respondeu, embora tivesse contado mentalmente. Excluindo o pai, eram seis.

Roz descobriu no mesmo momento que ele.

— *Não* — rosnou ela, afastando-se de Enzo e puxando uma arma da cintura. Ela a apontou para o ilusionista, as mãos firmes. — Damian *não* será seu sacrifício final.

— Ah, Rossana, pensei que já tínhamos superado isso. — Os cantos da boca de Enzo se inclinaram para baixo.

— Achei que, se eu fingisse estar de seu lado, você o deixaria em paz. *Não vou deixar você matar Damian.*

A raiva brilhou nos olhos do discípulo. Por um momento, Damian temeu estar prestes a descobrir quem entre eles conseguiria atirar mais depressa: ele, Roz ou Enzo. Seu coração batia tão rápido que parecia uma torção única e prolongada, sem relaxar.

Então Enzo desapareceu.

Damian girou, apontando sua pistola por todo o Santuário. Foi um esforço inútil: mais uma vez, Enzo não estava à vista. Desta vez, porém, não tinha ido embora. Sua voz desencarnada ecoou de algum lugar da sala.

— *Se é assim, Rossana, então deixarei que decidam entre si. Quem será meu sacrifício final? Você ou ele? Não se preocupem, vocês não conseguirão evitar.*

Roz estava congelada, os olhos selvagens fixos nos de Damian. Com a mandíbula tensa, ela disparou a arma para a frente. Depois deu um tiro para a esquerda. Damian se encolheu, os ouvidos zumbindo enquanto Roz continuava a girar, esvaziando sua pistola. Ele estava pensando em copiá-la, mas, de alguma forma, achava que o esforço não valeria a pena. Suas chances de acertar Enzo eram quase nulas. Principalmente quando o discípulo conseguia ver para onde estavam mirando.

Roz jogou a arma usada no chão, xingando.

— *Vamos, Damian* — cantarolou Enzo de lugar nenhum. — *Certamente não vai deixá-la morrer por você? Vou dar… ah, digamos, mais um minuto para decidir? Então eu escolho por vocês.*

Damian fechou os olhos. Enzo o escolheria. Ele sabia disso e deixaria acontecer. Não havia maneira alguma de ele e Roz conseguirem sair vivos dali. Era apenas uma questão de tempo até que as ilusões se acumulassem em camadas mais densas, umas sobre as outras, até que nenhum dos dois soubesse o que era real ou não.

Enzo tinha razão. Damian não conseguiria evitar. Porque, quando chegasse, estaria olhando para Roz.

— Não se atreva — esbravejou ela, a voz subindo pela sala. Roz ricocheteou na pedra e atingiu Damian com toda a força de um golpe físico. — Estou vendo esse olhar na sua cara, Venturi. E de jeito nenhum vou deixar você se sacrificar. Se algum de nós merece morrer, sou eu.

Aquilo simplesmente não era verdade. Não era verdade de jeito nenhum. Damian era um assassino. Ele havia lidado com a morte, orado por ela e agora iria enfrentá-la como um homem. Não o tipo de homem que se convencia de que não estava com medo, mas o tipo de homem que entendia que não havia problema em ter medo.

— Roz — disse ele rouco. — Sempre serei eu. Deixe que seja eu.

— *Não.*

Damian não podia deixá-la morrer. Não por ele. Ele precisava fazê-la entender, precisava fazê-la ver que ele era amaldiçoado, indigno e *errado*.

— Eu matei pessoas que não mereciam morrer. Deixei Michele morrer e sou a razão pela qual seu pai nunca voltou para casa. Então deixei você sofrer sozinha porque fui covarde demais para tentar me comunicar. Minha redenção é impossível. — Sua voz soava metálica, distante, até mesmo para seus ouvidos.

Roz balançava a cabeça, furiosa.

— Não vamos listar tudo que fizemos de errado, Damian, ou continuaremos aqui para sempre.

Ele não conseguia pensar assim, no entanto. O que Roz não entendia era que, ao fazer isso, Damian estava apenas provando ainda mais o quão problemático era. Porque estava sendo egoísta e sabia que simplesmente não poderia ver Roz morrer. Depois de tudo, ele não aguentaria.

— Eu mereço isso — disse Damian, quase um sussurro agora. —Você não vê? *Deixe que seja eu.*

A luz das velas se apagou.

O Santuário nada mais era do que uma escuridão profunda.

A mão de Damian tremeu em sua pistola enquanto ele a estendia diante de si. Sentiu-se melhor por ter aquele metal firme nas mãos, mas, mesmo assim, não ousou atirar. Especialmente agora que não conseguia ver Roz.

Ela permaneceu em silêncio, embora sua fúria fosse tangível. Que bom — era certo que ela o odiasse e que isso salvasse sua vida.

—Vamos. — A voz de Damian era um grunhido lançado na obscuridade. —Vamos, Enzo. Acabe com isso. Duvido que isso traga seu precioso santo de volta, mas suponho que você mesmo terá que descobrir.

Não houve resposta. Nem mesmo o silvo de uma respiração.

— *Enzo!*

Nada. O gelo se espalhou pelo sangue de Damian, começando no peito e indo até as extremidades. Algo no Santuário mudou.

Então, ele ouviu a respiração ofegante de Roz.

— *Roz?* — chamou ele na escuridão.

Uma única luz ganhou vida. Uma pequena alfinetada contra uma tela de sofrimento. Damian piscou enquanto seus olhos se reajustavam, examinando a sala em pânico, em busca de um sinal de que não estava sozinho. Enzo os enganou? Teria distraído Damian e escapado com Roz?

Um som semelhante ao de uma respiração ofegante arranhou o ar. Um som que abalou Damian profundamente e o transformou em pedra quando ele olhou para baixo.

Roz estava caída no chão, com um líquido escuro escorrendo pelo canto da boca. O braço esticado ao lado do corpo. Seus olhos giraram nas órbitas para focar no ferimento preto como tinta, marcado contra a pele da parte interna do cotovelo.

A boca de Damian estava seca. Os segundos se esticaram, à beira de se quebrar.

Se o seu mundo havia desacelerado antes, ele não sabia o que estava fazendo agora.

Não havia mundo. Só havia aquilo... aquela sensação, seja lá o que fosse. Se a palavra *não* pudesse ser um sentimento, Damian pensou que seria assim. Tortura. Uma dor tão grande que não parecia nada.

Roz estava morrendo.

Roz estava morrendo, e Damian era raiva pura. Ou talvez fosse a agonia cruel subindo por sua garganta, sufocando-o. Não se sentia assim desde que vira Michele morrer. Aquilo o deixou louco com uma emoção que ele não conseguia nomear. Sentiu-se como se estivesse nas linhas de frente mais uma vez, pronto para liberar toda a dor e raiva na próxima coisa que se movesse. Seu coração era uma batida implacável em seus ouvidos. Ele arrancou o casaco e colocou-o sobre Roz, como se isso pudesse, de alguma forma, diminuir os efeitos do veneno nas veias dela. *Encontre um discípulo de Misericórdia*, exigiu uma voz no fundo de sua mente, mas Damian sabia que não havia sentido.

Ela já tinha parado de respirar.

Não havia nada que um discípulo pudesse fazer por ela. Damian sabia disso, e saber disso era como uma faca no fundo de seu peito. A dor era como... como...

Ele não sabia como era. Não havia como descrevê-la. Queria desmaiar e morrer, queria que tudo acabasse. Queria chorar, mas não tinha energia e fôlego suficientes. O rosto de Roz estava perfeitamente imóvel, suas pálpebras escuras lançavam sombras crescentes em suas bochechas, mas a ligação tinha desaparecido. Damian podia sentir que *ela* havia partido.

Segundos se passaram e pareceram horas.

Damian se levantou. Ele era uma Lua sem nada que o mantivesse em órbita. A Terra implodiu, e ele era um pedaço de rocha desgarrada que se lançava sem rumo pelo espaço.

Ele era destruição.

Pela primeira vez, Damian deixou de lado seu desejo por Força. Aquele não era o santo de que ele precisava. Não agora. Ele tinha força suficiente sozinho.

Em vez disso, abriu seu coração para a escuridão que carregava há meses.

Ele sempre interpretara aquilo como a presença de Morte, mas agora sabia que era outra coisa. A coisa o encheu como veneno, corroendo tudo até que apenas uma calma mortal permaneceu. Foi gentil, mas também voraz, e Damian sentiu algo dentro dele mudar.

Desviou os olhos de Roz, de seu amor, de sua fraqueza, e se levantou.

— *Enzo!* — gritou ele, e as duas sílabas formaram uma tempestade sob a cúpula do Santuário. A sala gritou o nome de volta para ele, sua raiva ampliada mil vezes.

Não havia nada para ser visto. E ainda assim Damian não parou de procurar, seu olhar queimando na escuridão. Testando os bolsões de sombra. Ele não era um menino, mas a fúria ganhou forma, e ele pegou o jarro na frente de Caos e jogou-o no chão de pedra.

O vidro se quebrou, vazando fluido e enviando esferas carnudas rolando molhadas pelo chão. *Olhos*, uma parte distante de Damian entendeu, mas a compreensão foi enfadonha. Podia sentir o descontentamento de Enzo, de alguma forma, como se tivesse se tornado algo tangível.

Damian respirou fundo, de forma irregular, preparado para gritar para que Enzo viesse enfrentá-lo. Para lutar com ele. Mas através da névoa de ira e histeria, sua atenção se concentrou em… alguma coisa. Algo a meia distância entre ele e o outro lado do Santuário. Não *viu* nada, mas, mesmo assim, ergueu a pistola, as mãos subitamente mais firmes do que nunca.

—Venturi? — O rosnado de Enzo chegou até ele, fantasmagórico e agitado. — Como…

Mas Damian não hesitou. Não dessa vez.

Ele enfiou uma bala na câmara e disparou no escuro.

40

Damian

Tudo tinha uma fraca luz alaranjada e de mármore manchado de vermelho. Os rostos encapuzados dos santos de pedra olhavam para baixo em julgamento severo.

Eles observaram enquanto Enzo ganhava visibilidade, apenas para cair no chão.

O mundo virou de cabeça para baixo e depois se endireitou quando algo crucial mudou. Damian mal percebeu. Ele olhou para si. Sapatos sangrentos. Camisa sangrenta. Em sua mão estava a pistola, o punho quente, como se ele a estivesse segurando há horas. A sala era um borrão. Sua mente era um borrão. Ele não pôde fazer nada além de piscar para o corpo no chão à sua frente.

Enzo olhou fixamente para o teto pintado, a expressão contorcida em fúria eterna sob as manchas de sangue. Suas vestes intrincadas, costuradas por algum discípulo habilidoso, estavam escuras com o sangue. No tecido encharcado já começavam a se formar crostas em alguns lugares. Uma de suas mãos estava fechada, esticada inutilmente pelo chão, como se Enzo tivesse tentado alcançar algo em seus momentos finais.

A bala atravessou direto seu crânio.

Damian havia *matado* Enzo. Atirara nele como um soldado executando um desertor. Ele não sabia *como…* como sabia onde mirar, como conseguira acertar aquele tiro. Nada fazia sentido. Nada fazia *sentido*, e ele era um assassino novamente. O pânico cresceu dentro dele, e sua cabeça ficou abruptamente cheia de morte, dos sons de homens morrendo, da expressão de horror no rosto de Michele enquanto ele desabava na lama.

Em algum lugar acima dele, Damian sabia, seu pai havia sido executado da mesma forma. Uma bala no cérebro, rápida e eficiente.

Seus olhos ficaram embaçados, e, de repente, ele não conseguiu engolir. Battista se fora, e sua mãe se fora, e Michele se fora, e Roz se *fora*, e… e…

Damian caiu de joelhos. Sua pistola caiu no chão enquanto suas mãos ficaram moles.

Senti tanto sua falta que fiquei doente por causa disso.

Doente por causa disso

Doente

Damian nunca se sentira tão doente. Ele já conhecia o luto, mas não dessa forma. Sentiu como se todo o seu corpo estivesse se desligando. Desejou que fosse verdade.

Ele não tinha mais nada pelo que lutar.

Alguém disse o nome dele, embora parecesse incrivelmente distante. Ou talvez fosse Damian quem estivesse longe. Longe demais para ser alcançado, longe demais para ser tocado, longe demais para ouvir qualquer coisa além dos próprios pensamentos batendo no interior do crânio, de novo, e de novo, e *de novo…*

Suas mãos começaram a tremer. De forma furiosa, incontrolável, como se pertencessem a outra pessoa. Alguém que não conseguia se lembrar de como ser humano. Ou alguém que não queria ser e não se preocupava mais em tentar.

— Damian?

Talvez ele fosse mais parecido com o pai do que pensava. Battista se fora, um homem que não era nada, e Damian, um menino que não era nada. Infinitamente oco e vazio.

Deixe a situação passar.

— Damian.

Um toque fantasma em seu ombro. Alguém respirando pesado perto de seu ouvido. Havia a mão de alguém em sua bochecha, que se moveu para sua linha de visão, mas ele não conseguia focar.

— *Damian*. O que você viu?

Ele escutou a pergunta, mas não fazia sentido. O que ele viu? Ele viu os mortos. Nada além de sangue e mortos, não importa para onde olhasse.

Quem quer que tenha falado se ajoelhou ao seu lado. Segurou seu rosto com mãos muito frias. Levantou seu queixo.

A expressão de Rossana estava triste.

Roz.

Roz.

Os lábios de Damian se abriram, mas nenhuma palavra saiu. Ela não estava ali. Ele *sabia* que ela não estava aqui. Ele tinha visto Roz morrer, caída no chão do Santuário. Ele enfim a havia destruído além de qualquer possibilidade de conserto, não foi?

Ele nem se importou.

— Damian. — A boca de Roz se moveu enquanto pronunciava seu nome, agora com um quê de preocupação. — Damian, não sei o que você viu, mas está tudo bem. Você o matou. Ele não pode lhe mostrar mais nada.

Damian piscou, confuso. Seus cílios estavam úmidos. Ele deveria ficar envergonhado, mesmo que ela não fosse real? Não tinha energia.

— Consegue me dizer alguma coisa? — O rosto de Roz estava pálido e tenso. Seu cabelo estava uma bagunça, uma auréola escura que caía até as costas. — Está machucado?

As peças começaram a se encaixar, devagar e em incrementos. *Você o matou. Ele não pode lhe mostrar mais nada.*

Ele tinha matado Enzo. Enzo era um discípulo de Caos.

Finalmente, Damian começou a chorar. Não conseguia evitar. A força dos soluços sacudiu seu peito, e ele estremeceu como se fosse quebrar. Roz estava viva. Estava viva e estava ali, e tudo aquilo estava na cabeça dele. O lento horror de vê-la cair no chão. O veneno se espalhando em sua pele.

Os braços de Roz apertaram-no, e ela passou a mão suavemente pelas costas dele.

— O que quer que tenha visto depois que Enzo desapareceu, não era real. Ele estava brincando conosco, Damian. Não sei por quê, mas percebi quando ele me mostrou algo que não podia ser verdade. Foi só uma ilusão. Prometo que não era real.

Ela repetiu aquilo mais vezes do que Damian conseguiu contar, e cada vez a mensagem se aprofundava um pouco mais. Ele nunca a viu morrer, indefesa e destruída por dentro. Ela encostou a cabeça na curva do pescoço dele, e não havia nada além de seu cheiro, o calor de seu corpo contra o dele. Nada mais importava.

— Achei que você estava morta — disse ele com a voz áspera, mal conseguindo forçar as palavras. — Enzo desapareceu, e quando a luz voltou eu vi… eu vi…

Santos, ele pensou que ela tinha morrido. Que tinha se apresentado como o sacrifício final.

Era a única coisa que o teria destruído para sempre.

De alguma forma, Roz fora capaz de interpretar o que ele dissera. Ela se inclinou para bloquear a visão de Damian do corpo de Enzo. Os olhos dela queimaram nos dele, azuis como o céu da tarde, tão ferozes e vivos.

— Eu teria morrido, Damian — disse ela, pressionando os lábios na palma da mão trêmula dele. Eles se afastaram vermelhos. — Se fosse real, eu teria morrido.

Por quê?, articulou ele sem emitir som, sabendo que ela não ouviria. Ele pigarreou. Tentou se livrar da sensação de asfixia ao dizer:

— Meu pai…

— Ainda está morto — sussurrou Roz. — Damian, eu sinto muito.

Ele balançou a cabeça. Ela não sentia muito, e estava tudo bem. Não tinha razão para sentir muito. Não depois do que seu pai fez.

— É verdade — insistiu Roz, ouvindo o argumento não dito por Damian. — Passei tanto tempo odiando Battista. Sonhando com vingança. Isso me fez continuar em frente, suponho, mas agora… — Ela parou, os ombros caídos. — Ao vê-lo morto, percebi que não me sentia melhor. Ainda me sinto… triste.

Damian conhecia bem o sentimento.

— Acho que preciso aceitar que uma parte de mim sempre ficará assim — falou Roz, ainda baixinho, embora não mais sussurrando.

Ela engoliu em seco, e Damian percebeu que Roz estava chorando. Ele apertou a mão dela enquanto pequenos tremores sacudiam seu corpo. Sua coluna parecia curvar-se sobre si mesma.

— Evitei a dor buscando vingança. Estava tão focada nisso que não acho que o fato de meu pai ter *morrido* tenha sido realmente absorvido. Não da forma que deveria ter sido. Não de uma forma que me permitisse seguir em frente. Acho que só… — A voz de Roz falhou, e ela engoliu em seco com alguma dificuldade. — Só preciso ficar triste, sabe?

— Eu sei — murmurou Damian.

Que inferno, ele sabia muito bem. A tristeza vivia nas fendas de seu coração. Não importa o que mais ele estivesse sentindo, não importa quanto a tristeza aumentasse ou diminuísse dependendo do dia, ela nunca ia embora por completo.

Ele se endireitou quando Roz deslizou o corpo sobre o dele. Segurando-a do jeito que ela havia feito com ele momentos antes.

Nenhum dos dois se moveu por muito tempo.

41

Roz

Roz olhou para o teto enquanto o amanhecer avançava com seus dedos inquietos pelo quarto do Palazzo.

Ela não tinha dormido. Ficara horas olhando para Damian, observando a subida e a descida de seu peito enquanto ele enfrentava o que Roz só poderia presumir serem pesadelos.

Foi necessária a chegada de Kiran, Siena e Nasim para persuadi-los a sair do Santuário. Livres da influência de Enzo, Kiran e Siena encontraram primeiro o corpo de Battista, depois Nasim, tentando voltar para dentro do Palazzo. Juntos, os três foram até o Santuário, onde as peças começaram a se encaixar.

Roz descobriu que não dava para esquecer o que havia acontecido quando estava sob o controle de um discípulo de Caos. Você simplesmente reformulava a realidade quando voltava a si. Sendo assim, Kiran e Siena já sabiam exatamente o que havia acontecido com Enzo. Eles persuadiram Damian a se levantar, assegurando-lhe que ele fez a coisa certa ao matar o discípulo. Nasim pulou em Roz com lágrimas nos olhos, e Roz até permitiu aquele abraço.

Ela começava a perceber que não havia problema em sentir dor. Não havia problema em compartilhá-la. Era isso que Piera vinha tentando dizer a ela o tempo todo, não era?

Você não se recupera... só fica mais forte. Encontra uma forma de se reconstruir, mesmo com partes cruciais faltando.

Assim que ficaram sozinhos nos aposentos de Damian, Roz tirou as roupas dele, encharcadas de sangue, e preparou um banho. Ele ficou sentado na banheira por um bom tempo, observando a água ficar da cor da ferrugem, segurando a mão de Roz enquanto ela descansava as costas na bacia. Ela sabia que ele não estava apenas sofrendo a perda do pai, mas também lutando com o que havia feito a Enzo. Para Damian, não foi apenas assassinato. Foi uma lembrança da guerra. Uma lembrança do último homem que ele vira ser morto a tiros, e agora o dedo que puxava o gatilho era o seu.

Roz não perguntou, nem precisou. Levou Damian para a cama, sentou-se ao lado dele e puxou os joelhos até o peito, esperando que a escuridão aparecesse.

Não foi assim que ela pensou que seria. A vitória. Battista Venturi estava morto. Assim como Enzo e o magistrado-chefe. Nada daquilo a entristecia; suas mortes eram uma espécie de justiça, ela pensou. Não lamentou por eles. Lamentou por Piera e Amélie. Lamentou pela condição da mãe. Lamentou pelo pai e pelo fato de sua morte ter sido um peso na consciência de Damian. Roz sabia que Damian não pretendia que aquilo acontecesse. O mundo era cruel.

Não — o mundo era apenas o que as pessoas faziam dele. Battista era cruel. O sistema ao qual ele servia era cruel.

Mas eles iam mudar isso.

A cidade estava em crise, e os rebeldes tinham esvaziado a prisão. Roz precisaria se encontrar com eles hoje. Ela e Nasim revelariam sobre o ilusionista e, por fim, explicariam os assassinatos. Dev descobriria que o assassino de sua irmã estava morto e, com sorte, isso lhe traria um pouco de paz. Roz ansiava por vê-lo sorrir outra vez. E se ele precisasse de mais tempo para sofrer... Bem, Roz sofreria com ele.

Parte de Roz se desesperava porque nem Forte, nem Battista haviam sido mortos da maneira que ela esperava: pública e violentamente. Ela não tinha visto nenhum dos homens chegar ao fim. Supôs que, de certa forma, pagaram por seus crimes, mas ela queria que passassem seus últimos momentos sabendo pelo que estavam morrendo. Sabendo que era a pena pelo mal que causaram.

Por outro lado, Roz não teria conseguido matar Battista. Não conseguiria fazer isso com Damian. Ele a fez mostrar misericórdia, quisesse ou não.

Ela fez a escolha que salvou o relacionamento deles. Mas não se tratava de escolher a fraqueza em vez da vingança. Não se tratava de escolher Damian em vez da memória de seu pai. A escolha, na verdade, tinha sido sobre o tipo de vida que ela queria ter. E Roz escolheu uma vida com Damian.

Seu pai não teria reclamado. Se ela conseguisse encontrar um pouco de felicidade em um mundo sombrio, isso não seria uma espécie de justiça em si?

Roz se sacudiu e puxou os lençóis. Precisava se *mexer*. Precisava clarear a cabeça. Quanto mais tempo ficava ali sentada, maior a probabilidade de seus pensamentos se desviarem para problemas maiores. Como o fato de que os ilusionistas não terem sido extintos, afinal. Havia outras pessoas como Enzo que conseguiram escapar da detecção? Estavam vivendo em segredo entre o restante dos cidadãos de Ombrazia? Qualquer que fosse a situação, Roz esperava que pudessem coexistir em paz.

Do contrário, ela não sabia o que a cidade faria.

Saindo da cama, Roz cambaleou até a porta e a abriu. Para sua surpresa, encontrou Siena no corredor. A oficial deu um sorriso sombrio enquanto Roz se aproximava. Suas tranças estavam puxadas para trás, e a frente do uniforme estava manchada de sangue. Ela o usava como uma guerreira triunfante. Roz não sabia o que Siena havia ouvido e se preparou para o que poderia muito bem ser uma série de coisas desagradáveis.

Mas Siena apenas disse:

— Roz. Como ele está?

— Quase tão bem quanto poderíamos esperar.

O olhar de Siena se aguçou.

— E você?

Roz não sabia como responder.

— Estou viva — disse ela, decidindo-se por aquela resposta. Era o suficiente, por enquanto. — Só não sei exatamente para onde seguimos a partir daqui.

— Sim. — Siena deu uma risada forte. — Como reconstruir uma cidade?

— Bem que eu gostaria de saber.

Embora Battista e o magistrado-chefe estivessem mortos, Roz não se iludia de que o restante da cidade aceitaria qualquer mudança no *status quo*. As guildas e os discípulos iriam querer tudo de volta ao normal o mais rápido possível. Eles elegeriam novos discípulos para o Palazzo e colocariam outra pessoa no comando.

Roz supôs que esse seria o próximo desafio da rebelião. Afinal, as mudanças aconteciam aos poucos.

— Bem, eu assumi o controle da segurança do Palazzo por enquanto, com a ajuda de Kiran e Noemi. Eles passaram a maior parte da noite afastando os manifestantes do local. — Ela balançou a cabeça, o queixo tenso. — A história atual é que o magistrado-chefe e seu general renunciaram em consequência dos tumultos.

Na realidade, seus corpos tinham sido transportados para a cripta do Palazzo.

— Não sei quantas pessoas vão acreditar nisso, mas pelo menos a situação está sob controle, por enquanto. — Sua boca se torceu ironicamente. — Agora que Battista se foi, todos concordam que Damian deve ser reintegrado como líder da segurança do Palazzo. Se ele quiser o emprego. Os santos sabem que eu não quero.

Roz ficou surpresa. Ela sabia que os outros oficiais respeitavam Damian, mas não tinha percebido o quanto. Aparentemente, Battista e Forte eram os únicos que não acreditavam nele. Sentiu um aperto no peito.

— Não sei se ele vai querer ou não.

Ela também não sabia se a *segurança do Palazzo* ainda existiria. Na verdade, se Roz tivesse algo a dizer a respeito, aquilo deixaria de existir. Afinal, não eram apenas os discípulos que precisavam de proteção.

Siena assentiu.

— Ele pode pensar pelo tempo que quiser. Todos ficaríamos orgulhosos de segui-lo de novo. Nenhum de nós sabe como serão as coisas daqui em diante, mas *sei* que Damian pode lidar com o que aparecer. Noemi já disse que, se ele não aceitar o cargo, ela vai se juntar aos rebeldes.

Roz tentou esconder o sorriso, mas sem sucesso. Ela não conhecia Noemi tão bem, mas não tinha dúvidas de que a garota seria uma adição formidável à causa.

—Tenho certeza de que eles ficariam felizes em tê-la. — Pronto. Soava como algo que uma pessoa que poderia ou não ser uma rebelde diria. — Já volto.

Siena acenou.

— Sem pressa. Ficarei de guarda pelo menos até Damian acordar.

Roz desceu a escada de dois em dois degraus. O sol nascente dava às escadarias douradas do Palazzo um tom dourado fosco. Era evidente que alguém tinha limpado o chão depois da noite anterior, pois quando Roz chegou à entrada principal, não havia sinal de sangue. O corpo de Battista desaparecera. Acima de sua cabeça, o céu tinha vários tons de laranja, azul e cinza. Mas ela deixou o amanhecer para trás, descendo para a escuridão. Tinha outro lugar onde queria estar.

O ar frio da cripta envolveu Roz como um manto indesejável.

Seus passos ecoavam pelo chão de pedra enquanto ela passava pelas mesas. Alguém havia limpado o sangue dos cadáveres, e ela fez uma pausa quando chegou ao corpo de Battista Venturi.

Parecia errado olhar para o homem responsável pelo assassinato de seu pai e sentir uma forte sensação de triunfo enquanto sabia que Damian estava sofrendo por sua perda. Mas não conseguiu evitar. Os olhos do general estavam fechados, os lábios pressionados, de modo que ele parecia descontente mesmo na morte.

— Seu filho sempre foi um homem melhor que você — sussurrou Roz na escuridão, cada palavra afiada como a lâmina de uma faca. — E você nunca o mereceu.

Ela passou um dedo pela superfície gelada da mesa enquanto se virava, indo em direção ao homem deitado no outro extremo da sala, os braços frouxos ao lado do corpo. Seu rosto estava relaxado apesar da brutalidade de sua morte.

— Olá, Enzo — murmurou Roz.

Suas roupas estavam tão impecáveis quanto na noite anterior. Se não fosse pelo dano que Damian havia causado em sua cabeça, ele poderia estar dormindo. Roz apoiou os cotovelos na mesa, estudando o discípulo.

— Era assim que você queria que as coisas terminassem, não é? — Sua voz suave praticamente se perdia na sala cavernosa. Ela flexionou os dedos, traçando uma linha na costura do casaco dele. — Só você e eu.

O espaço entre os segundos pareceu aumentar. Ela pensou no que Enzo lhe mostrara. A visão que ela teve enquanto Damian a assistia morrer. A lembrança fez correr dedos gelados por suas bochechas, descerem por sua nuca, e deu vida às suas terminações nervosas.

Ela não entendia como, nem o que significava. Na ilusão, estava no Santuário e tudo parecia igual antes das luzes se apagarem. Então o ambiente ao seu redor desapareceu, quase como se fosse elástico. Cenas passavam por seu campo de visão em um borrão desorientador: cenas que não pertenciam a ela.

Enzo subindo uma escada segurando o corrimão.

Trocando palavras com Battista, observando com presunção o olhar do general embaçar.

Reunindo oficiais na entrada principal do Palazzo.

Eu sou o magistrado-chefe, sugeriu a voz desencarnada de Enzo, vinda de algum lugar fora dos pensamentos de Roz. *Traga-os para mim.*

Ele mostrou a ela tudo o que fez. E então, quando permitiu que sua mente retornasse ao Santuário, ele lhe mostrou a própria morte.

Antes de acontecer.

Do outro lado de onde Roz estava posicionada, Damian estava emoldurado pelas sombras. Sua pistola apontava para a parte escura do Santuário, onde Enzo supostamente esperava, fora de vista. Roz ficou feliz. Tinha parado de respirar, esperando que Damian atirasse.

Mas, quando levantou a arma, seu olhar escureceu de uma forma que fez o coração de Roz falhar no peito.

Ela observou seu rosto relaxar, viu a mão parar de tremer. Notou o momento preciso em que ele tomou sua decisão. Sua cabeça inclinada, a íris de obsidiana. Foi… enervante. Aterrorizante. Os cantos de sua boca se curvaram em um sorriso inconsciente. Um sorriso que Roz não reconheceu. Como se algo mais tivesse penetrado na pele de Damian, apenas por um piscar de olhos, e assumido o controle.

Ela não foi capaz de se mover. Não conseguia respirar. O tempo se estendeu enquanto Roz ficava congelada no lugar, observando o garoto que ela amava se transformar em algo aterrorizante.

E foi isso. Essa foi toda a ilusão, até que o som ensurdecedor da arma do verdadeiro Damian a trouxe de volta à realidade.

Ela não sabia o que significava. Não entendia por que Enzo lhe mostrara tudo aquilo. Ele tinha planejado morrer o tempo todo? De alguma forma, Damian fazia parte de seu plano final?

A sensação desconfortável persistiu, e Roz não conseguia descobrir por quê. Nada daquilo tinha sido real. Damian com certeza não era perigoso. O que ela esperava aprender, sentada ali, olhando para o corpo de Enzo?

Roz se levantou, tentando se livrar do frio que se instalava em seus ossos, e voltou para cima.

42

Damian

Damian acordou e encontrou Roz olhando para ele.

Ela estava sentada de pernas cruzadas na beira da cama, os olhos penetrantes fixos em seu rosto. Ele se arrastou para apoiar as costas na cabeceira, sentindo uma súbita pontada de constrangimento.

— Você dormiu o dia inteiro — disse ela, somente.

Os acontecimentos da noite anterior o atingiram, enviando um tremor através das entranhas de Damian. Pareciam vagamente com um pesadelo ou algo que ele viu acontecer com outra pessoa. Um vazio agonizante ainda pulsava dentro dele. Torcia seu estômago e se aninhava em volta de seu coração. Mas diminuíra um pouco, de modo que pelo menos ele conseguia se lembrar de como respirar.

— Você foi a algum lugar? — perguntou Damian a Roz, percebendo que ela havia trocado de roupa.

Roz inclinou a cabeça.

— Fui visitar minha mãe. Depois Nasim e eu fomos conversar com os rebeldes. Havia muitas explicações a serem dadas. E... — falou ela, pensando melhor — ... eu precisava mostrar a eles que não estava morta.

Damian estremeceu.

— Desculpe — disse ela, suavemente. — Mas você não vai se livrar de mim assim tão fácil, Damian. Eu continuo viva por puro despeito.

Ele riu. Um som irregular. Era verdade, não era? Roz se mantinha viva por pura força de vontade.

— Ouvi dizer que haverá uma reunião ainda esta semana — falou Roz. Ela parecia bastante satisfeita com a ideia, pois, apesar da exaustão em seu rosto, os cantos de sua boca se contraíram. — Representantes das guildas estão convidados, claro, mas aparentemente os desfavorecidos também poderão comparecer. Talvez acabe sendo um desastre, mas suponho que seja necessário começar de algum lugar. As pessoas têm que conhecer a verdade sobre os discípulos de Caos. Vão precisar de um plano daqui em diante; de preferência, um que não envolva assassinato.

— E a rebelião? — Damian não pôde deixar de perguntar. — Onde você se encaixa nisso tudo?

Roz deu de ombros.

—Vamos esperar para ver como as coisas vão se sair. Estaremos por perto se necessário. Defender os desfavorecidos continuará sendo nosso foco.

A determinação em sua voz era gritante, e Damian sentiu uma pontada de orgulho. Ele sempre soube que Roz era o tipo de pessoa que precisava de um objetivo, e agora que a vingança estava fora de questão, ela claramente se agarrou a um. Um objetivo melhor.

— Isso parece ótimo — disse ele, e falava sério.

Roz se aproximou de Damian.

— Siena também falou que o restante dos oficiais quer que você volte a chefiar a segurança.

Aquilo fez Damian hesitar. Ele respirou fundo, confuso. Queriam que *ele* voltasse? O oficial que não conseguiu resolver os assassinatos, que falhara várias vezes na frente de todos?

Era só o que Damian sabia ser: um protetor. Talvez fosse contraintuitivo, mas chefiar a segurança do Palazzo lhe deu um sentido quando regressou da guerra. Um propósito. Um motivo para portar uma arma que não envolvesse assassinatos insanos.

— Talvez — disse ele. — Você *gostaria* que eu fizesse isso?

— Não depende de mim. — Uma ruga apareceu entre as sobrancelhas de Roz. — Mas, se decidir assumir o cargo, as coisas precisam mudar. Vocês não podem existir apenas para proteger os discípulos. Não enquanto houver crianças desfavorecidas nas ruas. Não enquanto as pessoas ainda estiverem sendo enviadas para a guerra.

— Eu sei.

Damian assentiu lentamente. Se *ele* liderasse os oficiais, talvez a força pudesse se concentrar em levar alimentos e recursos para as pessoas da periferia que precisavam deles. Talvez pudesse começar a diminuir a lacuna entre discípulos e desfavorecidos.

Ele não sabia exatamente como fazer isso, mas sabia que as coisas não podiam continuar como estavam.

Quando seus pensamentos voltaram ao presente, viu que Roz estava concentrada em seu rosto com mais atenção do que o habitual. Damian se perguntou o que ela via ali. Engoliu em seco.

— Algo está passando pela sua cabeça. O que é?

— Como sabe disso?

— Eu conheço você, Roz Lacertosa.

Um lindo rubor dançou em suas bochechas, e ela deu de ombros.

— Não é nada que precise ser discutido agora. — Ela estendeu a mão para passar um dedo sobre seus lábios. — Só quero que saiba que... eu vejo você, Damian. Até as partes sombrias. Tá bom?

Damian parou, os lábios formigando onde ela os tocou. Não era o que esperava que ela dissesse. Roz sabia? Conseguia ver que ele havia mudado? Damian talvez estivesse inclinado a descartar aquilo como parte da ilusão, exceto que ele *sentiu* algo — o lampejo de escuridão logo antes de disparar o tiro no Santuário. Como se alguma coisa tivesse criado raízes nele. Como se alguma coisa estivesse esperando para criar raízes nele há muito tempo.

Talvez tivesse sido Morte. Ou talvez fosse algo mais profundo, mais inerente. Ele não sabia. Ele não *sabia*.

Do lado de fora, começou a chover. Primeiro em um leve tamborilar de névoa no vidro, depois em uma torrente. A tempestade ecoava o rugido dentro de sua cabeça.

Os olhos de Damian encararam os de Roz. Ela o fitou de volta, o olhar inabalável. Eles já tinham sido duas crianças, respirando maravilhas e deixando um rastro de poeira estelar no caminho. O que eram agora, senão duas pessoas tocadas pela tragédia? Dois pedaços de um todo, endurecidos pela dor e quebrados em lugares que só o outro conseguia ver. Uma rebelde e um oficial, tentando consertar um mundo fragmentado.

— Receio ter mais escuridão do que você imagina, Rossana — sussurrou Damian.

Ela passou os braços em volta do pescoço dele, entrelaçando os dedos em sua nuca. Era caótica e adorável. Um farol à beira de um mar que tentava incansavelmente afogá-lo.

— Não me chame de Rossana.

E pressionou os lábios nos dele.

— Santos... — Ele respirou fundo, mas Roz agarrou as palavras antes que Damian terminasse de dizê-las.

— Não há santos aqui, Damian Venturi — murmurou ela contra a boca dele, suave e sedutora. Quando ela se afastou, havia malícia em seus olhos delineados com lápis preto. — Só eu.

Pela primeira vez em sua vida, Damian aceitou bem aquilo.

Epílogo

Abaixo do Palazzo, em um círculo de rostos que não podiam ser vistos, algo mudou.

Sete santos, sete sacrifícios.

Um menino estava deitado na cripta, morto como havia sonhado. No entanto, embora meninos pudessem morrer e santos pudessem cair, a magia perdurava. A magia podia acordar quando os mortos não conseguiam.

Ninguém sentiu nada. Nem mesmo quando as próprias sombras deslizaram para os cantos e aquele silêncio duradouro prendeu a respiração.

Nas profundezas do Santuário, a estátua de Caos se livrou de sua mortalha.

E um santo subiu.

Agradecimentos

Nunca imaginei que este seria meu primeiro romance publicado.

Escrevi este livro apenas por diversão no início da pandemia, simplesmente porque sempre quis escrever um mistério de assassinato. Várias vezes tive que parar e recomeçar, me perguntando se estava realmente preparada para tal coisa. No entanto, enquanto escrevia, *Sete santos sem rosto* se tornou mais do que uma pequena incursão divertida em um novo mundo. Roz é minha raiva, Damian, meu arrependimento. Ombrazia tornou-se pano de fundo para as questões existenciais que não posso deixar de colocar em cada livro que escrevo. E então, em algum lugar ao longo do caminho, as peças se encaixaram.

Não poderia ter feito nada disso sem aqueles que acreditaram em mim e nessa história. Para Claire Friedman, a agente dos meus sonhos: você foi a primeira a me dar uma chance e serei eternamente grata por isso. Não poderia pedir por uma defensora mais confiável, nem alguém com melhor senso de humor. Para minha editora, Nikki Garcia: não consigo dizer como estou honrada por você ter escolhido este livro como sua primeira aquisição de fantasia. Enquanto navegávamos juntas por este mundo complicado, nunca duvidei de seu apoio e, com sua orientação, a difícil tarefa de revisar este livro pareceu não apenas possível, mas emocionante. Não posso agradecer o suficiente por defender este romance. Para Milena Blue Spruce: estou muito grata por tudo que fez e muito feliz por ter embarcado ao lado de Nikki. Foi realmente maravilhoso trabalhar com você.

Aos meus publicitários, Cassie Malmo e Shivani Anniood: vocês garantiram que esta história tivesse chance e sou infinitamente grata por sua paixão e seu entusiasmo.

Para Karina Granda, Jake Regier, Jane Cavolina, Andy Ball, Patricia Alvarado, Stefanie Hoffman, Shanese Mullins, Savannah Kennelly, Christie Michel e todos os outros que trabalharam em *Sete santos sem rosto* em qualquer função: é realmente um esforço conjunto e sou muito grata por seu envolvimento.

Para Kelly Andrew, Zoulfa Katouh, Page Powars e Emily Miner: que loucura que minhas melhores amigas vivam em meu telefone. Amo todas vocês. Kelly, estou tão feliz por termos nos encontrado, porque agora suas palavras vivem em minha alma. Zoulfa, nossa amizade perdurou desde o início e fico honrada em deixar suas histórias quebrarem meu coração. Page, obrigada por compartilhar comigo o senso de humor e uma única célula cerebral. Emily, você é a voz compreensiva da razão da qual eu nunca soube que precisava e quero ser como você quando crescer. Mal posso esperar para ver cada uma de vocês brilhar.

Para Sophie Clark: tenho muita sorte de ter você como parceira crítica e amiga. Obrigada por debater, lamentar e comemorar comigo. Você leu meu trabalho muitas vezes e eu amo você por isso.

Para Allison Saft: Muito obrigada por seu feedback e sua orientação. Você acreditou neste livro em sua forma mais terrível, e isso fez toda a diferença. Estou tão feliz por conhecer você.

Para Carlyn Greenwald: é difícil expressar em palavras quanto devo a você. Por me selecionar para Author Mentor Match (AMM), por ser a mentora e amiga mais maravilhosa... Você realmente foi a primeira a ler e acreditar em meu trabalho. Obrigada, obrigada. Desejo tudo de bom para você.

Por falar nisso, obrigada a Alexa Donne e a AMM por serem a razão pela qual encontrei minha comunidade. Não sei onde estaria sem esse programa. Obrigada especialmente ao AMM Round 6 por ser meu primeiro grupo de amigos escritores. Estou muito orgulhosa de quão longe todos nós chegamos.

Sem nenhuma ordem específica, obrigada também a Jen Elrod, Jo Fenning, Brighton Rose, Leah Jordain, Kalie Holford e Tamar Voskuni por lerem e apoiarem meu trabalho. Vocês me ajudaram a sentir que talvez eu conseguisse escrever, afinal.

Obrigada à minha família, tanto a imediata como a estendida: nunca houve um segundo em que duvidaram que eu pudesse fazer isso. Amo muito todos vocês. Não precisam ler meus livros. Na verdade, por favor, não façam isso.

Uma nota especial para o meu pai, que conhece a dor da rejeição da indústria e me incentivou a nunca desistir: sci que, às vezes, você se pergunta se fez tudo certo. Ninguém acerta tudo, mas realmente acredito que você me tornou forte. Você me ensinou a enfrentar a tempestade e continuar avançando.

Para Edward, meu primeiro e único amor: obrigada por me dar espaço para criar, por aguentar meu humor e por fazer tudo para incentivar esse meu sonho. Eu não gostaria de pilotar este robô de carne ao lado de mais ninguém.

E para você, leitor, que por algum motivo chegou até aqui: continue fazendo as perguntas difíceis. Crie seu próprio significado. O universo é indecifrável, mas você é importante.

Muito obrigada por estar aqui.

Impressão e Acabamento:
BMF GRÁFICA E EDITORA